MARIE
KÄRSTING

FAR FROM *me*

Cover: Premade - Neu Vercovert
ISBN: 978-3-910386-12-9 (Taschenbuch)
www.rebel-stories-verlag.com

Für Ivonne und Nadine,
die mir immer wieder zeigen,
was es bedeutet, Schwestern zu haben.
Und selbst eine zu sein.

Playlist

Songtitel - Interpret

- Alright - Supergrass
- Danger! High Voltage - Electric Six
- bar harbor - possum in my room
- I Bet You Look Good On The Dancefloor - Arctic Monkeys
- The Funeral - Band of Horses
- Make Out - Julia Nunes
- Storm - Mighty Oaks
- Gold Lion - Yeah Yeah Yeahs
- 22 Grand Job - The Rakes
- S.O.S. (Sawed Off Shotgun) - The Glorious Sons
- Vienna - Billy Joel
- Anything for Love - The Franklin Electric
- If It Makes You Happy - Sheryl Crow
- The Chain - Fleetwood Mac
- Wild Eyes - The Glorious Sons
- Spread Your Love - Black Rebel Motorcycle Club
- The Out - Port Cities
- Seaside - The Kooks
- Champagne Supernova - Oasis
- What If - Coldplay
- Gimme Shelter - The Rolling Stones

Link zur Playlist auf Spotify: https://bit.ly/3qQHK2D

Inhaltswarnung

Liebe Leserinnen und Leser,

Far From Me ist eine Geschichte mit - Tod, Krankheit, Krankenhausaufenthalt, Verkehrsunfall, Suchterkrankung, Glücksspiel, Panikattacken, Psychotherapie und Bodyshaming. Einige Szenen könnten Trigger für sensible Leser enthalten. Hierbei handelt es sich um fiktionale Elemente, die in einer fiktionalen Geschichte eingebunden sind. Die Schilderungen solcher Situationen bedeutet weder, dass die Autorin diese gutheißt, noch, dass sie sie verharmlost. Wer sich bei der Beschreibung von diesen Schilderungen nicht wohlfühlt, sollte dieses Buch nicht lesen.

Passt auf euch auf!

Eure Marie Kärsting

Kapitel 1
Sam

FAR FROM me

Eiskalte Finger, eiskalte Nase, eiskalte Ohren. Gestern war die Kälte noch erträglich in Bar Harbor gewesen, doch heute dann dieser Kälteeinbruch. Ich zog an den Ärmeln meines Parkas, damit meine Frostfinger ganz in ihnen verschwinden konnten. Seit zehn Minuten stand ich schon vor meiner Wohnung und wartete darauf, dass Logan endlich auftauchte. In der Zeit hätte ich ganz ohne Hektik einen Kaffee im Warmen trinken können, denn Koffein war mein persönlicher Lebensretter. Egal, wie lange ich in der Nacht noch gelernt hatte, ein frisch gebrühter Kaffee brachte mich durch den anstehenden Uni-Tag. Doch jetzt war es zu spät. Ich ließ den Minutenzeiger auf meiner Armbanduhr nicht aus den Augen. Er musste ja gleich da sein! Mit zusammengebissenen Zähnen atmete ich tief ein. Verspätungen waren inakzeptabel.

Der Wind fuhr mir durch die Haare und ich erschauerte. Vielleicht sollte ich wenigstens schnell noch meinen Wollmantel aus der Wohnung holen? Nach 20 Jahren an der Ostküste sollte ich eigentlich an das wechselhafte Wetter gewöhnt sein, stattdessen stand ich hier an einem Montagmorgen mal wieder völlig unpassend gekleidet. Sweatshirt, zerrissene Jeans, Blazer und ein dünner Parka – kurz gesagt – ein Fehlgriff.

Ein nagelneuer SUV kam angerollt. Die Scheibe wurde runtergefahren und präsentierte mir das Zahnpastawerbelächeln meines besten Freundes.

»Na hübsche Frau?! Suchen Sie eine Mitfahrgelegenheit?«

»Ja, klar, aber mein Dad hat gesagt, ich soll nicht zu Fremden einsteigen!«, gab ich zurück. Ich öffnete die Beifahrertür, lehnte mich in den Innenraum und schmiss meinen Rucksack und meine Aktentasche auf die Rückbank.

»Uuuuund?«, fragte Logan mit lauter Stimme. Er deutete stolz auf das Innere des Autos.

»Bisschen protzig sind die cremefarbenen Ledersitze schon, oder?«, zog ich ihn auf und er lachte sein bellendes Lachen. So konnte nur mein bester Freund lachen. Ich pflanzte mich auf den Sitz, schloss die Tür und schnallte mich zufrieden an.

»Sitzheizung«, stöhnte ich. Mein Rücken drückte sich auf den Sitz und gegen die Rückenlehne.

»Oh ja, dieses Schätzchen hat allen möglichen Schnickschnack. Ich kann Musik über Bluetooth abspielen, ich habe eine Heizung, die dir den Hintern brät, und bevor ich etwas ramme, piepst das Auto äußerst penetrant«, erklärte er mit glänzenden Augen. Mein Blick traf seinen und ich konnte nur grinsen, denn er wirkte so stolz.

Logan fuhr los und tippte nebenbei auf dem Bordcomputer herum. Kopfschüttelnd schlug ich ihm auf die Finger und er legte beide Hände wieder auf das Lenkrad. Seine braunen, etwas zu langen Haare standen in alle Richtungen ab. Natürlich war das so gewollt, denn er nannte es den Surferlook. Logan Andrews ging zwar nie surfen, trotzdem wollte er gern den Anschein erwecken. Mit seinem ausgeprägten Drei-Tage-Bart und seiner Liebe zu Wanderungen in Nationalparks entsprach er dem Typ »Naturbursche«, doch so durfte ich ihn niemals nennen. Außerdem wusste ich genau, dass dieser Look nicht dadurch entstand, dass er sich besonders viel im Wasser aufhielt. Jeden Morgen verbrachte er eine halbe Ewigkeit mit dem Styling seiner Haare, um den inneren Surfer hervorzulocken.

»Also ich finde das Auto jetzt schon klasse. Es ist nämlich ausgesprochen warm hier drin.« Ich rutschte ein bisschen herum, machte es mir so richtig gemütlich. »Wieso hast du mich heute so lange warten lassen?« Bestimmt war sein Haarstyling schuld.

»Sorry Sam, aber Sue hat mich heute zur Weißglut getrieben. Erst wollte sie nicht aufstehen, dann nicht pinkeln und zum Schluss nicht mehr in die Wohnung«, nörgelte er und verzog die vollen Lippen. Das klang nach Kinderbetreuung, dabei handelte es sich lediglich um eine sehr sensible Dobermannhündin in der Pubertät.

»Ich verzeihe dir. Aber nur, weil ich Sue gut verstehen kann. Ich würde an einem Montagmorgen auch nicht gerne von dir um sechs Uhr geweckt werden«, neckte ich ihn. Er verdrehte die Augen und stellte die Musik lauter. Das war seine Problemlösung für alles: Einfach richtig laut *The Killers* aufdrehen.

»Ich hasse es, wenn du das machst«, schrie ich über die Musik hinweg. Er lachte und ich rollte mit den Augen. Logan begann zu Headbangen und knackte mich damit. Ein Schmunzeln breitete sich auf meinem Gesicht aus. Als er seinen Sieg erkannte, drehte er grinsend die Lautstärke leiser.

»Wie war deine Schicht im O'Sullivan's gestern? Sorry,

dass ich nicht vorbeischauen konnte, aber ich hatte dieses endlose, nervige Familienessen«, entschuldigte er sich. Sein finsterer Blick sprach Bände.

»Ach, alles gut. Ich versteh das«, beruhigte ich ihn. Logan bekam natürlich nicht einfach so ein nagelneues Auto von seinen Eltern. Und auch das Jurastudium bezahlte sich nicht von allein. Für ihn waren diese Annehmlichkeiten mit vielen familiären Verpflichtungen verbunden.

»Gestern war es ziemlich voll. Irgendein Footballspiel wurde übertragen, also musste ich ein Bier nach dem anderen zapfen. Du weißt ja, wie es dann bei uns läuft.«

Logan begriff es sofort und nickte. Wann immer er konnte, besuchte er mich bei meinen Schichten im O'Sullivan's Brew. An langweiligen Tagen leistete er mir beim Abwischen der Tische Gesellschaft und an stressigen Tagen trank er gemütlich ein Bier und spielte eine Runde Billard mit seinen Jungs. Doch an Footballabenden fluteten die Fans den Pub und je nach Ausgang des Spiels wurden sie unzufrieden. Wenn sie sich dann beschwerten, dass meine Kollegin Patrice und ich zu langsam arbeiteten, sprang Logan spontan ein und half uns aus. Über seine mentale und praktische Unterstützung freute ich mich jedes Mal. Er wusste, wie sehr ich von diesem Kellnerjob abhängig war und stand mir von Anfang an zur Seite.

Vor zwei Jahren war ich noch sehr unsicher und hatte oft Probleme mit den Kunden. Logan half mir aus jeder Patsche und versicherte mir immer, dass ich in den Job reinwachsen werde oder eine Alternative finden würde. Keine Ahnung, woher er diese Zuversicht genommen hatte, doch er hatte recht behalten. Mittlerweile fühlte ich mich wohl mit meiner Rolle als Kellnerin. Nur Daniel, der vor knapp einem Jahr die Geschäftsführung des Pubs übernommen hatte, brachte immer wieder meine Verunsicherung zum Vorschein. Doch das war ein anderes Problem ...

»Erde an Samantha«, dröhnte es von links.

»Hä?« Mit zusammengekniffenen Augen registrierte ich sein schiefes Grinsen.

»Ich hasse es, wenn du das machst«, äffte Logan meine eigene Stimme nach. Nun verdrehte ich die Augen und boxte ihm mit der linken Faust gegen die Schulter.

»Hey, ich fahre!« Demonstrativ rückte er etwas von mir weg. »Aber mal im Ernst, von was hast du wieder geträumt? Oder sollte ich lieber fragen: Von wem?« Am liebsten hätte ich ihm das Grinsen aus dem Gesicht gewischt.

»Haha«, sagte ich trocken, doch rot wurde ich trotzdem. Damit Logan meine Röte nicht entdecken konnte, löste ich meine Haare, die vorher hinter meinem Ohr gesteckt hatten. Wie ein dichter Vorhang verdeckten sie mein Gesicht.

»Aha!«, rief er aus, »Da wird ja jemand rot.«

»Logan, lass es!«, befahl ich ihm. Nun betrat er wirklich dünnes Eis. Ich träumte von niemandem. An jemanden zu denken und von jemandem zu träumen war ein riesiger Unterschied.

»Schon gut.« Er gab vor, sich voll auf den Verkehr zu konzentrieren. Seinen fragenden Blick konnte ich trotzdem spüren.

»Entschuldige, ich hatte eine wirklich kurze Nacht. Ich bin erst um zwei Uhr ins Bett gegangen«, zeigte ich mich versöhnlich, bereute jedoch meine letzten Worte im selben Augenblick.

»Aber du hattest doch schon um zwölf Uhr Feierabend«, hakte er nach.

»Ja, das stimmt. Aber ich musste noch etwas für Mikroökonomik recherchieren«, erklärte ich leise. Klar, es war ein bisschen gelogen. Aber ich musste Logan ja nicht direkt erzählen, dass ich extra im Schneckentempo die Tische abgewischt hatte, um mit meinem Chef möglichst viel Zeit verbringen zu können. Mein Plan war leider nicht aufgegangen, denn er war kurz nach Feierabend in seiner Wohnung über dem Pub verschwunden. Zuhause hatte ich dann tatsächlich über meinen Unterlagen gehangen. Meine Gedanken waren jedoch immer wieder zu Daniel abgedriftet. Ich hatte mir vorgestellt, wie er lässig an der Bar lehnte, über meine Witze lachte ... Egal, das war meine Sache. Mein Problem.

»Und du musstest nach der Arbeit unbedingt noch lernen?«, fragte er ungläubig. Ich wurde den Eindruck nicht los, dass ich mit einem Elternteil und nicht meinem besten Freund redete.

»Logan, du weißt, wie anspruchsvoll das Studium ist. Du studierst Jura«, erinnerte ich ihn unnötigerweise.

»Echt?«, witzelte er und lächelte mich schief an. Ich streckte ihm die Zunge raus.

»Ich habe halt das Gefühl, dass du mal wieder übertreibst. Sam, das Semester hat gerade angefangen und du machst dir schon wieder total den Stress. Entspann dich etwas, mach Pausen und zwischendurch was Spaßiges«, predigte er mir.

»Ich mach durchaus spaßige Sachen«, verteidigte ich mich eine Spur zu laut.

»Ach ja, und das wäre?«, fragte er skeptisch.

»Vieles.« Ich zählte an der rechten Hand ab.

»Zum Beispiel war ich am Samstag Lebensmittel retten. Das macht mir Spaß. Und Wirtschaftswissenschaften machen mir auch Freude.« Ich verschränkte die Arme vor der Brust.

»Okay, und wann hast du das letzte Mal eine Gesichtsmaske gemacht oder ein Buch gelesen, nur aus Spaß und nicht für das Studium?«, bohrte er weiter. Ich hob den Kopf ein

Stück und blickte stur aus dem Fenster. Unter die unzähligen grünen Kiefern mischten sich immer wieder vom Herbst gezeichnete Laubbäume. Das Potpourri aus Dunkelgrün, Rot und Braun zog in hohem Tempo an mir vorbei.

»Ach, sei nicht so Sam«, forderte Logan und verpasste mir einen Haken mit seinem Ellenbogen.

Wir waren nicht so spät dran, wie wir vermutet hatten. Dank des Puffers, den wir jeden Morgen für den Fall, dass wir mal länger brauchten, einplanten, kamen wir zwar gehetzt, aber erleichtert auf dem Campus an. Jeden Morgen und jeden Nachmittag mussten wir knapp anderthalb Stunden nach Orono zur University of Maine fahren, deshalb war unsere Planung so wichtig. Genau an solchen Tagen zahlte sie sich aus. Die Wegstrecken allein zu meistern war auf Dauer wirklich belastend, deshalb hatten Logan und ich uns direkt nach einem Monat Studium im ersten Semester zusammengetan. So konnten wir wenigstens die Spritkosten teilen und die ansonsten einsamen Fahrten überbrücken. Organisatorisch war das anfangs eine ziemliche Herausforderung gewesen, denn wir hatten zu unterschiedlichen Zeiten Vorlesungen und Seminare. Doch mittlerweile waren wir ein eingespieltes Team. Wir hatten nun ganz klare Zeiten, an denen wir beide auf dem Campus waren. Während ich in Fächern wie Statistik, Grundlagen des Marketings und Strategische Unternehmensführung ins Schwitzen geriet, besuchte Logan Juraveranstaltungen und langweilte sich zu Tode. Nicht weil das Lernen von Paragraphen ihm leicht fiel, sondern weil er sein Studienfach nicht ausstehen konnte. Er studierte nur Rechtswissenschaften, damit er dem Wunsch seiner Mom nachkommen und später in ihre Kanzlei einsteigen konnte. Wenn es nach ihm ginge, würde er Ernährungswissenschaften studieren und sich nach dem Abschluss eine Stelle als Ernährungsberater bei einer der

Schulen aus der Gegend suchen. Mir bereitete es regelmäßig Bauchschmerzen, ihn bei seinem Kampf mit sich selbst zu beobachten. Er sagte zwar immer, dass er sich für das leichte und angenehme Leben im Schutz und Reichtum seiner Eltern entschieden hatte, doch ich war davon überzeugt, dass es ihn nicht glücklich machte. Er redete sich seine Situation durch einen schicken, neuen SUV oder einen sorgenfreien Tag auf dem Segelboot seines Dads schön.

Nachdem wir in einer Seitenstraße geparkt hatten, schnappten wir uns unsere Taschen und liefen eilig zum Campus. Durch Sues morgendliche Launen waren wir zwar nur ein wenig in Verzug, doch ich wollte unter keinen Umständen eine Verspätung riskieren. Zumal ich fest damit rechnete, dass Zola uns noch abfangen würde. In der Ferne konnte ich schon die altehrwürdigen Mauern der Business School erkennen, da hörte ich sie auch schon gut gelaunt und glockenhell rufen: »Da seid ihr ja endlich!«

Logan und ich blieben stehen und schauten uns um. Zola rannte uns mit wehendem knallroten Mantel und in braunen Overkneestiefeln entgegen. Und dabei balancierte sie noch einen Getränkehalter mit drei Bechern in der einen und ein Tablett von Dunkin' Donuts in der anderen Hand.

»Eine Erscheinung, ein Engel«, verkündete Logan begeistert und griff sich gespielt ans Herz.

»Kaffee.« Sofort nahm ich Zola den Getränkehalter aus der Hand.

»Euch auch einen schönen guten Morgen«, flötete sie und zeigte ihr breitestes Lächeln. Ihre vollen Lippen waren passend zum Mantel knallrot geschminkt und ihre Haare trug sie ganz natürlich, sodass sich viele, kleine Löckchen bildeten. An ihrem zierlichen Arm baumelte eine elegante schwarze Ledertasche. Wahrscheinlich von einer bisher unbekannten, doch in ein paar Wochen sehr beliebten Marke. Zola hatte für solche Dinge einfach ein ganz besonderes Gespür.

»Einmal schwarzen Kaffee für Logan«, erklärte sie und gab Logan das energiespendende Heißgetränk. »Für dich, Sam, einen großen Latte«, führte sie fort, »Und für mich selbstverständlich einen Double Caramel Mocca Latte.« Sie nahm sich ihren Becher ebenfalls aus dem Getränkehalter und schlürfte genüsslich an der süßen Kaffeesünde. Einmal hatte Zola mich überredet von ihrem Getränk zu probieren und mir verknotete sich allein bei dem Gedanken an dieses Gesöff der Magen.

»Wie du nur sowas trinken kannst ...« Logan schüttelte den Kopf.

»Na ja, es ist süß und lecker. Ganz wie ich.« Sie zwinkerte mir zu. Logan verdrehte dramatisch die Augen, konnte das Lächeln aber nicht ganz verbergen. Wie immer bewunderte ich meine Freundin für ihre selbstbewusste Art.

»Habt ihr noch einen Moment?«, fragte sie mit Schmollmund und blickte dabei besonders mich an. Der Ruf der Streberin eilte mir auf dem ganzen Campus voraus.

»Klar.« Liebevoll drückte ich ihre zarte, warme Hand. Wir setzten uns auf eine nahe gelegene Bank und nachdem auch die köstlichen Donuts verteilt waren, kam Zola zur Sache.

»Was ist mit Freitag?« Zola wippte mit dem Fuß.

»Was soll mit Freitag sein?«, entgegnete Logan mit vollem Mund. Dafür kassierte er einen kritischen Blick von ihr. »Ähm, es ist Halloween! Wir gehen aus?« Sie sprach die Worte ganz langsam, als wäre Logan nicht ganz bei Sinnen.

»Oh, klar. Das wusste ich.« Er deutete mit seinem angebissenen Donut auf Zola. Sie zog ihre feinen Augenbrauen in die Höhe und machte »Tz«.

»Halloween also …« Ich blickte auf meine Füße. Eisklumpen. Klar, auch meine Schuhwahl war mies gewesen.

»Nein, nein! Nein!« Zola fuchtelte so wild mit den Armen, dass ein Stück ihres fast verspeisten Donuts auf die Wiese fiel. Einige Tauben gurrten aufgeregt hinter uns, bereit, sich um dieses Festmahl zu zanken. Ich blickte wieder auf und Zolas finsterer Blick traf mich völlig unvorbereitet.

»Ich weiß, was jetzt kommt, Sam, und ich werde das nicht akzeptieren. Egal, ob du mal wieder Essen an Obdachlose verteilst wie die heilige Maria, arbeitest oder Unizeug erledigen musst, du kommst mit.« Ihr Ton ließ keine Widerworte zu. Um den Ernst der Lage zu betonen, tippte sie mit dem Zeigefinger auf meine Brust. Ich wollte gerade antworten, da schritt Logan ein.

»Sam.« Seine Stimme war sanft, nicht anklagend.

Ich stöhnte laut und strich mir, etwas überfordert mit der Situation, die Haare hinters Ohr.

»Jetzt im Ernst und bei allem Respekt gegenüber deinem Ehrgeiz. Das Semester hat vor nicht einmal einem Monat begonnen und ich habe dich kein einziges Mal außerhalb der Uni gesehen.« Zola war jetzt ungewohnt ruhig. Wir befanden uns also auf ernstem Terrain. »Und ich habe dir schon im Auto gesagt, dass eine kleine Auszeit dir bestimmt guttun würde.«

»Es ist ja nicht so, dass ich mit euch keine Zeit verbringen will.« Ich war im Verteidigungsmodus, sodass meine Stimme schrill wurde.

»Das wissen wir«, kam von meinen besten Freunden unisono.

»Ich möchte einfach einen guten Abschluss machen. Ich kann mir kein Wiederholungssemester leisten.« Meine Stimme bebte. Trotz der Kälte bildete sich ein dünner Schweißfilm auf meinem Rücken.

»Du wirst einen guten Abschluss machen.« Wieder war er so überzeugt von meinem Erfolg. Wie konnte er da so sicher sein? Dieses Vertrauen in mich hätte ich auch gerne mal - zumindest für einen Tag.

»Und das in Regelstudienzeit«, verkündete Zola und ihre vollen Lippen verzogen sich zu einem Lächeln. Sie knuffte mich, sodass ich fast meinen Kaffee verschüttete. Für ein paar Sekunden schloss ich die Augen und konzentrierte mich nur auf meinen Atem.

»Also ich könnte ja Donnerstag einfach etwas vorarbeiten, während du in Vertragsrecht sitzt.« Ich dachte laut nach. Logan nickte heftig und bot mir seine Faust an. Ich boxte zaghaft dagegen.

»Jaaaaaa!« Ich konnte gerade noch rechtzeitig mein Getränk in Sicherheit bringen, da lag Zola schon in meinen Armen und quietschte unverständliche Satzfetzen. Logan gab sein bellendes Lachen zum Besten, doch ich konnte nicht in die Freude einstimmen und suchte seinen Blick. Amüsiert beobachtete er Zolas Gefühlsausbruch und trank seinen Kaffee aus.

Kapitel 2
Sam

FAR FROM me

Völlig vom Tag erschöpft sass ich in meinem alten Honda Civic und blickte durch die Frontscheibe auf den hell erleuchteten Supermarkt. Es war kurz vor acht Uhr und der dunkle Himmel hatte die Sonne bereits vollständig verschluckt. Pechschwarze Nacht. Nicht mehr lange und ich konnte endlich zum Hintereingang des Marktes und die versprochenen Lebensmittel abholen. Der Anruf kam wie geplant heute Mittag, sodass ich meiner wöchentlichen Rettungsroutine nachgehen konnte. Dienstags holte ich hier bei Shaw's Grocery und donnerstags bei dem großen Supermarkt in Ellsworth die übrig gebliebenen Lebensmittel ab und verteilte sie in den darauffolgenden Tagen an das städtische Obdachlosenheim und manchmal auch an das nahegelegene Frauenhaus. Eine Arbeit, die zwar äußerst zeitintensiv war, mir aber auch unheimlich viel Freude machte. Wenn ich in glückliche Gesichter blicken und dabei auch noch ein Zeichen gegen Lebensmittelverschwendung setzen konnte, dann war ich zufrieden. Und Glück nahm ich nie als selbstverständlich an.

Der Parkplatz vor dem Geschäft leerte sich mit jeder Minute. Vereinzelt liefen Personen dick eingepackt in Mäntel und Mützen zu Autos oder brachten ihre Einkaufswagen zurück zur Schlange vor dem Markt. Ich stieg in die Kälte und knallte die Autotür hinter mir zu. Logan wäre ausgeflippt, wenn er das mitbekommen hätte. Doch mein alter Honda war eh schon so in die Jahre gekommen, dass ihm das sicher nichts ausgemacht hatte. Ich biss mir auf die Lippe und ging auf den Supermarkt zu. Der Lieferanteneingang befand sich auf der Rückseite des Gebäudes und ich hasste es so sehr, hinter das Haus zu laufen, denn im Gegensatz zum Kundeneingang, war die Umgebung hier eher spärlich beleuchtet. Noch einmal um die Ecke und da war auch schon die schwarze Metalltür. Mit eisigen Knöcheln klopfte ich an die glatte Oberfläche und trat einen Schritt zurück. Die Tür wurde nicht sofort geöffnet wie sonst. Ich blickte auf meine Armbanduhr und sah, wie der Minutenzeiger auf der zwölf zum Stehen kam. Mit mulmigem Gefühl spähte ich von der einen zur anderen Seite.

»Danger, danger, high voltage, when we touch, when we kiss«, schrie es aus meiner Jackentasche. Hastig zerrte ich mein Handy heraus und blickte auf das Display. Daniel. Oh Gott, es war Daniel. Mein Boss Daniel. Ich riss überrascht die Augen auf und starrte auf die sechs Buchstaben. Aber er hatte mich doch noch nie angerufen. Okay, vielleicht ein- oder zweimal, aber das war schon eine gefühlte Ewigkeit her. Das dritte »Danger, danger« holte mich aus meinem kleinen Schockzustand und ich drückte mit steifen Fingern auf Annehmen.

»Ähm«, machte ich und bemerkte, dass meine Stimme nicht so wollte wie ich. Ich räusperte mich undamenhaft und piepste: »Ja, hallo?«

»Ja, hi Sam«, kam eine tiefe, rauchige Stimme durch die Leitung. Ich hörte, wie im Hintergrund etwas klirrte.

»Oh Gott«, rief Daniel genervt. Stimmen vermischten sich und drangen dumpf durch das Telefon.

»Sorry, einen Moment mal eben.« Ich merkte, wie er mich weglegte. Angespannt lauschte ich. Was wollte er denn von mir? Sollte ich vielleicht doch morgen arbeiten kommen? Das wäre echt niederschmetternd, denn den Mittwoch nutzte ich immer dazu, die gesammelten Lebensmittel zu verteilen und meinen Unistoff aufzuarbeiten. Wenn ich alles gut erledigt hätte, würde ich mir eine Folge *Stranger Things* oder *Friends* gönnen. Joggen könnte ich auch mal wieder ...

»Oh Patrice. Was soll das denn?!« Daniel stritt sich also mal wieder mit meiner Kollegin, wahrscheinlich weil sie ein Glas fallen gelassen hatte. Das machte sie nämlich oft. So oft, dass ich mittlerweile das Gefühl hatte, sie machte das extra, um Daniel auf die Palme zu bringen.

»Das ziehe ich dir vom Gehalt ab.« Ich schüttelte über ihre Streitereien den Kopf.

»Oh, Sam, tut mir leid, aber Patrice«, er flüsterte in das Mikrophon, »bringt mich hier echt aus dem Konzept.«

»Ach, kein Ding«, nuschelte ich und nestelte an dem Saum meines Parkas herum.

»Ehrlich gesagt wollte ich dich deshalb auch um etwas bitten ...« Seine Stimme war so rau, dass sich nicht nur durch die Kälte Gänsehaut auf meinen Armen bildete.

»Was gibt's denn?« Ich versuchte, betont lässig zu klingen, doch selbst in meinen Ohren hörte es sich unheimlich gezwungen an. Mein Herz schlug mir aus unerklärlichen Gründen bis zum Hals.

»Kannst du bitte Freitag aushelfen? Patrice«, wieder flüsterte er den Namen und ich musste schmunzeln, »ist die reinste Katastrophe. Sie bringt die Tische durcheinander, sie vergisst die Bestellungen der Kunden und sie schmeißt ständig

Gläser runter.« Ich konnte ihn vor meinem inneren Auge sehen: lässig an der Wand lehnend mit dem Telefon in der Hand. Seine blonden Haare völlig verwuschelt, weil er sich im Fünf-Minutentakt mit der rechten Hand durch die Mähne auf seinem Kopf fuhr. Wenn er den Arm hob, spannte sich sein Shirt im Bereich des Bizeps besonders stark und seine Tätowierungen begannen zu tanzen. Was würde ich zuerst berühren? Seine weichen Haare oder seine harten Muskeln? Vielleicht würde ich auch endlich die Gelegenheit bekommen seine Motive aus der Nähe zu betrachten ... Ich verschluckte mich an meiner eigenen Spucke und Hitze stieg in meine Wangen.

»Freitag ist Halloween«, hauchte ich und kam mir dabei völlig daneben vor. Ich rollte mit den Augen und schlug mir die flache Hand vor die Stirn. Was war bloß los mit mir?

»Ja, genau! Das ist ja das Problem. Ich brauche dich.« Das Blut schoss in meinen Kopf.

»Also, eigentlich wollte ich Freitag ausgehen«, murmelte ich. Meine sozialen Fähigkeiten - ein Trauerspiel.

»Oh. Äh, ja klar, das hab ich mir schon gedacht ... Du bist jung und studierst und sowas ... Klar, da geht man auf Partys ...« Seine Worte überschlugen sich beinahe. Ich hatte keinen blassen Schimmer, was ich darauf erwidern sollte, deshalb wartete ich einfach und trat von einem Bein aufs andere. Es war so verflucht kalt und dunkel hier.

»Und was ist, wenn du einfach deine Freunde mit ins O'Sullivan's bringst? Ihr könntet ein paar Getränke aufs Haus trinken. Also du nicht, du musst nüchtern bleiben. Aber die anderen ... Ich weiß ja nicht, mit wem du kommen würdest, wahrscheinlich mit Logan oder? Auf jeden Fall müsstest du erst um 20 Uhr arbeiten und ...«

»Ist okay, Daniel«, unterbrach ich ihn. »Ich bin Freitag um acht da«, versicherte ich ihm schnell. Nicht, dass er weitere

Pläne schmiedete und Eventualitäten durchging. Das war nämlich typisch Daniel, ständig im Planungsmodus.

Am anderen Ende des Telefons stieß er ein »Puuh« aus, fast so, als hätte ich ihn vor einem Ungeschick bewahrt. Sein Lachen folgte unverzüglich und ließ meine Haut kribbeln.

»Du bist der Hammer, Sam«, raunte er und mein Herz schlug so heftig, dass ich es im Hals spüren konnte. Die Kälte war vergessen und Hitze breitete sich in meiner Brust aus.

»Miss Ernst?« Eine Stimme erklang hinter mir. Erschrocken wirbelte ich herum und sah, dass die Metalltür geöffnet war. Mr. Shaws runzeliges Gesicht war zu einer fragenden Miene verzogen.

»Ich muss auflegen.«

»Wir sehen uns dann Freitag?«, hakte er noch einmal nach.

»Äh, klar«, rief ich etwas zu laut, lachte völlig übertrieben und ging einen Schritt auf Mr. Shaw zu. Um meine Nervosität nicht erklären zu müssen, legte ich ohne ein weiteres Wort auf. Mit unangenehmen Situationen umzugehen, hatte ich in meinem Leben noch nicht gelernt.

»Es kann losgehen.« Müde lächelte ich Mr. Shaw an und packte das Handy weg.

Nachdem ich die unfassbar riesige Menge an Obst, Gemüse und Backwaren zuerst mit Hilfe des Supermarktinhabers zum Auto getragen und dann komplett allein das ganze Zeug für die morgige Verteilung im dunklen Hinterhof sortiert und verpackt hatte, lag ich nun restlos ausgepowert auf meinem großen Bett in meinem Ein-Zimmer-Apartment. Ich rollte mich von der rechten Seite auf die linke und sah zum Schreibtisch hinüber. Beim Anblick des Chaos rümpfte ich die Nase. Skripte, die ich noch ordnen und ergänzen musste, Matheaufgaben, die ich gestern bis spät in der Nacht noch bearbeitet hatte. Das dritte Semester in Betriebswirtschaftslehre hatte es echt in sich. Mein Blick wanderte von meinem Schreibtisch zu der riesigen Monstera, die ich von meiner Mom geerbt hatte. Immer wenn ich diese Pflanze ansah, war ich froh und traurig zugleich. Froh, dass ich sie bisher nicht umgebracht hatte, denn das hätte ich mir niemals verzeihen können. Und traurig, weil sie das Einzige war, was mir neben ein paar Bildern von meiner Mom geblieben war. Meine Mom hatte einen grünen Daumen gehabt und diese Monstera umsorgt wie ein drittes Kind. So lebte ich nun mit der Monstera allein in Bar Harbor. Meine Schwester war mit meiner Nichte Emilia und meinem Neffen Matteo nach Orono gezogen. Luise konnte hier, wo Mom gestorben war, nicht mehr leben. Und ich konnte diesen Ort einfach nicht verlassen, denn in Bar Harbor fühlte ich mich ihr noch immer nah.

Heute war kein Tag, an dem ich mich der Trauer hingeben wollte, deshalb stand ich auf und nahm mein Handy vom Schreibtisch. Zeit, mich unbeliebt zu machen. Ich rief den Chat mit Zola und Logan auf und begann zu tippen:

Ich: »Leute, schlechte Nachrichten :(Ich muss Freitag spontan auf der Arbeit einspringen.«

Zola: »Waaaaaaas?«

Ich: »Ja, tut mir echt leid. Ich hatte mich jetzt doch auf unser Date gefreut, aber was soll ich machen? Wenn Daniel mir eine Extra-Schicht anbietet, kann ich schlecht Nein sagen.«

Logan: »Egal, was Daniel dir anbietet, bei ihm kannst du nie Nein sagen ;)«

Zola: »:D«

Ich: »Leck mich, Logan«

Logan: »Ach, sei doch nicht so.«

Zola: »Und was machen wir jetzt? Bis wann musst du denn arbeiten?«

Ich: »Ende offen, schätze ich mal.«

Zola: »Na super ...«

Logan: »Wir können doch auch ins O'Sullivan gehen!«

Zola: »Aber dann kann ich ja nichts trinken, ich muss ja auch wieder irgendwie nach Hause kommen -.-«

Ich: »Du kannst bei mir schlafen, das ist kein Problem.«

Logan: »Oder bei mir ;)«

Zola: »...«

Ich: »???«

Zola: »Logan!«

Logan: »War doch nur ein Spaß!«

Ich: »Also kommt ihr mich auf der Arbeit besuchen?«

Logan: »Klaro«

Zola: »Si Si«

Ich: »Ich bin ab 20h da, aber ihr könnt ja auch später kommen.«

Zola: »Über die Uhrzeit können wir Donnerstag in der Uni sprechen, oder?«

Ich: »OK, ich freue mich schon.«

Ich legte das Handy weg, nahm mir meinen Ordner für Mikroökonomik und fing an, das Skript einzusortieren. Meistens arbeitete ich vorbildlich an meinem Schreibtisch, doch heute zog ich den kuscheligen Schaukelstuhl vor. Das ein oder andere Kilo purzelte von meinen Schultern, denn ich war froh, dass ich Logan und Zola Bescheid gegeben hatte und die beiden so entspannt reagiert hatten. Ich wollte sie wirklich nicht verletzen, indem ich sie ständig vertröstete. Das tat ich oft genug, dabei waren die beiden immer für mich da und hatten mich in den letzten zwei Jahren aus so manchem Tief herausgeholt. Besonders nach dem Tod meiner Mom und dem

Zusammenbruch meines Dads waren sie an meiner Seite gewesen und hatten mich aufgefangen, als niemand anderes es tun konnte … Oder wollte.

Mittlerweile war Normalität in mein Leben zurückgekehrt. Na ja, zumindest so viel Normalität, wie es nach dem Tod der eigenen Mom geben konnte. Sie auf ihrem letzten Weg zu begleiten und ihren Verfall aus der ersten Reihe zu beobachten war hart und kräftezehrend gewesen. Und auch die Trauer meines Dads hatte Spuren bei mir hinterlassen. Nun war ich froh, dass ich hier diesen kleinen Rückzugsort für mich hatte und meinem Studium nachgehen konnte. Auch wenn mein Terminplan meistens zum Bersten gefüllt war, hatte ich alles unter Kontrolle und das gab mir Sicherheit. Es gab nichts Besseres als einen Plan und ein Ziel vor Augen zu haben.

Kapitel 3
Daniel

FAR FROM me

Der Schweiss rann mir den Rücken hinunter und einige Tropfen sammelten sich auf meiner Stirn. Meine Kondition war normalerweise sehr gut, doch heute fiel mir das Laufen schwer. Ich lief nun schon eine ganze Weile die West Street entlang und das Meer blitzte immer wieder zwischen den bunten Häusern hervor. Gerade ging die Sonne in wunderschönen Orangetönen auf. Bar Harbor war zu dieser Tageszeit wirklich friedlich. Die Pendler waren bereits unterwegs und der morgendliche Verkehr hatte sich dadurch in die äußeren Bereiche verlagert. Dieser Stadtteil wirkte wohlhabend mit seinen schönen Bauten, die an kleine Villen erinnerten, und den großen, idyllischen Vorgärten. Doch der prägnante Fischgeruch ließ jeden wissen, dass der Hafen nahe war. Die Gegensätze der Stadt faszinierten mich immer wieder aufs Neue.

Mein Atem wurde immer heftiger und meine Beine schwerer. Mrs. Gladys, eine sehr große, ältere Dame mit feuerroten Haaren kam mir entgegen. Sie führte ihren kleinen Dackel spazieren, beziehungsweise führte der Kleine wohl eher Mrs. Gladys spazieren. Er zog an der Leine wie ein Teufel, die Nase die ganze Zeit auf dem Boden. Wahrscheinlich dibberte er nach einem Tier oder er wollte seine gutmütige, geduldige Besitzerin einfach etwas ärgern.

»Guten Morgen, Mrs. Gladys«, grüßte ich völlig außer Atem und war auch schon an ihr vorbei.

»Guten Morgen, Daniel«, rief sie mir hinterher. Ich hob die Hand und lief weiter. Immer weiter. Mittlerweile konnte ich schon den Hafen vor mir sehen, es war also nicht mehr weit bis zum Brew's. Ich kam an der Kunstschule, dem Fischrestaurant und dem Jachtclub vorbei und sah nun endlich das erstaunlich türkise Meer in seiner vollen, glitzernden Schönheit. Hastig wischte ich mir mit den Händen über das Gesicht, damit ich einen klareren Blick auf den Ozean hatte. Der nun aufziehende Wind peitschte mir durch das Haar und ich genoss die Abkühlung. Ein paar Boote und Jachten waren auf dem Wasser, doch keine Segelboote. Das war für Bar Harbor eher ungewöhnlich. Besonders in den warmen Monaten wimmelte es hier von Wassersportlern, Seglern und Touristen, die im Brew's immer gern gesehene Kundschaft waren. In den letzten Jahren hatte die Stadt einen regelrechten Aufschwung erfahren und an den Wochenenden oder Feiertagen war der Pub immer gut gefüllt.

Hinten rechts an der Kreuzung konnte ich schon den Laden erkennen. Seine schwarze Holzvertäfelung hob sich deutlich von den restlichen, überwiegend hell verkleideten Häusern ab. Der rustikale Charme passte jedoch gut zu dem Irish Pub, auch wenn ich eine Renovierung mit ein paar modernen Elementen plante. Genaue Vorstellungen hatte ich dazu allerdings noch nicht, denn Kian, mein Onkel und der eigentliche Besitzer des Brew's, würde bei solch einem

Vorhaben einen Aufstand proben. Und wenn es etwas gab, auf dass ich gar keine Lust hatte, war es mit dem alten Mann zu streiten.

Meine Brust hob und senkte sich im Sekundentakt. Ich holte noch meine allerletzten Kraftreserven hervor und setzte zu einem Sprint an. Meine Waden sträubten sich und das Blut in ihnen kochte. Und dann blieb ich abrupt stehen ...

Da stand ein Lieferwagen vor dem Laden. Was war denn da zum Teufel los? Ich blickte auf die Uhr und kniff die Augen zusammen. Sie brannten wegen des Schweißes und des Windes so sehr, dass ich kurzzeitig nichts mehr sah. Neun Uhr morgens an einem Mittwoch hatten wir noch nie eine Lieferung erhalten. Verdutzt stützte ich mich mit meinen Händen auf den Knien ab und blickte zum Pub. Nach einigen Sekunden erkannte ich zwei Männer, die vor dem Laden standen, einer davon wild gestikulierend, der andere auf einen Stock gestützt.

»Verdammte Kacke«, stieß ich aus und lief wieder los. Diese unverhoffte Pause hatte meinem Körper nicht gutgetan. Ich ächzte wie ein alter Mann und kam nur im Schneckentempo voran.

»Daniel«, krächzte Kian von Weitem und zeigte mit seinem Stock auf den Lieferwagen. Als ob ich diesen nicht schon selbst entdeckt hätte. Ich kam bei den beiden Männern an und stemmte die Hände in die Hüften. Super, jetzt hatte ich auch noch Seitenstiche wie ein Anfänger.

»Guten Morgen! Was ist denn hier los?« Ich sprach gepresst, denn mein Atem war ganz flach. Abwechselnd sah ich meinen Onkel und den Mann, der vermutlich der Fahrer des Lieferwagens war, an. Aus dem Augenwinkel registrierte ich das Logo des Wagens und wusste sofort, dass der Kerl Spirituosen abladen wollte. Komisch ...

»Das kann ich dir sagen, Junge«, zeterte Kian. Er schlug sogar mit dem Stock auf den Boden.

»Das hier ist die Schnapslieferung und du warst nicht wie versprochen um halb neun da«, endete er atemlos. Nicht wie ich durch das Joggen, sondern weil er schwer herzkrank war. Deshalb benötigte er zum Gehen auch dieses Ding aus Massivholz. Ein Rollator wäre zwar die praktischere Option, doch er war ja "kein alter Mann, der so einen Quatsch braucht". Und das sagte er mir ständig in seinem unverwechselbaren irischen Akzent. Von Alter konnte man auch nicht sprechen, denn mit 61 Jahren ging es zumindest meinem Dad, Kians Zwilling, in Irland fabelhaft. Meine Mom erzählte mir bei jeder Gelegenheit, wie weit sie gemeinsam am Wochenende gewandert waren. Onkel Kian hatte jedoch vor knapp einem Jahr einen so schweren Herzinfarkt erlitten, dass er nun nicht mehr leistungsfähig war. Eine schlimme Sache für die ganze Familie, aber immerhin war Kian am Leben. Es hätte auch völlig anders enden können.

»Okay, aber ich habe keinen Schnaps bestellt, Onkel.« Ich versuchte, ruhig zu bleiben, doch mein rechtes Auge begann bereits zu zucken. Kian sollte sich nicht so aufregen, das betonten die Ärzte bei jeder Gelegenheit.

»Ja, Junge, aber ich habe Schnaps bestellt.« Er schaute mich mit gerunzelter Stirn an. Offenbar war er der Meinung, dass ich den Verstand verloren hatte. Vielleicht lag er da richtig …

»Kian, du kannst doch nicht einfach irgendwelchen Schnaps fürs Brew's bestellen. Ich habe ein System. Das Spirituosenlager ist voll«, entgegnete ich, bemüht nicht zu laut zu werden. Vergebens versuchte ich, mein zuckendes Augenlid zu entspannen. Der Fahrer des Lieferwagens blickte zwischen uns hin und her, als würde er ein Pingpong-Match beobachten. Ich bemerkte die Ader an Kians Stirn, die gefährlich stark pulsierte. Na super.

»Jetzt hör mir mal zu, Daniel. Das hier«, er deutete mit einem Schwung hinter sich, der ihn fast von den Beinen riss, »ist mein Pub.«

»Ja, aber …«, setzte ich an, aber sein Blick ließ mich verstummen.

»Seit 23 Jahren führe ich dieses Geschäft. Und zwar genau so, wie dein Großvater es bereits getan hat. Ich weiß, wann wir Schnaps bestellen müssen und wann nicht. Das kannst du mir aber glauben.« Sein Gesicht war mittlerweile blutrot und er stützte sich schwerfällig auf den Stock.

»Onkel, ich weiß, aber …« Er kam einen Schritt auf mich zu und drückte mir den Zeigefinger in die Brust.

»Aber nix da! Diese Lieferung war überfällig. Ich war gestern Abend selbst im Lager und alles war leer. Alles.« Musste diese Diskussion über meine Lagerhaltungsfähigkeiten auf offener Straße vor einem fremden Typen geschehen?

»Das nennt man moderne Lagerhaltung. Es ist unmöglich, immer alles vorrätig zu haben. Aber was rede ich hier? Das haben wir jetzt schon mehrfach durchgekaut und ich diskutiere geschäftliche Dinge nicht auf der Straße«, beendete ich, mindestens genauso laut, meine Predigt. Mein Onkel riss die Augen auf. Offensichtlich hatte er nicht mit dieser heftigen Widerrede gerechnet.

»Tut mir leid, Onkel, aber können wir später noch einmal in Ruhe darüber sprechen? Ich muss dringend duschen und dann die Küche vorbereiten.« Der Schweiß wurde langsam kalt auf meiner Haut und ich fing an zu zittern. Ich wollte mich nicht schon wieder mit diesem sturen Esel streiten. Schon gar nicht, wenn er sich so aufregte. Kian bemühte sich zwar, den Anschein zu erwecken, dass er fit war und im Alltag keine Probleme hatte, doch er hatte selbst eingesehen, dass er in diesem Zustand keinen Irish Pub leiten konnte. So war ich dann zu der zweifelhaften Ehre gekommen, sein Geschäft zu übernehmen. In Wirklichkeit war er anfälliger und schwächer durch den Herzinfarkt. Sein Kämpferherz schlug zwar weiterhin, aber nicht mehr in dem Takt von vor einem Jahr.

»Okay.« Kian hob das Kinn und schnaubte. Erst jetzt realisierte ich, dass er lediglich in Pantoffeln und Schlafhose gekleidet war. Er hatte sich seinen schweren braunen Wollmantel über den Karoschlafanzug gezogen und die roten Haare standen wirr von seinem massiven Schädel ab.

»Und bitte, Onkel, zieh dir doch was an.« Ich legte Daumen und Zeigefinger an meine Nasenwurzel und massierte die Stelle. Das hier bereitete mir wirklich Kopfschmerzen.

»Ja ja, noch eine Lungenentzündung und ich geh hops«, äffte er mich nach. Ich rollte mit den Augen und blickte danach in den Himmel. Es hätte ein schöner, friedlicher Morgen sein können.

Kian humpelte mit seinem Stock davon, ohne mich eines weiteren Blickes zu würdigen, und steuerte offensichtlich den Hafen an. Seit ich vor einem Jahr in die Wohnung über den Pub gezogen war, weil Kian die vielen Stufen nicht mehr laufen konnte, lebte er in einem kleinen Cottage zwei Straßen entfernt vom Brew's. Doch er verließ die Wohnung, so oft es nur ging, denn er hasste es dort. Das hatte er mir nicht nur einmal im Streit vorgeworfen. Ein morgendlicher Spaziergang im Schlafanzug, warum auch nicht …

Ich drehte mich kopfschüttelnd um und kramte in der Tasche meines Kapuzenpullovers nach den Schlüsseln für die Eingangstür. Gerade als ich im Begriff war, die Tür aufzuschließen und einzutreten, kam von hinten ein zögerliches

»Entschuldigung?«. Ich schaute über meine Schulter und traf auf den gequälten Blick des Lieferanten.

»Oh«, machte ich und ließ die Tür offenstehen. »Wie gesagt, ich habe die Getränke nicht bestellt!« Trotz der Kälte und meiner strapazierten Nerven schenkte ich dem Typ ein Lächeln. Er konnte ja schließlich nichts für meine Familienstreitigkeiten.

»Das habe ich mitbekommen, Mr. O'Sullivan, aber es wurde definitiv für Ihre Gaststätte bestellt und ich habe die Anweisung hier abzuliefern«, stammelte er und zuckte immer wieder mit den Schultern.

»Also, können Sie die Sachen nicht einfach mit zurücknehmen? Wie gesagt, das war ein Missverständnis, ich brauche momentan keine Getränke.« Meine Freundlichkeit bröckelte allmählich.

Der Lieferant erwiderte nichts.

»Wenn ich wieder Bedarf habe, werde ich mich selbstverständlich an Sie und Ihr Unternehmen wenden«, versicherte ich ihm, in der Hoffnung ihn so loszuwerden.

»Tut mir leid, aber bestellt ist bestellt. Ich habe hier eine ganze Palette für Sie und die muss ich jetzt auch loswerden, denn der nächste Kunde wartet.« Der schlaksige Mann band sich die langen schwarzen Haare zu einem Knoten zusammen. Mir sank das Herz eine Etage tiefer. Eine ganze Palette? Wie sollte ich das bloß bezahlen?

»Klasse ...« Ich beobachtete wie er die Hebebühne herunterfuhr. Innerhalb von fünf Minuten stand eine ganze Palette mit Schnaps vor mir. Ich rieb mir die Stirn und zog mein Mobiltelefon aus der Tasche.

»Falls es Ihnen hilft, kann ich meinen Chef ja bitten, das Zahlungsziel zu verlängern. Dann wäre die Ware nicht sofort fällig und Sie könnten die Lieferung erst in ein oder zwei

Wochen bezahlen.« Er stieg in seinen Wagen, startete den Motor und ließ sein Fenster herunter.

»Das wäre großartig.« Ich atmete tief ein und presste die Luft durch die halb geschlossenen Lippen hinaus. Bemüht freundlich zu wirken, lächelte ich den Fahrer an, doch dieser blickte auf das Lenkrad und schluckte schwer. Vielleicht wirkte ich mit meinem Lächeln auch eher wie ein Psychopath, denn der Fahrer setzte blind zurück und fuhr rasant los …

»Gute Fahrt noch.« Ich schüttelte den Kopf und ging mit großen Schritten zur Tür zurück. Zähneknirschend wählte ich Logans Nummer und hielt mir das Handy ans Ohr.

Kapitel 4
Daniel

FAR FROM me

»Danke für deine Hilfe.« Logan klopfte mir auf die Schulter und grinste breit.

»Gar kein Problem, Bro.« Mit einem gezielten Tritt schloss er die Tür des Lagerraums.

»Wenn es nicht erst morgens wäre, würde ich dir ja ein Bier anbieten.«

»Ach, ich muss ja gleich noch zur Uni fahren, lass mal lieber.« Er schmunzelte.

»Dann vielleicht 'ne Cola?« Ich zog die Schultern hoch und breitete die Arme aus.

»Klar, gerne.«

Wir gingen durch den düsteren Flur und dann die massive Holztreppe hinauf. Unten im Keller lagerten die Getränke, die wir soeben verräumt hatten, Vorräte, aber auch Dekomaterial und Stühle. Oben angekommen gingen wir nicht wie sonst geradeaus in den Hauptraum des Pubs, sondern nach rechts in die Küche. Dort öffnete ich einen der beiden riesigen Kühlschränke und holte zwei Dosen Cola heraus. Er nickte mir dankbar zu, als ich ihm eine davon reichte, und öffnete sie mit einem erfrischenden »Tzzz«.

»Und du musst gleich noch in die Vorlesung?« Da wir beide gerade nichts zu tun hatten, lag eine merkwürdige Stille zwischen uns. Logan und ich waren nicht beste Freunde, aber wir verstanden uns gut. In unserer Kindheit hatten wir viel Kontakt gehabt, doch in den letzten Jahren war dieser eingeschlafen. Das lag natürlich größtenteils daran, dass ich für das Journalismusstudium nach New York City gezogen war. Und auch schon in der High School hatten wir selten miteinander zu tun gehabt. Logan war immerhin vier Jahre jünger.

»Ja, genau. Strafrecht.« Sein Seufzen und Augenrollen machte deutlich, dass er nicht begeistert war. »So mit Mord und Totschlag und allem«, witzelte er und zwinkerte mir zu. Ich musste grinsen, denn ich wusste, dass Logan sein Jurastudium eigentlich verabscheute. Er war halt eben ein Strahlemann.

»Klingt eigentlich ganz interessant.« Als Journalismusstudent hatte ich es geliebt, über Verbrechen zu erfahren. Es war mir beinahe unangenehm, wie sehr mich True Crime und Cold Cases faszinierten. Natürlich nicht das Leid der Menschen, sondern viel mehr die Ermittlungen und Verdächtigungen ließen mich mutmaßen und recherchieren. Und natürlich auch die Berichterstattung, die oft bei solchen Fällen vernachlässigt wurde.

»Total.« Ich kaufte es ihm nicht ab.

»Und du fährst dann vorher Sam abholen?«, nuschelte ich in meine Cola. Logan stieß ein Lachen hervor und schaute mich wissend an. Ich mied seinen Blick und drehte mich um. Diese Anrichte war zwar blitzblank sauber, trotzdem nahm ich einen Lappen von der Spüle und fing an, die Oberfläche zu putzen.

»Nee …«

Ich tat weiterhin beschäftigt, besonders weil ich mir sicher war, dass er hinter meinem Rücken breit grinste.

»Oh, ach so …« Ich gab vor, dass es mich überhaupt nicht interessierte. Tat es ja auch gar nicht.

»Warum fragst du? Vermisst du sie?«

Ich wirbelte herum. »Was? Warum sollte ich sie vermissen?«

Logan tat nun ganz unschuldig und erklärte: »Na ja, weil sie, soweit ich weiß, heute nicht arbeiten muss. Somit siehst du sie ja erst am Freitag, oder?«

»Ja, ja, sie hat heute frei.« Ich fuhr mit der Hand durch meine Haare.

»Und ich dachte, du hast sie gerne bei dir?«

Meine Augen wurden groß. Ganz automatisch schoss meine Hand in meinen Nacken. Kian hatte mal gesagt, dass ich das immer tat, wenn ich nervös war. Diese Situation war das beste Beispiel, dass sich der alte Esel irrte. Oder auch nicht? Was war bloß los mit mir?

Als Logan merkte, dass er mich vollends aus dem Konzept gebracht hatte, fuhr er fort: »Weil sie doch deine beste Kellnerin ist, oder?«

Dieser Saukerl machte sich über mich lustig.

»Genau, deshalb bin ich froh, wenn Sam hier im Brew's ist. Sie ist eine gute Kellnerin und deshalb freue ich mich immer, sie zu sehen.« Obwohl ich mich bemühte lässig zu klingen, war meine Stimme heiser und atemlos. Mit akribischer Genauigkeit wischte ich die Theken sauber. Logan lachte laut auf und klopfte mir auf die Schulter.

»Wer ist eine gute Kellnerin?« Ein glockenheller Singsang

ertönte aus dem Barraum. Ich zuckte zusammen und verzog das Gesicht zu einem gequälten Lächeln.

»Patrice ...« Kurz schloss ich die Augen. Beim Öffnen erschien auch schon ihr rundes, makelloses Gesicht in der Durchreiche.

»Hi, Patrice.« Ihr gegenüber war Logan äußerst freundlich, doch er bedachte mich mit einem heimlichen, hämischen Blick. Als er einen Schritt an mich herantrat und mir »Viel Glück« zuflüsterte, rieb ich mir die Stirn. Logans Lächeln wurde breiter und er verließ die Küche in Richtung Bar.

»Musst du wirklich schon los?« Verzweifelt klammerte ich mich an meinen letzten Rettungsanker.

»Jupp, wir sehen uns spätestens Freitag zur Party.« Er ließ sich nicht beirren und steuerte die Tür an.

»Danke noch mal für deine Hilfe«, rief ich ihm hinterher und er drehte sich kurz schwungvoll um, hielt den rechten Daumen in die Höhe und rauschte aus der Tür. Dabei wehte sein Mantel wie ein Cape hinter ihm her. Ein echter Superheld.

»Na, Chef?« Patrice kam auf mich zu stolziert und lächelte mich an.

»Du bist aber früh dran.«

»Ich dachte, wir könnten zusammen frühstücken ...«

Sie lächelte und schlug die Augen aufreizend auf. Direkt vor mir. Sie spielte mit einer Locke, indem sie das dicke blond gefärbte Haar um ihren Zeigefinger wickelte. Ich stolperte zurück.

»Ich habe schon gefrühstückt, sorry.«

Das war natürlich gelogen, doch ich wollte mir Patrice vom Hals halten.

»Oh, schade.« Ihr rosafarbener Lipgloss klebte wie Kaugummi an ihren Lippen.

»Ja, total«, presste ich zwischen geschlossenen Zähnen

hervor und ging einen Schritt zur Seite, um noch mehr Abstand zwischen uns zu bringen.

»Du brauchst jetzt noch nicht mit der Arbeit zu beginnen.« Auf keinen Fall wollte ich bei meinen Angestellten als ausbeuterischer Chef gelten.

»Für dich fang ich auch gerne früher an.«

Oh je, warum war ich bloß mit ihr ausgegangen? Das war wirklich eine der dümmsten Entscheidungen meines Lebens gewesen.

»Gut, dann kannst du bitte alle Tische abwischen, die Bar auffüllen und schon mal Kaffee kochen«, ratterte ich geschäftsmäßig herunter. Professionalität war gefragt.

»Liebend gerne.« Ihre Stimme, so hoch und nasal, löste Unbehagen in mir aus. Ich wusste, dass ich mich wie ein Schuft aufführte, aber unser Date vor vier Monaten war für mich die langweiligste und furchtbarste Verabredung aller Zeiten gewesen. Patrice hingegen schien entzückt zu sein. Nach dem Abendessen auf dem Heimweg hatte sie mich sogar noch in ihr Apartment eingeladen. Meine höfliche, aber deutliche Ablehnung hatte sie wohl für falsche Schüchternheit gehalten und mich dann geküsst. Seitdem war es merkwürdig zwischen uns. Ich lehnte jede ihrer Avancen konsequent ab, aber sie wollte das einfach nicht verstehen.

»Alles klar. Jasper sollte in circa einer halben Stunde hier ankommen und die Küche für heute Abend vorbereiten. Ich bin mal eben oben duschen.«

»Oh, dann viel Spaß beim Duschen.« Patrice lächelte und biss sich tatsächlich auf die volle, rosa geschminkte Unterlippe.

Ich musste hier raus. Eilig lief ich aus der Küche und stolperte beinahe über die Türleiste. Hinter mir hörte ich das schrille Kichern von Patrice. Allein dieses Geräusch veranlasste mich dazu, zwei Stufen auf einmal zu nehmen.

Keuchend stürzte ich in meine kleine Wohnung, schlug die Tür hinter mir zu und starrte diese an. Mit unkoordinierten Bewegungen und unter Fluchen verriegelte ich sie dann. Sicher war sicher.

Kapitel 5
Sam

FAR FROM *me*

Pünktlich um zwölf Uhr stand ich in der Schlange zur Essensausgabe unserer Mensa. Während des Wartens blickte ich mich immer wieder um und suchte den Raum nach Logan und Zola ab. Wir waren hier zum Essen verabredet, um unsere Kostüme für die Halloweenparty zu besprechen. Endlich war ich an der Reihe und konnte mein Essen bestellen. Ich wählte Brathähnchen, Kartoffelbrei und einen Maiskolben. Mir hing der Magen förmlich in den Kniekehlen, denn ich hatte heute vor der Uni nur einen Kaffee getrunken und zwei Mal in Logans Apfel gebissen. Die Thekenkraft klatschte mir das eher unappetitliche Essen auf den Teller und schaute mich genervt an, weil ich nachträglich noch um einen Schokoladenpudding bat. Vollbeladen stolperte ich zu unserem Stammplatz, der zu meiner Verwunderung noch immer leer war. Wo steckten die beiden denn bloß? Ich bugsierte mein Tablett vorsichtig auf den Tisch und machte es mir gemütlich. Zumindest versuchte ich es, denn allein zu essen war nicht mein Ding. Da hatte ich immer den

Eindruck, alle anderen würden mich anstarren und über mich tuscheln. *Du schaffst das Sam. Niemand redet über dich, alles ist gut.*

Ich spießte gerade das erste Stück Hähnchen mit der Gabel auf, als mir jemand von hinten auf die Schulter tippte. Ich drehte den Kopf und konnte meinen Augen kaum trauen. Das sonnengegerbte Gesicht meines Dads strahlte mir entgegen.

»Hey Schätzchen.« Hektisch stand ich auf, wobei mein Stuhl umkippte und einen lauten Knall verursachte. Doch in diesem Moment war es mir völlig egal, dass die anderen nun wirklich zu uns hinüberstarrten. Ich quietschte und warf mich in seine starken Arme.

»Was machst du denn hier?« Bevor er antworten konnte, drückte ich ihm einen Kuss auf die stoppelige Wange.

»Na ja, ich besuche meine Töchter, das ist doch nichts Besonderes.« Er hielt mich noch fester.

»Das freut mich.« Ich schloss kurz die Augen und schnupperte an ihm, denn er roch nach zuhause. Das Zuhause, was einmal gewesen war.

Sein Besuch war definitiv etwas Besonderes, denn er war sehr selten. Die meiste Zeit lebte er auf einem Hausboot und fuhr die Ostküste entlang. Er blieb dort, wo es ihm gefiel, und meldete sich nur sporadisch bei meiner Schwester und mir. Eher bei ihr. Kaum bei mir.

»Und woher wusstest du, dass ich hier bin?«, fragte ich mit zusammengekniffenen Augen und löste mich von ihm. Der Verdacht schmeckte bitter in meiner Kehle. Er strich über sein braunes Holzfällerhemd und musterte mich ganz genau. Wahrscheinlich versuchte er das heutige Konfliktpotenzial, oder wie er es immer nannte, den *Zickenterror*, einzuschätzen.

»Natürlich von Luise«, erklärte er, dann nickte er mit einem fragenden Blick zu meinem Essen hinüber, das langsam kalt wurde. Wir setzten uns einander gegenüber und er bedeutete mir, weiter zu essen.

»Sie hat mir verraten, dass du nun Freistunden hast und wahrscheinlich mit deinen Freunden zu Mittag isst.« Er strich sein stark ergrautes, eigentlich schwarzes Haar nach hinten.

»Sicher«, murmelte ich etwas bitter. Klar, dass Luise wieder vor mir wusste, dass unser Dad zu Besuch kam. Prinzipiell war ich immer die Letzte, die von Familienangelegenheiten erfuhr. Ich schaute von meinem Teller auf und sah, dass mein Dad jede meiner Bewegungen musterte.

»Du siehst sehr dünn aus, Schatz.« Keine Frage, sondern eine Feststellung. Eine, die ich schon zu oft diskutiert hatte. Ich stöhnte auf und legte die Gabel zur Seite.

»Dad, bitte«, flehte ich ihn an, denn auf diese Art von Gespräch hatte ich keine Lust.

»Samantha«, warnte er mich wie ein kleines Kind. Er schaute mir direkt ins Gesicht.

»Hat Luise dir etwa gesagt, dass ich zu dünn bin?« Meine Stimme bebte verdächtig. Ständig redete meine Schwester darüber, dass ich untergewichtig wäre. Egal, ob ihre Meinung gefragt war oder nicht. Das war furchtbar unfair, denn ich war schon immer der sportlich-schlanke Typ gewesen und Luise war nach der Pubertät eine kurvige Göttin geworden. Während sie ein stolzes C-Körbchen spazieren führte, hatte ich die meiste Zeit, keinen Grund einen BH zu tragen. Tat ich auch nicht, denn diese Dinger waren sowieso nervig. Ich war von Natur aus schlank, egal wie viel oder was ich aß. Es lag einfach in meinen Genen und meistens war ich mit meiner Figur zufrieden. Nur Luise machte sie immer wieder zu einem Problem. Sie zweifelte nicht nur daran, ob ich genug essen würde. Nein, sie war auch überzeugt davon, dass ich zu viel Sport trieb. Beide Befürchtungen waren absoluter Quatsch.

»Ich esse genug, Dad«, versicherte ich meinem stirnrunzelnden Dad. Zur Unterstreichung meiner Worte nahm ich einen herzhaften Bissen von dem Kartoffelbrei. Die Pampe sah vielleicht aus, als wäre sie schon einmal gegessen worden, aber dafür schmeckte sie erstaunlich gut.

»Kohlenhydrate, mjam mjam mjam«, machte ich und zeigte meinem Dad den hocherhobenen Daumen. Er schmunzelte und rückte seinen Stuhl näher zu mir.

»Aber im Ernst Sam, ist alles in Ordnung? Geht es dir gut?«, fragte er mit gesenktem Ton. Er faltete seine großen, rauen Hände auf dem Tisch. Anscheinend war ich noch nicht überzeugend genug gewesen.

»Dad, ich schwöre dir, mir geht es gut. Ich esse jeden Tag mindestens zwei große Mahlzeiten und gehe nur zwei Mal die Woche joggen«, erklärte ich ruhig und fügte dann noch spitz hinzu: »Das habe ich meiner Schwester übrigens schon ein Dutzend Mal gesagt.«

»Kein Zickenterror bitte.« Dad lehnte sich sofort auf dem Stuhl nach hinten. Ich hob beschwichtigend die Hände und machte eine abwehrende Geste. Für Auseinandersetzungen und Gefühlsausbrüche bei uns Mädels war immer Mom zuständig gewesen. Mein Dad gab sich nach ihrem Tod keine Mühe, sie diesbezüglich zu ersetzen.

»Und wie geht es dir?«

»Ach, alles super«, sagte er kurz angebunden und wich meinem Blick aus. Das war kein gutes Zeichen.

»Sicher?«

»Mach dir bitte keine Sorgen um mich, Sam. Ich bin dein Dad und mein Job ist es, mir um dich Sorgen zu machen. Nicht andersrum.«

Nur leider machte ich mir ständig Sorgen um meinen Dad. Nach dem Tod meiner Mom hatte er blitzartig alles verkauft.

Unser Haus, seine Firma, unsere Möbel, sein Motorrad - es war alles weg. Und dann war er abgehauen und hatte volle vier Monate den Kontakt zu uns Schwestern komplett abgebrochen. Er sagte immer zu uns, dass er diese Auszeit nötig gehabt hatte, damit er wieder wusste, was wirklich wichtig war. Doch seinem Lebensstil zufolge war das offensichtlich nicht seine Familie. Später hatte er endlich zugegeben, dass er sich von dem »alten Ballast« lösen musste, um Mom gehen lassen zu können. Wie bereits an die hundert Male zuvor zog ein Riss durch meine Brust und mit aller Kraft versuchte ich den Kloß in meinem Hals herunterzuwürgen, damit ich weiter essen konnte. Doch es war vergebens und ich legte die Gabel beiseite.

»Hallo, Mr. Ernst«, tönte es von der Seite. Ich sah hoch. Gott sei Dank, mein bester Freund würde mich retten.

»Logan, mein Junge«, rief Dad und stand auf. Die beiden Männer umarmten sich mit viel Geklopfe auf die Schultern, dann nickten sie sich zu.

»Hi, Sam«, flötete Logan und setzte sich zu uns. Ich rang mir ein Lächeln ab, doch er merkte bestimmt, dass es nicht von Herzen kam.

»Zola kann leider doch nicht kommen. Sie muss noch etwas wegen einer Seminararbeit klären und lässt dich grüßen. Ich möchte euer Familientreffen aber auch nicht stören.« Er zuckte mit den Achseln und sah meinen Dad an.

»Ach, du störst nicht, Logan. Du bist bei uns immer willkommen, das weißt du doch, oder?«

Logan nickte und ich nahm die Gabel wieder in die Hand. Logans Anwesenheit machte auf Anhieb alles besser.

»Ich möchte bei eurem Date auch nicht dazwischenfunken«, fuhr mein Dad fort und erhob sich. Bei seiner Wortwahl konnte ich ein Augenrollen nicht unterdrücken.

»Wollen Sie schon weiter?« Logans Stimme blieb so

neutral, dass ich nicht wusste, ob er den Unterton meines Dads nicht wahrgenommen hatte oder ihn nur galant überging.

»Du störst uns nicht, Dad«, stöhnte ich. Ich schaute ihm dabei zu, wie er seinen Stuhl an den Tisch schob. Mit geschürzten Lippen sah er mich an und sein Blick wanderte langsam zu Logan.

»Wirklich«, betonte ich noch einmal, doch er interpretiere die Situation mal wieder vollkommen falsch. Vielleicht war Logans Anwesenheit doch keine Rettung gewesen. Ich grummelte und griff mir mit der Hand an die Stirn. Leider war mein Dad davon überzeugt, dass ich irgendwann mit Logan zusammenkommen würde. Allein die Vorstellung war so absurd.

»Ich wollte eh noch zu deiner Schwester«, redete Dad sich raus und zwinkerte mir zu. Da begriff auch endlich Logan die Anspielungen meines Dads und eine ulkige Nervosität ergriff von ihm Besitz. Hastig stand er auf und rief so laut, dass es der Nachbartisch auch hören konnte: »Ich hol mir jetzt mein Essen.«

Damit schritt er eilig zu ihm, gab ihm unbeholfen die Hand und rauschte zur Essensausgabe. Mein Dad ließ seinen Blick von links nach rechts schweifen, blieb jedoch an mir hängen und rieb sich die Augen. Sofort beschleunigte sich mein Herzschlag, denn ich befürchtete, dass es ihm nicht gut ging. Er war einfach ein anderer Mensch ohne Mom. Nicht mehr der Fels in der Brandung, eher das Sandkorn im Wind.

»Er hat wohl sehr großen Hunger.« Was Besseres fiel mir nicht ein. Der Umgang zwischen uns wechselte ständig von herzlich zu gezwungen. Immer hatte ich das Gefühl, ich ginge auf dünnem Eis. Jede meiner Bemerkungen könnte ihn wieder dazu bringen, sich zurückzuziehen. Einfach wegzugehen.

Dad zuckte mit den Schultern und ging um den Tisch. Er

drückte mir einen Kuss auf den Kopf und verkündete: »Ich bleibe für ein paar Tage in Bar Harbor. Dort habe ich heute Morgen mit dem Boot angelegt und den Liegeplatz für eine ganze Woche bezahlt. Du kannst mich gerne besuchen kommen, wenn du möchtest. Ansonsten würde ich mich über ein gemeinsames Familienessen am Samstag freuen. Ich wollte meine beiden Mädels mal wieder zum Hummeressen einladen. Emilia und Matteo sind natürlich auch dabei und Logan ...«, er machte eine bedeutungsschwangere Pause und zog seine rechte Augenbraue hoch, »ist auch willkommen.«

»Ich weiß nicht, ob Logan Zeit und Lust hat.« Bevor er nachhaken konnte, fügte ich hinzu: »Aber ich werde selbstverständlich da sein. Telefonieren wir vorher noch einmal?«

»Na klar, mein Schatz.«

Und damit umrundete er auch schon den Tisch. Ohne an die voll besetzte Mensa zu denken, warf ich ihm eine Kusshand zu und er fing wie in meiner Kindheit den imaginären Kuss auf. Er verstaute ihn behutsam, ganz so, wie es Brauch war, in seiner Hemdtasche. Spätestens da hatte er mich wieder und ich grinste breit. Er winkte ein letztes Mal und machte sich auf den Weg zum Ausgang.

Wie auf Kommando kam Logan zurück und setzte sich an den Platz, den vorher mein Dad eingenommen hatte.

»Was war das denn bitte?« Mit hochgezogenen Augenbrauen richtete er sein vollbeladenes Tablett pedantisch auf der glänzenden Tischplatte aus. Er stellte mir einen dampfenden Becher vor die Nase und ich seufzte selig. Kaffee!

»Das war wohl der tausendste Kupplungsversuch meines Dads.« Ich verdrehte die Augen. Logan grunzte und begann sein Essen in sich reinzuschaufeln.

»Keine Ahnung warum, aber in seiner Welt können Männer und Frauen nicht einfach befreundet sein.«

»Das ist ziemlich oldschool«, amüsierte sich Logan und zupfte an seinem Brot. Er verteilte Brösel über den halben Tisch und wirkte dabei sehr zufrieden mit sich.

»Ich weiß.« Stöhnend vergrub ich das Gesicht in den Händen. Ich erinnerte mich daran, dass ich geschminkt war, und ließ eilig die Hände wieder sinken.

»Was wollte dein Dad denn?« Er sah nicht mich an, sondern betrachtete seinen Maiskolben mit glänzenden Augen. Beherzt biss er hinein und stöhnte laut auf.

»Wow«, machte er und fuchtelte mit dem restlichen Maiskolben vor meiner Nase herum.

»Mir sagen, dass ich zu dünn bin und mich im selben Atemzug zum Essen einladen.« Ein Familienessen. Das würde wahrscheinlich eine Katastrophe werden. Ich liebte meinen Dad und auch meine Schwester, aber beide in Kombination waren zu viel für meine Nerven.

»Das passt doch gut zusammen.« Ich formte einen Schmollmund und warf ihm einen finsteren Blick zu, doch das brachte ihn nur zum Lachen. »Essen oder nicht essen, das ist hier die Frage«, rief er dramatisch mit vollem Mund und deutete mit seinem abgenagten Maiskolben auf mein Dessert.

Mein zögerliches Kichern mischte sich zu seinem bellenden Lachen und ich rief angestachelt: »Essen.«

Daraufhin vernichtete ich meinen Schokopudding und Logan inhalierte weiter seine doppelte Portion Lunch. Wo steckte er das alles bloß hin? Logan hatte mit seinem breiten Kreuz, den schmalen Hüften und definierten Muskeln eine sportliche Statur. Er wirkte zwar athletisch, aber keinesfalls wie einer dieser Muskelprotze aus dem Fitnessstudio. Es war erkennbar, dass er sich eher mit Ausdauersport beschäftigte und nicht mit Muskelaufbau oder der Zubereitung von Proteinshakes.

»Was ist denn jetzt mit unseren Kostümen für Halloween?« Ich hielt mir den vollen Bauch und dachte kurz darüber nach, ob ich Luise ein Foto von meinem Foodbaby als Beweismittel schicken sollte.

»Zola möchte wissen, als was wir gehen wollen, und dann organisiert sie die Kostüme. Du weißt ja, sie hat Kontakte.« Logan wackelte mit den Augenbrauen und brachte mich damit zum Kichern.

»Okay, das klingt gut. Wie verkleidest du dich denn?«

»Definitiv als Joker«, verkündete er stolz und grinste. Dabei verzog er den Mund, sodass seine Vorderzähne zum Vorschein kamen, seine hellbraunen Augen blieben jedoch kalt und leer. Gespenstig.

»Gute Idee.«

»Und du? Hast du eine Idee?« Er entspannte seine Gesichtsmuskeln und war wieder ganz der Alte.

»Hm, ehrlich gesagt nicht so wirklich ...« Kostüme und Verkleidungen waren nie meine Welt gewesen. Auch früher war ich damit überfordert und immer froh gewesen, wenn meine Mom mir etwas genäht hatte. Das war jetzt natürlich keine Option mehr.

»Okay, Zola hat da einen Vorschlag. Nun ja, viel mehr eine Vision.« Er schob sein Tablett zur Seite.

»Eine Vision?«, fragte ich zögerlich. Was hatte Zola wieder ausgeheckt?

»Ja, und zwar«, er trommelte mit den Zeigefingern auf den Tisch und brachte die Brötchenbrösel zum Springen. Kurz bevor ich mir sicher war, dass sein Trommelwirbel nie enden würde, verkündete er feierlich: »Marlene Dietrich.«

»Was?«

»Marlene Dietrich«, wiederholte er grinsend. »Du weißt schon: Elegant, burschikos, Marlenehose, Bluse und Jackett, dunkel geschminkte Lippen«, zählte er an seinen Fingern auf. Bei seinen Worten tauchte direkt ein Bild vor meinem inneren Auge auf. Ich stellte mir die Verkleidung bildlich vor und freundete mich ein Stück weit mit dieser Idee an. Doch direkt darauf folgten die ersten Zweifel.

»Meinst du nicht, dass ich dann aussehen würde wie ein Kerl?«, murmelte ich unsicher und sah, wie Logan sofort vehement den Kopf schüttelte.

»Wir denken, dass das eher deine weibliche Seite zum Vorschein bringt«, sagte er mit voller Überzeugung.

»Na ja, ich als dein Kumpel kann das vielleicht nicht beurteilen, aber ich denke schon, dass du hammermäßig aussehen würdest.«

Das trieb mir die Wärme ins Gesicht. Ich hatte keine Komplexe bezüglich meines Körpers, aber manchmal wünschte ich mir schon mehr Weiblichkeit.

»Aber mal so am Rande: Warum möchtest du denn ausgerechnet an Halloween besonders gut aussehen? Du bist ja auf der Arbeit ...«, meinte Logan beiläufig, doch ich sah den Schalk in seinen blitzenden Augen. Ertappt schoss mir die Hitze noch stärker in die Wangen und ich nestelte an einem Knopf meiner Bluse herum.

»Es interessiert mich ja eigentlich gar nicht«, sagte ich piepsig. Mir wurde bewusst, dass ich damit weiter den Eindruck, dass mir mein bester Freund auf die Schliche gekommen war, unterstrich und versuchte mich lässig zu geben. »Eine Frau kann ja auch einfach nur für sich gut aussehen. Ohne weiteren Grund. Ohne Motiv oder Plan im Hinterkopf!« Ich versuchte, mein Selbstbewusstsein wiederzufinden, und schob mein Kinn nach vorne.

Logan nickte mir wiederholt zu und sagte mit einem wissenden Grinsen: »Klar, ohne Mann im Hinterkopf.« Übertrieben klimperte er mit seinen langen pechschwarzen Wimpern und brachte mich damit aus der Fassung.

»Genau.« Ich atmete schwer, weil es den Anschein machte, dass er mich nicht ernst nahm. Ich konnte die Wut in meinem Hals aufsteigen spüren.

»Okay, Miss Dietrich, dann einmal Hosenanzug und Lackschuhe für Sie.« Die Sanftheit seiner Worte nahm mir den Wind aus den Segeln. Der Ärger sank sofort zurück in meinen Magen und bildete dort lediglich einen drückenden Stein. Ich bemühte mich um ein versöhnliches Lächeln und Logan boxte mir sanft gegen den Oberarm.

Kapitel 6
Sam

FAR FROM me

Bebend hielt ich den dunkelbraunen Augenbrauenstift in der Hand und bemühte mich vergebens um präzise, kleine Striche. Doch egal wie oft ich tief ein- und ausatmete, meine Hand zitterte. Ich stöhnte laut auf und legte den Stift beiseite. Am liebsten hätte ich das Ding mit einem Laserblick zerschossen. Dabei war ich doch selbst schuld, denn mein exzessiver Kaffeekonsum hatte dazu geführt, dass ich keinen geraden Strich ziehen konnte. Es war wahrscheinlich besser, wenn ich den Eyeliner heute auslassen würde. Vor mich hingrummelnd entschied ich mich als nächsten Schritt für die Wimperntusche und beschmierte mit dem Bürstchen großzügig die Haare, die meine Augen umrandeten. Wie die meisten Frauen öffnete auch ich beim Tuschen meinen Mund, was vollkommen dämlich aussah. Durch die Bewegung des Kiefers spürte ich das Ziepen des tief sitzenden Knotens im Nacken, zu dem ich meine Lockenmähne gebändigt hatte. Nach einer weiteren Schicht Wimperntusche war ich zufrieden und legte sie zurück in den schwarzen Lederbeutel, den mir meine Schwester zum letzten Geburtstag geschenkt hatte. Ich betrachtete mein Gesicht mit weit aufgerissenen Augen, denn ich wollte nicht, dass die noch frische Farbe verschmierte. Kritisch beäugte ich mein kantiges Kinn und meine Lippen, denn sie waren für mein Empfinden viel zu schmal. Ich musste mir selbst eingestehen, dass mir das Outfit, das Zola zusammengestellt hatte, sehr gefiel. Es bestand aus einer klassischen schwarzen Marlenehose mit den typisch breiten Hosenbeinen, einer weißen, eng anliegenden Bluse, deren Kragen am Hals zu einer Schleife gebunden wurde, und einem dunkelroten Blazer aus Samt. Die Krönung war der glänzende, schwarze Zylinder, den ich mir nun schräg auf den Kopf drapierte. Ich zog die Brauen nach oben und drehte mich einmal um die eigene Achse, wobei ich mein Spiegelbild nur kurz aus den Augen ließ. Mit dieser Verkleidung fiel ich sicherlich auf. Ein dumpfes Gefühl breitete sich in meinem Bauch aus. Aufmerksamkeit war nicht mein Ding. Am liebsten verschwand ich in der Menge, sodass mich niemand bemerkte.

Mein Smartphone piepte und ich nahm es von dem Regalbrett unter dem Spiegel.

»Wie gefällt dir das Kostüm?«

Als hätte Zola meine Gedanken gelesen. Ich antwortete ihr kurz, dass ich sehr zufrieden war, und bedankte mich ein weiteres Mal bei ihr. Zum Beweis machte ich mit dem Rücken zum Spiegel, Schmollmund und Peacezeichen ein klassisches Selfie. Das Meisterwerk postete ich in unseren Gruppenchat und wartete mit einem Lächeln auf den Lippen auf eine Reaktion meiner Freunde. Ungeduldig scrollte ich den Chat hoch und runter bis mein Blick nach rechts oben auf dem Display rutschte. Es war bereits halb acht. Unsanft beförderte ich das Handy zurück auf das Regalbrett und griff nach dem knallroten Lippenstift.

Das Endergebnis stellte mich nicht wirklich zufrieden, denn in Eile und mit zittrigen Händen hatte ich meine Lippen übermalt. Immerhin war die Farbe nicht verschmiert. Zola hatte recht gehabt, das Zeug hielt bombenfest.

Als ich durch die Hintertür des Brew's trat, umhüllte mich das schummrige Licht der Deckenlampen. In einiger Entfernung vermischten sich verschiedene Stimmen mit der rockigen Musik, die leise im Hintergrund gespielt wurde. War das Motörhead? Ich stand total drauf, aber ob es bei den alteingesessenen Pubbesuchern und den Studenten, die heute feiern wollten, gut ankam?

Kopfschüttelnd ging ich zur Garderobe, legte dort Mantel und Rucksack ab und zupfte meinen Blazer zurecht. Ich ließ den Blick schweifen und hoffte, dass man bei diesem Stoff keine Schweißflecken sehen würde. Kurz berührte ich Haarknoten und Zylinder, um zu prüfen, ob alles an der richtigen Stelle war. Warum war ich aufgeregt? Es war schließlich eine Schicht wie jede andere.

»Hey Maus«, flötete eine helle Stimme hinter mir. Ich drehte mich langsam zu Patrice um, weil ich in den hohen Stiefeletten nicht umknicken wollte.

»Hey.« Ich traute meinen Augen nicht. Sie hatte einen silbernen Body an, der wie eine Diskokugel glitzerte. Ihre blonden langen Haare waren akribisch geglättet und ihre Lippen waren dunkelblau geschminkt.

»Du siehst gut aus.« Nur sie konnte auf so kalte Art ein Kompliment machen und dabei lächeln. Bei ihr wusste ich nie, ob sie es ernst meinte oder sich nur über mich lustig machte. Ich bekam noch immer kein Wort heraus und beobachtete, wie sie an ihrem kurvigen Körper mit den Fingerspitzen hinunterstrich. Lässig zog sie den Reißverschluss ihres Overkneestiefels zurecht.

»Weißt du, wer ich bin?« Sie nahm die riesige Sonnenbrille von der Nase, sodass ich ihre dunkel umrandeten Augen sehen konnte.

»Lady Gaga?« Es war beinahe eine Frechheit, dass sie unendlich lange, braun gebrannte Beine hatte. Wie war das in Bar Harbor überhaupt möglich?

»Hundert Punkte.« Sie schmiss einige Strähnen ihrer dicken Haare über die Schulter.

»Du siehst toll aus.« Ich lächelte sie an und meinte es auch so.

»Ich weiß.« Ihre perfekten weißen Zähne kamen zum Vorschein.

»Ähm, ich fang dann mal an.« Schnell drehte ich mich zur Garderobe. Durch das spärliche Licht hatte ich Probleme, mein Handy aus dem Rucksack zu fischen. Sobald ich es endlich in die Finger bekam, checkte ich schnell meine Nachrichten. Zola und Logan hatten nicht abgesagt. Gott sei Dank, denn ohne die beiden würde ich diesen Abend wohl nicht überstehen.

»Ja, besser wäre es. Daniel ist heute ziemlich mies drauf und du kannst von Glück reden, dass ich spontan vorbeigekommen bin. Eigentlich wollte ich nur privat ein paar Bier trinken, doch dann bin ich eingesprungen.« Ihre Sprechweise, die Art wie sie sich selbst darstellte, brachte mich zum Zähneknirschen. Das war typisch für Patrice. Sie scharwenzelte um Daniel herum und ergriff jeden kleinsten Strohhalm, um Zeit mit ihm zu verbringen.

»Zum Glück warst du da.« Meine Mom hatte immer gesagt: Bring sie mit Nettigkeiten um. Ich rang mir ein Lächeln ab, in Wahrheit wollte ich sie jedoch an den Schultern packen und so heftig schütteln, dass ihr die bescheuerte Sonnenbrille vom Kopf fiel.

»Dann geh ich mal wieder zu ihm.« Sie stöckelte davon und ließ die Tür zum Hauptraum mit einem lauten Rums hinter sich zufallen. Einen Moment blieb ich im Gang stehen und versuchte, meine Gedanken abzuschütteln. Hatte Daniel sich wirklich gefreut, dass Patrice da war? Am Telefon hatte er doch förmlich darum gebettelt, dass ich arbeiten kam, damit Patrice zuhause bleiben konnte …

Ich presste die Lippen fest aufeinander und bewegte mich langsam auf die Küche zu. Diese Hosenbeine waren mir noch nicht geheuer. Ich hatte Angst, über den weiten Schlag zu stolpern. Mit jedem Schritt wurde der Geruch nach gebratenem Fleisch und frisch frittierten Pommes stärker. Hoffentlich hatte Jasper eine kleine Portion für mich übrig. Die kühle Metalltür gab leicht nach und eine unglaubliche Hitze schlug mir ins Gesicht.

»Hey Jasper«, rief ich dem fluchenden Riesen am Herd zu.

»Sam!« Er drehte sich zu mir und lächelte so, dass sein dunkler Schnurrbart ein ganzes Stück nach oben rutschte. Anders als die Köche aus dem Fernsehen trug er keine weiße Kleidung, sondern war wie immer komplett schwarz gekleidet. Dunkle Stoffhose, schlichtes Shirt mit Knöpfen und ein Haarnetz, das seine langen schwarzen Haare zusammenhielt.

»Wen stellst du denn dar?« Ich zog gekünstelt die Augenbrauen hoch und legte mir die Hand ans Kinn.

»Einen Rumänen«, feixte er und ich stimmte in sein Lachen ein. Tatsächlich kam seine Familie ursprünglich aus Bukarest, doch Jasper war in den Staaten geboren worden. Das hinderte ihn aber nicht daran Daniel bei jeder Gelegenheit rumänische Rezepte wie Mititei, eine spezielle Art Hackfleischwürstchen, oder Tschorbe, eine Hackfleischbällchensuppe, aufzuschwatzen. Zudem sang er oft sehr laut und schräg beim Kochen rumänische Lieder. Natürlich wussten wir nicht sicher, was er da sang, doch Daniel und ich waren uns einig, dass es sich um Hackfleisch handeln musste.

»Sam, du siehst wundervoll aus. Wenn ich nicht arbeiten müsste, dann würde ich dich um einen Tanz bitten.« Er fuchtelte wild mit dem Pfannenwender in der Luft.

»Du Charmeur«, neckte ich ihn, schlug gespielt die Augen nieder und trat näher zu ihm.

»Hier hast du ein paar Pommes, aber versau dir nicht dein Kostüm.« Mit erhobenem Finger und zusammengekniffenen Augen sah er mich an. Brav nickte ich und nahm den Teller mit Pommes entgegen. Ich hielt ihn vor meine Nase und inhalierte den köstlichen Duft.

»Hach«, stöhnte ich und griff danach.

»Vorsicht, heiß!«

Mein Appetit war groß, sodass ich die Warnung ignorierte und mir den Kartoffelstreifen einfach in den Mund schob. Nach einigen Bissen murmelte ich mit vollem Mund: »Da fehlt Salz.«

»Was ein Stuss.« Jasper verdrehte über die immer gleiche Diskussion die Augen. Trotzig trug ich meinen Teller zu der Anrichte mit den verschiedenen Gewürzen.

»Du machst immer viel zu wenig Salz auf die Pommes und das weißt du auch«, belehrte ich mit gerunzelter Stirn den Koch, der mir den Vogel zeigte, etwas auf Rumänisch murmelte und sich wieder seiner Pfanne widmete.

»Unverbesserlich.«

Diesmal verstand ich ihn sogar. Jasper mochte es gar nicht, wenn man ihn kritisierte. Besonders meine Salzsucht brachte ihn zum Verzweifeln. Ich konnte mir ein Grinsen nicht verkneifen und wischte mir den Schweiß von der Oberlippe. Gerade als ich mich nach dem Würzsalz streckte, flog die Metalltür auf und Daniel, dessen Kopf knallrot glühte, stolperte in die Küche.

Kapitel 7
Daniel

Hinter mir spürte ich die Vibration der schwingenden Metalltür, und der leichte Luftzug, den sie erzeugte, kühlte meinen hitzigen Kopf auf angenehme Art ab. Die Worte, zu denen ich angesetzt hatte, stockten in meinem Hals und verabschiedeten sich ins Nichts. Mein Herz setzte einen kleinen Moment aus, nur um dann fester und schneller zu schlagen.

»Hi!« Mit ihren glänzenden großen Augen sah sie mir direkt in die Seele, dann schnell auf den Boden. Noch immer stand ich da und konnte meinen Mund nicht dazu bringen, einen Satz zu formen. Ich machte zwar einen Laut, doch den konnte man nicht als Wort oder gar Begrüßung verstehen. Eine Schweißperle rann mir den Nacken herunter und erst da merkte ich, dass ich am ganzen Körper eine Gänsehaut hatte. Eine merkwürdige Mischung aus Wärme und Erschauern durchfuhr mich. Mit Mühe riss ich den Blick von Sam und sah zu Jasper, der am Herd stand. Er blickte von Sam zu mir und dann wieder zu ihr. Dann zog er die Augenbrauen hoch und bedeutete mir mit einer energischen Kopfbewegung, dass ich sie begrüßen sollte.

»Sam!« Es war, als könnte ich meine Stimme nicht mehr kontrollieren. Ein Krächzen war alles, was in meiner Macht stand. *Herrje, reiß dich zusammen!*

»Sorry, dass ich so spät dran bin.« Sie nuschelte und zupfte an der roten Jacke, die ihre schmale Taille betonte. Ich zuckte nur mit den Achseln, weil ich meiner Stimme nicht traute, und hoffte, dass sie verstehen würde. Seit ein paar Wochen war es merkwürdig zwischen uns. Vorher war es leicht gewesen, mit ihr Zeit zu verbringen, jetzt raubte es mir den letzten Nerv – auf eine gute Art. So, dass ich eine halbe Stunde vorher nervös wurde, mir Gedanken darüber machte, wie meine Haare aussahen oder wie ich roch.

Was hatte sie nur mit mir gemacht? Ich konnte nichts machen, stand nur da wie ein Schuljunge und musste um jeden Atemzug kämpfen. Ich war in die Küche gestürmt um Patrice, die sich mir mal wieder aufgedrängt hatte, abzuschütteln und Jasper meine Hilfe aufzuschwatzen. Der Laden war bereits jetzt rammelvoll. Ich müsste eigentlich hinter der Bar stehen. Und im Lager Nachschub besorgen. Und überhaupt. Natürlich hatte ich gewusst, dass Sam jeden Moment kommen würde. Sie blieb nie einfach weg, sie gab immer Bescheid, wenn sich ihre Pläne änderten.

Sam war eine schöne Frau, doch heute Abend übertraf sie mit ihrem Outfit alles. Die Hose betonte ihre eh schon langen Beine und die Bluse saß so eng, dass nicht mehr viel Platz für Fantasie blieb. *Um Gottes willen, was dachte ich da nur?*

Ich räusperte mich ein weiteres Mal und trat von einem Bein auf das andere.

»Ich wollte nur fragen, ob du gut zurechtkommst oder ob du Hilfe brauchst.« Ich riss mich von Sam los, nachdem mir bewusst geworden war, dass ich sie schamlos anstarrte, und blickte zu Jasper, der seine Arbeit ignorierte. Manchmal hatte ich das Gefühl, dass er sich über Sam und mich amüsierte. Sofort glühten meine Wangen noch stärker. *Hatte ich Fieber?*

»Alles roger, Chef.« Er grinste breit. Er wusste es genau. Er wusste was, oder besser gesagt, wer mich aus dem Konzept brachte.

»Brauchst du mich denn heute Abend überhaupt, Daniel?« Mit einem Gefühl, dass mich viel zu sehr an meine Vergangenheit erinnerte, saugte sich mein Blick wieder an Sam fest.

»Ja natürlich«, rief ich ein wenig zu laut und zu energisch. »Ich meine, ja. Ja, auf jeden Fall. Warum fragst du?«, korrigierte ich meinen emotionalen Ausbruch und meine Hand wanderte automatisch in meinen Nacken.

»Na ja, Patrice ist ja da ...« Sie sprach ein wenig lauter und sah mir in die Augen. *Ihr Blick wirkte irgendwie ... verletzt. War sie etwa ...? Nein, das war unmöglich.*

»Ich habe sie nicht gebeten, heute zu arbeiten.« Es war mir wichtig, dass sie es verstand. Ich brach den Blickkontakt nicht ab. In diesem Braunton hätte ich für den Rest des Abends versinken können, doch sie entzog mir ihre wunderschönen Augen schnell wieder und streute eine riesige Menge Würzsalz auf die Portion Pommes vor ihr.

»Okay!« Mit einer Hand jonglierte sie den Teller und mit der anderen rückte sie den Zylinder auf ihrem Kopf zurecht. Mit großen Schritten lief sie an mir vorbei und stieß die Tür mit der Hüfte auf. Ich konnte nicht anders und musste ihr hinterherschauen, um ihren Hintern in dieser Hose zu bewundern.

Als mir klar wurde, dass ich meiner Angestellten gerade wie ein Hafenarbeiter hinterhergegafft hatte, rieb ich mir über das Gesicht und ließ mich gegen die Theke sinken. *Verdammt, bist du in der zweiten Pubertät, oder was?*

»Schwerer Tag?« Jasper hatte ich ganz vergessen. Er trat neben mich und legte mir die Hand auf die Schulter. Sein Grinsen war so breit, dass es seine großen Schneidezähne preisgab.

»Ach halt doch die Klappe!« Ich funkelte ihn böse an, doch er lachte nur und hielt sich den Bauch.

Kapitel 8
Sam

FAR FROM me

Erschöpft liess ich mich auf dem Barhocker sinken und rieb mir mit dem Handrücken über die Stirn. Mein Make-up war wahrscheinlich schon seit Stunden verwischt, da machte das fehlende Puder dort auch nichts mehr aus. Mittlerweile war der Pub bis auf zwei ältere Herren, die eindeutig zu tief ins Glas geschaut hatten und an einem Ecktisch zusammen Lieder grölten, leer. Mit einem Lappen wischte ich den Tresen ab und versuchte, auch den kleinsten Fleck zu beseitigen.

»Sam«, rief Logan nach mir und stützte Zola mit der Schulter. »Ich dachte, ihr seid schon gegangen?« Zola sah gar nicht gut aus. »Wir brauchen noch deinen Schlüssel«, lallte Zola und grinste mich breit an. Ihre Augen fokussierten eher einen Punkt hinter mir anstatt mein Gesicht und ich schüttelte langsam den Kopf.

»Zola, du hast doch einen Ersatzschlüssel für meine Wohnung.« Schmunzelnd griff ich nach ihrer grünen Handtasche. Sie war als She-Hulk verkleidet und hatte sich deshalb von oben bis unten grün angemalt. Die Tasche musste natürlich farblich passen, das hatte sie mir über den Abend hinweg einige Male erklärt. Zola hatte sich sogar eines dieser fiesen Farbsprays in die Haare gesprüht, damit diese grün schimmerten. Und das mit dem Wissen, dass sie sich mindestens drei Mal die Haare würde waschen müssen, bis der grüne Schleier endgültig verschwunden war. Ehrlich gesagt, sah sie zuckersüß aus, doch das hatte ich ihr nicht gesagt. Sie war immerhin She-Hulk und deshalb stark und gefährlich. Auch das hatte sie laut lallend unzählige Male verkündet. Aus der kleinen Handtasche beförderte ich ihren Schlüsselbund und suchte den pinkummantelten raus.

»Hier, das ist er.« Ich präsentierte Logan den Schlüssel. »Kannst du wirklich fahren? Soll ich nicht lieber ein Taxi bestellen?«, fragte ich ein zweites Mal und Logan rollte mit den Augen.

»Ich hatte nur zwei Bier und das ist Stunden her.« Während er sprach, fing er Zola auf, denn sie war über ihre eigenen Füße gestolpert.

»Okay.«

»Du kommst nach?«

»Klar, ich mach hier noch sauber und dann komme ich nach Hause.« Natürlich nahm ich seinen skeptischen Blick wahr, doch ich ignorierte ihn. Den ganzen Abend hatte Logan Andeutungen gemacht, dass ich mit Daniel sprechen solle. Dass da etwas war, was wir klären oder bereden sollten. *Was für ein bescheuerter Vorschlag.* Zum einen redeten Daniel und ich ständig miteinander, schließlich arbeiteten wir hier gemeinsam, und zum anderen war er mein Chef. Was Logan sich da einbildete, war unangebracht. Mir war Professionalität wichtig. Anderen hingegen eher nicht. Patrice hatte Daniel den ganzen Abend umschwirrt wie eine Motte das Licht. Und ich hatte wieder die ganze Arbeit gemacht. Meine geschwollenen Füße pochten und ich wollte einfach nur noch nach Hause.

Zola rülpste sehr laut und ich riss die Augen auf. Logan fing lauthals an zu lachen, doch Zola schien nicht wirklich amüsiert. »Bitte bring sie heim. Ich möchte nicht zur Krönung des Abends ihr Erbrochenes wegwischen«, mahnte ich Logan und er nickte schnell.

»Sicher«, sagte er zu mir gewandt. Zola fragte er: »Kannst du laufen oder muss ich dich tragen?« Er stellte die Frage, als würde er mit einem Kind sprechen.

»Tragen«, nuschelte sie und schloss die Augen. Ohne ein weiteres Wort hievte er sie auf seine Arme und trug sie aus der Bar.

Erleichtert, dass die beiden auf dem Nachhauseweg waren, ließ ich meine Schultern sinken und den Kopf von rechts nach links kreisen. Der Zylinder war schon nach einer Stunde gewichen, doch nun musste der Knoten aus meinem Nacken auch verschwinden. Mit einigen Handgriffen löste ich meine Haare und schüttelte sie aus. Ich trat hinter die Bar, nahm ein sauberes Whiskyglas aus der Spüle und schenkte mir einen Schluck Tullamore Dew ein. In einem Zug leerte ich das Glas und genoss das brennende Gefühl in meinem Hals. Auch wenn es unvernünftig war, nahm ich noch ein Glas.

Endlich standen die beiden älteren Männer auf und verließen mit einem lauten, genuschelten »Schön` Abeeend no'h« das Brew's. Ich schlenderte zu ihrem Tisch, checkte kurz die Scheine, die sie liegen gelassen hatten, und starrte dann aus dem Fenster auf das raue Meer.

Das Lied wechselte und harsche E-Gitarrenklänge setzten ein. Eines meiner absoluten Lieblingslieder von den Arctic Monkeys. Sofort kroch ein Kribbeln durch meine Beine. Ich hatte Lust zu tanzen. Den ganzen Abend hatte ich die anderen dabei beobachten müssen und mich nicht anschließen können, denn ich hatte Bier, Whisky und Burger an die Kundschaft verteilt. Obwohl der Rhythmus an mir zog, krabbelte Unsicherheit in mir hoch, denn ich wollte nicht, dass jemand sah, wie ich allein tanzte. Das sähe sicherlich merkwürdig oder verzweifelt aus. Und Taktgefühl war auch nicht meine Stärke. Allerdings waren keine Gäste mehr da und Daniel und Jasper waren in der Küche beschäftigt. Mein Blick galt dem Durchgang zum Flur hinter mir. Ich biss mir auf die Unterlippe.

Die Sorgen flogen über Bord. Beim Betreten der Tanzfläche merkte ich, dass ich schwankte. *Lag es an meinen schmerzenden Füßen oder den zwei Whiskys?* Während ich mich drehte und versuchte, den Takt zu finden, betrachtete ich die bunten Lichter, die immer wieder unterschiedliche Dinge beleuchteten. Blau die Theke, pink die Sitzecke, grün die alten Gitarren an der Wand. Ich schüttelte meine Haare, headbangte und sang dann laut den Refrain mit.

»I said, I bet that you look good on the dancefloor«, rief ich und drehte mich wieder und wieder. Dann ließ ich die Hüften kreisen und fühlte mich sexy. *So schlecht sah ich heute gar nicht aus, oder?* Einige Gäste hatten mein Kostüm gelobt und Daniel ... *Oder hatte ich mir nur eingebildet, dass er mich vorhin intensiv angesehen hatte?* Vielleicht hatte ich auch Fehler beim Kassieren gemacht und er war eigentlich wütend auf mich ...

Der Song endete und ich blieb auf der Tanzfläche stehen. Diese merkwürdige Pause zwischen zwei Liedern. Erkennen. Entscheiden. Weiter tanzen oder lieber gehen? Dieses Lied war weniger rockig, eher melancholisch. Auch voller Gitarrenklänge, aber es war eine Ballade, in der der Sänger mit seiner vollen, rauchigen Stimme über eine Beerdigung sang. Sofort war meine Stimmung eine Etage tiefer gerutscht und ich schwankte von rechts nach links. Tiefer unter meine Haut, nah an meinem Herzen. Mit geschlossenen Augen wog ich mich in der Musik und vergaß die Welt um mich herum. Zumindest bis ein leises »Sam« in mein Ohr drang. Ich riss die Augen auf und wirbelte herum. Dabei stolperte ich und fiel in starke, warme Arme.

»Ach du Scheiße«, knurrte Daniel und schob mich zurück auf meine Füße. Hitze stieg in mir auf. Das war wahrscheinlich die peinlichste Situation meines Lebens. Oder zumindest der letzten Monate.

»Es tut mir leid.« Ich strich mir die Haare, die an meinen Wangen und meiner Stirn klebten, aus dem Gesicht.

»Was tut dir leid?«

Mein Gesicht war seinem so nahe, dass ich seinen Atem auf meiner Haut spüren konnte. Obwohl ich mein Gleichgewicht bereits wiedergefunden hatte, ließ Daniel mich nicht los und brach den Blick nicht ab. Und ich lehnte mich noch immer in seine kräftigen Arme. Diese grünen Augen zogen mich in seinen Bann, dem ich nicht entkommen konnte.

»Ich …«, setzte ich an und brach direkt wieder ab. Sein Duft nach Wald und Salz umhüllten mich vollständig und ich hoffte, dass dieser Geruch an mir hängen blieb, damit ich ihn später noch riechen konnte.

»Du?« Bei dem Klang seiner rauchigen Stimme gaben meine Knie ein wenig nach. Das war jedoch kein Problem, denn er hielt mich noch immer sanft. Wie er das Wort aussprach, faszinierte mich so sehr, dass ich den Blick von seinen Augen lösen konnte. Nur um seine Lippen anzustarren. Sie wirkten weich und voll, ideal um sie zu küssen.

»Sam, was machst du nur«, raunte er mir zu und mein Herz sprang fast aus der Brust. Sein Gesicht kam noch näher an meines und er berührte mit seiner stoppeligen Wange meine. Sein Mund wanderte zu meinem linken Ohr und er fragte leise: »Darf ich dich küssen?«

Der warme Atem auf meinem Hals, an meinem Ohrläppchen, und die Lichter, die immer wieder Schatten auf uns warfen, gaben mir das Gefühl zu träumen. Das konnte doch niemals Realität sein.

Ich rieb meine Wange ebenfalls an seiner und nickte. Dann waren seine Hände auf einmal an meinen Hüften und seine Finger umschlossen meine Seiten. Unsere Lippen berührten sich. Erst ganz zart und behutsam, dann fordernder. Daniel strich mit seiner Zunge über meine Lippe und ich gewährte ihm Einlass. Der Geschmack von Zimt und Bier weckte mich aus meiner passiven Haltung und ich lehnte mich ihm weiter entgegen. Begierig wanderten meine Hände zu seinen Haaren, denn ich hatte schon so lange davon fantasiert, wie sie sich anfühlten. Sie waren wahnsinnig weich. Ich strich mit meinen Fingern hinunter bis zu seinem Nacken. Er stöhnte in meinen Mund und ich presste meinen ganzen Körper an seinen. Seine großen Hände wanderten über meinen Rücken zu meinem Hals und formten einen Zopf aus meinen Haaren. Das Ziehen echote in meinem unteren Bauch und verstärkte das süße Gefühl. Ich strich den Kragen seines Hemdes entlang, immer weiter die Knopfleiste hinunter, bis ich seinen Hosenbund erreichte und eine Hand auf seinen Bauch legte.

»Oh Sam.« Sein Stöhnen löste unsere Lippen. Sein Mund wanderte von meinem Kinn zu meiner Kehle und ich ließ den Kopf nach hinten fallen. Er umfasste meinen Hintern grob und drängte sich weiter an mich.

Ich dachte nichts, ich fühlte nur. Seine Hände auf mir, seine Lippen an meinem Ohrläppchen und sein Herz, was gegen mein eigenes klopfte.

»Soll ich vorne abschließen?«, rief Jasper in den Raum

und ich drückte Daniel augenblicklich von mir weg. Mit glasigem Blick schaute er mich an, doch ich konnte beobachten, wie der Schock in sein Bewusstsein tröpfelte. Ich drehte mich zu Jasper, der in dem Durchgang stand.

»Hab ich schon«, reagierte Daniel schneller, als ich erwartet hatte. Er strich sich die zerzausten Haare glatt und räusperte sich. Das waren meine Hände gewesen. Seine ballten sich nun zu Fäusten. Er wich einen Schritt von mir zurück. Ich fasste an meine Lippen und hoffte, dass der Lippenstift sein Versprechen gehalten hatte. *Was hatten wir uns dabei gedacht?*

»Alles klar.« Jasper verließ rückwärts den Raum. Er hatte registriert, was hier vor sich ging. Ich drehte mich zu Daniel, der mich mit undurchschaubarem Blick musterte. Mein Herz sank tiefer. Wieder ging ich einen Schritt zurück. Sein Blick klärte sich. Aus Leidenschaft wurde Ernüchterung. Daniel hatte den schwelenden Blick fortgeblinzelt. Jetzt sah er genauso überfordert aus, wie ich mich fühlte.

»Das war …«, versuchte er die Situation einzuordnen, doch brach ab.

»Falsch?« Meine Stimme bebte, denn ich fürchtete mich vor seiner Antwort.

»Nein!«

Ich versuchte, seine Miene zu deuten, doch es gelang mir nicht.

»Du bist einfach wunderschön«, hauchte er und schloss die Augen. Doch als er sie wieder öffnete, war ich schon Richtung Tresen gewandert. Ich schüttelte den Kopf und flüsterte: »Ich kann das nicht, tut mir leid.«

Damit floh ich aus dem Raum, hielt nur kurz an der Garderobe, um mir meinen Rucksack und meinen Mantel zu schnappen, und verließ das Brew's, so schnell ich konnte.

Kapitel 9
Sam

FAR FROM me

Ein einzelner Sonnenstrahl kitzelte meine Nase und sorgte dafür, dass ich trotz der geschlossenen Augenlider immer wieder von Rot- und Orangetönen geblendet wurde. Ich kniff die Augen zusammen, zog die Nase kraus und blinzelte. Gähnend öffnete ich die Augen und musste kurz innehalten. Bunte Lichter, der Geruch nach Meer und der Geschmack von Bier und Zimt krochen zurück in meine Gedanken. Mit einem Ruck saß ich senkrecht in meinem Bett und zischte: »Fuck!«

»Hhm?«, machte es neben mir und Zolas hübsches Gesicht lugte unter meiner Bettdecke hervor.

»Fuck, fuck, fuck!« Mit einem Satz sprang ich aus dem Bett. Augenblicklich setzten Kopfschmerz und Schwindel ein, sodass ich mich am Schreibtisch festhalten musste. Mein Schädel brummte so sehr, dass ich zum Fenster tapste und den Vorhang zuzog.

»Alles in Ordnung mit dir?« Zola war noch schlaftrunken – bis zu dem Moment, indem sie begriff, dass meine Bettwäsche voller grüner Farbe war. Das hatte ich natürlich bereits gestern nach der Party gesehen und mich damit abgefunden, dass ich dieses Set wohl abschreiben konnte. Tief schnarchend hatte sie weit ausgestreckt auf meinem Bett geschlafen. Ich hatte es nicht übers Herz gebracht, sie zu wecken, denn sie hatte so entspannt gewirkt.

»Sorry, Sam.« Sie zog die Luft scharf ein und machte ihren berüchtigten Schmollmund.

»Ach, ist nicht so schlimm«, winkte ich ab und setzte einen Schritt vor den anderen. Meinem Gleichgewichtsorgan traute ich noch nicht über den Weg.

»Logan hat dich also sicher zu mir gebracht?« Mit einem Kater und ohne Kaffee ein Gespräch zu beginnen, war anstrengend. *Warum ging es mir so übel, ich hatte doch nur zwei Gläser Whisky getrunken?* Ich schlurfte zu meiner Küchenzeile, die Kaffeemaschine fest im Blick und wartete auf ihre Antwort. Ich bekam keine.

»Zola?« Ich blickte über die Schulter.

Sie rappelte sich hoch und lehnte ihren zerzausten Kopf an das Kopfteil des Bettes.

»Also, irgendwie schon«, formte sie langsam die Worte. Es war untypisch für sie so bedacht zu sprechen.

»Ist irgendetwas passiert?« Mir wurde flau im Magen, deshalb lehnte ich mich an die Küchentheke. Zola starrte mich mit großen Augen an und fummelte an ihrer goldenen Kette herum.

»Zola, ist was mit Logan passiert?«, rief ich und meine Stimme brach weg. Zu viele Gespräche mit der Kundschaft gestern. »Ist er gut nach Hause gekommen? Was ist los?«

»Nein! Ja! Ich denke, er ist gut nach Hause gekommen.« Sie sprach zögerlich und hob die Hände. Ich fuhr mir durch die Haare, was ich direkt bereute, denn sie waren total verknotet. Ohne mein Make-up zu entfernen oder meine Haare zu kämmen, war ich gestern ins Bett gefallen. Nur um mich dann von der einen auf die andere Seite zu wälzen, denn in mir tobte ein Sturm aus Aufregung und Verzweiflung.

»Was ist dann mit dir?« Ich widmete mich meiner Kaffeemaschine, indem ich den roten Knopf drückte und den Wassertank auffüllte. Wie in Trance zog ich die Schublade auf und beförderte mit geübten Handgriffen vier Kaffeepads auf die Arbeitsfläche. Die ganze Zeit tippte meine Fußspitze im Takt. In dem Takt des Liedes, zu dem ich gestern getanzt hatte. Als mir das bewusst wurde, stampfte ich mit dem Fuß auf. Den Gedanken an Daniel, an unseren Moment auf der Tanzfläche, schob ich so weit von mir weg, wie es möglich war. Kaffee würde meine Kopfschmerzen lindern. Kaffee würde alles besser machen und meine Gedanken klären.

Ich hörte die Bettdecke rascheln und sah gerade noch, wie Zola in mein Badezimmer verschwand. Mit gerunzelter Stirn bereitete ich weiter den Kaffee zu und warf einen Blick in den Kühlschrank, der jedoch bis auf ein einsames Paar Bananen leer war. Ich verzog das Gesicht.

Der Lappen, mit dem ich den kleinen Ecktisch abwischte, machte ein schmatzendes Geräusch unter meinen Händen. Wieder wurde mir flau und ich musste eine Pause machen. Erst mit der Sicherheit, dass es nur ein kurzer Anflug von Schwäche gewesen war, positionierte ich zwei große, gut gefüllte Kaffeebecher auf dem Tisch. Ich setzte mich auf meinen gewohnten Platz und schlürfte den dampfenden Kaffee. Der erste Schluck verbrannte meine Zunge, doch das war mir egal – Hauptsache Kaffee.

Zola kehrte aus dem Bad zurück und gesellte sich zu mir. Meinen Blicken wich sie jedoch aus. Da ich genau wusste, wie sie tickte, ließ ich sie erst einmal in Ruhe und begann von Nebensächlichkeiten zu reden.

»Heute Abend gehe ich mit meiner Familie essen«, begann ich und verzog das Gesicht.

»Oh je.« Sie nahm ebenfalls einen Schluck aus ihrer Tasse, verzog jedoch schmerzverzerrt das Gesicht und hustete. Nicht jede Person trank Kaffee um jeden Preis. Zola stellte die Tasse ab.

»Ich hoffe, es läuft alles friedlich ab.«

»Wohin geht ihr?«

»Dad möchte Hummer essen gehen ... Ich schätze demnach zum Sound Grill.«

Sie hatte sich wohl das Gesicht gewaschen, denn das grüne Muster auf ihrer dunklen Haut war beinahe verschwunden. Nur am Hals bildeten Braun und Grün einen Fleckenteppich, dessen Muster ich bewundern musste. Es war, als wäre Zola eine Waldfee.

»Luise kommt auch?«

Ich nickte langsam und faltete dann meine Hände auf dem Tisch.

»Und Emilia und Matteo auch«, fügte ich hinzu. Meine Nichte und meinen Neffen hatte ich lange nicht gesehen. Zuletzt in ihren Sommerferien und das war einige Wochen, vielleicht sogar Monate, her. Luise sah ich ziemlich oft, immerhin arbeitete sie an meiner Universität.

»Hast du Angst dich wieder mit deiner Schwester zu streiten?«

Ich nickte erneut.

»Und diesmal sogar mit Publikum«, stöhnte ich. Mit einem fiesen Quietschen schob ich den Stuhl nach hinten. Ich schlurfte zur Theke und schenkte mir nach.

»Sam, das wird bestimmt nicht so schlimm, wie du es dir

vorstellst. Lass dich nicht provozieren.« Sie lächelte mich an, doch es war nicht ihr gewohntes, volles Lächeln. Sie verhielt sich merkwürdig.

»Das sagst du so leicht.« Meine Schwester und ich konnten kaum in einem Raum sein, ohne dass die Fetzen flogen. Ich ging zurück zum Tisch, setzte mich und stellte meine Tasse ab. Auf dem Stuhl lehnte ich mich nach hinten und brachte die Arme über den Kopf zusammen.

»Sie meckert immer an mir herum und weiß alles besser. Und mein Dad ist von allem, was sie macht oder sagt, begeistert. Was ich hingegen mache, wird immer auf die Goldwaage gepackt. Der absolute Scherz.« Ich ließ den Kopf in den Nacken sinken.

»Ich weiß. Sie kann echt eine Bitch sein«, pflichtete Zola mir bei.

Mein Kopf flog noch weiter zurück.

»Zola!« Mein Ton war mahnend, mein Grinsen konnte ich jedoch nicht verbergen.

»Deine Schwester schleimt sich bei eurem Dad ein, damit er ihr Geld zuschiebt.« Mit spitzen Lippen trank sie von ihrem Kaffee. »Meinst du? Sie hat doch genug Geld, oder? Sie arbeitet immerhin an der Uni in einer gehobenen Position.«

Trotzdem wurde mir schwer ums Herz. Ich kannte Luises Einkommensverhältnisse nicht genau. Dass sie viel mehr Geld als ich, mit Studium und Nebenjob, hatte, war offensichtlich.

»Denk daran, dass sie zwei Kinder hat. Weißt du, was ein Junge in Matteos Alter an einem Tag isst?« Zola hob den Zeigefinger. Ihre goldenen Ringe glänzten im Sonnenlicht und ich bemerkte erst jetzt, dass sie sich sogar die Nägel für ihre Kostümierung grün lackiert hatte.

»Hm«, machte ich nur und presste die Lippen aufeinander.

»Mein Dad hat immer gesagt, dass ein einzelnes Kind eine Million Dollar kostet, bis es endlich auf eigenen Beinen steht.« Bei den letzten Worten verstellte sie ihre Stimme, um ihren Dad nachzuahmen. Ich hielt mich zurück, denn ich hatte Zolas Dad nicht kennengelernt. Doch die Erinnerung an ihren toten Dad schien meine Freundin nicht zu schmerzen. Im Gegenteil: Das erste Mal an diesem Morgen wirkte sie gelöst und fröhlich.

»Na ja, was auch immer meine Schwester und mein Dad für Absprachen treffen ... Ich möchte nicht ausgeschlossen und wie ein kleines Kind behandelt werden«, machte ich klar.

Zola beugte sich zu mir nach vorne, verschränkte die Arme und sagte eindringlich: »Das kann ich verstehen. Und deshalb solltest du unbedingt zu diesem Familienessen gehen und nicht absagen.«

»Sicher, das war mein Plan.« Mit diesen Worten belog ich mich selbst mehr anstatt Zola. Sie zog nur eine Augenbraue hoch und nahm wieder ihre Tasse in die Hand.

»Ja, ja, ja ... Ich geh hin ...« Mein Seufzer war schwer.

Eine Weile saßen wir nur da und hingen beide unseren Gedanken hinterher. Nach einer Phase der Stille kam das, was ich prophezeit hatte.

»Ich glaube, Logan hat Gefühle für mich.« Es platzte einfach aus ihr heraus. Dabei verzog sie ihre Miene kein Stück.

»Natürlich hat er das«, bestätigte ich. »Das soll jetzt die große Neuigkeit sein?« Für mich war die Sache schon lange klar. Seit unserem ersten Treffen zu dritt gab es ein bestimmtes Band zwischen den beiden. Oft neckten sie sich, blödelten herum und waren ziemlich gute Kumpel. Doch ich hatte immer das Gefühl gehabt, dass da mehr war. Ein stilles Abkommen, ein umfassendes Verständnis, das unterschwellig jedes Gespräch von ihnen unterlagerte. Ich dachte immer, dass

Zola das bewusst war. Als ich ihr nun ins Gesicht sah, war da eine tiefe Furche zwischen ihren perfekten schwarzen Augenbrauen. Ich konnte ihre Verunsicherung nicht verstehen. Natürlich hatte man Gefühle für seine Freunde, oder?

»Nein, du verstehst nicht, Sam«, unterbrach sie mein Gedankenkarussell und lehnte sich noch näher zu mir.

»Er ist in mich verliebt.«

»WAS?« Das Karussell in meinem Kopf hatte nicht nur angehalten, es war zerbombt worden. Völlig unfähig weiterzufahren.

Zola starrte mich an und brachte kein weiteres Wort heraus. Nach ein paar Augenblicken fand ich meine Stimme wieder. »Wahrscheinlich interpretierst du zu viel in seine Avancen. Er ist ein Charmeur. Und klar mag er dich, du bist seine beste Freundin.«

Sie schob die Brauen zusammen. Ihre dunklen Augen waren auf mich fixiert.

»Nein, *du* bist seine beste Freundin.«

»Ach, es ist doch egal, wer von uns seine beste Freundin ist. Wir sind alle drei beste Freunde.«

Zola wirkte aufgebracht, ihre Wangen färbten sich rosa und ihre Augen funkelten mich an.

»Na ja, dich hat er nicht auf ein Date eingeladen, oder? Somit wird das bei *euch beiden* wohl stimmen.« Sie schmiss die Hände in die Luft und stand auf. Als wüsste sie nicht, wohin mit sich selbst, lief sie durch den Raum. Mit ihren langen Beinen überbrückte sie die kurze Strecke von Wand zu Wand innerhalb weniger Sekunden. Wie ein nervöses Tier in einem kleinen Käfig.

»Wie?« Ich merkte, dass mir der Mund offenstand, denn meine Schleimhäute waren trocken.

»Sam, er hat mich gestern hierhergebracht und sich ganz

wunderbar um mich gekümmert«, begann sie zu erzählen. »Ich war so müde, dass ich einfach in dein Bett gekrabbelt bin. Er hat sich zu mir gesetzt und ... Da war so eine komische Stimmung zwischen uns ... Und er hat auf einmal gefragt, ob wir miteinander ausgehen sollen.« Sie lief so schnell, dass ich befürchtete, sie würde eine Schneise in meinen Dielenboden schlagen.

»Und damit meinte er nicht ein Date zu dritt?«, hakte ich nach. Dabei achtete ich darauf meine Stimme nicht zu sehr nach Skepsis klingen zu lassen. Zola wirkte wie ein Pulverfass, das sich neben einem Lagerfeuer befand.

»Nein, das meinte er nicht.« Sie wirbelte zu mir herum. Meine Augen weiteten sich, denn ich sah eine Träne von ihrer Wange kullern.

»Oh Sam, ich dachte, mit Logan ist es anders. Ich dachte, er ist mein Freund«, schluchzte sie und ich war sofort auf den Beinen. In einer einzigen Bewegung zog ich sie in meine Arme und streichelte ihr weiches Haar.

»Aber er ist doch dein Freund.«

»Ja, aber er will mehr«, krächzte sie. Mittlerweile kullerten die Tränen unaufhaltsam von ihren Wangen und sie zog die Nase hoch. »Hat er etwas getan, was du nicht wolltest?« Mit eisiger Stimme stellte ich diese Frage. Sofort schüttelte sie den Kopf.

»Nein, Gott, nein.«

Bester Freund hin oder her, ich hätte ihn umgebracht.

»Okay, dann erklär mir doch, was dich so traurig macht.« Ich flüsterte, während ich sie in meinen Armen wog wie ein kleines Kind.

»Na ja, ich fühle mich verraten ... Die ganze Zeit dachte ich, dass wir nur Freunde wären, und auf einmal macht er solche Bemerkungen und will mir näherkommen«, nuschelte sie.

Ich grunzte laut und sie stieß sich von mir ab.

»Was ist so lustig?« Ihr Blick spießte mich auf.

Wahrscheinlich war es nicht klug, doch ich konnte die nächsten Worte nicht einfach herunterschlucken.

»Zola, jetzt mal im Ernst: Auf einmal macht er solche Anmerkungen? Das geht doch jetzt schon so seit deiner Trennung von Troy.« Das war die Wahrheit. Vor ein paar Monaten hatte sich die Dynamik in unserem Dreiergespann geändert. Zola hatte sich von ihrem Exfreund getrennt und seitdem war es zwischen ihr und Logan merkwürdig. Er war zuvorkommender als sonst zu ihr, wollte offensichtlich Zeit mir ihr verbringen. Plötzlich war es gar nicht mehr so wichtig, ob ich bei Kinobesuchen oder anderen Verabredungen dabei war. Es ergab auf einmal alles einen Sinn. Vorher hatte ich es nicht greifen können, doch Zola hatte recht. Logan war in sie verliebt. Ich hatte das einfach nicht gecheckt, war zu beschäftigt mit mir selbst gewesen. Hatte wie immer das Problem bei mir gesucht und nächtelang spekuliert, weshalb sein Enthusiasmus mir gegenüber zusammengeschrumpft war. Dabei war er das nicht. Der Enthusiasmus gegenüber meiner Freundin war nur immens gewachsen.

Keinesfalls wollte ich Zola das Gefühl geben, sie nicht ernst zu nehmen, doch ihre Blindheit machte mich auch sauer.

»Seit meiner Trennung?« Sie schüttelte ungläubig den Kopf.

»Und außerdem wäre es ja nicht das erste Mal, dass aus einer Freundschaft mehr wird. Ich denke nicht, dass Logan deine Freundschaft ausgenutzt hat oder sich aus einem bestimmten Motiv mit dir angefreundet hat«, versuchte ich ihr weiter die Augen zu öffnen.

»Er ist doch nicht wie diese Typen, die so tun als wären sie an dir interessiert und in Wahrheit wollen sie dich abschleppen. Wir reden hier von Logan, Zola.« Wut keimte in mir auf. *Wie konnte sie unseren besten Freund mit solchen Lackaffen auf eine Stufe stellen?*

»Okay, okay. Du hast vielleicht recht.«

»Sei nicht traurig. Sprich am besten noch mal mit ihm«, schlug ich ihr vor und nahm sie wieder in den Arm.

»Na ja, wenn er überhaupt noch mit mir sprechen will ...« Sie legte den Kopf auf meine Schulter.

»Warum sollte er denn nicht mit dir reden wollen?«

»Nun, ich habe abgelehnt.« Sie grub ihr Gesicht in mein Schlafshirt.

»Oh«, machte ich und strich ihr über den Rücken.

»Du empfindest nichts für ihn, oder?« Ich schloss die Augen. Nicht, dass ich nun in ein Minenfeld getreten war.

»Nur Freundschaft«, murmelte sie und löste sich dann von mir. Sie ging einen Schritt auf das große Fenster zu und berührte sanft mit ihren Fingern das größte Blatt der Monstera. Mich beschlich das Gefühl, dass sie mir eine Sache, ein paar Details, verschwieg. Aber die Jahre der Freundschaft mit ihr hatten mich gelehrt, Zola nicht zu drängen, deshalb ließ ich es gut sein und setzte mich wieder an den Tisch. Mit Blick in die Tiefen meiner Tasse flimmerte der vergangene Abend innerlich an mir vorbei. Ein Gefühl von Schuld überkam mich. Ich hatte von Zola erwartet, dass sie sich mir öffnete und ihre Probleme mit mir teilte, doch ich verheimlichte ihr den ... Die Begegnung mit Daniel.

Unter dem Tisch ballte ich meine Hände zu Fäusten, atmete tief ein, schloss die Augen und öffnete den Mund. Mit einem Grunzen schloss ich ihn wieder. Zola drehte sich zu mir, eine Augenbraue erhoben, und nahm am Tisch Platz. Sie hatte die Fährte aufgenommen.

»Und wie war dein Abend noch? Musstest du noch lange aufräumen?« Zola, der Bluthund. Verübeln konnte ich es ihr nicht.

Eine unglaubliche Nervosität überkam mich und ich rutschte auf meinem Stuhl herum. Es musste raus. Und so rief ich ihr das Geständnis ins Gesicht: »Ich habe ihn geküsst.«

»Wen?«

»Daniel! Ich habe ihn geküsst. Na ja, er hat mich geküsst. Also er hat gefragt«, stammelte ich. Ich versuchte sie nicht anzusehen, damit ich mich weiter auf meinen Atem konzentrieren konnte. Es gelang mir nicht. Zolas breite Lippen formten sich zu einem perfekten Kreis, den sie langsam mit ihrer flachen Hand abdeckte.

»Wie jetzt? Er hat dich gefragt?«

»Ja, und ich habe ja gesagt.« Meine Wangen glühten und meine Handinnenflächen wurden feucht. Rasch stand ich auf und eilte zur Kaffeemaschine.

»Ihr habt euch geküsst? So richtig?«

Was war ich, ein Kind?

»Ja, natürlich«, fuhr ich sie an und rollte mit den Augen.

Sie tänzelte neben mir herum, klopfte mir auf die Schulter.

»Na endlich!«

Ich kniff die Augen zusammen und verschränkte die Arme vor der Brust. »Was soll denn das heißen?«

»Also Logan und ich warten darauf, seit du im Brew's angefangen hast.« Ein simples Achselzucken von ihr wie das Selbstverständlichste dieser Welt.

»Ihr redet hinter meinem Rücken über mein Liebesleben?«

»Wir lästern doch nicht, Sam. Das ist nicht abwertend

gemeint«, versuchte sie mich zu beschwichtigen und nahm meine Hand in ihre. »Wir finden nur, dass ihr ein süßes Paar abgeben würdet. Ihr habt so viel gemeinsam: Hobbys, merkwürdige Angewohnheiten, die Einstellung zum Leben … Es würde einfach gut passen.« Sie suchte Blickkontakt, doch ich starrte auf den Boden, unfähig die Worte aufzunehmen.

»Und außerdem: Ihr schmachtet euch doch schon eine Ewigkeit an.« Mein Bauch fühlte sich an, als hätte ich heiße Kohlen geschluckt. Ich presste die Lippen aufeinander. Mit einem Ruck riss ich meine Hand aus ihrer.

»Nein, ich schmachte ihn überhaupt nicht an.« Schnell brachte ich Distanz zwischen uns. Mein Herz schlug stürmisch und hart in meiner Brust. Als wollte es aus ihr herausbrechen.

»Okay. Wie du meinst.«

»Ja, meine ich sehr wohl. Ich kann doch nicht … Er und ich, das ist unmöglich. Der Kuss war ein Ausrutscher, weil ich schon so lange allein bin und betrunken war.« Lügen. Alles Lügen. Und Zweifel. An meinen Freunden, die hinter meinem Rücken tuschelten. An mir selbst, die das alles nicht verdient hatte und gleichzeitig irgendwie doch. Ich drehte mich von Zola weg, damit sie all das nicht in meinen Augen erkennen konnte.

»Weißt du was, Sam? Ich glaube eher, du willst deine Gefühle nicht wahrhaben«, schleuderte sie zurück und ging zur Garderobe. Mit flinken Fingern nahm sie ihren Mantel und ihre kleine grüne Handtasche.

»Das sagt die Richtige. Ich merke doch, wie du Logan manchmal ansiehst.« Ich folgte meiner Intuition und traf damit anscheinend voll ins Schwarze, denn Zola zuckte zusammen.

»Lenk nicht von dir ab.« Grob warf sie ihren Mantel über. Sie schlüpfte in die Schuhe und trat auf die Tür zu. Meine

Nase kribbelte. Die Vorankündigung, dass ich gleich losheulen würde. Zu viel Stress. Zu viel Streit. Wenn ich an die Konflikte dachte, die zwischen Zola und Logan noch hochkochen könnten, bekam ich kaum Luft. Ich wollte nicht, dass das Trio auseinanderbrach. Und diesen Streit hier wollte ich auch nicht. Ich wischte mir energisch über das Gesicht. Ich musste die richtigen Worte finden, damit alles wieder gut werden konnte.

»Lass mich raten: Ihr habt euch geküsst, alles war schön und du hast die Nähe genossen. Und mit einem Mal ist ein Schalter in deinem Kopf umgesprungen und du bist weggerannt.«

Es war, als hätte sie mir ein Messer von hinten in die Schulter gerammt. Ich wusste, dass Zola eine ehrliche Person war. Und dafür liebte ich sie meistens, aber heute zerstörte es mich.

»Das machst du mit allen Menschen, die dir nahekommen wollen. Nur der Kuss ist neu. Das muss bedeuten, dass Daniel dir wirklich wichtig ist.«

Ich hatte Wut in ihrem Blick erwartete, doch Enttäuschung schlug mir entgegen. Das war noch schlimmer. Während sie sich zurück zur Tür drehte, wollte ich mich ihr nähern. Worte finden, aber sobald ich einige formte, zerflossen sie wie Traubenzucker in meinem Mund. Ich konnte nicht. Meine Beine waren wie festgefroren, mein Mund wie zugenäht. Zola riss an der Klinke. Ich schloss die Augen und rang nach Luft. Das Gefühl der Atemlosigkeit überrollte mich und brachte mich den Tränen noch näher. Mein Herz schmerzte.

»Wovor hast du nur solche Angst, Sam? Was denkst du, was passiert, wenn du dich auf jemanden einlässt?« Ihre Stimme war nun ruhiger. Bevor ich mich weiter um Wörter bemühen konnte, schlug sie die Tür zu. Wie bei einer gelösten Blockade konnte ich aktiv werden. Ich folgte ihr und hielt meine zittrige Hand über der Klinke. *Warum hatte sie das nur gesagt? Warum hatten mich ihre Worte so getroffen?* Ich rutschte an der Tür entlang auf den Boden. Alle Dämme brachen, Tränen verwässerten meinen Blick und Spucke sammelte sich in meinem Mund. Ich gab mich meiner Wut und Trauer hin, weinte laut, trat nach dem Schuhregal und legte meinen Kopf auf den kühlen Dielenboden. Das war wie mit meiner Schwester. Geschrei, Behauptungen, die der Wahrheit nahekamen und am Ende das Gefühl, dass der Konflikt zu groß war. Zu groß für mich, zu groß für mein Gegenüber. Manchmal wusste ich nicht mehr, wieso wir überhaupt gestritten hatten. Und auch jetzt entglitt mir das Gefühl für die Auseinandersetzung.

Nach gefühlten Stunden blieben meine Augen trocken und ich rappelte mich auf. Leere. Keine Emotion war übrig. Alles erschien mir sinnlos. Wie ein Roboter ging ich zurück zum Tisch, stürzte den letzten Schluck kalten Kaffee herunter und wanderte im Autopiloten zum Schreibtisch. Vielleicht fühlte ich gerade nichts und vielleicht konnte ich Zolas Fragen nicht beantworten, aber ich konnte produktiv sein. Seufzend schlug ich einen Ordner auf und versank in meinen Notizen.

Kapitel 10

Sam

FAR FROM me

Der Kies knirschte unter den Reifen als ich auf den Parkplatz des Sound Grills fuhr. Den schwarzen SUV meiner Schwester mit den Schühchen von Matteo, die am Rückspiegel baumelten, erkannte ich sofort. Ich parkte neben Luise und versuchte, den Kontrast ihres Geländewagens neben meiner Schrottschüssel zu ignorieren. Ich hatte meinen Dad von seinem Boot abholen wollen, doch Luise war mir zuvorgekommen. Sie hatte darauf bestanden, dass die Kinder möglichst viel Zeit mit ihm verbringen konnten. Das war verständlich, schließlich wusste keiner von uns, wahrscheinlich noch nicht mal unser Dad selbst, wie lange er vor Ort bleiben würde. Trotzdem hätte ich ihn gerne für mich gehabt. Mit einem tiefen Seufzer stieg ich aus und nahm meine Habseligkeiten vom Rücksitz. Um eleganter und erwachsener zu wirken, hatte ich nach Ewigkeiten meine Absatzschuhe hervorgeholt – was ich nun bereute, denn ich lief wie nach einer durchzechten Nacht. Die Kopfschmerzen waren nach meinem

Heulkrampf noch schlimmer geworden. *Ob ein großes Glas Rotwein eine Art Konter wäre?*

Ich stieg mit großer Vorsicht die knallrot bepinselten Stufen zur Eingangstür des Restaurants hinauf. Weil ich den Schuhen und meinem Gleichgewichtssinn nicht traute, klammerte ich mich dabei an das hölzerne Geländer. Mit einem Keil war die grüne Tür aufgesperrt, doch der Wind rüttelte an ihr und versuchte, sie immer wieder zuzuschlagen. Ich trat in den schmalen Eingangsbereich und Doris, die mollige, kleine Kellnerin, die ich bereits seit meiner Kindheit kannte, kam auf mich zugeeilt.

»Sam!« Ich konnte ihre großen, schiefen Zähne zählen.

»Hey, wie geht es dir?« Mein Lächeln ließ Doris noch heller strahlen.

»Super, wie immer. Und dir?« Sie klopfte mir mütterlich auf die Schulter, musterte mich dabei genau.

»Gut.« Sicherlich würde ich ihr nicht sagen, dass ich bis vor Kurzem noch auf meinem Fußboden gelegen hatte.

»Komm mit. Deine Familie wartet schon.« Im zackigen Tempo ging sie voraus. Ich folgte ihr und warf nebenbei einen Blick auf meine Armbanduhr. Fünf Minuten zu früh, wie konnten sie dann auf mich warten?

Ich beeilte mich, Doris einzuholen. Wir liefen an bunt zusammengewürfelten, voll besetzten Sitzgruppen vorbei. Weil mir nicht nach Smalltalk oder überschwängliche Begrüßungen von Bekannten war, hielt ich den Blick nach unten. Direkt hinter dem grün verkleideten Durchgang bog Doris nach rechts und deutete auf den Tisch an der Wand.

»Sam«, rief Matteo, sobald er mich entdeckte. Er rutschte in einem Schwung von dem Stuhl auf seine kurzen Beine. Mit ausgestreckten Armen kam er auf mich zugerannt. Ich bückte mich nach unten und fing ihn auf, als er ins Stolpern geriet.

Luise hatte anscheinend versucht, seine dicken Haare zu bändigen, denn sie waren mit Gel und Haarspray zugekleistert.

»Matteo!« Ich schloss meine Arme um ihn. Er roch wie immer nach dem Parfüm seiner Mom. Sein Gesicht war heute, wie sonst auch, verklebt, denn er hatte immer Süßigkeiten in den Hosentaschen. Mein Neffe war ein Schokojunkie.

»Was hast du heute dabei?«, flüsterte ich in sein kleines Ohr.

»Reeses.« Er versuchte Coolness vorzutäuschen, doch seine buschigen Augenbrauen wölbten sich.

»Darf ich einen haben?« Beim Sprechen hielt ich verschwörerisch die Hand vor den Mund.

»Okay«, hauchte er mir seinen warmen, süßlichen Atem ins Gesicht. Aus seiner Tasche zog er einen Peanutbuttercup hervor. Mit der winzigen Hand präsentierte er ihn stolz, ich griff direkt zu.

»Danke.«

Seine Augen funkelten als Antwort auf mein Zwinkern.

»Keine Süßigkeiten vor dem Essen«, tadelte Luise ihn. *Oder uns?* Trotz unserer Bemühungen hatte sie mitbekommen, dass Matteo mal wieder mit Naschereien dealte.

»Aber die sind viel leckerer.« Matteo streckte mir seine Hand entgegen. Zusammen gingen wir zum Tisch, wo mein Dad bereits stand, um mich in die Arme zu schließen.

»Hi, Emilia.« Ich begrüßte meine Nichte über die Schulter meines Dads hinweg, doch sie grunzte nur. Mir war klar, dass sie mit vierzehn Jahren nicht mehr eine Euphorie wie ihr kleiner Bruder an den Tag legte. Er war sechs Jahre alt und fand mich noch ziemlich cool. Zuletzt hatte ich von Emilia zumindest ein »Hallo Sam« bekommen. Das war wohl auch vorbei.

»Hm«, machte ich und nahm auf dem freien Stuhl Platz.

Luise lächelte, doch es war das typische Mutterlächeln. Aufgesetzt, nicht echt. Ich erkannte es an ihren Augen. Ihr Mund formte ein Lächeln, doch ihre Augen blieben kalt.

»Wir haben schon Getränke bestellt ... Wir wussten ja nicht, wann du kommst.«

Der erste Seitenhieb unter drei Minuten. Ich verdrehte die Augen und biss mir auf die Unterlippe. So wurde ich doch gerne begrüßt.

»Ich bin zu früh«, entgegnete ich. Der letzte Abend, der heutige Morgen und das Drumherum hingen mir nach. Meine Stimmung war instabil. In mir fühlte es sich an wie ein Vulkan, dessen Lava an der obersten Kante schwappte. Er würde vielleicht nicht ausbrechen, aber die heiße Flüssigkeit konnte jederzeit über die Begrenzung treten.

»Mädels, bitte!« Dad war zur Stelle und versuchte den Streit im Keim zu ersticken.

»Ich habe nicht angefangen«, erinnerte ich ihn, doch es war ihm egal. Natürlich war es ihm das. Er hob eine Hand.

»Schluss damit. Ich möchte mit meiner Familie ein schönes Essen in Harmonie und Frieden erleben.« Er schaute jeden Einzelnen von uns an.

»Selbstverständlich.« Luise war sofort auf seiner Seite und nahm einen Schluck ihrer Limonade. Am liebsten hätte ich den Kopf geschüttelt. Das würde zu weit führen, deshalb knibbelte ich an der rosafarbenen Tischdecke. Mit den Fingernägeln bohrte ich ein Loch in das Gewebe aus Kunststoff.

»Wie geht's dir, mein Engel?«, fragte mein Dad und ich sah ertappt zur Seite.

»Hm, ging schon mal besser.« Ich wollte ehrlich sein, doch die Blicke waren unangenehm. *Hätte ich lügen sollen? Aber würde ich dann nicht genau das tun, was Zola mir vorgeworfen hatte?*

»Was ist los?«

Meine nächsten Worte mussten gut gewählt sein, denn ich war mir unsicher, wie viel ich preisgeben wollte. Diskussionen wollte ich mir heute ersparen. Mir fehlte die Kraft.

»Ich hatte einen Streit mit Zola.«

Emilia, die mir gegenübersaß, wirkte uninteressiert und schaute über ihre Schulter zu den anderen Tischen. Am Ende des Raumes saß ein Junge, etwa sechszehn Jahre alt, mit seinen Eltern und aß riesige Mengen an Schalentieren. Soso.

»Oh, warum das denn? Ihr versteht euch doch sonst so gut.« Dad wirkte besorgt. Seine Stimme war behutsam, seine Stirn tief gefurcht.

»Schon«, setzte ich an und verstummte, denn Luise hob eine Hand. Natürlich bat sie mich nicht um Erlaubnis zu reden. Ich kannte diese Geste. Sie wollte meine Erklärung im Keim ersticken.

»Vielleicht ist es besser so?« Luise richtete sich ein Stück auf. Es sah grotesk aus, ganz so, als hätte sie einen Besenstiel verschluckt. Oder sich sonst wohin geschoben ... Ich kniff die Augen zusammen.

»Was kommt jetzt wieder?« Mit verschränkten Armen lehnte ich mich nach vorne. Gefechtsbereit.

Mein Dad sah von mir zu Luise. Seine Augenbrauen erreichten beinahe seinen Haaransatz.

»Na ja, Zola ist nicht der beste Kontakt für dich.« Ihre selbstgefällige Art brachte mich dazu, die Zähne aufeinanderzubeißen. Luises volle Lippen formten einen Schmollmund, den ich schon viel zu oft gesehen hatte. In ihrem dunkelroten Etuikleid wirkte sie selbstbewusst und elegant, sodass niemand ihre Vermutungen anzweifeln würde. Sie strich eine blond gefärbte Strähne, die sich aus ihrer Hochsteckfrisur gelöst hatte, hinter ihr Ohr und lächelte zuckersüß.

»Warum sollte der Kontakt zu ihr schlecht sein? Zola war doch immer eine gute Freundin.«

Es wunderte mich, dass Dad Luise nicht zustimmte. Andererseits wusste er Zola zu schätzen. Er mochte ihren Pfiff und die Bodenständigkeit, die sie ausstrahlte. *War er heute auf meiner Seite?*

»Sie ist ein absolutes Partygirl. Was ich von dem Kollegium schon über sie gehört habe. Das spricht sich auf dem ganzen Campus herum.«

»Na und?«, blaffte ich Luise an und sah im Augenwinkel, wie Matteo zusammenzuckte. Das hatte ich auch nicht gewollt. »Luise, ich will wirklich nicht streiten. Lass mich und meine Freunde einfach in Ruhe. Ich finde es unfair, dass du deine Position als Studiengangskoordinatorin ausnutzt, um mich auszuspionieren. Und du kennst Zola nicht persönlich, deshalb kannst du dir keine Meinung erlauben.« Meine Nerven nicht zu verlieren, hatte absolute Priorität, deshalb atmete ich tief durch. Die Kinder mussten nicht einen weiteren Familienstreit mitbekommen. Zwar hatte Emilia nur Augen für den braungebrannten, dunkelhaarigen Teenager in Lederjacke, aber Matteo war geistig anwesend und verstand mehr, als man ihm auf den ersten Blick zutraute.

»Ich spioniere dich nicht aus. Was denkst du denn? Dass dein Leben so spannend ist?«

Autsch. Ich räusperte mich und hoffte, dass mein Gesicht belustigt und nicht gekränkt aussah. Luise und ich, wir beide, kannten die Wahrheit: Ich lernte, ich arbeitete, ich kam meinen Verpflichtungen nach. Das war`s. Das war mein Leben. Doch das würde ich vor meiner zickigen, selbstgerechten Schwester niemals zugeben.

»Na ja, wie auch immer«, fuhr sie fort und lächelte wieder ihr typisches Lächeln, »Es wundert mich nicht, dass es bei euch beiden Streitpotenzial gibt. Ihr seid grundsätzlich verschieden.« Ich schnaubte, lehnte mich zu ihr nach vorne und betrachtete sie durch zugekniffene Augen.

»Das mag sein. Ich weiß nicht, worauf du genau anspielst, doch du hast sicherlich recht. Allein optisch, ich verstehe. Aber es gibt Menschen auf dieser Welt, die sich gerne mit unterschiedlichen Personen umgeben. Die nicht jeden in ihrem Umfeld kontrollieren wollen«, schoss ich zurück. Wut kratzte die Wände meines Halses entlang. *Hatte sie darauf angespielt, dass Zola aus einem anderen Kulturkreis kam?* Von meiner Schwester hatte ich mehr erwartet.

Luise blinzelte mich an. Der Schuss hatte gesessen. Doch sie fing sich schnell, erwiderte meinen Blick und durchbohrte mich dabei förmlich mit ihren honigfarbenen Augen.

Was war nach Moms Tod bloß mit uns geschehen? So waren wir doch nicht schon immer gewesen, oder?

Doris unterbrach unser stummes Gefecht mit einem freudigen: »Sam, Liebes, was möchtest du denn trinken?«

»Ein großes Glas Rotwein, bitte.« Ich ließ Luise nicht aus den Augen. So als wäre sie eine gefährliche, giftige Schlange, die jederzeit zu einem Stoß ausholen konnte. Sie zog die fein geschminkte Augenbraue in die Höhe.

»So früh?«, kam mein Dad ihr zuvor.

»Warum nicht?«

Einige Augenblicke herrschte Schweigen am Tisch und ich warf einen Blick auf Emilia, die mit jeder Sekunde aufgebrachter wirkte. Aus ihrem Desinteresse war in wenigen Minuten Aufregung geworden. Ihre Miene wechselte von nervös zu verärgert. Und dann platze es aus ihr raus: »Sam hat recht.«

Die darauffolgende Dynamik zwischen Emilia und Luise war für mich kaum nachvollziehbar.

»Bitte nicht schon wieder.« Luise schaute ihre Tochter mit einem Blick an, der ihr zu verstehen gab, dass gleich das Ende ihrer Geduld erreicht sein würde. Emilia ließ das kalt. Sie lehnte sich von ihrer Mom demonstrativ weg und funkelte sie böse an.

»Du willst alle kontrollieren.« Meine Nichte redete so laut, dass die Leute am Nachbartisch neugierige Blicke zu uns herüberwarfen. Ich blickte die Frau im mausgrauen Pullover und den Herrn mit der Glatze finster an. Sie wanden sofort ihre Blicke wieder von uns. »Emilia, Schluss damit«, verlangte Luise.

»Nein, ich höre nicht auf. Das hier ist ein Familienessen, oder?«, wollte Emilia nun von Dad wissen und schob das Kinn vor.

»Ja?« Dieser hob hilflos die Arme.

»Das Thema geht die ganze Familie an.« Wie sie dasaß, mit erhobenem Zeigefinger, erinnerte sie mich mehr denn je an ihre Mom.

»Nein, das ist eine Sache zwischen dir und mir«, widersprach Luise und berührte Emilias schlanken Arm. Sie zog ihn sofort weg und verschränkte die Arme.

»Würdet ihr uns bitte einweihen?« Allmählich nervte es, dass ich nicht wusste, um was es hier überhaupt ging. Diese Geheimnistuerei war total daneben.

»Halt du dich da raus.«

Sie konnte wirklich ein Miststück sein!

»Jetzt bin ich aber auch neugierig. Vielleicht können Sam und ich helfen.« Der Blick meines Dads war ernst. Ich spürte einen Groll ganz tief in meinem Magen. Unfassbar, dass ich bei der kleinsten Bemerkung von ihm ermahnt wurde, aber Luise konnte mich offen anzicken und kam damit durch. Ich atmete laut aus und presste die Kiefer aufeinander. Kraftlos ließ sich meine Schwester in den Stuhl sinken und schüttelte immer wieder leicht den Kopf.

»Ich möchte meinen Papa kennenlernen.« Emilia sah erst meinen Dad, dann mich an.

»Du kennst doch deinen Dad«, warf Luise ein. Dass ihre Stimme eine Etage nach oben rutschte, ließ mich schmunzeln. Sie war wohl doch nicht die Superpädagogin, die sie stets vorgab zu sein.

»Ich habe ihn ein paar Mal gesehen«, begann Emilia und warf Luise einen düsteren Blick zu. »Doch dann haben sich Mom und er gestritten und es war Schluss. Ich war noch so klein. Kann mich kaum an ihn erinnern ... Matteo kennt ihn eigentlich gar nicht ...« Ihre Fäuste lagen geballt auf dem Tisch. Eine Strähne war aus ihrem langen Zopf gerutscht und klebte nun an dem rosafarbenen Lipgloss, den sie aufgetragen hatte.

»Will ich auch nicht.« Der Kleine wippte von einer Seite zur anderen, wirkte bereit zum Wegrennen, wenn es nötig war.

»Zapple nicht so, du stößt noch dein Glas um, mein Schatz.« Da war die Superpädagogin wieder. Er gehorchte ihr.

»Ich kann dich verstehen.« Emilias Augen weiteten sich, als ich sie behutsam anlächelte. Mir war bewusst, dass Luise sich aufrichtete, vermutlich für einen Angriff wappnete, doch ich starrte nur in das runde Gesicht meiner Nichte.

»Danke«, nuschelte sie und löste ihre Fäuste.

Mein Herz machte einen kleinen Hüpfer, denn ich spürte nach langer Zeit wieder eine Verbindung zwischen uns. Früher, vor zwei Jahren, hatten wir uns besser verstanden. Emilia und ich waren ins Kino gegangen, hatten zu zweit Burger gegessen oder gemeinsam mit Luise und Matteo den Zoo besucht. Dann war unsere Mom, ihre Oma, gestorben. Alles hatte sich verändert. Umso schöner, dass wir uns nun wieder annäherten und den Draht zwischen uns löten konnten.

»Natürlich kannst du das«, sagte meine Schwester in einem Ton, der vor Gehässigkeit tropfte. Zwar war ich ihren Ärger und ihre Ablehnung gewohnt, doch diese Intensität erschrak mich.

»Du kannst nicht alles kontrollieren, Luise.« Ich blieb ruhig, wollte das Feuer in ihr löschen.

»Doch, das kann ich. Und ich werde es.« Ihre Faust schnellte auf den Tisch. Matteo und ich zuckten zusammen, doch Emilia blieb gelassen und nahm einen Schluck von ihrer Coke.

»Mom, ich werde ihn eh irgendwann besser kennenlernen. Spätestens wenn ich volljährig bin.«

»Ja, aber bis dahin entscheide ich, mit wem du Zeit verbringst und mit wem nicht. Außerdem: Wie stellst du dir das vor? Er wohnt in Italien.«

Luise versuchte die Kontrolle an sich zu reißen – nicht nur in dieser Diskussion, sondern auch die Kontrolle über ihre Emotionen. Mit zittrigen Fingern strich sie sich die Haare aus dem Gesicht und lächelte. Ihre Augen blieben ein weiteres Mal kalt auf mich gerichtet. Ich schluckte die Worte, die mir auf der Zunge brannten, hinunter. Ich war nicht zum Streiten gekommen. Emilia schon.

»Ich will ihn in den Ferien besuchen.«

Die Gesichtszüge meiner Schwester entglitten völlig. Sie öffnete ihren Mund. Bevor es eskalieren konnte, regte sich unser Dad. Er hob einen Arm und bedeutete den beiden Streithähnen, ruhig zu sein. Seine Stirn war gerunzelt und seine dicken Augenbrauen eine einzige schwarze Linie.

»Emilia«, setzte er mit tiefer, ruhiger Stimme an, »Ich kann deinen Wunsch prinzipiell verstehen, aber es gibt einen

Grund, weshalb deine Mom nichts mehr mit Alberto zu tun haben möchte. Er war nicht gut zu ihr. Auch nicht zu euch Kindern. Er wollte euch so oft besuchen, hat aber immer wieder abgesagt. Tagelang wart ihr traurig und habt nächtelang geweint. Wer sagt, dass er dich und deinen Bruder überhaupt sehen will?«

Genau in diesem Moment kam Doris zu unserem Tisch und stellte ein großes, gut gefülltes Weinglas vor meiner Nase ab.

»Gott sei Dank«, flüsterte ich und nahm einen kräftigen Schluck. Mein Blick huschte von meiner Schwester, die ihre voluminösen Lippen fest aufeinanderpresste, zu Emilia, die meinen Dad böse anfunkelte, und landete bei Matteo, dessen Unterlippe gefährlich bebte.

»Wisst ihr, was ich hasse?«

Alle Blicke waren auf mich gerichtet.

»Erleuchte uns doch«, zischte Luise. Ich würdigte sie keines Blickes.

»Wenn über meinen Kopf hinweg entschieden wird«, löste ich das Mysterium auf.

»Wir reden aber nicht von dir.« Mein Dad streckte seinen Hals, als würde er sich auf einen Kampf vorbereiten.

»Natürlich, reden wir doch von Emilia. Über ihren Kopf hinweg wird entschieden, dass sie ihren Dad nicht sehen darf. Dabei ist sie ein Teenager, weiß sicherlich, dass ein gewisses Risiko bei der Kontaktaufnahme besteht und kann die Entscheidung selbst treffen, dieses Risiko einzugehen. Ist das nicht ein Teil vom Erwachsenwerden, ein wichtiger Prozess? Es ist doch besser, wenn Kinder beide Elternteile haben …« Ich hatte laut begonnen, wurde aber mit jedem Wort leiser. Der Tod unserer Mom hing in der Luft wie ein schlechter Geruch, den jeder wahrnahm, aber niemand ansprechen wollte.

Mein Dad rückte ein Stück von mir weg und starrte auf die Tischdecke. Emilia, die zu jung war, den bedrückenden Subtext wahrzunehmen, trat weiterhin für sich ein.

»Sam sagt es. Ich habe ein Recht auf beide Elternteile. Ich habe ein Recht, Zeit mit meinem Dad zu verbringen!« Sie schrie durch das ganze Restaurant.

Luise duckte sich und machte: »Pssscht«

»Bitte nicht streiten«, rief Matteo mit feuerroten Wangen und biss sich auf die Unterlippe.

»Du verstehst mich nicht, Mom.« Emilia raufte sich tatsächlich die Haare.

»Ich verstehe deinen Wunsch, aber es ist keine gute Idee. Du musst mir vertrauen. Ich bin erwachsen und kann das besser einschätzen«, wiegelte Luise ab und schaute zu Dad herüber. Dieser nickte ihr bestärkend zu. Die beiden hielten zusammen – was für eine Überraschung.

»Für manche Kinder ist es schwer mit einem Elternteil … Besonders wenn es sich nicht gut mit diesem versteht.« Mein Herz schlug mir bis in den Hals hinauf. So fest und stetig wie ein Geflüchteter, der um Einlass flehte.

Dads Blick huschte zu mir und seine Augenbrauen wanderten nach oben. Der Knoten in meinem Magen zog sich immer weiter zusammen. Ich wusste bereits jetzt, dass dieser Abend nicht gut ausgehen würde.

»Es ist noch schwieriger, wenn dieser Elternteil ein Lieblingskind hat und das andere stiefmütterlich behandelt.« Eigentlich hatte ich Emilia und Matteo gemeint. Ich hatte von den Kindern sprechen wollen. Doch sobald die Worte meinen Mund verlassen hatten, war mir die vernichtende Wirkung klar geworden. *Warum hatte ich das gesagt? Aber es war die Wahrheit, oder?*

Mit weit aufgerissenen Augen starrte mein Dad mich an.

Sein Mund öffnete sich, doch es kamen keine Worte. Ich sah, wie sein Adamsapfel hüpfte. Luise machte ihr typisches »Tsss«, beließ es jedoch dabei.

»Genau, du kümmerst dich in letzter Zeit nur um Matteo und ich bin dir total egal.« Emilia imitierte ihre Mom und schlug mit der Faust auf den Tisch. Die Gläser klirrten und Matteo stopfte sich seine kleinen, knubbeligen Zeigefinger in die Ohren.

Ein Stich durchzog meine Brust und ein bitterer Geschmack machte sich in meinem Mund breit. Ich kippte den restlichen Wein hinunter, doch der Geschmack der Schuld blieb. Emilia atmete schwer und spannte ihren zierlichen Körper an. Eine zarte Ader pochte an ihrer Schläfe. Sie wollte weiter ausholen. Ihrer Mom an den Kopf werfen, wie gemein und unfair sie sich verhielt, doch sie sah zu ihrem kleinen Bruder und verstand ebenso wie ich. Es genügte. Emilia erschlaffte wie ein Wasserball, dem die Luft entwich. Luise stand auf und umarmte den Kleinen von hinten. Er vergrub das Gesicht in ihrer Achsel und seine Schultern fingen an zu beben. Der Blick meines Dads bohrte sich in meinen.

»Ich glaube, das reicht für heute.«

Ich tat es ihm gleich und blickte mich um. Dutzende Augen waren auf uns gerichtet. Die Menschen tuschelten hinter vorgehaltenen Händen, als hätten sie selbst niemals einen Familienstreit erlebt. *Was für Heuchler!*

Ich wollte gerade vorschlagen, woanders zu essen, damit wir nicht zum Gespött der Stadt wurden, da traf mich der Blick meines Dads. Mir wurde klar, was, oder besser wer, hier das Problem darstellte. Seine Enttäuschung schnürte mir die Kehle zu.

Ohne ein weiteres Wort schob ich meinen Stuhl möglichst geräuschlos nach hinten und erhob mich. Ich verließ das

Sounded Grill mit schnellen Schritten und der nötigen Ignoranz gegenüber den anderen Gästen. Ein paar Mal wollte ich mich umdrehen und zurückblicken, doch als ich an meinem Wagen ankam und einige Minuten vom Fahrzeuginnenraum aus die sich hochschaukelnden Wellen beobachtete, wurde es mir klar. Niemand kam hinterher oder hielt mich auf.

Kapitel 11

Daniel

FAR FROM *me*

Die Metalltür knallte hinter mir zu und frische, klare Luft empfing mich. Ich legte die Hände in den Nacken, drückte die Ellbogen nach hinten und weitete so meine Brust. Das Stehen in der Küche und an der Bar forderte seinen Tribut. Arme, Brust und unterer Rücken waren verspannt und an meine Füße wollte ich gar nicht erst denken. Ich rollte meinen Kopf von links nach rechts. Ohne konkretes Ziel begann ich zu laufen. Es trieb mich wie fast jeden Abend Richtung Hafen. Diese kleine Auszeit nahm ich mir regelmäßig, um mich geistig auf die Öffnung des Pubs vorzubereiten. Alles war startklar oder im Begriff fertig zu werden, jetzt musste nur noch mein Kopf hinterherkommen. Es war wohltuend, den Blick in die Ferne zu richten, bevor ich meinen restlichen Tag und Abend in dem mit Menschen überladenen Laden verbrachte, Bier zapfte und dem Leid der Pubbesucher lauschte. Ich lief an den parkenden Autos vorbei und hielt abrupt an. Beinahe stolperte ich gegen die Straßenlaterne neben mir. Gerade so konnte ich mich noch an ihr festklammern, um mein Gleichgewicht zu halten.

Da stand der Wagen von Sam. Unschwer hatte ich ihn an dem Wackelkopfhund, der mit leerem Blick durch die Heckscheibe in meine Richtung nickte, erkannt. Sam hatte mir erzählt, dass diese Figur typisch deutsch war. Sie liebte dieses Ding, doch bei mir verursachten die schwarzen glänzenden Augen, die mit jedem Kopfnicken eine andere Sache oder Person anstarrten, Beklemmungen.

Sam hatte wegen eines Familienessens heute frei. Das war zumindest der Stand von gestern Abend gewesen. Nach dieser besonderen Begegnung hatte sie nicht mehr mit mir gesprochen. *War sie hier, um über unseren Kuss zu sprechen? Aber warum hatte sie sich dann nicht im Pub gemeldet?*

Der Wackelkopf wippte noch, also konnte sie nicht weit sein. Kurz kam ich mir vor wie ein moderner Spurenleser, doch ich schüttelte den lächerlichen Gedanken die Motorhaube anzufassen, um die Temperatur des Wagens zu analysieren, beiseite und zog mein Handy aus der Jeanstasche. Kein Anruf und auch keine Nachricht von ihr.

Wahrscheinlich wollte Sam nicht zu mir. *Warum sollte sie auch? Sie wollte definitiv nichts von mir.* Ich hatte es bereits kapiert, nachdem sie nach unserem Kuss fluchtartig den Laden verlassen hatte.

Ich ging weiter, doch nach Schlendern war mir nicht mehr zu Mute. Bei jedem Knallen einer Autotür oder Gelächter aus den umliegenden Wohnungen und Restaurants blickte ich mich um, neugierig und mit ein wenig Hoffnung Sam zu entdecken. Lässig würde ich sie mit einem Handzeichen grüßen und so tun, als wäre alles ganz normal zwischen uns. *Es ist nichts passiert. Alles cool zwischen uns.*

Doch ihr hübsches Gesicht tauchte nicht wie ein Wunder vor mir auf.

Am Wasser angekommen schaute ich auf die strahlend blaue Oberfläche, die sanft von Wellen durchbrochen wurde. Der Wind blies durch meine Haare und ich steckte fröstelnd die Hände in die Hosentaschen. Mein Innerstes sagte mir, dass sich etwas über dem Ozean zusammenbraute. Ich war kein Wassersportler oder Bootfahrer, trotzdem konnte ich nach alle den Jahren an der Küste Wetterumschwünge gut voraussagen. Innerhalb des Tages würde das Meer zu einer dunklen Masse werden, dessen war ich mir sicher. Das idyllische Bild würde dann verschwunden sein. Keine Enten mehr, die am Pier entlang schwammen und um Brotkrumen bettelten, keine Menschen, die auf der Terrasse des Harbour Cafés die letzte Herbstsonne genossen. Ich beobachtete die Wellen, sah, dass sie immer mehr an Kraft gewannen. Mein Atem passte sich automatisch dem Meer an. Es war, als wären Wellen und Atemrhythmus miteinander verbunden. Doch die gewünschte Entspannung wollte nicht eintreten. Mit der Hand rieb ich mir über das Gesicht und über den Nacken. Mein Blick auf den Ozean war kurz unterbrochen. Ich ließ ihn über den Pier gleiten und blieb an einer der aufgestellten Bänke hängen. Eine Person, die Beine so herangezogen, dass sie wie ein kleines Päckchen wirkte, sah ebenfalls auf das Meer hinaus. Ich kniff die Augen zusammen und versuchte, zu erkennen, ob es sich um eine bekannte Person handelte. Lange braune Haare wehten im Wind.

Ein Stoß ging durch meinen Körper. Diese Mähne und der dunkelgrüne Parker ... Das war Sam.

Ich erstarrte. Wie durch Watte nahm ich Menschen in der Umgebung wahr, die eines der Restaurants oder den Souvenirladen ansteuerten. Ich hatte mit ihr unter vier Augen sprechen wollen, deshalb wünschte ich mir, dass die anderen Personen verschwinden würden. Vor allem, wenn ich mir gleich den Korb des Jahrhunderts einfing.

Ich setzte einen Fuß vor den anderen und sammelte mit jedem Schritt meinen Mut zusammen. Es war schließlich Sam. Wir kannten uns schon ewig und seit sie im Pub angefangen hatte zu arbeiten, waren wir auch sowas wie Freunde. Na ja, Bekannte. Buddys oder so ...

Sie saß am vorderen Teil des Stegs, die Arme fest um die Beine geschlossen. Der dicke gelbe Schal wehte im Einklang mit ihren Haaren. Sie zitterte. Ihr ganzer Körper bebte. *Warum war ihr so kalt?* Ich selbst war im Hemd unterwegs, fröstelte zugegebenermaßen zwischenzeitlich, hatte jedoch noch keine Frostbeulen. Wieder erstarrte ich, denn sie drehte ihren Kopf. Fest rechnete ich damit, dass sie mich gleich entdecken würde. Doch sie schaute nur nach rechts und ich konnte ihr kantiges Profil bewundern - hohe Wangenknochen, spitze Nase und ein rundes Kinn. Genau diesen Weg nahmen auch die Tränen, die in Bächen über ihr Gesicht liefen.

Ich setzte mich in Bewegung, rannte beinahe und kam vor ihr zum Stehen.

»Sam?« Damit riss ich sie aus den Tiefen ihrer Gedanken, denn sie sah mich an, als könnte sie mich nicht direkt zuordnen.

»Daniel.« Ihre Stimme war brüchig.

Mir wurde klar, dass ihr überhaupt nicht kalt war.

»Ist alles okay? Was ist passiert?« Ich trat näher an die Bank.

»Ja, alles gut«, flüsterte sie kaum hörbar in den Wind.

Ich presste die Lippen aufeinander. Ihre schönen Augen waren von der Schminke verschmiert und ihr sonst heller Teint war rot und fleckig. Ich verlagerte mein Gewicht von einem

Bein auf das andere. *Was sollte ich jetzt tun?* Ich wollte ihr helfen, doch ich wusste nicht wie. Große Emotionen waren nicht gerade mein Ding. »Nimm es mir nicht übel, aber du siehst nicht so aus, als wäre alles gut …« Mit einem Seufzen ließ ich meinen Körper neben ihr auf die kalten Holzplanken plumpsen. Sam sah wieder auf das Meer hinaus. Sie lehnte sich von mir weg. War meine Nähe ihr unangenehm?

Ein nervöses Flattern erhob sich in meiner Magengegend. Ich strich meine Haare glatt, doch der Wind vernichtete alle Bemühungen direkt wieder.

»Möchtest du lieber allein sein?« Auf keinen Fall wollte ich sie bedrängen. Geduldig starrte ich auf die blaue weite Fläche vor uns.

»N-Nein.«

»Okay.« Ich zog ebenfalls meine Beine zum Körper. So konnte die Körperwärme besser gespeichert werden, denn hier, direkt am Meer und dem Wind ohne die Häuser schutzlos ausgesetzt, war es tatsächlich frischer als am Hafen. Wir saßen stumm da und beobachteten das Wasser. Zu gerne hätte ich gewusst, weshalb sie so weinte. Hätte ihr zugehört und versucht, einen kleinen Teil ihres Schmerzes zu nehmen. *Mein Mund blieb aber stumm, denn was gingen mich ihre privaten Angelegenheiten an?* Wir waren noch nicht mal gute Freunde. Sowas besprach sie bestimmt lieber mit Logan.

Ihr Schluchzen wurde leiser und leiser - bis es ganz verstummte. Ich spürte ihren Blick auf mir und sah im Augenwinkel, wie sie sich eine lange Strähne aus dem Gesicht strich. Ihr Blick wanderte meinen Körper hinab und augenblicklich spannten sich meine Muskeln an. Ich wollte es nicht. Es war nur ein Reflex. Eine Empfindung in meiner Brust, die ich versuchte zu ignorieren. Sam nestelte an ihrem Schal herum, schwang ihn zweimal von ihrem Hals. Dabei kam zarte, nackte

Haut zum Vorschein. Ich versuchte sie nicht anzustarren. Dieser Anblick beschleunigte meinen Puls, den ich in meinen Fingerspitzen spüren konnte.

Mit bebenden Händen zog sie den senfgelben Stoff über meine Schultern.

»Äh, danke.«

Einer ihrer Mundwinkel hob sich leicht. Sie sagte nur »gerne« und blickte wieder in die Weite.

Mir war sehr bewusst, dass ihre Hand noch immer auf meiner Schulter ruhte. Langsam und gedankenverloren strich sie von dort über meinen Oberarm. Als wäre es die natürlichste Sache der Welt. Mein Körper sah das anders. Das Blut rauschte durch meinen Kopf und für einen Augenblick konnte ich nur an ihre Berührung denken. Innerlich gab ich mir eine Ohrfeige. *Alter, reiß dich zusammen.*

»Ich habe mich gestritten«, flüsterte sie. Ich bewegte mich keinen Zentimeter, denn ich hatte Angst, sie würde dann nicht weiterreden.

»Mit wem?«

»Die bessere Frage ist wohl: Mit wem nicht?« Sie schluckte laut.

Ich legte die Stirn in Falten und öffnete den Mund. Die Worte waren da, aber ich konnte keinen passenden Satz mit ihnen formen. Mir kam es vor wie das Spiel mit dem Feuer, denn so intim hatten wir noch nie zusammengesessen. Über die Universität, die Arbeit im Pub, ihre Freunde, klar, darüber redeten wir ständig und überall. Ganz offen und ohne Körperkontakt. Aber über Probleme? Niemals.

»Zuerst habe ich mit Zola gestritten«, begann sie zu erzählen und schaute kurz zu mir. Ich nickte ihr zu. Zola war schon mehrmals mit ihr und Logan im Pub gewesen, hatte mit mir jedoch selten direkt gesprochen.

»Und dann hatte ich das Familienessen mit Dad, meiner Schwester und ihren Kindern ... Irgendwie ist es außer Kontrolle geraten und wir, also Luise und ich, haben uns angeschrien.«

Ich beobachtete die Emotionen in ihrem Gesicht. Da war Wut, Enttäuschung und Bedauern.

»Worüber habt ihr gestritten? War es wichtig?« Unsere Blicke trafen sich. In ihren Augen war so viel. Der Schmerz stand in das schöne Gesicht geschrieben.

»Ja und nein.« Sie hielt sich bedeckt. Ein Schatten legte sich über ihre Miene. Sie streckte die Beine aus, griff nach dem Rucksack neben ihr und erhob sich.

»Ich will dich mit meinem Kram nicht langweilen oder belasten.«

Es kam mir vor, als wäre eine Klappe gefallen. Sie war wie ausgetauscht, völlig emotionslos und wollte gehen. Gerade so bekam ich ihre Hand zu greifen. Ihre Augen waren zusammengekniffen und ihre Lippen fest aufeinandergepresst. Ich zog sie behutsam zu mir.

»Sam, du langweilst mich nie.« Ich räusperte mich, um lauter sprechen zu können. »Und ich höre mir gerne deine Probleme an«, fügte ich mit festerer Stimme hinzu.

Mit gerunzelter Stirn wartete sie einen Augenblick ab, dann rutschte sie zu mir auf die Knie und nahm mein Gesicht in ihre Hände. Sie strich mit dem Daumen über meine Unterlippe. Ich war verloren. Ein Blinzeln später waren ihre Lippen auf meinen. So fest, als müsste sie mir und sich selbst etwas beweisen. Ich kam ihr entgegen. Versuchte ihr mit meinem ganzen Körper zu zeigen, dass ich das hier wollte. Ihre Lippen, ihr ganzer Körper wurde weicher. Ich ließ meine Zunge über ihre Unterlippe gleiten und sofort gewährte sie mir Zugang zu ihrem Mund. Sie schmeckte so gut, dass ich mich in dem

Moment und der Nähe zwischen uns verlor. Meine Hand wanderte in ihre langen Haare. Ich zog sie an mich heran, bis ich ihre Wärme fühlen konnte. Unter der Berührung ihrer Hände, die sie in meinem Nacken zusammenlegte, entkam meinem Mund ein Stöhnen.

»Daniel«, hauchte sie zwischen zwei Küssen und strich durch mein Haar.

Mein Körper verselbstständigte sich. Ich drückte sie auf die hölzerne Bank und sie presste sich mit ihrem ganzen Körper an mich. Sie wollte es. Ich wollte es. Meine Hand wanderte hinunter, ihren Rücken entlang. Mit schnellen Bewegungen knöpfte sie ihren Parker auf. Mein Atem beschleunigte sich. Ich hörte ein dumpfes Ploppen und mit einem Blick über die Schulter sah ich, dass ein Stiefel von ihrem Fuß gerutscht war. Sie riss an meinen Haaren und ich keuchte. Mit dieser Bestimmtheit hatte ich nicht gerechnet. Es gefiel mir, wie sehr sie mich wollte. Ihr Gesicht war gerötet, ihre Augen funkelten und ihr Atem ging stoßweise. Ich legte mich auf sie und ihre Hände waren überall. Sie stöhnte in mein Ohr und ich küsste, leckte ihren süß duftenden Hals.

»Ich will dich«, flüsterte sie.

Das war der Moment, in dem es mich traf wie ein Eimer kaltes Wasser. *Was tat ich hier?*

Ich rutschte von ihr herunter, fand mich auf dem Boden wieder und rappelte mich hoch. Sam lag auf der Bank. Ihre Wangen waren wie Feuer, ihr Mund, durch den sie schwer atmete, stand offen.

»E…es tut mir l…leid«, stotterte ich und reichte ihr eine Hand. An meinen geschwollenen Lippen hing noch ihr Geschmack.

»Hey, alles gut, ich wollte es doch.« Sie nahm meine Hand.

Aus Höflichkeit zog ich sie hoch, wich dann aber einen Schritt zurück. Sicherheitsabstand.

»Nein, du verstehst nicht.« Mir war kalt, obwohl sich der Wind gelegt hatte. Die Kälte drang mir aus jeder einzelnen Pore.

»Daniel, ich ...«, setzte Sam an.

Ich schüttelte den Kopf.

»Sam, lass gut sein. Es tut mir aufrichtig leid. Ich wollte deine Situation nicht ausnutzen. Zudem bin ich dein Chef, und solch ein Verhalten ist unangemessen«, ratterte ich herunter. Es tat weh, in ihre tränenverschmierten Augen zu blicken. *Ich war ein solches Arschloch.*

»Du verstehst nicht.« Sie kam einen Schritt auf mich zu. »Ich habe doch angefangen. Ich habe dich geküsst.«

»Du hast geweint.« Meine Stimme flog über den Steg, bis das Meer sie verschluckte.

Sie versuchte, meine Hand zu greifen, doch ich wich weiter zurück. Bitterkeit kroch meinen Hals hinauf. Ich hatte richtig Mist gebaut. Mit dem Kuss gestern, mit der Knutscherei heute. Herrje, wir waren auf einem öffentlichen Platz.

Mit funkelnden Augen strich sie ihre Haare glatt. Dieses Funkeln war anders. Es hatte nichts mit Leidenschaft oder unserem Moment zu tun. Sie stemmte die Hände in die Hüften und fixierte mich mit ihrem Blick. Fest rechnete ich damit, dass sie nun meine Ablehnung begriff und mir gleich ein paar gepfefferte Worte an den Kopf warf.

»Ich mag dich, Daniel«, sagte sie, als würde sie es mir vor die Füße spucken. Als wollte sie es nicht haben.

Mein Herz schlug dumpf in meiner Brust weiter, obwohl meine Welt kurz anhielt. Es hingen unausgesprochene Worte zwischen uns. Sam streckte den Nacken und leckte sich über die Lippe. Allein diese kleine Geste brachte mich so aus dem Konzept, dass ich einen weiteren Schritt zurücktaumelte.

Da war es. Das Flattern, das ich lange nicht mehr gespürt hatte. Heute, hier bei Sam, war es wieder zurück.

Mir brach der Schweiß aus und ich legte eine Hand auf meinen Bauch. Sam registrierte meinen Blick und ihr Gesicht wurde von einem Ausdruck der bitteren Erkenntnis überzogen. Ablehnung. Sie verstand mein Nein. Das Nein, was ich ihr versucht hatte anzuhängen, damit ich, der Kerl, es nicht sagen musste. Ihr war klar, dass ich nicht wollte. Dabei galt das Nein nicht ihr, doch wie sollte ich das bloß erklären?

»Tut mir leid«, würgte ich hervor und drehte mich von ihr weg. Ich brauchte Abstand zwischen uns. Zwischen ihr und diesem verhassten Flattern.

Kapitel 12
Daniel

FAR FROM *me*

Der Empfangstisch, an dem sonst immer Frau Williams saß, war heute leer und der Computer entsprechend ausgeschaltet.

»Hallo?«, rief ich in die Praxis und hörte im Gang zum Arztzimmer ein Fluchen.

»Verdammte Kacke.«

Mein Mundwinkel hob sich.

»Mrs. Lee?«

Ein Poltern erklang im Gang.

»Ja … ja, ich bin hier hinten.« Ich setzte mich in Bewegung, denn der Druck in mir war unbeschreiblich. Seit Stunden fühlte ich mich wie eine Lokomotive, die nur vorwärts konnte, nicht zurück. Doch die Dampflok konnte nicht zischen. Die Energie staute sich in mir an und konnte nicht entweichen.

An mir zogen die abstrakt gemalten Bilder vorbei, die ich schon so oft betrachtet hatte. Am Ende des Flurs stand Mrs. Lee und zog das Papierfach des Kopierers auf. Sie betrachtete die Zufuhr kurz, dann stieß sie die Kassette wieder zu. Das Ganze wiederholte sie drei Mal. Bei jedem Versuch wurde sie ein bisschen energischer.

»Daniel«, begrüßte sie mich wie einen alten Freund und tätschelte meine Schulter.

»Kann ich Ihnen helfen?«

Sie rollte mit den Augen.

»Natürlich, weil ich als Frau das nicht geregelt bekomme.« Ihre schwarzen Haare trug sie zu einem strengen Knoten und kleine rote Flecken bildeten sich an ihrem Hals. Ein Zeichen dafür, dass sie gestresst war. Sie kannte mich gut, das war schließlich ihr Job. Aber mir war sie auch nicht fremd, denn wir hatten stundenlang in diesen vier Wänden verbracht. Deshalb war mir auch klar, dass sie ihren letzten Satz aus Spaß gesagt hatte.

Ich schob ihren kleinen Körper einen Meter zur Seite und kniete mich auf den Holzboden. Mit flinken Fingern öffnete ich den Einschub und erkannte, dass sich ein Papier in dem Druckeinzug verfangen hatte. Es war knifflig. Der verdammte Apparat hatte das Papier in kleinste Teile zerfetzt. Ich bekam einem nach dem anderen mit den Fingerspitzen zu fassen.

»Was für ein nerviges Ding«, beschwerte sie sich und trat gegen den Drucker.

»Also wirklich.« Ich setzte eine erschrockene Miene auf und Mrs. Lee spielte mit. Sie griff sich an die Brust und legte einen Handrücken auf ihre Stirn. Dann begannen wir beide zu lachen.

»Vielen Dank, Daniel.« Zielorientiert wie sie nun mal war, deutete sie auf die Tür des Behandlungszimmers.

Ich ging vor und setzte mich auf den grünen Sessel in der Ecke. Mein Stammplatz. Ich bildete mir ein, dass er genau meinen Poabdruck hatte, obwohl logischerweise jeden Tag Dutzende Menschen hier saßen.

Umso länger ich hier verweilte und darauf wartete, dass Mrs. Lee ihre Notizen zusammengesucht hatte, desto stärker wurde der Druck. Aus Sorge wurde Nervosität. Aus Nervosität Zweifel. Das ging soweit, dass ich das Bedürfnis verspürte zu gehen. Fliehen.

Mrs. Lee nahm hinter ihrem imposanten Holzschreibtisch Platz. Sie rüttelte an der Computermaus und ein elektrischer Schein erhellte ihr rundes Gesicht.

Wie oft hatte ich genau dieses Bild vor Augen gehabt? Wie oft hatte ich hier gesessen und überlegt, ob ich den nächsten Tag noch schaffen konnte? Ob ich einen weiteren Tag auf dieser Welt aushalten konnte?

»Kleinen Moment bitte«, entschuldigte sie sich, blieb mit ihren fast schwarzen Augen auf dem Bildschirm heften.

Ich wischte meine feuchten Hände an meiner Jeans ab. Atmen. Nur atmen. Das ist nicht schwer, das kriegst du hin.

»Okay Daniel.« Das war das Zeichen, dass ich loslegen konnte. Mein Startschuss.

»Also, ich hab angerufen«, versuchte ich einen Anfang zu finden und wie immer beobachtete Mrs. Lee jede noch so kleinste Bewegung meinerseits.

»Ja, du wolltest einen Notfalltermin.« Sie nahm den Notizzettel, der vor ihr gelegen hatte, in die Hand. »Mrs. Williams hat notiert, dass du dringend vorbeikommen wolltest«, las sie die letzten Worte laut vor und legte den Zettel wieder beiseite.

Ich nickte und streckte meine Finger immer wieder, um die Anspannung in den Händen abzulegen.

»Notfalltermin klingt sehr dramatisch … Ich weiß nicht, ob ich es so nennen würde. Aber ja, ich hatte vor ein paar

Tagen wieder dieses Kribbeln ...« Die Aufregung gewann und meine Stimme versagte. Wie ein dicker Belag lag die Enttäuschung über mich selbst auf meinen Stimmbändern. Versager. Loser. Nichtsnutziger Egoist. Ich würde versagen. Wieder, da war ich mir sicher. Hatte es vielleicht schon längst. Ich war zu weit gegangen. Hatte es zu weit kommen lassen.

»Das Kribbeln, was du in der Vergangenheit immer wieder beschrieben hast?« Sie sah mich zwar an, tippte gleichzeitig jedoch auf ihrer Tastatur.

»Genau ... Das Kribbeln ...«, presste ich hervor und atmete ein. Ich musste mich sammeln. Musste Kraft schöpfen, um diese Worte über meine Lippen zu zwingen. Ich schloss die Augen. »Das Kribbeln beim Spielen.« Mit zusammengebissenen Zähnen wartete ich auf einen Kommentar, doch Mrs. Lee blieb stumm. Ich öffnete die Augen und traf ihren wachen Blick.

»Daniel, wie hoch ist dein Verlangen momentan?«

Eine Frage, die ich ihr bereits unzählige Male beantwortet hatte. Diese Frage hatte mein ganzes verdammtes Leben bestimmt. An jedem Tag stellte ich sie mir selbst mehrmals. Versuchte mit ihr mir die Kontrolle, um die ich so hart gekämpft hatte, vor Augen zu führen.

»In diesem Moment eine Zwei von zehn.« Die Antwort kam wie ein Pistolenschuss.

»Das ist wenig.«

»Ja, ich weiß. Aber ich hatte an dem besagten Tag mehr«, gestand ich und biss mir auf die Unterlippe.

»Wie hoch würdest du schätzen?« Ihr Blick wanderte zwischen mir und dem Bildschirm hin und her.

»So sieben«, krächzte ich. Mit Mühe schluckte ich an dem Kloß in meinem Hals vorbei.

»Es ist schon lange her, dass du so hoch ausgeschlagen

hast.« Keine Frage, sondern eine Feststellung. Unser letztes Gespräch war vor einem Monat gewesen. Normalerweise besuchte ich im vierzehntägigen Rhythmus die Selbsthilfegruppe und nahm bei Mrs. Lee nur alle drei Monate einen Termin wahr. Reine Kontrollsache. Nur eine Vorsichtsmaßnahme für den Fall, dass ich in alte Muster zurückfiel.

»Gab es einen Auslöser dafür?«, ging sie einen Schritt weiter und ich begann, ihr von meiner letzten Begegnung mit Sam zu berichten. Seit meinem Ausrutscher am Pier hatte ich sie nicht gesehen. Völlig untypisch hatte sie sich krankgemeldet und Patrice hatte zu meiner Verzweiflung Sams Schichten übernommen. Eine Woche war vergangen und wir hatten kein Wort miteinander gewechselt. Die Befürchtung, dass sie mich verabscheute, war zu einer Gewissheit geworden. Sie verbrannte mir jeden Abend, bevor ich zu Bett ging und an sie dachte, den Hals. Ich gab es nicht gerne zu, auch nicht vor mir selbst, aber ich hatte mich seit unserem Moment am Pier jeden Abend in den Schlaf geweint.

So ging es nicht weiter, deshalb hatte ich mir gestern ein Herz gefasst und Sam eine Nachricht geschrieben. Ganz harmlos gefragt, ob es ihr besser ging und ob ich ihr auf irgendeine Art helfen könnte. Nichts. Funkstille von ihrer Seite. Und ich konnte es ihr noch nicht mal verübeln …

»Und du denkst, dass diese Nähe zu Sam der Auslöser für dein Verlangen war?«

Ich raufte mir die Haare.

»Natürlich! Was sollte mich sonst so aus der Bahn werfen? Es hat sich nichts an meiner Situation geändert«, rief ich und stand auf. In solchen Momenten konnte ich nicht ruhig sitzen bleiben. Mrs. Lee kannte das bereits und ihr neutraler Blick folgte mir durch das dunkle, holzvertäfelte Zimmer.

»Hast du Gefühle für Sam?«

Kurz blieb ich stehen, verharrte in meiner Bewegung.

»Nein.« Meine Stimme war so brüchig, dass ich mir selbst nicht glaubte. *Verdammte Kacke.*

Mrs. Lee blieb professionell, verkniff sich einen Kommentar und ich lief weiter Furchen in ihren Boden.

»Ich mag Sam schon ziemlich gerne. Sie ist eine gute Kellnerin und eine coole Person«, faselte ich vor mich hin.

»Küsst du jede coole Person?«

»Ich küsse für gewöhnlich niemanden.«

»Ich weiß.«

Kraftlos blieb ich stehen. Sie hatte recht. Natürlich hatte sie mal wieder recht. Sie wusste, dass ich meine letzte Freundin auf der Highschool gehabt hatte. Sie wusste genau, dass ich nach meiner Verzweiflungsphase, so nannte man die dritte und letzte Phase des pathologischen Spielens, niemanden mehr an mich herangelassen hatte. Oberflächliche Dates, damit meine Familie den Eindruck gewann, dass ich ein normaler, junger Mann war. Doch ich hatte nie etwas gefühlt. Keine Empfindungen. Innerlich tot und ausgebrannt … bis jetzt.

»Ich mag sie sehr«, nuschelte ich und ließ mich auf den samtigen Sessel plumpsen.

»Ich weiß«, wiederholte Mrs. Lee. »Daniel, bei allem Respekt, aber du magst diese junge Frau schon seit einiger Zeit. In der letzten Therapiesitzung hast du nur von ihr geredet. Ich weiß, welches Studienfach Miss Ernst studiert. Ich kenne ihr Lieblingsbuch. Ich weiß, dass sie im April Geburtstag hat und chronisch pleite ist. Und das alles, obwohl ich sie noch nie getroffen habe.«

Diese Frau war erstaunlich. *Wie konnte sie sich so viele Dinge merken?*

Erst wollte ich ihre Worte ablehnen, doch ich entschied mich für die Akzeptanz. Ganz so, wie ich es gelernt hatte. Ich blieb stumm und erinnerte mich zurück. *Hatte ich das alles erzählt? Warum hatte ich das getan?*

Mrs. Lee lächelte mich an und ich wich ihrem Blick aus.

»Das ist etwas Schönes. Du hast einen weiteren Schritt in deinem Heilungsprozess vollzogen und deine emotionale Mauer sinken lassen. Daniel, du öffnest dich einer anderen Person.«

»Na ja, so würde ich das nicht nennen ...« Ich rieb mir über das Gesicht. Unvorstellbar, dass ich die nächsten Worte an meine Therapeutin richten musste.

»Genau genommen bin ich über sie hergefallen und hab sie dann von mir gestoßen. Ich glaube, Sam ist ziemlich sauer.« Mit zusammengekniffenen Augen wartete ich auf ihre Reaktion, doch sie blieb gelassen. Mrs. Lee war die Ruhe in Person. Außer bei Druckern.

»Okay, dann hast du aber immerhin zu deinen Gefühlen gestanden«, betonte sie und tippte eine weitere Bemerkung in ihren Computer.

»Ich weiß noch nicht einmal, was ich überhaupt fühle.« Stöhnend stützte ich meine Ellbogen auf meine Knie. Den Kopf ließ ich schwer in meine Hände sinken und schloss die Augen. Nachdem ich das ausgesprochen hatte, was ich mir selbst in den letzten Tagen verboten hatte zu denken, fühlte ich mich müde. Ausgelaugt. Und wie bereits zu meinen schlimmsten Zeiten wurde mir erneut bewusst: Zu fühlen war anstrengender als taub zu sein.

»Darf ich es zusammenfassen?« Dieses kleine Spielchen machte ihr immer besonders Freude. Mich regte es jedoch auf, denn es ergab keinen Sinn. *Wie konnte eine fremde, außenstehende Person das besser als ich selbst?*

»Klar.«

»Du hast Gefühle für Samantha und bist überfordert, weil

es lange her ist, dass du so für jemanden empfunden hast …«, begann sie und ich unterbrach ihren Redeschwall sofort.

»So habe ich noch nie empfunden«, murmelte ich und ihre Augenbrauen schossen nach oben. Sie richtete sich ein Stück weiter auf und fuhr fort: »Du hast noch nie so empfunden für eine Person? Du hast viel Mist erlebt und giltst für den Rest deines Lebens als süchtig. Du bist clean, aber es ist ein täglicher Kampf. Ein Kampf, den nur wenige Menschen verstehen. Den keiner in deinem Umfeld wirklich versteht. Du bist anfälliger für Suchtmittel im Vergleich zu anderen Menschen und hast Angst, dass du rückfällig wirst. Zur selben Zeit übernimmst du viel Verantwortung für deine Familie und deren Geschäft.«

Ich nickte bei jedem Satz und sank tiefer in die Polster, die mich stützten. Ohne sie wäre ich am Stoff hinabgeflossen und hätte mich wie eine Pfütze auf dem Boden gesammelt. Keine Konsistenz. Schwach.

»Du traust dir selbst nicht, weshalb sollte jemand anderes dir vertrauen?«

Die Worte trafen mich wie Scherben und schnitten mir ins Gesicht. Der Kloß in meinem Hals drohte mich zu ersticken und ich musste mehrmals stark schlucken.

Mrs. Lee las jede meiner Emotionen von meinem Gesicht.

»So, das ist die Kurzversion, würde ich sagen.« Sie versuchte, die Situation aufzulockern, und ich war ihr dankbar für den Versuch. Ein kleiner Schimmer am Horizont. Verrückt, was man alles in einer Therapie fühlen konnte. Die meisten Menschen gingen zu einem Psychotherapeuten und erwarteten, dass sie 60 Minuten lang heulen würden. Aber ich hatte auch in diesem Raum gesessen und gelacht. Aus tiefster Seele und mit der Brust voller Hoffnung. Ich hatte gezweifelt, gezögert, mich geärgert und verweigert.

All das war Therapie. Das hier auch. Ich atmete. Ein und aus. Immer wieder.

Sie lächelte mich an. Ich nickte im Takt meines Atems.

»Deine Gefühle sind aber nicht die Realität.«

Ich wiederholte den Satz in meinen Gedanken. Ließ ihn auf meiner Zunge zergehen und schmeckte nach.

»Es ist normal, mit so starken Gefühlen überfordert zu sein. Das solltest du wissen.« Es war kein Vorwurf, sondern eine Erinnerung. Ich legte meinen Kopf schräg.

»Der Held des Alltags, Daniel.« Sie nickte mir so vehement zu, sodass sich eine Strähne aus ihrer Frisur löste.

Ich stöhnte und richtete mich auf.

»Das habe ich nicht auf dem Schirm gehabt«, presste ich hervor.

»Dafür bin ich ja da. Um dich an das zu erinnern, was du in der Therapie gelernt hast.«

Mein Kopf fiel in den Nacken und ich stellte mir das strahlende Gesicht von Logan vor. Insgeheim war Logan mein Held des Alltags, doch ich würde das nie offiziell zugeben. Dann würde der Sunnyboy noch Überwasser bekommen und herumstolzieren wie ein Hahn.

»Was würde ihr Held des Alltags empfinden?«

Ich sah vor meinem inneren Auge, wie Logan nervös von einem Bein aufs andere trat. Er zerwühlte sich auch immer seine Surferhaare, wenn er unsicher war. Diese Marotte hatten wir beide.

»Er würde sich unsicher fühlen, wenn er so starke Gefühle für eine Frau hätte.«

Diese Erkenntnis gab mir Sicherheit. Einen Hauch von Erfolg. Ich richtete mich auf. Keine Pfütze mehr, eher ein Brei. Ein wenig mehr Konsistenz.

»Siehst du, gar nicht so anders als du.«

Mein Mundwinkel hob sich beim Verarbeiten dieser Information. Der Druck in meinem Kopf ließ nach.

»Wie hätte sich der Held des Alltags denn nach dem Kuss verhalten?«, hakte Mrs. Lee nach.

Allein bei diesem Wort schoss mir Hitze in den Nacken. *Kuss* war eine lächerliche Beschreibung für das, was Sam und ich am Pier getrieben hatten. Sam und ich. Nicht nur ich.

»Er wäre nicht weggelaufen«, wisperte ich. Hitze stieg in mein Gesicht.

»Wahrscheinlich nicht.«

»Vielleicht hätte er gesagt, dass er leider losmuss. Dass er den Kuss aber sehr schön fand und sie zu einem Date einladen wolle«, schlug ich vor und zuckte mit den Schultern. *Würde das eine normale Person tun? Eine Person, die nicht eine Karre voll mit Problemen hinter sich herzog?*

»Sehr gut. Und genau das machst du auch«, sagte sie feierlich und lehnte sich zufrieden grinsend zurück.

Ich riss die Augen auf und schüttelte den Kopf. Ich war nicht normal. Ich war verkorkst. Eine Belastung für mein Umfeld. Mitten im Prozess für Familie und Freunde mehr, als eine Last zu sein.

»Das geht nicht.« Ich stand wieder auf. Unruhig lief ich von der einen Seite des Raums zur anderen und streifte dabei immer wieder die langen Blätter der Palme, an der ich vorbeimarschierte. »Warum nicht? Es wäre doch respektvoller Sam nicht immer zu überfallen, sondern es offiziell zu machen.«

»Natürlich, natürlich«, begann ich mit brüchiger Stimme, »Aber was ist, wenn wir im Restaurant sind und das Kribbeln wieder einsetzt? Was ist, wenn ich sie nach Hause bringe und danach ins Grand Hotel gehe und mein ganzes Geld verzocke? Was ist, wenn ich wieder die Miete nicht zahlen kann und auf der Straße lande? Was, wenn ich die Mülltonnen nach Essensresten durchsuchen muss? Wenn ich nachts auf der Straße mit gezücktem Messer schlafen muss, weil mich jeden Moment ein anderer trauriger Typ abstechen könnte?« Der Druck in meinem Kopf wurde so stark, dass ich das Gefühl hatte, er würde platzen. All diese Situationen kamen zurück. Meine Vergangenheit kroch hervor und setzte sich wie ein Stein auf meine Brust. Sie drückte mir den Hals zu, sodass ich nicht richtig atmen konnte. Nie wieder wollte ich so leben... Und die Verantwortung dafür lag in meinen Händen. Es kam keine Hilfe von oben oder von unten oder von sonst irgendwoher ... Ich konnte mir nur selbst helfen. Und genau aus diesem Grund hatte ich Prinzipien, an die ich mich hielt.

»Was ist, wenn das Kribbeln nur ein Zeichen von Aufregung ist? Was ist, wenn du in den letzten Jahren positive Aufregung aus Angst vor dem Rausch, dem Gefühl, vermieden hast und nun nach ewiger Zeit wieder das Kribbeln spürst? Daniel, was ist, wenn das Kribbeln gut ist? Was, wenn es bedeutet, dass du körperliche Verlangen hast? Aber nicht nach einem Casino und einer Runde Black Jack?«

Ich lief weiter, schüttelte immer wieder den Kopf. Nein. Nein, nein, nein. Mein Mund formte Worte, die nicht aus meiner Kehle wollten.

Mrs. Lee ließ mir Zeit und Raum. Und je länger ich mir Zeit ließ und ihre Gedanken durchspielte, desto mehr fühlte ich eine Veränderung in mir. Der Druck entwich. Zwar ganz langsam, durch ein winziges Loch, aber er löste sich auf.

»Positive Aufregung«, sagte ich trocken.

»Ja, positive Aufregung. Erwartung. Vorfreude«, betonte sie und stand nun auch auf. Sie ging zu dem Schrank neben ihrem Schreibtisch und öffnete die oberste Schublade. Mit zwei Flyern kam sie auf mich zu. Die dünnen Blätter fühlten sich glatt in meinen Händen an und ich las die Titel. *Gruppen-*

therapie bei Spielsucht und *Das Leben nach dem Zocken* ließen mich grunzen und ich faltete die Papiere, um sie in meine Jeanstasche zu stecken. Diese Broschüren kamen mir manchmal wie ein schlechter Scherz vor. Geschrieben von Menschen, die nicht dasselbe erlebt hatten wie ich. In der Theorie klang alles immer wunderbar und einfach, doch wenn man in dem Mist drinsteckte, dann konnte man nur noch strampeln und das Beste hoffen.

»Ich habe das Feedback erhalten, dass du in der Selbsthilfegruppe selten aus dir herauskommst.« Ihre Brauen wurden zu einer strengen Linie. »Ich weiß, dass mindestens zwei Personen aus deiner Gruppe ähnliche Befürchtungen hatten, und beide könnten dir sicherlich helfen, wenn du deine Probleme mal innerhalb der Gruppe thematisieren würdest«, fügte sie hinzu und trat wieder hinter den Schreibtisch. Sie zupfte mit ihren Händen den grauen Bleistiftrock zurecht, bevor sie sich auf den Stuhl fallen ließ.

»Ich bin nicht gut darin …«

»Worin? Hilfe anzunehmen oder dich zu öffnen?«

»Beides, schätze ich.«

»Aber eine Gruppentherapie kann nur funktionieren, wenn man über seinen Schatten springt.«

Ich nickte und dachte an die Abende im Gemeindezentrum von Orono. An den abgestandenen Kaffee und die trockenen Cookies, die sie dort bereitstellten. Damit wir uns wie zuhause fühlten oder so einen Scheiß. Ich dachte an die alten Männer, die nicht nur ihr ganzes Geld und Vermögen, sondern auch ihr Leben verspielt hatten. Die vielen Gesichter, die mich immer anstarrten, wenn ich sprach. Wahrscheinlich dachten sie sich Dinge wie: *Was macht denn der Jungspund hier?* oder *Was wird er schon für Probleme haben?* Doch das war nicht das Schlimmste. Ich hasste es, wenn ich etwas anderes in ihren Augen als Zweifel und Verwunderung sah. Oft lag Mitleid, Verständnis, aber auch Neugier in ihnen. Das brachte mich um.

»Bitte lies die beiden Flyer erneut durch und mach dir noch mal Gedanken zu den Themen«, bat sie mich und ihre Augen ruhten auf meinem Gesicht.

»In Ordnung«, versprach ich ihr und meinte es auch so. Ich würde es versuchen.

»Und ich bin der Meinung, dass du auf einem guten Weg bist. Du klingst klar und reflektiert. Aber du lässt die Angst Entscheidungen für dich treffen.«

»Ja«, stimmte ich ihr zu. *Warum musste sie immer recht haben?* Es war hart mir das einzugestehen, aber ich hatte nicht die Kontrolle. Und dabei wollte ich sie doch so sehr.

»Du solltest immer mal wieder ein Stück zurücktreten und dich fragen, wer dich gerade steuert: Der erwachsene, verantwortungsvolle Daniel, der seiner Spielsucht den Kampf angesagt hat und jeden Tag sein Verlangen in Schach hält ... Oder der süchtige, ängstliche Daniel, der emotional instabil ist und seine Bedürfnisse kurzfristig befriedigen will, ohne an die Konsequenzen zu denken.«

Der scharfe Geschmack von Tränen stieg in meinem Hals auf. Ihre Worte waren ein verstecktes Kompliment und taten einfach gut. Doch meine Rührseligkeit verärgerte mich gleichzeitig auch, denn Dünnhäutigkeit konnte ich mir nicht leisten. Die Balance zwischen Selbstfürsorge und Selbstmitleid war schwierig.

Mrs. Lees Worte waren gleichzeitig eine Ermahnung, die ich ab und zu brauchte. Der süchtige, einsame Daniel ... Ihn würde ich am liebsten für immer begraben. Aber er würde immer Teil von mir sein. Diesen Teil nicht zu hassen, war meine Aufgabe.

»Danke«, flüsterte ich und Mrs. Lee lächelte mich so breit an, dass ich ihre perfekten Zahnklammerzähne sehen konnte.

»Gerne Daniel«, sagte sie strahlend, »Und noch ein kleiner Tipp von einer Frau, die so eine ähnliche Situation selbst erlebt hat: Entschuldige dich und lade sie zum Essen ein.«

Kapitel 13
Sam

FAR FROM me

Die Fliege an der Decke krabbelte immer wieder von links nach rechts. Meine Augen schmerzten bereits, denn ich konzentrierte mich so sehr auf das kleine Tier, dass ich es manchmal sogar doppelt sah. Sie suchte wahrscheinlich nach Fressen und war enttäuscht, dass sie hier nichts fand. Da waren wir immerhin schon zwei. Ich war nicht nur zu träge zum Aufstehen, geschweige denn zum Duschen oder zumindest eine Katzenwäsche zu betreiben, sondern auch um wie eine erwachsene Person in den Supermarkt zu gehen. Dabei würde eine vernünftige Mahlzeit sicherlich guttun. Leider hatte ich auch nur noch fünf Dollar und zwei Tütensuppen. Vielleicht sah mich die Fliege ja eher mitleidig an, denn sie konnte beim nächsten Lüften einfach hinausfliegen und sich ein neues Zuhause suchen. Ich saß hier in meiner winzigen Wohnung fest und konnte der Situation nicht entkommen. Hier mit meinem Gestank, weil ich nicht geduscht hatte, meinen belegten Zähnen und meinem Dutt, den ich am liebsten nie wieder öffnen wollte. Auf Logans Nachrichten hatte ich ganze

26 Stunden nicht mehr geantwortet und ich war mir sicher, dass bald das FBI meine Tür auftreten würde. Mein bester Freund konnte ziemlich paranoid werden. Zola hatte ihm wohl von unserem Streit erzählt und nun drehte er ein bisschen am Rad. Der Typ konnte es einfach nicht aushalten, wenn wir zwei Mädels uns stritten. Ich auch nicht.

Die Fliege hob ab und schwirrte durch den Raum, an meinem Kopf vorbei und setzte sich ganz frech auf das größte Blatt meiner Monstera.

»Das kannst du vergessen«, rief ich und rollte auf dem Bett zur Seite. Ich hievte meinen steifen Körper hoch und merkte erst jetzt, dass mein linker Fuß eingeschlafen war. Mühsam humpelte ich zur Monstera herüber und schlug nach der Fliege, die ich natürlich nicht erwischte. Was für ein Mistvieh. Erst verspottete sie mich und dann wollte sie auf meinen größten Besitz kacken. Nicht mit mir. Ich schnappte mir das Skript Personalmanagement, das ich seit der Vorlesung nicht mehr angerührt hatte, und rollte es zu einer Waffe. Ich stolperte durch den kleinen Raum und schlug immer wieder mit der improvisierten Fliegenklatsche in die Luft. Nach einigen Minuten war ich völlig aus der Puste. Keuchend setzte ich mich auf mein Bett und analysierte meine Situation. Wie ein Häufchen Elend ließ ich mich gehen, ging meinen Verpflichtungen, die mir sonst so wichtig waren, nicht nach und bemitleidete mich selbst. Es war zum Kotzen. Ich fühlte mich so armselig, dass ich kichern musste. Mein menschlicher Verfall brachte mich zum Kichern.

Es schellte an der Tür und mein Gelächter blieb mir im Hals stecken. Kurz dachte ich an Luise oder meinen Dad. *Würden sie hier auftauchen und mich kontrollieren? Hatten sie irgendwie mitbekommen, dass ich mich krankgemeldet hatte? War Luise etwas zu Ohren gekommen?* Ich verdrehte die Augen und schmiss die Rolle auf mein unbezogenes Bett. Okay, ich nannte Logan paranoid, aber selbst war ich in einem ähnlichen Film. Nun musste ich lachen. *Würde das FBI gleich die Tür auftreten?*

Kurz blieb ich vor dem großen Spiegel stehen und führte eine Bestandsaufnahme durch. Es war ein wirklich fürchterlicher Anblick, aber Logan hatte mich schon in schlimmeren Verfassungen gesehen. Was mich am meisten störte, war das nicht ordentlich gemachte Bett. Die Laken waren noch im Trockner, der bereits seit ein paar Wochen nur noch im Schneckentempo arbeitete. So brauchte ich mehrere Tage, bis meine Bettwäsche vollständig trocken war und ich es wieder aufziehen konnte. Ein Ersatzset hatte ich mir nicht leisten können. Ebenfalls armselig. Aber daran war ich selbst schuld, schließlich schwänzte ich die Arbeit und mir entging so der Lohn, den ich dringend brauchte. Es war sicherlich Logan, der da mittlerweile zum vierten Mal klingelte. Mein bester Freund würde mit meinem Zustand klarkommen.

Mein Fuß war wieder einsatzfähig, kribbelte aber noch stark. Deshalb bewegte ich mich humpelnd zur Tür und betätigte die Gegensprechanlage.

»Ja?«, krähte ich in das Mikrophon. Es rauschte laut in den Hörer.

»Hey, hier ist Daniel. Ich wollte fragen, wie es dir geht und ich habe dir ein wenig Suppe mitgebracht«, erklang die tiefe Stimme, die mir seit dem Kuss auf dem Pier nicht mehr aus dem Kopf ging. Ich stellte das Atmen ein. Oh! Mein! Gott!

Meine Augen waren so geweitet, dass sie tränten. Worte? Worte! Ich brauchte Worte! Doch anstatt eine Antwort zu geben, stand mein Mund offen. Die Fliege hätte locker reinfliegen können und ich hätte es bestimmt nicht gemerkt. Daniel war hier.

Ich griff in meine Haare und riss das Scrunchie heraus. Unzählige tote Haare hingen daran, doch ich warf es blind einfach über meine Schulter. Ich strich mir mit einer Hand hastig die Mähne glatt und ließ den Blick über meinen Körper wandern. Ein löchriger rosafarbener Einhornpyjama, den Logan mir beim Schrottwichteln vor zwei Jahren geschenkt hatte, und die Gorillapantoffeln, die Emilio mir zum Geburtstag überreicht hatte. Ich trat die grässlichen Dinger in eine Ecke und erschrak, als meine nackten Füße den kühlen Boden berührten. Immerhin waren meine Fußnägel knallrot lackiert.

»Sam?«, erklang wieder seine kehlige Stimme und ich erschrak ein zweites Mal.

»Ja, hi«, stotterte ich atemlos in den Hörer.

»Kann ich kurz hochkommen?« *Konnte er? War ich wütend auf ihn?* Kurz nach unserer Knutscherei sicherlich, doch da war mehr. Enttäuschung, Unverständnis und so viel Traurigkeit. *Warum war Daniel hier?* Ich konnte es nur herausfinden, wenn ...

»Äh, ja klar, komm hoch«, krächzte ich und drückte den roten Knopf. Dann schmiss ich den Hörer zurück an seinen Platz und rannte los. Ich zog die Schublade aus meinem Schrank und kippte den gesamten Inhalt auf mein Bett. In meiner Eile bekam ich nur ein »Nine Inch Nails«-Shirt in die Finger und zog es über, damit man die Löcher und die Schokoladeneisflecken auf meinem furchterregenden Pyjama nicht sehen konnte. Auf diesem Boden zu rennen war lebensgefährlich, doch es zählte jede Sekunde. Schlitternd kam ich im Bad zum Stehen und drehte den Wasserhahn auf. Mit den Händen klatschte ich mir eiskaltes Wasser ins Gesicht und versenkte dieses dann in ein sauberes, noch immer klammes Handtuch. *Verfluchter Trockner! Schmor in der Hölle!* Ich kippte mir einen großen Schluck Mundspülung in den Hals, gurgelte und verschluckte mindestens die Hälfte. Würde schon nicht schaden.

Ein Klopfen. Mist, Mist, Mist.

Mein Blick flog von der Tür zu meinem Spiegelbild und wieder zurück. Ich zog die Schultern hoch, atmete tief ein und beim Ausatmen sanken sie wieder. Alles gut, er will dir nur Suppe bringen. Es ist Daniel. Dein Kumpel Daniel. Dein Boss Daniel.

Entschiedenen Schrittes überbrückte ich die wenigen Meter und öffnete schwungvoll die Tür.

»Hey D…«, brachte ich hervor und verstummte. Bei seinem Anblick waren all die Worte und Vorhaben wie weggewischt. Ich hatte die Kontrolle über meine Stimme verloren. Über mein Gehirn.

»Hey du.« Er schenkte mir ein breites Grinsen. Eine weiße Plastiktüte mit dem Logo vom Brew's baumelte in seiner Hand. Auch er wirkte verwirrt, präsentierte mir die Tüte und lächelte weiter. Peinliches Schweigen. Wir verhielten uns wie Schulkinder.

»Möchtest du reinkommen?« *Wow, ein ganzer Satz … Unglaublich.*

»Gerne«, sagte er und sein Blick wanderte an mir herab. Meine Haut kribbelte und die Hitze, die aufstieg, zog von meinen Wangen in meinen Nacken.

»Süßer Schlafanzug.«

»Äh, ja, eher so mittel … Es ist ein Geschenk von Logan gewesen«, versuchte ich zu erklären. Wie ein Depp blieb ich an der Tür stehen, obwohl ich ihn hereingebeten hatte. Er ging, Gott sei Dank, an mir vorbei in den Flur und drehte sich einmal um die Achse.

»Schön hast du es hier.« Seine Augen zogen mich in den

Bann. Wie er dastand, neugierig alles betrachtete und seine Augen mit den Sonnenstrahlen um die Wette funkelten. Ich hätte es mir stundenlang ansehen können. *Die Sonne schien?* Das war mir vorher gar nicht aufgefallen.

Ich grunzte und riss meinen Blick von ihm los. Es passte mir nicht, dass er diese Wirkung auf mich und meinen Körper hatte. Mein Herz und mein Kopf waren zwei Verräter, die gemeinsame Sache machten. *Wo war meine Wut hin? Ich sollte ihn nicht hereinbitten, sondern ihm in den Hintern treten ...*

»Soll ich die Suppe auf die Küchentheke stellen?«, fragte er und trat von einem Bein auf das andere. Auch er glühte ein wenig.

»Klar«, stimmte ich zu und ging vor in die Küche. Möglichst unauffällig ließ ich einige Schokoriegelverpackungen, die ich achtlos irgendwohin geworfen hatte, und dreckige Müslischüsseln in der Spüle verschwinden.

»Geht es dir besser?« Er reichte mir die Tüte und unsere Hände berührten sich kurz. Es war wie ein Blitzschlag und der Strom floss noch einige Sekunden nach der Berührung durch meine Haut. Nicht schmerzhaft oder unangenehm, sondern weich und warm.

»Ja, ich bin wieder gesund. Danke, dass ich mit Patrice tauschen konnte.« Ich hielt es höflich und unkompliziert. Ein Schatten legte sich über meine Gedanken. *Was, wenn er nur wegen einer Sache hier war? Wollte er nur, dass ich schnell zurück zur Arbeit kam? Würde er mich gleich bitten, für Patrice einzuspringen?* Dieses wäre mein erstes freies Wochenende seit einer Ewigkeit. Nicht durch die Krankheit, sondern völlig planmäßig. Zwar würde ich nur deprimiert zuhause rumhängen, aber vielleicht könnte ich mich zwischendurch motivieren und diese nervige Hausarbeit, die ich seit Wochen vor mir herschob, schreiben.

»Ach, kein Problem. War ja kein großer Akt.«

Seine Worte rissen mich aus meinen Gedanken. Aus der Tüte auf der Theke zog ich einen großen Styroporbecher heraus. Vorsichtig öffnete ich den Deckel und der wundervolle Geruch von Jaspers Nudelsuppe stieg mir in die Nase. Sofort begann mein Magen zu grummeln. Er schmunzelte, sodass er sicherlich gehört hatte, dass ich halb am Verhungern war. Mein Blick blieb an seinen schönen, weichen Lippen hängen und ich biss mir von innen auf die Wange.

»Also danke«, wiederholte ich. Wieder peinliches Schweigen. In mir kam der Drang auf einfach irgendetwas zu sagen, damit es nicht still war. Mit aller Macht versuchte ich, den Impuls zu unterdrücken, denn ich sah, wie sich in seiner Miene etwas regte.

Er griff sich in den Nacken und strich über die blonden Haare. Dabei rutschte sein T-Shirt ein paar Zentimeter nach oben und ich konnte ein Stückchen nackte Haut sehen. Ich schluckte.

»Du Sam, ich hab noch eine Frage …« Sein Gesichtsausdruck war schräg. Eine Mischung aus Verlegenheit und Entscheidungsfreude. Daniel wirkte nervös. Nervöser als ich. Und das, obwohl ich diejenige war, die hier im Einhornpyjama vor ihm stand.

Ich atmete lange aus und machte mich darauf gefasst, dass mein freies Wochenende über Bord ging. Es wäre ja auch zu schön gewesen.

»Würdest du morgen einen Ausflug machen? Mit mir?« Die letzten Worte schob er eilig hinterher und riss dann die Augen auf. Er konnte wohl nicht fassen, dass er mich das gefragt hatte.

Mein Hirn verarbeitete die Informationen nicht.

»Was?«

»Es gibt da einen wunderschönen Ort, den ich dir gerne zeigen würde.« Die Worte sprudelten aus ihm heraus. »Sam, es tut mir so leid, dass ich dich vor ein paar Tagen abgewiesen habe. Ich... ich ...« So schnell die Emotionen über sein Gesicht tanzten, nahm er trotzdem ganz behutsam meine Hand.

Mein Mund öffnete sich. Ich wollte etwas Schlagfertiges sagen, doch mir fehlte der Pep. Das Einzige, was sich in meinen Gedanken festsaugte, war seine Entschuldigung. Es tat ihm leid. Das bedeutete, dass er es bereute. Das hieß, er hatte mich gerne geküsst. Seine Finger waren warm und rau. Wahrscheinlich von dem ständigen Spülen und Putzen, denn auch meine Haut war spröde von der Arbeit im Pub. Die Berührung sah von außen sicherlich nicht sehr intim aus, doch unsere ineinander verschlungenen Finger waren intim. Die Nähe zu Daniel ließ mich meinen Körper spüren. Meine Haut, deren Härchen sich aufstellten. Meinen Blick, den ich nicht von seinen außergewöhnlichen Zügen nehmen konnte. Und meine Lippen, die prickelten, als könnten sie sich an seine heißen Küsse erinnern.

Ich schloss meinen Mund und versenkte meine Vorderzähne in der Unterlippe. In meinem Kopf ging es zu wie bei der Börse: Hektisches Stimmengewirr, ein Reporter, der immer wieder auf eine Tafel mit den sich minütlich ändernden Kursen zeigte, und Broker, die wütend in ihr Telefon brüllten. So viele Gedanken und Gefühle. Und gleichzeitig mein Körper, der mir unzählige Reize übermittelte.

Daniel ließ meine Hand los. Sie hing schlaff an meinem Körper herunter. Die fehlende Wärme schmerzte auf meiner Haut.

»Oh, ähm, ich verstehe«, sagte er monoton und presste die Lippen aufeinander. »Entschuldige bitte.« Er deutete alles falsch, sah mich mit dem traurigsten Lächeln, das ich jemals gesehen hatte, an und drehte sich von mir weg. Mit eiligen Schritten ging er in den Flur und öffnete die Tür.

Fuck! Tu doch was. Halt ihn auf. Was ist bloß los mit dir?

Ich erwachte aus meiner Schockstarre.

»Warte!«, rief ich und setzte mich in Bewegung.

Er stand in der Tür. Diese Augen würden mich noch umbringen, denn sie erzählten ganze Geschichten.

Ich konnte nicht anders und rannte zu ihm. Mit beiden Händen packte ich sein Gesicht und drückte meine Lippen auf seine. Es war ein verzweifelter Kuss. Nicht sonderlich romantisch, nicht sexy, sondern als wären wir Kinder, die sich das erste Mal küssten und nicht wussten wohin mit sich und ihren Gefühlen.

Daniel blieb erst regungslos, wartete ab. Wahrscheinlich hatte ich ihn verstört. Ich wollte von ihm zurücktreten, im Erdboden versinken, doch dann legte er seine großen Hände auf meine Hüften und zog mich an sich. Seine Wärme umhüllte mich. Sie strahlte durch meine Haut zu meinem Herzen. Bei ihm fühlte ich mich sicher. Trotz des ganzen Chaos war ich hier geborgen. Seine Lippen lösten sich von meinen. Ich hätte mich gerne beschwert, schluckte meinen Protest jedoch hinunter, als er sich zu mir neigte und einen zarten Kuss auf meine Nasenspitze hauchte.

»War das ein Ja?«, hakte er nach und seine Mundwinkel hoben sich. So gefiel er mir viel besser. Mit seiner Traurigkeit und Enttäuschung konnte ich nur schwer umgehen. Ich nickte und lächelte zurück. Es war die richtige Entscheidung. Nicht nur für Daniel, sondern vor allem für mich. Ich wollte das. Ihn. Ein Uns.

»Sam, ich war an dem Tag einfach nicht ich selbst. Also beim Küssen schon, da auf jeden Fall. Aber danach nicht.« Seine Worte machten Sinn, denn das kannte ich selbst. Und sie brachten mich auch zum Schmunzeln, denn er war süß, wie er versuchte, eine Situation zu erklären, die er selbst nicht begriff. Mit einem Mal wollte ich ihm gar nicht mehr in den Hintern treten. Vielleicht reinkneifen, aber nicht reintreten.

»Ist in Ordnung«, nuschelte ich und konnte seinen Atem auf meinem Gesicht fühlen. Wir küssten uns ein weiteres Mal. Diesmal war der Kuss erwachsener. Er war schnell und intensiv, sodass ich mir sicher war, dass meine Körpertemperatur gestiegen sein musste. Seine Hand wanderte unter mein Shirt und ich drückte mich seinen Fingern entgegen – bis er ein Grunzen ausstieß und den Kuss abbrach. Mit hochgezogenen Brauen sah er mich an.

»Ähm«, machte er. Seine Hand zog an dem Stoff des Einhornpyjamas.

»Es ist ein Onesie«, flüsterte ich mit belegter Stimme. Durch einen völlig verlorenen Blick wusste ich, dass das keinen Sinn für ihn ergab. Ich kicherte an seinen Lippen und er stimmte mit ein.

»Was zur Hölle …«, nuschelte er, als er ein weiteres Mal seine Hände unter mein Shirt gleiten ließ und vergebens meine Haut suchte.

Ich ergriff die Initiative und küsste ihn stürmisch. Mit meinen Lippen fuhr ich seinen Hals hinunter. Ich begann an seiner Halsbeuge zu saugen, weil ich nicht genug von seiner Wärme, dem Geschmack seiner Haut und dem männlichen Duft bekam, doch er stieß mich weg.

»Stopp«, krächzte er schwer atmend. Ich erhob sofort die Hände und machte einen Schritt zurück. Ich verstand die Welt nicht mehr. *Hatte ich eine Grenze überschritten?* Sein Blick ruhte auf mir und ein Verlangen glitzerte in seinen Augen. Nein, er wollte das. Ich war mir sicher.

»Das kann so nicht immer zwischen uns sein«, sagte Daniel und fasste sich an die Lippen.

»Wieso?« Ich klang wie ein enttäuschtes Kind, dem ein Eis verweigert wurde.

»Die letzten Male sind wir übereinander hergefallen und dann ist einer von uns beiden weggerannt«, fasste er zusammen und stemmte die Hände in die Hüfte.

»Okay, da hast du wohl recht.« Ich versuchte, meine Enttäuschung zu überspielen, doch mein Gesicht musste mich verraten haben. Er überbrückte die Distanz zwischen uns und legte eine Hand an mein Gesicht.

»Aber ich falle gerne über dich her«, nuschelte ich.

Das brachte ihn nicht nur zum Schmunzeln, sondern er grinste so breit, dass seine weißen Zähne zum Vorschein kamen. Ein 360-Volt-Lächeln. Er zog mich in eine Umarmung. Das war alles, was ich brauchte. Ihn bei mir.

»Ich auch über dich«, flüsterte er in mein Ohr und ich bekam eine Gänsehaut am ganzen Körper.

»Unerhört«, rief ich gespielt und hob den Zeigefinger. Er gluckste und ließ mich los. Es konnte so leicht mit ihm sein. Obwohl wir beide so unsicher waren und alles ungewiss erschien, fanden wir immer wieder zueinander.

»Also morgen zehn Uhr?«, fragte er und drehte sich um.

»Zehn? So früh an einem freien Wochenende?«

»Ja, und zieh dir feste Kleidung und Wanderschuhe an.«

Kapitel 14
Sam

Der Fahrerraum kam mir mit einem Mal viel zu klein vor. Nervös fingerte ich an dem Gurt herum und wich seinen Blicken aus.

»Kommst du klar mit dem Ding?«, fragte Daniel mit kratziger Stimme.

Ich überwand meine Scham und hob den Kopf. »Sicher.«

Er grinste und startete den Motor. Es war merkwürdig. Egal wie nahe wir uns zwischenzeitlich kamen, wenn ein neuer Tag begann und wir aufeinandertrafen, lag eine gewisse Spannung zwischen uns. Wir waren uns nah und gleichzeitig fremd. Wie die Wanderschuhe an meinen Füßen, schließlich hatte ich sie seit mehr als zwei Jahren nicht mehr getragen. Zuletzt kamen sie auf einer Wanderung mit meiner Mom und meinem Dad zum Einsatz und danach sind sie in der Kiste verschwunden, aus der ich sie gestern Abend beim Telefonieren mit Logan herausgefischt hatte. Es war nicht das Gleiche gewesen wie mit Zola zu telefonieren, doch er hatte sich wacker geschlagen. Alle meine nervösen Selbstzweifel eingedämmt. Ich konnte nicht glauben, dass ich in Daniels Jeep saß. Dass wir etwas anderes taten, als miteinander zu arbeiten. Obwohl sich im Moment zumindest noch dieses Date wie Arbeit anfühlte.

»Wo fahren wir hin?«, wollte ich wissen, doch er schüttelte nur den Kopf. »Nicht, dass du mich in den Wald schleppst und umbringst«, fügte ich hinzu.

»Sam, bitte. Du kennst mich doch ... Wirke ich wie ein Killer?«

»Genau das würde ein Serienkiller auch sagen«, gab ich zu bedenken, was Daniel auflachen ließ.

»Manchmal merkst du nicht, wie lustig du bist, oder?« Ich grinste und war froh, dass wir das Eis mit jeder Minute ein Stück weiter aufbrachen.

»Du hast aber eine dunkle Seite an dir«, sagte ich zögerlich, bemüht, dass meine Stimme piepsig klang, und schaute aus dem Fenster.

Er schnaubte und runzelte die Stirn.

Volltreffer! Ich lachte los, was ihn noch mehr irritierte. Das brachte das Fass zum Überlaufen.

»Manchmal merkst du nicht, wie verwirrt du bist, oder?«, neckte ich ihn mit seinem eigenen Spruch. Gemeinsam lachten wir und Daniel schüttelte immer wieder den Kopf.

Danach war das Eis nicht nur angeknackst, es war zerschellt. Ich konnte mich mit jeder Minute mehr entspannen.

Wir verließen Bar Harbor und folgten dem Highway Richtung Orland. Mich überraschte es, dass er nicht den Acadia National Park ansteuerte. Normalerweise war dieser das Ziel für Tagestouren und Wanderausflüge um Bar Harbor. Ich hasste es, seinen Plan nicht zu kennen. Nicht, weil ich tatsächlich Angst hatte oder ihm nicht vertraute. Ich wusste einfach gerne, was auf mich zukam. Womit ich rechnen musste. Umso mehr Strecke wir in seinem schwarzen Jeep zurücklegten, desto unruhiger wurde ich.

»Okay, was muss ich tun, damit du mir verrätst, wohin wir fahren?«, fragte ich und fuhr mir durch die Haare. Mein Fuß wippte in einem Affentempo auf und ab.

Daniel blickte von der Fahrbahn zu mir herüber und runzelte die Stirn.

»Wie wär's, wenn du mir erzählst, wie du an das Nine Inch Nails T-Shirt gekommen bist?«, fragte er mich und zog einen Mundwinkel hoch. Sein schiefes Lächeln schwappte zu mir herüber und ich erwiderte es. Mein Herz machte einen kleinen Satz. Die Art wie er sich Kleinigkeiten, die völlig unwichtig erschienen, merkte, beeindruckte mich. Ich begann ihm von meiner allerersten Konzerterfahrung zu erzählen und bekam prompt Gänsehaut, denn es war einer der beeindruckendsten Momente meines Lebens gewesen. »Dein allerstes Konzert war NIN? Ziemlich krass«, sagte er und nickte mir zu.

»Ja, krass trifft es wohl ganz gut.«

Daniel lauschte mir ein paar Minuten, stellte immer wieder Fragen und nickte an den richtigen Stellen. Meine Erinnerungen, die ich mit ihm teilte, schätze er wert als wären sie ein Schatz. Was sie für mich ja auch waren.

»Dein Musikgeschmack ist akzeptabel. Aber das habe ich ja an Halloween schon gemerkt«, sagte er beiläufig.

Der Puls in meinem Hals pochte bei dem Gedanken an unseren ersten Kuss. Ich schluckte schwer und sah eilig nach draußen.

Wir waren mittlerweile kurz vor Orland und die Mittagssonne brach sich zwischen den dichten Baumkronen. Immer wieder kitzelten einzelne Sonnenstrahlen meine Nase. Sie legten auf das Fahrzeuginnere ein warmes Licht, das zum

Träumen einlud. Ich versank in der Erinnerung, an das wohlige Gefühl seines Körpers an meinem, der Wildheit seiner Küsse.

Okay, stopp! Es überforderte mich schon, mit ihm in diesem Wagen zu sitzen. Mir vorzustellen, wie wir rummachten, war keine Hilfe. Außerdem hatte er es mir versprochen.

»So, wohin geht es nun?«, ließ ich nicht locker und verschränkte die Arme vor der Brust. Mir doch egal, ob ich nun bockig wirkte oder ihm auf den Keks ging.

»Du magst Überraschungen wohl nicht besonders«, stellte er fest, den Blick auf die Fahrbahn gerichtet.

Ich schüttelte den Kopf, sodass sich eine Strähne aus meinem Zopf löste. Grob schob ich die Haare aus meinem Gesicht.

»Nein, nicht wirklich.«

Ich versuchte, mich zu orientieren, damit ich zu jeder Zeit wusste, wo genau wir uns befanden. Das gab mir zumindest das Minimum an Sicherheit. Und Daniel. Er gab mir auch Sicherheit.

Ich musterte die Tankstelle, an der wir vorbeikamen. Für einen Sonntagmorgen war hier bereits einiges los. Fast ein Dutzend Fahrzeuge mit Bootsanhängern tummelten sich um den Platz. Das hier war sicherlich nicht ihre Endstation, denn wir waren einige Kilometer vom Meer entfernt. Sie erledigten wohl noch wichtige Einkäufe, bevor sie sich ins große Blau begaben. Die anderen Menschen auf dem Parkplatz vor der Tankstelle trugen ähnliche Wanderkleidung wie Daniel und ich und vermischten sich mit den Bootsbesitzern. Alle hatten den winzigen Shop zum Ziel.

Daniel bog links ab. Wieder fuhren wir auf einer Straße, die von unzähligen, hohen Bäumen gesäumt war.

»Okay, wenn es sein muss«, stöhnte er, »Wir fahren nach Stonington.«

Ich zog die Lippen zu einer Seite und kräuselte die Stirn.

»Warst du schon mal dort?«, hakte er nach, als er meinen Blick bemerkte.

»Nein, ich glaube nicht … Zumindest kann ich mich nicht erinnern.« Ich hatte kein Bild vor Augen.

»Es liegt am südlichen Zipfel der Deer Island. Ich war dort in der Kindheit ziemlich oft mit meiner Familie. Es lohnt sich, die Natur ist wunderschön und das wollte ich mit dir teilen.«

Erleichterung machte sich in mir breit, denn die Ungewissheit fiel von mir ab. Ich hatte eine ungefähre Vorstellung, wo dieser Ort lag.

»Okay. Ich mag die Deer Isle. Also … Danke«, sagte ich und versuchte mich an einem Lächeln. Hoffentlich hatte ich ihm mit meiner Fragerei nicht die Laune vermiest.

»Keine Ursache. Warte erst mal ab, nicht, dass ich dir zu viel versprochen habe. Vielleicht bin ich voreingenommen durch die Kindheit. Du kennst aber die Region?«

»Wir haben auf der Deer Isle mal Familienurlaub gemacht«, sagte ich und ein Kloß bildete sich in meinem Hals.

»Wo genau?« Daniel blinzelte, denn die Sonne schien ihm genau in die Augen. Mit einer lässigen Handbewegung zog er die Sonnenbrille aus seinen hellen glänzenden Haaren und setzte sie auf seine perfekte Nase.

»Sagt dir Mountainville etwas?«

Obwohl mich das Thema ein bisschen emotional machte, konnte ich nicht verhindern, dass meine Augen seinen Körper hinabglitten. Er trug ein dunkelblaues Holzfällerhemd und eine dazu passende, eng sitzende Jeans. Ich würde auf der Wanderung die meiste Zeit hinter ihm hergehen … aus gewissen Gründen.

»Oh ja. Da war ich mal mit meinem Dad.«

»Sind deine Eltern oft zu Besuch?«, fragte ich, einfach

weil ich meine Neugierde nicht unterdrücken konnte. Ich kannte seinen Onkel Kian, der mich auch eingestellt hatte. Eine entfernte Cousine war mal in der Stadt gewesen, das war aber bereits einige Jahre her. Von Daniels Eltern hatte ich ein verschwommenes Bild im Kopf. Zuletzt musste ich zwölf gewesen sein, als ich sie gesehen hatte.

»Nein, eher selten. Früher haben wir ja hier in Bar Harbor zusammengelebt, und dann bin ich auf die Highschool gegangen und sie sind nach Irland zurückgezogen. Das weißt du aber sicherlich.«

Ich sah, dass sein Griff um das Lenkrad fester wurde. Das Blut wich aus seinen Händen und die Knöchel traten gelb hervor. Das Thema bereitete ihm Schmerzen. Und es war auch merkwürdig, denn wir führten Gespräche, die man für gewöhnlich bei einem ersten Date führte, doch das passte nicht zu uns. Wir kannten uns. Wir waren keine Fremde, wir waren Sam und Dan.

»Tut mir leid ... Ich wollte nicht taktlos sein«, entschuldigte ich mich und betrachtete meine Finger.

»Ach, das warst du nicht. Ich komme mit der Abwesenheit meiner Eltern ganz gut klar.« Klar, er sagte es locker und lässig, doch er vermied den Blickkontakt und fokussierte sich auf die Straße vor uns.

»Ich habe auch nicht oft Familienurlaube gehabt«, rutschte es mir heraus. Der Drang ihn trösten zu wollen, war groß. Ich räusperte mich und hätte mir innerlich am liebsten vor die Stirn geschlagen. Seine Probleme mit meinen Problemen zu vergleichen war mies von mir. Trotzdem konnte ich nicht anders. Es war still, zu still und ich hielt es nicht aus. Da durfte kein Eis mehr zum Brechen sein. *Wir waren Freunde, oder nicht?*

»Als meine Mom krank geworden ist, war damit ziemlich

schnell Schluss«, faselte ich weiter, um die Leere zu füllen. Kurz schloss ich die Augen und konnte nicht fassen, dass ich auf unserem ersten offiziellen Date von meiner toten Mom anfing.

»Logan hat mir erzählt, dass deine Mom an Brustkrebs gestorben ist. Lange Zeit wusste ich nur, dass sie krank war. Aber nicht genau, was es war. Es tut mir sehr leid, Sam. Ich weiß nicht, ob ich das jemals zu dir gesagt habe.« Daniel meinte es ernst. Er sah mir direkt in die Augen.

Mein Hals zog sich zusammen und ich presste ein leises *Danke* hervor. Jedes Mal tat es weh. Jedes Mal riss die Erinnerung an ihr Leid, an die Krankheit, die sie zugrundegerichtet und all unsere Hoffnungen in der Luft zerrissen hatte, die Wunde in meiner Brust auf.

Eine Zeit lang schwiegen wir, doch entgegen meiner Befürchtung, war es nicht unangenehm. Fast war es, als würde Daniel mir auf eine respektvolle Art Raum lassen an meine Mom zu denken. Sie zwischen den Pinien zu entdecken, während die Landschaft an mir vorbei rauschte. Ihre Stimme und das Lachen, wenn sie im eiskalten Meer baden ging. Wie wir miteinander gequietscht, gesungen und gestritten hatten. Mein Dad immer dabei. Und Luise. Später dann sogar Emilia. Eine harmonische Familie. Alle gesund und wohl auf.

Wir überquerten eine lange Brücke, die uns über die Meeresenge führte. Ich musste die Augen trotz Sonnenbrille fest zusammenkneifen, denn die Sonne brachte die türkise Meeresoberfläche zum Glitzern.

»Segelst du?«, fragte ich, sobald ich mit meinen Gedanken in den Jeep zurückgekehrt war.

»Nicht wirklich«, begann Daniel zu erzählen, »Ich habe in der Schule an einem Segelkurs teilgenommen, aber ich war ehrlich gesagt ziemlich schlecht darin. Außerdem wurde mir schnell übel.«

Ich gluckste und musste mir vorstellen, wie er das Segel hisste und grün anlief. Das passte gar nicht zu ihm. Ein interessanter Fehler in der Matrix des Naturburschen.

»Klingt nach einer unschönen Erfahrung«, kicherte ich und nahm die gelöste Stimmung in mich auf.

»Na ja, kotz du mal vor der Hälfte deiner Klassenkameraden deinen Segellehrer an«, nuschelte er und ich schnellte herum.

»Im Ernst?«, kreischte ich und schlug mir die Hand vor den Mund.

»Hey, das war sehr belastend für mich. Die Kinder haben mich mindestens ein Jahr lang Kotzi O'Sullivan genannt.« Er verzog die Brauen, bemühte sich um einen seriösen Ausdruck, aber ich durchschaute ihn. Ich unterdrückte mein Lachen nicht, ließ mir freien Lauf. Prustend hielt ich meinen Bauch.

»Kotzi O'Sullivan«, schrie ich und er stimmte in das Gelächter ein.

»Okay, jetzt will ich aber auch mal lachen.«

Als ich mich beruhigt hatte und meine Atmung sich halbwegs normalisiert hatte, spürte ich seinen erwartungsvollen Blick auf mir ruhen.

»Bei mir gibt es keine peinliche Geschichte. Ich hatte auch nie eine Segelstunde. Mein Dad hat mir das Segeln beigebracht. Ich bin ziemlich gut.«

»Okay, aber einen romantischen Segeltörn kannst du dir abschminken«, sagte er ernst und ich musste über die Vorstellung, wie ihm auf dem Boot meines Dads schlecht wurde, kichern. Ich nickte ihm zu und er schüttelte den Kopf über meine Albernheit. Früher war ich oft besorgt gewesen, dass ich zu laut oder zu nervig war. Bei Verabredungen war ich stets bemüht ruhig und zurückhaltend zu wirken. Bei Daniel war es nicht nötig und kaum möglich. Ich hatte nicht das Gefühl, dass ich ihm zu viel war. Ich war genau so laut, so eigen, so viel, wie er es mochte. Das war ein schönes Gefühl. Trotz Unsicherheit und Nervosität fühlte ich mich … frei.

»Aber jeder Mensch hat eine peinliche Geschichte zu erzählen.« Ihm war es wichtig, dass wir auf einer Augenhöhe waren, deshalb gab ich nach.

»Okay, okay.« Ich strich meine Haare zurück, die vom Fahrtwind, der durch das Fenster strömte, verwirbelt wurden. Für diese Story musste ich gut vorbereitet sein, deshalb sammelte ich mich einen Moment.

»Eine peinliche Sache gibt es da wohl.« Die Worte zog ich wie Kaugummi, denn ich beobachtete so gerne, wie er es nicht mehr aushielt vor Neugierde. Er stieß mir ungeduldig in die Seite und ich begann mit der Erzählung meines gescheiterten Versuchs die Bibliothekarin der Schule zu täuschen. Als ich ihm verriet, dass ich mit Perücke in der Bücherei aufgetaucht war und mich für ein anderes Kind ausgegeben hatte, damit ich mehr als zehn Bücher über die Sommerferien ausleihen konnte, lachte er so heftig, dass ihm Tränen in die Augen schossen.

Die restlichen Brücken nahmen wir nicht mehr aktiv wahr. Die Fahrt, der Ort, die bevorstehende Wanderung waren zur Nebensache geworden.

Wir waren so vertieft in Kindheitsgeschichten und gemeinsamen Herumblödeln, dass Daniel heftig bremsen musste, um die Abbiegung auf den Parkplatz noch zu erwischen.

Kapitel 15
Daniel

FAR FROM me

Der Staub umhüllte meinen Jeep und stieg zu den dichten Baumkronen, die den Parkplatz umgaben, hinauf. Ich warf zum tausendsten Mal einen Seitenblick auf Sam. Nur um zu prüfen, ob sie wirklich neben mir saß. Das Flattern in meinem Bauch hatte sich die Fahrt über zurückgezogen und auf ein beständiges Kribbeln eingependelt, doch nun flammte es erneut hoch.

»Da wären wir«, presste ich hervor und spürte ihren Blick auf meinem Gesicht. Obwohl wir uns die ganze Fahrt unterhalten hatten, fehlten mir nun die Worte. Ich riss die Fahrertür auf und sprang aus dem Wagen.

»Wir wandern dann einfach … Irgendwohin? Oder hast du eine genaue Route geplant?«, fragte sie aus ihrem Fenster, was die ganze Zeit einen Spalt geöffnet gewesen war. Ihre Haare hatten sich während der Fahrt aus dem strengen Zopf gelöst und waren wild durch den Fahrerraum geweht. Ihr Duft nach grünem Apfel hing mir noch immer in der Nase und ich versuchte, durch Schniefen ihn loszuwerden. Die Fahrt war gleichzeitig schön und schrecklich gewesen. Schön, denn ich war ihr so nah gewesen. Schrecklich, weil ich ihr so nah gewesen war. Die Apfelnote erinnerte mich daran, dass wir das erste Mal seit ewig ganz allein waren. Ohne Logan. Ohne Patrice. Ohne Jasper, dem Pub oder den Stammgästen. Wie der Kloß in meinem Hals wollte Sams Duft nicht gehen.

»Ich habe eine klare Route, keine Sorge.«

Die Sonne gab ihr Bestes und brannte auf uns herunter. Vögel zwitscherten und eine angenehme Brise brachte die Bäume zum Rascheln.

»Hier ist ein sehr schöner Wanderweg, dem wir folgen können«, erklärte ich weiter, denn ich wusste ja, dass sie Überraschungen nicht mochte. Sam wollte immer einen genauen Plan von allem haben. Das war okay. Um ihr weiter Sicherheit zu geben, deutete ich auf das grüne Schild, das den Schotterpfad neben dem Parkplatz als offiziellen Wanderweg erklärte.

»Okay«, nuschelte sie und kam zu mir.

Ich lief um den Wagen herum, öffnete den Kofferraum und nahm meinen Wanderrucksack heraus. Sie hatte ihren bereits geschultert und sah startklar aus.

»Sollen wir?«, fragte ich, doch sie gab keine Antwort. Sie stiefelte einfach los. Mit erhobenen Augenbrauen beeilte ich mich, ihr hinterherzulaufen. Sam legte ein zackiges Tempo vor. Mit langen Schritten schloss ich zu ihr auf. Wir brauchten ein paar Minuten, bis wir uns eingependelt hatten. Normalerweise geriet ich bei anderen Menschen aus meinem persönlichen Takt. Aus diesem Grund wanderte ich meistens allein, doch bei Sam war es anders. Wir nahmen Rücksicht und passten uns an. Es war eine Erleichterung, denn ich hatte befürchtet, dass diese Wanderung zu einem Krampf wird.

»Bist du schon mit anderen Personen gewandert? Also

nicht nur mit der Familie, sondern vielleicht mit Logan?«, versuchte ich unsere Konversation wieder aufzunehmen.

»Mit Logan tatsächlich einige Male«, sagte sie und lächelte mich an.

»Das erklärt deinen zügigen Gang.« Mein Lächeln steckte sie an. Sie sah wunderschön aus mit dem Wind in den Haaren und der Sonne auf der Haut. Ich hatte das Bedürfnis, sie anzufassen, wollte sie aber wie besprochen nicht wieder überfallen. Schließlich hatten wir auch noch einige Kilometer vor uns. Ich ging einen Mittelweg und pikste ihr mit dem Zeigefinger in die Seite. Sie riss die Augen auf und kurz dachte ich, ich sei zu weit gegangen. Bis sie losgackerte und mich ebenfalls piesackte. Ich hatte Sam schon oft lachen hören, doch diesmal klang sie wie ein Huhn.

»Piks mich nicht! Mit meinem Konter kommst du nicht klar, das schwöre ich dir.«

Sie war wunderbar herrisch und selbstsicher. »Okay Boss!« Ich hob die Hände zum einen zur Abwehr ihres nächsten Angriffs, zum anderen als Zeichen des Friedens.

»Du bist der Boss, schon vergessen?«

Mein Grinsen gefror.

»Äh, ja, klar, also …« Ich sah auf die vielen, kleinen Steine, die unter meinen Sohlen knirschten. Das würde immer zwischen uns stehen. War es ein Hindernis, das wir überwinden konnten, oder war es eine Barriere, die ein endgültiges Aus nach einer gewissen Zeit bedeutete. Don't fuck the company, schon klar. Sie hatte das Messer jedoch nicht nur in die Wunde geschoben, sie hatte es herumgedreht.

»So war das nicht gemeint.« Sie kam näher, legte mir eine Hand auf die Schulter und brachte mich so zum Halten. Ich schüttelte den Kopf.

»Passt schon. Du hast ja recht. Vielleicht ist das hier unangebracht.«

»Finde ich nicht«, widersprach sie mir. Sie stellte sich vor mich, sodass ich ihren dunklen Augen nicht ausweichen konnte. Ihr Blick zog mich magisch an. Vergessen war der Wald um uns herum oder das Möwengeschrei in weiter Ferne. Die Natur der ganzen Welt konnte nicht so wild sein wie der Ausdruck in ihren braunen Augen. In der Sonne sahen sie fast golden aus – wie Honig. Oder Zuckerrübensaft.

»Es ist ja nicht so, dass du ein 50 Jahre alter Knacker bist und ich deine Kellnerin«, plapperte sie und ihre Augen wurden mit jeder Atempause größer, »Oder ich etwas mit dir anfangen muss, um den Job zu behalten oder mehr Geld zu bekommen oder ...«

Ich legte meine Handfläche an ihre weiche Wange und sie verstummte. Diese Berührung machte meine Zweifel zweitrangig. Ihre Wärme an meinen Fingerspitzen ließ mich die Sorgen vergessen.

»Ist das unangebracht?«, raunte ich und presste meine Lippen auf ihre. Sie stöhnte gegen meinen Mund und drückte ihr Gesicht in meine Handfläche.

Nicht überfallen, Alter! Was stimmt nicht mit dir?

Ich brach den Kuss ab. Ich wollte sie nicht ausnutzen oder nur körperlich mit ihr werden. Konnte ich auch gar nicht, weil das nicht mein Ding war. Wenn ich meinen Gefühlen für sie tatsächlich nachging, dann wie ein Gentleman. Ich war eh nicht die beste Wahl für sie, da musste ich mich nicht zusätzlich wie ein wollüstiger Waschbär in der Paarungszeit verhalten.

Selbst mit einigen Zentimetern Abstand fühlte ich noch den Hauch ihrer zarten Lippen auf meinen. Mit glänzenden Augen sah sie mich an.

»Nein«, hauchte sie.

»Dann ist ja gut«, murmelte ich und musste mich räuspern. Sie hatte mir die Sprache verschlagen.

Ihr Blick wanderte zu meiner Stirn und ihre Hand erhob sich. Mit wachsamem Blick beobachtete ich ihre Bewegung und schloss die Augen, während sie mir mit ihren Fingern sanft über die Schläfe und die Wange strich. Ihre Berührung war so sachte wie ein Flügelschlag und ich genoss die Kühle ihrer Haut. Als ich die Augen wieder öffnete, huschte sie mit geröteten Wangen von mir zurück und drehte sich zur Seite.

»Okay, was hast du noch so für Hobbys?«, krächzte sie und lief weiter. Das kam so aus dem Nichts, dass ich mich an einem Lachen verschluckte. Ich prustete und schüttelte den Kopf. Gemeinsam, in unserem Takt, setzten wir uns in Bewegung.

Nachdem wir festgestellt hatten, dass wir beide Pferde angsteinflößend fanden und Sam mir die Geschichte von Wanda, dem Pferd ihrer Großmutter in Deutschland, das nur Möhren und Zuckerwürfel als Bestechung zum Reiten akzeptierte, erzählt hatte, pausierte unser Gesprächsstrom. Der Wald hatte sich deutlich gelichtet und das Wellenrauschen wurde mit jedem Schritt lauter. Der Kies unter unseren schweren Sohlen wurde grobkörniger und knirschte immer weniger.

Sam blieb stehen und reckte ihr wunderschönes Gesicht gen Himmel. Ich tat es ihr gleich und zusammen blickten wir in die Baumkronen und den strahlenden Himmel. Die Sonne kitzelte meine Nase und ich musste niesen.

»Gesundheit«, sagte sie ganz leise und lauschte in die Ferne.

»Danke.« Ich hatte nur Augen für sie. Bewunderte wie die Sonne ihre Haare zum Strahlen brachte.

»Ich kann den Ozean riechen.« Ihre Stimme vibrierte leicht. Unter ihren Worten schwebten Gefühle, die ich nicht ganz deuten konnte, mit. Nickend stellte ich mich neben sie und hob meinen Arm.

»Genau vor uns ist eine Bucht.«

»Ist es noch weit?«, wollte sie wissen, während sie sich ganz leicht an mich lehnte.

»Vielleicht 100 oder 200 Meter.« Der Weg schlängelte sich an dieser Stelle an den Felsen entlang, sodass das Meer noch nicht zu sehen war.

»Wer zuerst da ist«, schrie Sam. Sie rannte los und drehte sich zu mir um.

»Komm schon, Daniel. Ich dachte, du joggst? Sei mal nicht so eine lahme Ente.«

Der Wind nahm ihr Lachen in sich auf und trug ihn zu den Baumwipfeln. Mit hocherhobenen Brauen brachte ich meinen Körper in Bewegung.

»Lahme Ente? Was ist das denn für ein bescheuerter Ausdruck?«

Sie war schnell. Ich hatte erhebliche Probleme, sie einzuholen.

»Das sagt man so in Deutschland«, rief sie über die Schulter. Meine Mundwinkel verzogen sich und in meiner Brust wurde es warm. So einen Spaß hatte ich schon lange nicht mehr gehabt. Wann hatte ich das letzte Mal so viel an einem Tag gelacht und gegrinst? Mir tat schon das ganze Gesicht weg. Ich zog die letzten Kraftreserven aus meinen Beinen. Nur noch zwei Meter Abstand trennten uns.

»Ich dachte, du bist Amerikanerin. Da fällt dir doch bestimmt ein besserer Begriff ein«, presste ich, so laut ich konnte, zwischen meinen zusammengebissenen Zähnen hervor.

Sie blickte wieder feixend über ihre Schulter, öffnete den Mund … und ein Ruck ging durch ihren Körper. Ich sah den

Schock in ihren Augen, als sie das Gleichgewicht verlor und auf den Boden krachte.

»Sam«, schrie ich und das Adrenalin pumpte in meinem Körper. Obwohl ich schon mein maximales Tempo erreicht hatte, beschleunigte ich weiter. In wenigen Sätzen war ich bei ihr.

»Scheiße«, fluchte sie. Ihre tränenunterlaufenen Augen waren auf die aufgeschürften Handflächen gerichtet. Sie hatte sich gut abgestützt, sodass ihr Kopf geschützt gewesen war, doch ihr Gesicht war trotzdem schmerzverzogen. Kleine Steinchen hatten sich in ihre Hand gedrückt.

»Geht es?«, stieß ich schwer atmend hervor und kniete mich zu ihr auf den Boden.

»Ich glaube schon.« Sie versuchte, vor mir stark zu sein, das war klar, doch ihr Kopf wurde mit jeder Sekunde roter. Ihre Unterlippe begann zu beben.

»Oh Mann, wie peinlich«, rief sie mit brüchiger Stimme und eine Träne lief ihr über die Wange.

»Das muss dir nicht peinlich sein. Vor allem nicht vor mir.« Mit ruhiger Stimme versuchte ich sie zu beschwichtigen, beförderte gleichzeitig den Rucksack von meinem Rücken. Ein paar Handgriffe später zog ich die Wasserflasche hervor und drehte die Kappe ab. So vorsichtig, wie ich nur konnte, nahm ich ihre Hände und drehte die Handflächen nach oben.

»Achtung, das könnte jetzt ein bisschen weh tun«, warnte ich sie und kippte ein Rinnsal kaltes Wasser über ihre Hände. Sie keuchte, doch nickte mir zu, damit ich weitermachte. Vorsichtig entfernte ich die kleinen Steinchen aus ihren Händen und schüttete das restliche Wasser über Sams zitternde Hände.

»Danke.« Der Glanz in ihren Augen war noch immer da.

»Kein Problem. Es ist schließlich meine Schuld«, sagte ich

mit belegter Stimme. Ein Stich in meiner Brust. Mir kam die Sonne gar nicht mehr so hell vor wie vor unserem Wettrennen.

»Hä? Du kannst doch nichts für meine Ungeschicktheit. Da bin ich selbst schuld. Deine völlig verrückte Begleitung, die die geistige Reife einer Fünfjährigen und ein Wettrennen vorgeschlagen hat«, machte sie klar. Ihre sonst so geschwungenen Lippen formten eine strenge Linie. Alles in mir wollte, dass es ihr besser ging.

»Stimmt! Und dann fällt die dumme Nuss auch noch hin«, rief ich theatralisch und zog eine Augenbraue hoch.

Von einem süßen Mundwinkel zum anderen kroch ein sanftes Lächeln. Innerlich triumphierend erhob ich mich und reichte Sam die Hand. »Möchtest du versuchen aufzustehen?«

Sie nickte. Es ging erst ganz gut, doch als sie den Fuß, mit dem sie umgeknickt war, belastete, zog sie scharf die Luft ein. Ihre Hand war in meiner. Ich merkte, wie ihr Arm zuckte. Um ihre aufgeschürften Handflächen nicht weiter zu beanspruchen, nahm ich sie einfach unter beide Arme. Sanft stützte ich sie, sodass sie auf beiden Beinen stand. Sie stieß jedoch einen Schmerzenslaut aus und verlagerte ihr Körpergewicht auf das linke Bein. Gerade so konnte ich sie noch stabilisieren, damit sie nicht erneut zu Boden ging.

»Keine gute Idee?«

»Mein Knöchel«, presste sie hervor.

»Oh je!« Ich handelte schnell. Mit ein paar Andeutungen brachte ich sie dazu, ihren Arm, um mich zu legen. Ihre Finger krallten sich in mein Hemd.

»Irgendwas stimmt mit meinem rechten Fuß nicht«, wimmerte sie. Ich schloss kurz die Augen. Der Schmerz in ihrer Stimme brachte das verhasste Flattern auf ein neues Level.

»Okay, ich stütze dich versuchsweise mal bis zum Meer«, schlug ich vor.

Ein paar Meter vor uns wurde der Kies zu einer ebenen Steinfläche und bildete eine niedrige Klippe zum Ozean.

Sam nickte unsicher. Von dieser Aktion war sie nicht überzeugt, das sah ich an den zusammengezogenen Augenbrauen und den Furchen auf ihrer sonst glatten Stirn.

»Dort können wir uns hinsetzen, ohne, dass Kies in unseren Händen steckt. Oder Hintern.« Mein Aufmunterungsversuch glückte nicht, deshalb wechselte ich zu einem ernsten Ton. »Ich sehe mir deinen Fuß an, okay?«

»Ich vertraue dir.«

Ich schluckte, denn das hatte mich getroffen. Sie vertraute mir. Nun musste ich mich wirklich zusammennehmen und ein guter Freund sein. Ihre Hoffnung in mich wollte ich auf keinen Fall enttäuschen.

Wie in Zeitlupe bewegten wir uns zur Klippe. Bei jedem Schritt machte Sam einen Laut. Mal ein leises Stöhnen, mal eine Art Wimmern. Die Stiche in meiner Brust wurden immer schmerzhafter. Ich musste mir die ganze Zeit sagen, dass es nicht mein Schmerz war. Für sie war es körperlich, nicht für mich. Ich blinzelte bei jedem ihrer Laute, um sie nicht auch noch ansehen zu müssen. Um meinen Fokus nicht zu verlieren. Hier war jetzt keine Zeit für Schuldgefühle oder Gefühlsausbrüche, ich musste Sam unbedingt schnell helfen.

Ich atmete tief ein, als wir auf dem Steinplateau ankamen und ich Sam vorsichtig zu Boden sinken ließ. Sie streckte sofort das betroffene Bein aus. Erst nach ihrer Zustimmung machte ich mich, an den Schnürsenkeln ihres Wanderschuhs zu schaffen.

»Bitte sei vorsichtig«, wisperte sie.

Mein Fokus lag auf ihrem Fuß. So langsam, wie es nur

ging, zog ich den Schuh von ihm. Das ganze Ausmaß ihres Sturzes wurde sichtbar. Sams Knöchel war etwa so groß wie eine Mango und eine bläuliche Verfärbung kam zum Vorschein.

»Scheiße«, nuschelte ich und strich mir durch die Haare.

»Absolute Oberscheiße. Ich glaube, er ist verstaucht oder das Band ist gerissen.« Sie lehnte sich über ihr Bein nach vorne, um ihre Verletzung besser prüfen zu können. Mit sanften Berührungen fühlte sie ihren Fuß ab und zuckte immer wieder zusammen.

»Der Optimist in mir tippt auf eine Prellung«, versuchte ich ihr Mut zu machen.

Sie lächelte milde, löste ihren Blick jedoch nicht von ihrem verletzten Fußgelenk.

Eine Minute lang sagte keiner von uns ein Wort. Mein Hirn arbeitet auf Hochtouren. *Wie sollte ich sie hier bloß wegbekommen?* Einen oder vielleicht zwei Kilometer würde ich sie sicherlich stützen oder tragen können, doch wir waren ein ganzes Stück gelaufen und mein Jeep stand mindestens vier Kilometer weit entfernt. Eher fünf. Der Wanderweg war zwar fest genug, um ihn mit einem Jeep zu befahren, aber die Bäume standen zwischendurch so eng, dass er da niemals würde durchpassen. Ich legte den Kopf in den Nacken und blickte zum Himmel. Einige Wolken schlossen sich zusammen und verdeckten die Sonne. *Verfluchte Biberkacke!*

»Kann ich vielleicht etwas zu trinken haben?«

Ihre Frage riss mich aus meinen Gedanken und ich nahm sorgsam den Rucksack von ihrem Rücken. Als ich ihn öffnete, musste ich schmunzeln und Sams Gesicht wurde verdächtig tomatig. Dort drin war eine Decke und Proviant verstaut. An sich nichts Ungewöhnliches, doch es gab von allem zwei Stück. Zwei kleine Flaschen Wasser, zwei Schokoriegel, zwei Minipackungen Chips und zwei Apfelsafttrinkpäckchen. Ich grinste nicht, ich strahlte. *Wie süß war das denn?*

»Hey, das ist gemein«, rief sie und blinzelte mich böse an.

»Hm?« Wie sie ihre Lippe vorschob und versuchte, gleichzeitig böse zu gucken, war einfach unnachahmbar. »Lach mich bloß nicht aus.« Sie stütze sich mit den Armen auf den Boden ab, versuchte aufzustehen, doch ihr Bein machte ihr einen Strich durch die Rechnung. Schmerzverzerrt funkelte sie mich an und verschränkte die Arme.

»Ich lache dich nicht aus. Also nicht direkt. Ich lache, weil ... Na ja, ich musste lachen, weil wir denselben Einfall hatten.« Ich riss den Reißverschluss meines Rucksacks auf und ließ Sam hineingucken. Mein Nacken wurde heiß und begann zu prickeln, als sie weiter schwieg. Wie in Schockstarre wartete ich, dass sie reagierte. Nicht nur sie war süß, auch ich hatte meine Momente.

»Sind das selbstgebackene Kekse?«

Sie hatte mich erwischt. Ich sprang auf die Beine, entfernte mich ein paar Meter und nuschelte über die Schulter: »Ach, das ... Ja, aber die hat Jasper gebacken.«

Ich hörte, wie sie den Inhalt nach und nach auf die Steine legte und hoffte, dass sie die Kerzen in dem vordersten Fach nicht finden würde. Kurz schloss ich die Augen und lauschte dem Rascheln, den Möwen, die immer lauter zu schreien begannen, und dem Meer, was seine Wellen gegen die massive Steinwand schlug.

»Kommst du bitte mal zu mir?«, fragte mich Sam und ich wirbelte herum. Sie lächelte breit und machte eine Bewegung mit dem Finger, die unmissverständlich deutlich machte, was sie wollte. Mit zwei Schritten überwand ich die Distanz und ließ mich auf die von ihr ausgebreitete Picknickdecke plumpsen. Sie hatte sich Mühe gegeben, es uns gemütlich zu machen.

Zumindest soweit es ihr mit der Einschränkung möglich war. Ich zog die Decke glatt, ließ sie dabei nicht aus den Augen.

»Was möchtest du?«

»Küss mich«, hauchte sie und biss sich ein wenig auf die Unterlippe. Ihre Wangen waren gerötet und ihre Haare wehten durch die Luft. In diesem Licht hätte sie mit den schönsten Gemälden der Welt konkurrieren können. Obwohl, gegen Sam stanken die anderen wohl ab. Mit Kolibriflattern in der Brust lehnte ich mich nach vorne, bis unsere Gesichter nur noch eine Hand breit entfernt waren.

»Warum?«

Sie formte die Worte: »Weil du süß b...« Und ich erstickte sie mit meinem Mund. Sie öffnete ihren und ich drang mit meiner Zunge ein. Mit aller Kraft hielt ich mich zurück, denn ich wollte sie nicht überrumpeln. Oder sie aus dem Gleichgewicht bringen und ihrem Fuß weiter schaden. Doch Sam wurde immer fordernder und presste sich an meine Brust. Ich konnte ihr Herz an meinem flattern spüren und nahm ihre Hand und legte sie an meine Brust. Die Wärme, die sich über meinen Körper ausstreckte, war wohltuend und beschwichtigte das Flattern ein wenig. Pochen und Flattern. Immer im Wechsel. Unsere Herzschläge näherten sich einander an. Meine andere Hand fuhr durch ihre Haare. Von ihrem Nacken den eleganten Hals hinunter. Ihre Hand wanderte zu meinem Bauch. An den Saum meines Hemdes. Ich stöhnte in ihren Mund, als Haut auf Haut traf, und zog mich zurück.

»Aber ...«, keuchte sie atemlos und sah mich mit Rehaugen an.

»Sam bitte, ich möchte dir nicht wehtun. Du bist verletzt.« *Warum war es mit ihr immer zum Haareraufen? Oder mit mir?*

»Du tust mir schon nicht weh«, sagte sie zögerlich, doch ich schüttelte den Kopf.

»Ich kann mich aber nicht beherrschen, wenn du sowas machst«, rief ich, rutschte ein ganzes Stück von ihr weg und fuchtelte wild mit der Hand vor ihr.

Das schien sie zu amüsieren. Meine Verwirrung gefiel ihr. Sie grinste und kicherte. Immerhin war der Schmerz vergessen.

»Okay, lass uns picknicken.«

»Gut, was möchte die Dame denn essen?«, fragte ich wie ein Kellner und schnappte mir ihren Rucksack.

»Also zur Vorspeise hätte ich gerne einen Schokoriegel und ein Trinkpäckchen«, ging sie auf meine Show ein und nahm ihre Haare zu einem Zopf.

»Selbstverständlich.« Ihre Bestellung legte ich vor ihren gesunden Fuß, den sie zu sich gezogen hatte.

»Und was essen Sie, der Herr?«, wollte sie wissen und nahm ihren Proviant entgegen.

»Chips?« Ich nahm eine kleine Tüte und riss sie auf. Der Geruch nach künstlichem Fleisch stieg mir in die Nase.

Sam öffnete die Verpackung ihres Schokoriegels und biss beherzt hinein.

»Okay, ich weiß, dass du Schokolade liebst ... und Pommes«, setzte ich an, »Aber was ist dein Lieblingsgericht?«

»Hm, lass mich überlegen«, sagte sie zwischen zwei Bissen und aß in Windeseile den Riegel auf.

»Ich liebe alles, was Jasper kocht. Oder backt, also her mit den Keksen.«

»Schon gut, schon gut.« Anscheinend verstand sie bei Süßigkeiten keinen Spaß, deshalb reichte ich ihr zügig die Tüte mit den Keksen. Über die Lüge, dass es Jaspers Kekse waren, und meine Verleumdung, dass ich gestern Abend im Brew's nicht extra noch gebacken hatte, schwieg ich. Sollte Jasper ruhig die Lorbeeren ernten, der konnte das gebrauchen.

»Und du?«, nuschelte sie mit vollem Mund und Keksbrösel fielen aus ihrem Mund. »Sorry.« Sie wischte die Krümel von ihrer Jeans, wobei sich ihr Gesicht verfärbte. Ihre unbeholfene Art gehörte zu ihr, doch wenn ich mich in der Nähe befand, potenzierte sich diese Eigenart. Mittlerweile hatte ich Muskelkater vom Lachen – im Gesicht.

»Ich liebe Burger.«

Sie nickte. »Klar, sehr männlich.«

»Hey, machst du dich über mich lustig?«

»Neeee«, rief Sam und zog das Wort unnatürlich in die Länge.

Ich pikste sie in die Seite und sie gackerte los. *War das ihr Lachknopf?*

»Ich mag auch Pfannkuchen. Die sind nicht sehr männlich, oder?«

»Das ist wohl wahr.«

Diese Albereien hielten uns vom Essen ab, deshalb schob ich eine Hand voll Chips in meinen Mund.

»Aber ziemlich klischeemäßig!«

»Es gibt ein Pfannkuchen-Klischee?«

»Du hast Journalismus in New York City studiert und magst Pfannkuchen. Wahrscheinlich war es für dich ganz normal in einem Café zu lernen und Pfannkuchen mit fancy Toppings zu futtern. Damit erfüllst du jedes Hipsterklischee, was ich kenne.«

Ich blieb still und stopfte mich weiter mit Chips voll. Ihre Augen blitzten. Oh je, ich würde ihr nicht davonkommen.

»Moment mal … Habe ich etwa recht?«, fragte Sam und zog die Lippen zu einer Seite. Ihre Schnute rückte kurz meine Studienzeit in den Hintergrund.

»Daniel, gib es zu. Du warst ein Hipster.«

»Du bist aber neugierig«, bemerkte ich und sie rollte mit den Augen.

»Okay, aber nicht lachen.«

Sie spielte mir einen treuergebenen Blick vor.

»Alle zwei Wochen habe ich mich mit ein paar Leuten aus den Unikursen zum Kaffee im Eastvillage getroffen. So als Austauschmöglichkeit könnte man sagen. Und einmal haben wir durch Zufall im Stroke's Coffee Christiane Amanpour getroffen. Dabei haben wir Pfannkuchen gegessen. Mrs. Amanpour auch, falls es dich interessiert.« Die Worte strömten nur so aus meinem Mund, denn ich erinnerte mich gerne an diese unbeschwerte, besondere Zeit meines Lebens zurück.

Sam verstand es nicht auf Anhieb. Sie sah mich zuerst verwirrt an, dann flog ihre Hand zu ihrem Mund. »Das ist doch diese berühmte Reporterin«, rief sie und lächelte mich an.

»Sie ist nicht nur eine Reporterin, sie ist eine sagenhafte Journalistin. Kaum ein Mensch hat so viele wichtige Personen getroffen wie sie. Hassan Rohani, Jacques Chirac und den ehemaligen griechischen König Konstantin II.«, zählte ich an meinen Fingern ab. »Sie hat sogar Angela Merkel und Angelina Jolie interviewt.«

»Also die beiden Namen sagen mir zumindest etwas.«

Sie sah entspannt aus, schien ihren Fuß vergessen zu haben. Doch mich überkam das schlechte Gewissen.

»Sorry, ich bin bei diesen Themen manchmal etwas überschwänglich«, gab ich zu und rieb mir den Nacken.

»Ich mag das.« Sam reichte mir den zweiten Schokoriegel. »Ich finde es schön, wenn ein Mensch Leidenschaft im Herzen trägt.«

Die Worte verursachten bei mir eine Gänsehaut. Unsere Blicke verschmolzen miteinander und bildeten eine Verbindung, die viel mehr aussagte, als Wörter es könnten. Nach einem Moment, den ich gerne für später abgespeichert hätte, damit ich ihn immer wieder erleben konnte, runzelte Sam die Stirn und brach unsere Verbindung ab.

»Was ich nur nicht verstehe …«, setzte sie an und betrachtete ihre Finger. Sie nestelte an ihrem Ärmel und wich meinen Blicken aus.

»Ja?«

»Warum bist du nicht in New York und studierst weiter?« Endlich sah sie wieder hoch.

»Es geht nicht«, sagte ich schlicht.

Sie wartete, dass ich meine Antwort weiter ausschmückte, doch ich blieb stumm.

»Wegen Kian?«

Natürlich wusste sie, dass er krank war. Sie hatte schließlich alles live miterlebt. Na ja, fast alles. Und darüber war ich sehr froh.

»Genau«, tat ich mit einer Handbewegung ab. Ja, ich war wegen Kian in Bar Harbor. Aber ich war nicht wegen ihm zurückgekehrt. Mein Studium hatte ich aus anderen Gründen abgebrochen.

»Du möchtest nicht zurück und hast dich für den Pub entschieden?« Sie ließ nicht locker. *Warum wollte sie das dermaßen genau wissen?*

»Na ja, ich hatte da ehrlich gesagt nicht wirklich eine Entscheidungsfreiheit«, sagte ich schulterzuckend. Es war die Wahrheit, aber wage genug, um sie mit ihr zu teilen. Als ich sah, dass sie wieder zum Sprechen ansetzte, grätschte ich dazwischen. »Du hast doch gesagt, dass du es magst, wenn Menschen leidenschaftliche Themen haben. Was ist deins?«

Ich erstickte ihre Fragerei wie einen Zigarettenstummel. Mein Blick wanderte zum Himmel. Die Möwen flogen manöverartige Kreise über uns. Das Blau war nicht mehr so strahlend wie vorhin. Es wurde düster.

»Hm, ich könnte jetzt antworten, dass BWL meine Leidenschaft sei«, setzte sie an. Mein Themenwechsel war geglückt. »Aber das stimmt nicht.«

Meine Brauen wanderten zum Haaransatz. »Aber du hast doch immer gesagt, dass du Betriebswirtschaftslehre magst?«

»Ja, schon. Ich mag es ja auch. Studiere es ... Aber ich weiß nicht wirklich, was ich damit hinterher anfangen will ... Und in letzter Zeit fühle ich mich immer öfter leer.« Mit jeder Silbe wurde sie leiser. Sie strahlte etwas aus, das mir Sorgen bereitete. Nichts allzu Bedenkliches. Aber ich hatte das Gefühl, dass sie Nähe brauchte. Ich rückte an sie heran und nahm vorsichtig ihre Hand in meine. »Es kommt vor, dass man sich phasenweise so fühlt. Vielleicht bist du ein wenig ausgebrannt.«

Es war, als würde ich auf Eiern laufen. Einerseits wollte ich sie aufmuntern und ihr zeigen, dass sie mit solchen Gefühlen nicht allein war. Andererseits wollte ich ihr die Gefühle nicht absprechen oder kleinreden. Die richtigen Worte zu finden, war schwierig. Ich dachte an ihren vollen Terminkalender, auf den ich ab und an einen Blick erhascht hatte.

Sam nickte und ihre Unterlippe schob sich nach vorne.

»Das geht wieder vorbei.« Damit hing ich mich aus dem Fenster. Es gab Menschen, unter anderem Mrs. Lee, die meinten diese Floskeln seien nicht hilfreich. Nein, sogar gefährlich, denn man wusste es ja nicht mit Sicherheit. *Aber was sollte ich denn machen?* Sams Miene war trist, die Augen groß. Gedankenverloren strich sie an ihrem Fuß entlang. Sie war noch immer verletzt und teilte ihre Verlorenheit mit mir.

Sie sah auf das Meer hinaus. Ihre Hand entglitt mir. »Und

wenn nicht?«, hauchte sie in den Wind und die Möwen übertönten beinahe ihre Stimme. *Fuck.*

»Dann hast du das, wofür du brennst, einfach noch nicht gefunden. Dann musst du loslassen und weitermachen ... Mit etwas Neuem ... Oder etwas Altem«, sagte ich behutsam. Ich sprach aus meiner Seele, denn andere Methoden oder Expertenkenntnisse hatte ich nicht.

Sam schaute mich an und lehnte ihren Kopf an meine Schulter. So saßen wir einige Minuten da, beobachteten die Wellen und lauschten den Böen und den Möwen. Aus der grauen Gischt wurden Hochhäuser und Straßen mit vielen gelben Taxis. Die Vogelschreie wurden zu Sirenen und Straßenlärm. Ein Donnern. Es dauerte einen kleinen Moment, bis ich registrierte, dass ich mir das nicht eingebildet hatte. Dass das nicht Teil von New York war.

Ein abgebrochenes Studium. Entsetzliche Dinge, die ich in New York getan hatte.

Und nun saß ich hier neben dieser wunderschönen Frau und konnte nicht verstehen, wie es dazu gekommen war. *Ob ich hier überhaupt hingehörte?* Wie so oft fühlte ich mich heimatlos. Bar Harbor, New York City, Irland – egal wo ich war, ich baute eh nur Mist.

Kapitel 16
Sam

»War das ein Donnern?«

Daniel nickte. Ich versuchte mich, auf meinen Armen abzustützen, um aufzustehen. In meinem Fußgelenk zog es und ein Stöhnen drang über meine Lippen.

»Hey, nicht aufstehen.« Daniel legte seine Hand auf meine Schulter, doch ich schüttelte sie ab.

»Wir müssen hier weg«, rief ich und versuchte es erneut. Mein Fuß pochte zum Dank. Der erste Tropfen traf meine Stirn, der zweite folgte zügig und landete auf meinen Haaren. Die Flüssigkeit erreichte meine Kopfhaut und bescherte mir einen kalten Schauer. Ich folgte Daniels Blick zum Himmel. Dunkle Wolken schlossen sich über dem Meer zusammen und wehten als solide Front auf uns zu. Ein Blitz erleuchtete das Wolkenmassiv und sein Nachleuchten durchzog meine Brust.

»Daniel, bitte. Ich will hier weg«, rief ich und presste die Lippen aufeinander.

»Ja, Gewitter am Wasser sind kein Spaß, aber wir sind ja nicht im Wasser. Du machst dir zu viele Sorgen.«

Mein Hals begann zu brennen und salzige Tränen stiegen nach oben.

»Oh«, machte Daniel, als sich eine einzelne Träne löste. Hastig wischte ich sie weg.

»Du hast Angst.« Es war keine Frage, es war eine Feststellung und ich ließ sie unkommentiert. Ich hatte keine Zeit, ihm zu erklären, weshalb mir Unwetter eine Scheißangst einjagten. Ich musste hier weg – und zwar sofort.

»Okay, bitte lass mich ganz kurz nachdenken.« Daniel raufte seine Haare zusammen. »Bis zum Wagen ist es zu weit. Du bist zwar ein Fliegengewicht, aber ich schaffe es niemals, dich zum Jeep zu tragen«, begann er vor sich hin zu plappern und lief auf und ab.

Immer mehr Tropfen trafen meine Kopfhaut.

»Ich kann doch humpeln, das geht schon.« Zur Not würde ich auch durch den Schlamm krabbeln, Hauptsache ich würde bald ein sicheres Dach über dem Kopf haben.

»Das schaffst du nicht, sorry. Außer du möchtest mitten durch das Gewitter humpeln ... Stundenlang ... Und wahrscheinlich klitschnass werden?«

Allein die Vorstellung blähte den Kloß in meinem Hals zu einem kaum überwindbaren Hindernis auf.

»Okay, können wir uns irgendwo unterstellen? Gibt es hier eine Herberge? Ich brauche ein Dach zwischen mir und ... Und dem da.« Ich deutete auf die düstere Suppe über uns. Beim darauffolgenden Donnerschlag biss ich die Zähne zusammen und schloss kurz die Augen. Einatmen – Ausatmen.

»Es gibt einen Bootsverleih ein bisschen weiter den Weg runter.« Begeistert von seinem Einfall lächelte er mich an und deutete den Kiesstrand hinab. »Da zurzeit jedoch nicht Saison ist, hat er vermutlich geschlossen«, fügte er hinzu und stöhnte.

»Egal, lass es uns versuchen. Vielleicht ist ja doch jemand da«, entschied ich und versuchte, ein weiteres Mal aufzustehen. Daniel kam mir zur Hilfe und zog mich behutsam auf die Beine. Mein Fuß war geschwollen, ich fühlte wie die Haut um meinen Knöchel sich spannte, und er pulsierte schmerzhaft.

»Warte kurz«, schrie Daniel über den nächsten Donner hinweg. Der Blitz folgte und ich keuchte auf. Daniel rannte ein paar Meter Richtung Wald. Sobald er mehr als drei Meter von mir entfernt war, schnürte sich meine Kehle vollständig zu. Ich begann zu zittern.

»Wo willst du hin? Komm sofort zurück!«, schrie ich und biss mir auf meine bebende Unterlippe.

Er kam zurück und präsentierte mir einen langen Stock. Mit prüfendem Blick hielt er ihn neben mich und brach dann ein Stück mit Hilfe seines Knies ab. Er reichte ihn mir und ich stützte sofort mein Gewicht auf den Ast.

Sobald wir uns in Bewegung setzten, öffnete der Himmel seine Pforten und ein Platzregen ergoss sich über uns.

»Oh«, machte ich erschrocken von der Kälte des Regens, der innerhalb von Sekunden meine Klamotten durchnässte. Daniel riss den Rucksack von seinem Rücken. Behelfsmäßig hielt er ihn über unsere Köpfe, doch er konnte den Regen nicht daran hindern, uns komplett zu durchweichen.

Während der Bootsverleih in Sichtweite kam, saugte sich bei jedem Schritt die Hose an meinen Beinen fest. Ich atmete schwer, denn das Humpeln war anstrengend und dazu kam die Panik, die mich bei jedem Blitz und Donner durchrüttelte. Zwar versuchte ich, immer wieder in den Bauch zu atmen, wie ich es in verschiedenen YouTube-Videos gesehen hatte, doch die meiste Zeit hyperventilierte ich.

»Wir sind gleich da.« Daniel merkte, dass es mir nicht gutging. Vielleicht sogar, dass ich Angst hatte, denn er versuchte, mich zu beruhigen, und strich mir eine nasse Strähne aus dem Gesicht. Den Rucksack hatte er mittlerweile wieder geschultert, denn er war zum Hindernis geworden. Wir hatten uns dem Regen geschlagen gegeben.

»Es sieht geschlossen aus.« Das düstere, verlassen wirkende Gebäude nahm mir alle Hoffnung, die in mir während unserer Flucht gewachsen war.

»Shit, ich hatte recht.« Auch Daniel wirkte hoffnungslos.

Die großen Fenster des kleinen Holzhauses waren dunkel und das Fähnchen auf dem Dach wehte wild im Sturm. Als wir vor dem Gebäude ankamen, änderte sich nichts an der verlassenen Stimmung.

»Hallo? Ist hier jemand?«, schrie er aus voller Brust, doch es kam keine Antwort.

»Hallo?«, rief auch ich, doch meine Stimme hatte nicht dieselbe Kraft wie seine. Trotzdem versuchte ich es immer wieder. *Würden Fremde auf ein weibliches Rufen eher reagieren?* Die Jungfrau in Nöten – oder so ähnlich.

»Okay, warte hier«, sagte Daniel und lehnte mich an die Holzfassade wie ein Gepäckstück.

Der Verleih sah heruntergekommen aus. Der weiße Lack bröckelte von den Holzpaneelen ab, zudem waren an dem Anleger keine Boote befestigt und die Preisliste auf dem Holzschild war auf das letzte Jahr datiert. Daniel war verschwunden und ohne ihn fühlte ich mich noch ängstlicher. Ich wollte nach ihm rufen, da hörte ich ein Klirren und wirbelte herum, wobei ich mein Gewicht verlagerte, auf den schmerzenden Fuß trat und mich im letzten Moment noch fangen konnte, um nicht auf dem Hintern zu landen. Mein Herz pochte so stark, dass ich das Echo in meinen Fingerspitzen und meinem Knöchel spüren konnte. *Oder war das nur der Schmerz?*

»Darf ich bitten?«, ertönte es von der Seite und Daniel

erschien lächelnd neben mir. Er wickelte seine Jacke von der linken Hand und schüttelte sie aus. Scherben fielen auf den Boden.

»Was hast du gemacht?«

»Komm einfach mit.« Er bot mir wieder seinen Arm als Stütze an.

Wir humpelten um das Haus und kamen bei dem Hintereingang an, dessen Tür Daniel wohl eingeschlagen hatte. Er griff, bedacht auf die vielen spitzen Scherben, vorsichtig durch das Loch in der Scheibe. Mir wurde ganz anders, als ich sah, wie nah er den Scherben kam.

»Um Gottes willen sei vorsichtig«, verlangte ich und er bedeutete mir, dass ich mir keine Sorgen machen sollte. Allein die Vorstellung, dass nicht nur ich verletzt war, sondern er sich eine tiefe Schnittwunde zuziehen würde, ließ mich den Kopf schütteln. Das war doch ein schlechter Scherz!

Ein Klicken erklang. Die Tür ging tatsächlich auf und ich stieß laut den Atem aus.

»Lass uns reingehen«, kündigte er an und schob die Tür ganz auf. Er hob mich hoch, was mir ein dumpfes *Oh* entlockte, und trug mich wie seine Braut über die Türschwelle.

Der Raum war sehr dunkel und meine Panik stieß ein weiteres Mal an die Oberfläche.

»Moment«, nuschelte er und betätigte den Lichtschalter neben der Tür.

Eine einzelne Glühbirne an der Decke sprang an und erlaubte uns einen Blick auf den Raum. Es war ein Lager voller alter Kisten, Pappkartons und Farbeimern.

»Nicht gerade gemütlich, aber wir haben ein Dach über dem Kopf.«

Mir klapperten die Zähne. Das Wasser lief mir aus den Haaren über den Rücken in meine Jeans hinein.

»Leicht gruselig.« Mir war unendlich kalt. Ob dieses Gefühl von der Angst, die langsam meinen Körper verließ, oder von den durchweichten Kleidern kam, wusste ich nicht. Aber eine Gänsehaut überzog meinen Körper.

»Da ist eine Treppe.« Er durchschritt den Raum, dabei trug er mich noch immer in seinen Armen. Sie waren auch meine einzige Wärmequelle, deshalb drückte ich meinen Körper gegen jeden Zentimeter seines Körpers.

Ein paar Stufen führten zu einer weiteren Tür. Diese war unverschlossen und wir gelangten in den Hauptraum des Bootsverleihs. Es gab einen Tresen, einige Stühle und sogar ein kleines Sofa. Daniel machte auch hier das Licht an. Mit den großen Fenstern und den verschiedenen Lampen wirkte es freundlicher, beinahe gemütlich.

Mit einem Ächzen ließ Daniel mich runter auf das Sofa und ich stöhnte vor Schmerz. Jede Bewegung spürte ich in meinem Knöchel.

»Oh, sorry«, entschuldigte er sich sofort.

»Ach, alles gut …« Ich sah mich weiter um. Das Gewitter preschte die einzelnen Bäume draußen hin und her. Keine Möwe war am Himmel. Es rumste und krachte draußen. Meine Nackenhaare stellten sich auf und Bilder einer Nacht, die ich jeden Tag versuchte in den hintersten Bereich meines Hirns zu verdrängen, waberten vor meinem inneren Auge.

Daniel war auf Erkundungstour gegangen. Er öffnete die Tür neben dem Tresen und lachte.

»Wir können pinkeln«, rief er triumphierend und zeigte mir den Daumen. Er verschwand in dem Raum, der anscheinend das Bad war.

»Daniel, bitte geh nicht so weit weg.«

Er war die einzige Konstante in dieser Situation – mein Rettungsanker.

»Entspann dich, Sam«, rief er mir durch die geschlossene Tür zu und ich ließ den Kopf in den Nacken fallen. *Entspannen … wenn das nur so einfach wäre.*

Ein Klicken neben mir sorgte dafür, dass ich meinen Kopf herumriss und meine nassen Klamotten ein schmatzendes Geräusch auf der Couch erzeugten.

»Daniel, irgendwas hat hier geklickt.«

»Ich habe gerade die Heizung angestellt … Glaube ich zumindest«, rief er mir zu und seine Stimme wurde immer lauter. »Dann haben wir es hoffentlich gleich schön warm hier, damit du auftaust und trocknest.« Er sprach, während er durch die Tür zurück in den Hauptraum kam.

Mein Blick wanderte zu ihm und tackerte sich an ihm fest. »Äh, oh«, gab ich von mir und verschluckte mich. Hustend griff ich mir ins Gesicht und drehte mich hastig weg.

Er war nackt. Also sein Oberkörper war nackt.

»Hast du dein Shirt verloren?«, nuschelte ich und fixierte die Pinie vor dem Bootsverleih, die sich gefährlich zu einer Seite bog.

»Nein, aber ich versuche, es zu trocknen. Vielleicht solltest du das auch machen.«

Sofort schüttelte ich den Kopf.

»Auf keinen Fall.« Ich beobachtete, wie die Wellen den Steg überspülten. Nur nach draußen starren, nicht zu ihm.

»Sam, nimm es mir nicht übel, aber du siehst wie ein begossener Pudel aus. Du zitterst und dein Zähneklappern habe ich durch die Tür gehört. Wenn du nicht trocknest, wirst du krank. Zusätzlich zu deinem verletzten Fuß.«

»Das ist nicht schlimm«, nuschelte ich.

»Ich als dein Chef fände es schon schlimm«, wandte er ein. Er war mir nähergekommen, denn seine Stimme war viel deutlicher.

Okay, er hatte womöglich recht. Aber er hatte auch leicht reden. Er war ein Mann, konnte einfach so sein Shirt ausziehen, ohne groß etwas zu entblößen. Nur seinen trainierten, wohlgeformten Oberkörper. Einen Blick konnte ich wohl riskieren, oder? Ich drehte mich zu ihm, peinlich darauf bedacht nicht auf seine Brust oder den Bauch zu gaffen. Das führte jedoch dazu, dass ich seinen Schritt anstarrte. Als mir das bewusst wurde, stieg mir die Hitze ins Gesicht und ich sprang auf die Beine.

»Scheiße«, fluchte ich, denn mein Knöchel protestierte.

»Was machst du?«, rief er und kam zu mir geeilt. Er nahm mich an beide Schultern und stützte mich.

»Whoa, whoa, whoa«, machte ich und hob die Hände. »Nackter Typ sehr nah an mir dran.«

»Sorry, ich wollte dir nur helfen.« Als er sich sicher war, dass ich nicht umfiel, trat er einen Schritt zurück.

Doch es war zu spät. Ich versuchte, seinen männlichen Geruch aus meiner Nase zu verbannen – was sinnlos war. Mein voreingenommener Körper reagierte mit Hitze und meine Nase erschnupperte alles, was von ihm in der Luft um mich herum war. Es war, als hätte sich mein Körper alles genau eingeprägt. Die Hitze seiner Haut an meiner, der Atem auf meinem Nacken und der Windstoß, der mich zum Erschauern gebracht hatte. Das musste aufhören.

Ich öffnete meine Jacke und entfernte den mit Wasser vollgesogenen Stoff von meinem Körper. Das neue Gefühl auf meiner Haut lenkte mich von den anderen Empfindungen in mir ab. Ich konnte sogar über meinen Schatten springen und das Hemd ausziehen, sodass ich nur noch ein weißes Tanktop und einen rosafarbenen Sport-BH trug. Ich spürte Daniels Blick auf mir und bekam eine noch schlimmere Gänsehaut.

Wie war das möglich? Würde sich meine Haut ab einem gewissen Stadium einfach von meinem Körper lösen?

In der nächsten Sekunde setzte mein Herzschlag komplett aus. Daniel ging zum Tresen, streifte seine Wanderstiefel von den Füßen und öffnete seine Jeans.

»W… Was machst du da?«, fragte ich zwischen zwei Zitterstößen, denn mir war noch immer furchtbar kalt.

»Meine Hose ist nass. Vielleicht kriege ich die auch trocken.«

»Ich muss pinkeln«, keuchte ich und schnappte mir den Stock. Vorsichtig begann ich Richtung Toilette zu humpeln.

»Soll ich dir helfen?«

Wenn ich Daniel nur in Boxershorts bekleidet sehen würde, wäre alles vorbei. Ich würde entweder ohnmächtig werden oder einen Herzschlag erleiden.

»Ne, ne, alles in Ordnung. Ich krieg das schon allein hin.« So schnell es ging, stolperte ich zu den Toiletten. Mein Fußknöchel pulsierte vor Schmerz, doch da musste ich jetzt durch. Mit letzter Kraft öffnete ich die Tür und betrat den winzigen Raum, der lediglich Platz für eine Toilette, einen Waschtisch und einen Mülleimer bot. Ich knipste das Licht an, ebenfalls eine kahle Birne, schlug die Tür hinter mir zu und ließ mich auf den Toilettendeckel plumpsen. Mein Hals brannte vor Aufregung, deshalb verbarg ich mein Gesicht in den Händen und konzentrierte mich auf eine langsame, tiefe Atmung. Damit genug Luft auch wieder meinen Körper verließ und ich sie nicht nur einzog.

»Was für eine absurde Situation«, hauchte ich zu mir selbst und öffnete die Augen wieder. Mit eisigen Fingern versuchte ich, mein Handy aus der Hosentasche zu fischen. Mehrmals musste ich den Chat mit Logan antippen, damit er geöffnet wurde. Das Smartphone wollte meine Eisblock-Pfoten nicht erkennen.

Sam: »Du glaubst mir nicht, wo ich gerade bin …«

Leider kam keine Antwort, sodass ich die Chance nutzte und meine Notdurft verrichtete. Dabei berührten meine Finger meine Oberschenkel und ich sog scharf die Luft ein. Vielleicht hatte Daniel doch recht … Auf eine Blasenentzündung könnte ich verzichten. Mein Handy pfiff und ich wusch mir schnell die Hände. Das Wasser aus dem Hahn wurde nicht warm, sodass meine Finger weiter Eiszapfen bleiben mussten.

Logan: »Schieß los!«

Sam: »Ich bin auf der Toilette eines verlassenen Bootsverleihs, in den wir eingebrochen sind, weil ein Unwetter herrscht. Oh, und mein Knöchel ist kaputt …«

Logan: »Ok, WOW … Habe es schon in den Nachrichten gesehen, dass auf Bar Harbor ein Unwetter zuzieht. Wo seid ihr genau? Was ist passiert?«

Ich schickte ihm meinen Standort.

Logan: »Oh, schöne Ecke. Super Wanderwege. Habe bei dem Bootsverleih letztes Jahr ein Kanu ausgeliehen, die hatten einen klasse Kundenservice.«

Ich verdrehte die Augen.

Sam: »Toll … Hier ist aber niemand und ich bin mit Daniel allein. Und ich kann nicht weg, weil ich kaum laufen kann«

Logan: »Willst du von ihm weg? Macht er dir Angst? Ist er komisch zu dir?«

Sam: »Um Gottes willen nein. Habe nur Angst, dass er sich weiter auszieht.«

Logan schickte mir ein GIF von einem Hund, über dem ein Fragezeichen schwebte.

Logan: »Muss ich nicht verstehen, oder? Außerdem

dachte ich, dass es dich erfreut, wenn Daniel sich auszieht … Aber im Ernst: Braucht ihr Hilfe? Soll ich euch abholen?«

Sam: »Für mein Fußgelenk brauche ich schon einen Arzt, denke ich … Doch das Unwetter. Ich hoffe einfach, dass es bald vorbei ist und wir irgendwie zum Auto zurückhumpeln können.«

Logan: »Ich kenne mich in der Ecke gut aus und weiß, wie man mit dem Auto direkt zum Bootsverleih kommt. Ich muss mit meiner Mom zu diesem dummen Geschäftsessen. Wenn ich ihr sage, dass es einen Notfall gibt, denkt sie, dass ich nur schwänzen will. Ich lasse mich da kurz blicken und dann komme ich zu euch. So schnell ich kann.«

Sam: »Das wäre der Hammer. Daniel wirkt auch ein bisschen hilflos.«

Logan: »Okay! Wenn was ist, ruft mich ruhig an. Und behalte die Schlüpfer an ;)«

Sam: »EY!«

Logan: »:-*«

Kopfschüttelnd, aber grinsend, packte ich das Handy zurück in meine Hosentasche. Auf Logan war Verlass, das war sicher. Mit leichterem Herzen entfernte ich mir mit eiskaltem Wasser die verschmierte Mascara und humpelte zurück zu Daniel. Er saß nur in Boxershorts auf einem hohen Holzstuhl am Tresen und blickte durch die Fensterfront auf das Meer. Blitze zeichneten sich am Himmel ab, als wären sie gemalt worden und ihr Licht brachte das Grün in seinen eigentlich braunen Augen zum Vorschein. Dieses Bild brannte sich in mein Gehirn ein. Für einen Moment vergaß ich meine Angst vor dem Unwetter da draußen. Sogar die Nervosität wegen seines leicht bekleideten Körpers konnte ich ausblenden. Er sah … Er war einfach unglaublich.

»Hey«, hauchte ich, um ihn nicht zu erschrecken.

»Hey«, machte er zurück, sah jedoch nicht zu mir. Er war völlig in der Natur versunken.

Ich stapfte zum Sofa und setzte mich vorsichtig. Daniel war noch immer abgelenkt, sodass ich mir ein Herz fasste und nicht nur den Schuh von meinem gesunden Fuß, sondern ebenfalls meine Hose über die Hüften streifte. Die kühle Luft biss mich, doch ich versuchte, ruhig zu atmen. Keine Nierenbeckenentzündung, keine Lungenentzündung – darauf lag mein Fokus.

»Oh, ähm«, kam von der Seite.

Wir blickten uns an. Nun war er es, der rot wurde.

»Ich finde, du hast recht. Ich habe wirklich keinen Bedarf, krank zu werden.« Ich stieg aus der Hose und verschränkte die Arme vor mir. Als könnte diese Geste Schutz bieten. Wieder trafen sich unsere Blicke. Mir wurde bewusst, dass er mich ansah. Nicht wie ein Gaffer, sondern wie jemand, der etwas Schönes ansah. Mein Herz flatterte und meine Wangen glühten.

Er ging hinter den Tresen und kam mit einem großen Stoffball zurück.

»Während du weg warst, habe ich den hinteren Raum durchwühlt und das hier gefunden.« Er kam auf mich zu, streckte mir den Stoff entgegen und sah mich mit erhobenen Augenbrauen an. Ich nahm das pinke Etwas, das sich vor mir entrollte und sich in voller Pracht zeigte.

»Was ist das?«

»Es ist ein Onesie«, erklärte er und grinste.

»Das ist ein pinkes Fischkostüm.« Der Stoff fühlte sich billig in meinen Händen an.

»Na ja, das liegt im Auge des Betrachters ... Für mich ist es eher ein Delfin. Ich dachte, du magst solche Klamotten?« Noch immer dieses schiefe Grinsen auf seinem Gesicht.

»Es hat ein Luftloch.«

»Es ist auf jeden Fall aus dickem Stoff gefertigt. Damit wirst du weniger frieren. Wer weiß, wann die Heizung diesen riesigen Raum aufgewärmt hat.«

Ich konnte nur abwechselnd ihn und das Delfinkostüm ansehen.

»Weißt du, wenn du ihn nicht willst, dann nehme ich ihn.«

Ich sah an seinem Körper hinab. Mein Blick flog über seinen starken Hals zu seiner breiten Brust, über die helle Haut an seinem Bauch zu den schmalen Hüften und den starken Beinen.

»Da passt du nicht rein«, hauchte ich.

Er tat es mir gleich. Sein Blick wanderte nun an meinem Körper hinunter. Diesmal war er nicht versteckt, sodass ich mich fragen musste, wohin er gerade sah. Nein, seine Blicke waren offensichtlich. Seine Augen klebten an mir, als wären es Hände und meine Haut vollgeschmiert mit Honig.

»Du schon.«

Diese zwei Worte reichten, damit meine Knie weich wurden. Der Raum zwischen uns wirkte winzig. Wieder nahm ich ihn mit allen Sinnen wahr. Mit fast allen.

»Okay!« Das musste aufhören. Es würde sonst noch eskalieren. Meine Selbstbeherrschung war nicht unerschöpflich.

Ich stieg in die flauschigen Beine und zog den Stoff über meinen Rücken hoch bis zu den Schultern. Meinen Zopf löste ich, damit ich einen Dutt machen konnte. Daniel verfolgte jede meiner Bewegungen. Bevor ich über die Anziehung, die im Raum hing, nachdenken konnte, wählte ich ein unverfängliches Thema.

»Ich habe mit Logan geschrieben«, begann ich zu erzählen, doch Daniel fixierte meine Hände, während ich den Reißverschluss des Onesies hochzog. »Er sagt, dass er sich in diesem Gebiet auskennt und einen Weg zum Bootsverleih kennt, den man mit einem Wagen zurücklegen kann«, führte ich fort.

Meine Worte hatten doch eine Wirkung.

»Wirklich? Das ist wunderbar. Hat er dir eine Karte gesendet oder den Weg markiert?« Die Falte zwischen seinen Augenbrauen war verschwunden. Seine Schultern sanken und er ließ sich auf den Stuhl fallen. Mir war gar nicht bewusst gewesen, wie angespannt er die ganze Zeit gewesen war. In meinem Herzen stach es. *Wie egoistisch war ich bisher gewesen?* Nun war es Zeit, dass ich ebenfalls Verantwortung für unsere Situation übernahm. Ich verhielt mich wie ein bockiges Kind, dass kein Delfinkostüm tragen wollte, während er sich konstant Sorgen um mich gemacht hatte.

Kapitel 17
Daniel

FAR FROM me

Von meinen Schultern wich das Gewicht eines Steinbrockens. Der Druck auf meiner Brust wurde erträglicher. Sam kam zu mir und legte eine Hand auf meine Schulter. Erst dachte ich, sie wolle sich nur abstützen, doch in ihren Augen lag Sorge und Bedenken.

»Logan ist noch bei einem wichtigen Essen, kommt dann aber hierher und holt uns ab. Er weiß sicherlich auch, wie wir wieder zu deinem Wagen kommen. Dann fahren wir zu deinem Jeep. So müssen wir nicht durch den Sturm humpeln.«

»Das klingt nach einem guten Plan.«

Sam schenkte mir ein zögerliches Lächeln und eine Strähne löste sich aus ihrem wilden Dutt. Wie sie hier in dem pinken Delfinkostüm stand und mich ansah, brachte mich zum Schmunzeln. Einen Kommentar konnte ich mir nicht verkneifen.

»Du siehst heiß aus«, ärgerte ich sie. Das bereute ich sofort, denn sie boxte mir mit ihrer kleinen Faust gegen den

Oberarm. Es tat tatsächlich ziemlich weh. Durch den Schwung verlor sie das Gleichgewicht. Wie ein Reflex zog ich sie an mich. Ihre Augen weiteten sich, als sie förmlich in meinen Armen lag und zu mir hochblickte.

»Du musst echt aufpassen, was du mit deinem kaputten Knöchel anstellst. Nur zur Info: Du bist verletzt.«

Ihre Augenbrauen zogen sich zusammen und sie machte diese süße Schnute, die sie bei jeder Art von Unerfreulichkeit zum Besten gab. Ohne zu wissen, was ich tat, wanderte meine Hand zu ihrem Mundwinkel. Ich berührte sanft die Stelle über ihrer Lippe. Mit der Berührung ließ die Anspannung in ihrem Körper nach. Ich streichelte über ihre Wange.

»Du hast unfassbar weiche Haut«, flüsterte ich und sie schloss die Augen. Ihre Wange schmiegte sich an meine Handinnenfläche. Sie gab sogar ein kleines Seufzen von sich. Als hätte sie aufgegeben.

»Deine Hand ist warm.«

»Du kannst sie haben.« Bevor ich es wieder zurücknehmen konnte, nahm sie meine Hand und legte sie sich an die Stelle zwischen Hals und Brust. Das Pochen ihres Herzens zu fühlen, weckte das Flattern in meinem Bauch. Mein Herz schlug gegen meinen Brustkorb. Sie führte meine Hand weiter. Unter den pinken Stoff zu der Stelle zwischen ihren Brüsten. Mich trennten mehrere Schichten Stoff von ihrer nackten Haut, trotzdem regte sich tief in mir etwas. Mir wurde bewusst, dass ich hier nur in Boxershorts saß. Wenn sie ihre Hand weiter so bewegen würde … Hätte ich ein Problem.

Ein besonders heftiger Blitz ließ ihr Gesicht aufleuchten. Sam zuckte zusammen.

»Warum hast du Angst vor Gewitter?«, fragte ich leise und suchte in ihren großen braunen Augen nach der Antwort. Wie bei einem Daumenkino spiegelten sich verschiedene

Emotionen auf Sams Gesicht: erst Ärger, Verschlossenheit, gefolgt von Angst, Trauer und Sorge.

Ich rechnete nicht mehr mit einer Antwort und streichelte sanft mit meiner Hand ihren Hals entlang, als sie antwortete: »Meine Mom ... An dem Tag, an dem Sie von uns gegangen ist ... da hat es gewittert ...« Sie drehte den Kopf nach rechts und sah hinaus in den Sturm. »Ich war allein zuhause mit ihr, Emilia und Matteo. Dad und Luise waren kurz einige Kleinigkeiten vom Imbiss holen. Ich passte auf die Kids auf. Meine Mom drückte die Funkklingel und ich war direkt bei ihr. Sie war blass, fast wie ein Gespenst, irgendwie durchscheinend.« Sam machte eine kurze Pause, als müsste sie die Wörter zusammensammeln. Oder den Mut. »Sie sagte, dass sie mehr Schmerzmittel bräuchte. Da war sie schon bei einer sehr hohen Dosis Oxycodon. Ich wusste nicht, ob ich ihr noch mehr geben durfte. Der Krebs fraß sie jeden Tag ein Stück mehr auf und an diesem Abend schien es so, dass nichts mehr von ihr übrig war.« Sie sah weiter aus dem Fenster. Ich streichelte ihr über das Haar. In diesem Moment tat sie mir so leid, dass ich eine Gänsehaut bekam und ein salziger Geschmack in meinem Hals aufstieg.

»Ich habe den Beipackzettel des Medikaments zwei Mal gelesen und wurde trotzdem nicht schlau daraus. Emilia schubste Matteo und er weinte fürchterlich. Ich versuchte, meine Schwester anzurufen, aber sie ging nicht dran. Sie und mein Dad ließen sich Zeit. Ich musste Matteo trösten und meine Mom klingelte immer wieder. Erst gab ich ihr ein Glas Wasser, dann einen Schokoriegel. Ich rieb ihren Rücken mit dieser speziellen Tinktur ein, die sie besser atmen ließ. Ich versuchte, sie so zu lagern, dass sie es noch ein bisschen aushielt. Nur ein kleines Bisschen. Ein paar Minuten bis die anderen zurückkamen. Bis Papa wieder da war und das übernehmen konnte. Doch dann fing auch sie an zu weinen, Matteo weinte immer noch, Emilia schrie und ich konnte nicht mehr.«

Ich sah, wie sich eine Träne auf den Weg von ihrem Augenwinkel hinunter über ihre Wange machte. Sam sprach nicht mit mir, das wurde mir klar. Sie sprach mit sich selbst oder mit dem Universum. Aber nicht mit mir, deshalb blieb ich still und streichelte weiter über ihren Kopf. Ich hielt sie, so fest ich konnte, auf meinem Schoß und versuchte, den Druck von ihrem Knöchel zu nehmen.

»Ich gab meiner Mom mehr Oxycodon und sie hörte sehr schnell auf zu weinen. Sie schlief friedlich ein und ich versuchte Emilia davon abzuhalten Matteo immer wieder zu schubsen. Irgendwann kamen Luise und Dad mit dem Essen. Dad ging nach oben, um Mom zu wecken. E…er kam völlig außer sich nach unten. Ohne Mom. Sie … Sie war tot«, flüsterte sie. Die letzten Worte presste sie hervor und schluckte schwer. Der Schmerz, den ich auf ihrem Gesicht sehen konnte, ging mir unter die Haut. Er war weltenzerstörend. Und bekannt.

»Das tut mir so leid«, sagte ich nur, denn mir fehlten die Worte. Was sollte man dazu sagen? Egal, was ich nun von mir gab, es war nicht genug. Es würde nie genug sein.

»Danke.« Sam wischte mit den Handrücken über ihre Augen. »Das habe ich bisher niemandem erzählt«, flüsterte sie und sah mich an.

Ihr Blick versetzte mir einen Stich in meinen Eingeweiden. »Nicht einmal Logan?«

Sam schüttelte den Kopf.

»Es konnte nicht festgestellt werden, ob sie an einer Überdosis gestorben ist«, presste sie hervor und begann zu zittern.

Es fiel mir wie Schuppen von den Augen.

»Sam, nein«, zischte ich und schüttelte wie in Trance den Kopf. »Du glaubst doch nicht ernsthaft, dass du daran die Schuld trägst?« Sie blieb stumm und atmete schwer. »Das ist doch totaler Quatsch. Deine Mom war schwer krank. Ich habe es mit meinen eigenen Augen gesehen.«

Das Bild von Anna Ernst mit Krücke und Kopftuch erschien in meinen Gedanken und brannte sich ein. Bis zum Schluss hatte sie immer gelächelt und jeden Bekannten in Bar Harbor im Vorbeigehen mit einer kleinen Anekdote erfreut.

»Ich weiß, dass sie an Brustkrebs gestorben ist.« Sam rappelte sich auf meinem Schoß auf. »Aber ich habe einen Fehler gemacht. Ich hab ihr eine Überdosis gegeben.« Ihre Stimme brach und ein lautes Schluchzen entfuhr ihr.

»Wer hat das gesagt? Wer hat das behauptet?«, blaffte ich sie an und mir tat es im selben Moment noch leid. Ich kam mit ihrem schuldigen Ausdruck nicht zurecht. Es zerriss mich innerlich, denn ich konnte sie so gut verstehen. Viel zu präsent war mir das klebrige, zähe Gefühl von unfassbarer Schuld. Das Flattern in meiner Brust war wie kleine Flügelschläge. Federn, die an den Wänden meines Herzens entlangstrichen und an der honigartigen Schuld kleben blieben.

»Ich«, sagte sie schlicht und verzog ihren Mund zu einer dünnen Linie.

Ich schüttelte weiter den Kopf, raufte mir die Haare und zog sie dann an mich. Kurz war sie steif wie ein Brett und ich machte mir Sorgen, dass ich zu weit gegangen war. Doch als ich mich von ihr lösen wollte, zog sie mich an ihren ausgekühlten Körper und umarmte mich fest.

»Bitte, Sam, glaub mir, dass du keine Schuld trägst«, flüsterte ich in ihr Ohr.

»Woher willst du das wissen? Du warst doch nicht dabei.« Sie verbarg ihr Gesicht an meinem Hals.

»Das muss ich auch gar nicht, um zu wissen, dass du nur das Beste für deine Mom wolltest. Du wolltest ihr helfen.« Tränen benetzten meinen Hals, meine Schultern. »Kein Arzt oder Pfleger hat dir jemals die Schuld gegeben, das tust nur du.« Ich klang beinahe wie Mrs. Lee, doch ich ignorierte das merkwürdige Gefühl dabei. Das Flattern. Meine eigenen Zweifel, die hier nichts zu suchen hatten. »Und selbst wenn es dein Fehler war, hast du es nicht mit Absicht gemacht. Deiner Mom sicherlich einen schmerzhaften Tod erspart ... Aus der Not heraus. Du sagst doch selbst, dass du überfordert warst.« Ich hielt sie so, dass ich ihr direkt in die Augen sehen konnte. Sie waren gerötet von den Tränen, die herausströmten, und denen, die sie mit Anspannung versuchte, zu unterdrücken. Sie ließ nicht ganz los. Niemals.

Ihr Kopf fiel schwach nach vorne und der Dutt löste sich komplett auf. Die braunen Strähnen verdeckten ihr Gesicht vollständig. Ich presste mich noch näher an sie und stand mit ihr in den Armen vom Stuhl auf. Behutsam setzte ich sie auf dem Sofa ab, nahm ihr Zopfgummi vom Boden und legte es neben sie. Eine Wolldecke, die ich zusammen mit dem Delfinkostüm gefunden hatte, breitete ich aus und wickelte sie darin ein.

»Ist das so okay?«

Sie nickte kaum merklich.

»Möchtest du lieber allein sein?«

Sie schüttelte vehement den Kopf.

Das war für mich genug. Ich setzte mich neben ihr auf das winzige Sofa, legte den Arm um sie und zog sie an mich heran. Vielleicht aus Egoismus, aber ein wenig Wärme konnte ich auch gebrauchen. Das Fenster war hinter uns, deshalb starrten wir in den Raum, während das Unwetter in unserem Rücken tobte. Erst bereute ich es, sie nach ihrer Angst gefragt zu haben. Sie war so aufgelöst. Unendlich traurig. Ich hatte genau in eine Wunde gestochen, dir mir unbekannt gewesen war. Doch ich fühlte mich auch besonders, beinahe geehrt, dass sie ihre Geschichte mit mir geteilt hatte. Ihre Atmung wurde ruhiger und damit nahm auch der Sturm in meiner Brust ab. Das Flattern ließ nach und mich kurz durchatmen.

»Danke«, hauchte sie irgendwann und riss mich damit aus meinen Gedanken.

»Wofür?«

»Dafür, dass du dich um mich gekümmert hast. Auf mich aufgepasst hast. Dass du für mich da warst und mir zugehört hast … Und versucht hast, mir die Sorgen zu nehmen.«

Ich musste mich anstrengend über den lauten Wind, der gegen die Fenster preschte, ihre Worte zu verstehen. Das Herz wurde mir schwer und ich lächelte sie an.

»Du Sam, bitte sei mir nicht böse und versteh das nicht falsch – aber hast du mal in Erwägung gezogen, mit jemanden drüber zu sprechen? Also mit einem Profi?«

Sie nickte sofort.

»Klar«, bestätigte sie, »Nach dem Tod meiner Mom musste ich zu einer Trauerberatung. Die Dame war eine Pfarrerin. Irgendwie habe ich mich nicht wohlgefühlt.«

Ich nickte ebenfalls. Es war leider nicht die Regel, dass eine Person, die eine andere verloren hat, zügig psychotherapeutische Hilfe erhielt.

»Wie wäre es denn, wenn du mit einer richtigen Psychotherapeutin darüber sprichst? Besonders Schuldgefühle können einen förmlich zerquetschen. Einem das ganze Leben vermasseln … Da wäre es gut jemanden zu haben, mit dem man diese Themen aufarbeiten kann und der einem hilft schwierige Situationen und Traumata zu behandeln.«

Selbst bei diesem sensiblen Thema konnte ich nicht aufhören, ihre Schönheit zu bewundern. Ich strich eine Strähne ihres weichen, feuchten Haares hinter ihr Ohr. Alles an ihr war wunderschön. Nur wie sie sich fühlte, war es nicht. Und ich wünschte, ich könnte das auf einen Schlag ändern, aber so ging das nicht. Sie selbst musste das ändern. Nicht auf einen Schlag, sondern durch viele, kleine, teilweise mühevolle Schläge.

»Das klingt, als hättest du Erfahrung damit.« Sam lächelte mich an.

Meines erstarb auf meinen Lippen.

Kapitel 18
Sam

»Der Herzinfarkt meines Onkels hat mir damals zugesetzt, deshalb bin ich ein paar Mal bei einer Therapeutin gewesen.«

Er log. Ich wusste es sofort, denn mit diesem Blick sah er sonst nur Patrice an, wenn er ihr vorgaukelte, dass er keine Zeit für ein Date hatte. Das Ziehen begann in meinem Herzen und wanderte hinunter in den Bauch. Ich rutschte ein paar Zentimeter von ihm weg, sodass er gezwungen war den Arm von meinen Schultern zu nehmen.

»Ist alles in Ordnung?«

»Klar.«

Nichts war in Ordnung. Ich hatte hier einen Seelenstriptease hingelegt und er log mir bei einem solch sensiblen Thema einfach ins Gesicht. Okay, der Striptease, also beide, waren nicht geplant gewesen, aber ich hatte immerhin mein dunkelstes Geheimnis mit ihm geteilt.

»Sam, verkauf mich nicht für blöd. Was ist los?«

Ich verschränkte die Arme vor der Brust. Es sah vermutlich

lächerlich aus, von außen betrachtet. Ich war ein kleiner, wütender Delfin in rosafarbenen Plüsch.

»Ich glaube, du bist gerade nicht ehrlich. Du hast gelogen. Oder etwas verschwiegen. Eine wichtige Sache ausgelassen«, klärte ich ihn auf und war stolz auf mich, dass ich so erwachsen kommunizierte. So hatte Daniel jetzt die Möglichkeit reinen Tisch zu machen. Doch er stand auf, ging hinüber zum Tresen und nahm seinen Rucksack in die Hand. »Ich habe nicht gelogen.«

»Ach ja?« So ließ ich mich nicht abspeisen.

»Okay, ich habe vielleicht nicht alles gesagt, Sam. Aber nicht jeder rennt durch die Gegend und erzählt jedem Menschen, der nicht bei drei auf den Bäumen ist, seine tiefsten Geheimnisse. Nicht jeder gibt sich völlig seinen Emotionen hin und heult andere voll.«

Mir blieb die Luft weg. Aus dem Stechen wurde ein reißender Schmerz. Irgendjemandem? Vollheulen?

Völlig vor den Kopf gestoßen starrte ich Daniel an. Ich konnte nicht fassen, wie kalt und hart sein Gesicht war. *Hatte ich mir die Verbindung zwischen uns nur eingebildet? Hatten wir nicht vor zwei Stunden noch herumgeblödelt, vor anderthalb Stunden uns gegenseitig mit den Blicken ausgezogen und vor einer Stunde zusammen geweint? Waren die wässrigen Augen nur eine Masche oder ein Scherz gewesen?* Wieder stiegen Tränen hoch, doch ich bekämpfte sie so sehr, dass es mir körperliche Schmerzen bereitete. Niemals wieder würde ich vor ihm weinen. Mein erstes Gefühl war richtig gewesen: Wenn du dich einem Menschen öffnest und ihm nahekommst, dann verlässt er dich wieder.

Die Klappe war gefallen und blieb unten.

»Hey, tut mir …«, setzte Daniel an, doch ich hob die Hand.

»Lass gut sein, Daniel«, zischte ich und erhob mich. Ich humpelte ein weiteres Mal zum Badezimmer. Verstecken. Vor ihm, vor den Gefühlen, die wie ein Wirbelsturm über mich hinwegfegten.

DAS ERSTE MAL ALS DANIEL AN DIE BADEZIMMERTÜR klopfte, liefen mir die Tränen ... Beim zweiten Mal ballte ich meine Hände so sehr zu Fäusten, dass sie ganz weiß wurden. Beim dritten Mal schrie ich ihn an, dass er mich in Ruhe lassen sollte. Beim vierten Mal sagte ich ihm höflich, dass ich nicht mehr mit ihm reden wolle. Und beim letzten Mal blieb ich still und starrte mich im Spiegel an. Danach war Ruhe und das war noch viel schlimmer. *War er noch da? Würde er mich hier allein sitzen lassen? Hatte ich überreagiert? Und die brennendste Frage, die wie ein Kreisel durch meinen Kopf hüpfte: Was hatte er verschwiegen?*

Das Klingeln meines Handys erlöste mich von diesen Gedanken. Ich nahm es in die Hand, räusperte mich leise und wischte nach rechts.

»Hallo?«, fragte ich heiser und zog die Nase hoch.

»Hey Sam. Ich wollte nur sagen, dass ich gleich da bin«, rief mir Logan entgegen.

»So schnell?«

»Klar«, schrie er und ich hielt das Handy von meinem Ohr. »Du weißt schon, dass du bei einer Freisprechanlage nicht so schreien musst?«, blaffte ich ihn an.

Er stieß einen Pfiff aus.

»Wow, welche Laus ist dir denn über die Leber gelaufen?«

»Sorry ... Beeil dich einfach, ja?«

Ich beendete das Gespräch, damit Logan nicht weiter

meine schlechte Laune abbekam. Mit wackligen Beinen humpelte ich zur Tür. Kurz schloss ich die Augen, als ich meine Hand auf die Klinke legte. Ich wollte keinen Streit. Daniel war schließlich mein Chef. Ich dachte zwar, da wäre mehr, aber ich hatte mich wohl getäuscht. Mir etwas eingebildet. Mit einem aufgesetzten Lächeln verließ ich das Badezimmer. Ich konnte mich nicht ewig vor ihm verstecken. Wenn er überhaupt noch hier war.

Daniel saß auf der Couch und starrte mich an. Er öffnete den Mund, doch ich kam ihm zuvor.

»Logan ist gleich da«, sagte ich monoton und humpelte auf ihn zu.

»Sam, ich wollte mich noch einmal entschuldigen für das, was ich gesagt habe. Das war so nicht gemeint. Ich ... Ich ... Ich weiß auch nicht genau, was mit mir los ist.« Er fuhr sich durch die kurzen Haare.

»Ist in Ordnung.« Ich blieb auf Abstand, humpelte an ihm vorbei.

Enttäuschung machte sich in seinem Gesicht breit, denn er sah, dass ich meine Sachen zusammenpackte. Ich zog das lächerliche Kostüm aus und stieg in meine Jeans. Jede Aufregung, die in mir aufsteigen wollte, erstickte ich im Keim. Da. War. Nichts.

Der klamme Stoff klebte an meinen Beinen. Ich erschauderte. Mit verzogenem Gesicht zog ich meine Schuhe und mein Hemd an.

»Wirklich?« Er kam zu mir und versperrte mit seinen breiten Schultern den Weg.

Ich schüttelte den Kopf und rempelte ihn an, damit er Platz machte.

»Können wir bitte vernünftig darüber reden?«, bat er mich und ich wirbelte herum. Die Wut schwelte in mir, wurde nun wieder befeuert und entlud sich in einer Stichflamme in meiner Brust.

»Klar, können wir. Lass mich überlegen ... Ich habe eine sehr persönliche Sache mit dir geteilt. Eine schmerzhafte Erinnerung dir anvertraut, weil ich dachte, dass wir ... Ich dachte, du wärst ... Wir wären oder hätten was ...«, ich brach ab und beendete mein Stottern.

Er legte den Kopf in den Nacken. Wich meinen Blicken aus und machte damit nur noch deutlicher, dass er nicht ehrlich zu mir sein wollte. Meine Ehrlichkeit nicht wertschätzte. Es so gemeint hatte, wie er es gesagt hatte.

»Ich bin sauer, dass du mir zuhörst und mir vorgaukelst, dass ich dir was bedeute. Ich hab dir davon erzählt, weil ich dir vertraut habe und was für dich empfinde und du ...« Mein Mund klappte zu. Wie in Zeitlupe senkte er den Kopf und sah mich an. Sein Blick bohrte sich in meinen.

»Du empfindest etwas für mich?«, raunte er und kam langsam, Schritt für Schritt, zu mir.

»Empfand«, stieß ich hervor, während mein Herz verräterisch in seiner eigenen Melodie pochte. Doch dieser Takt war mein Geheimnis. Diesmal verriet mich mein Körper nicht.

Ein Schatten bildete sich auf seinem Gesicht.

»Oh«, machte er und presste seine geschwungenen Lippen aufeinander.

Ich kniff die Augen zusammen. Konnte es sein, dass es nun in seiner Brust stach?

»Sam? Daniel?«, rief eine bekannte Stimme in weiter Entfernung.

Ich konnte nicht ausmachen, woher die Stimme kam. Es klopfte an der Scheibe und mir entfuhr ein kleiner Schreckenslaut. Auch Daniel fuhr zusammen und legte seine Hand auf die Brust.

Logan stand inmitten des Sturms vor dem Bootsverleih. Winkend. Seine braunen Haare wehten im Wind und er machte Handzeichen, die ich noch nie in meinem Leben gesehen hatte. Daniel machte ähnliche Zeichen und ließ mich dann allein stehen. Er eilte Richtung Lagerraum und die Tür knallte hinter ihm zu.

Mit ein paar letzten Handgriffen war ich abreisebereit. Mein Rucksack tropfte noch immer und durchweichte ein weiteres Mal meine Kleidung. Unbeholfen stützte ich mich auf den Stock und wartete auf die beiden. Die Treppe war schließlich ein unüberwindbares Hindernis für mich.

Logan schneite als erstes herein und - wie immer mit einem breiten Lächeln.

»Das Rettungskommando ist da.«

»Zum Glück«, seufzte ich und schenkte ihm ein halbherziges Lächeln.

»Wie kann ich helfen? Oh Mist, dich hat es ja schwer erwischt.« Er zog die Brauen bis zum Haaransatz.

»Hä?«

»Dein Fuß, Sam. Woran hast du denn gedacht?«, feixte er und zwinkerte mir zu.

»Das kannst du dir sparen, Andrews.«

»Oh, so ernst?« Seine Miene wurde besorgter. Kleine Fältchen legten sich auf seine Stirn. Er wusste, dass es kein Spaß mehr war, wenn ich ihn beim Nachnamen nannte.

Ich zuckte mit den Schultern und versuchte, nicht wieder emotional zu werden. Das würde mir Daniel unter Umständen ein zweites Mal übelnehmen.

Logan kam zu mir und half mir mit meiner Verletzung. Gemeinsam humpelten wir zur Treppe und er trug mich in den Lagerraum, in dem Daniel auf uns wartete.

»Ich habe den Besitzern einen Zettel mit meinen Daten

und der Telefonnummer hinterlassen«, ließ er uns wissen. »Natürlich versuche ich, auch ihre Nummer herauszufinden und sie persönlich zu informieren. Du musst dich um nichts kümmern, Sam.«

»Okay, danke«, antwortete ich knapp und würdigte ihn keines weiteren Blickes. Im Augenwinkel sah ich, dass die beiden Männer sich Blicke zuwarfen.

»Okay, dann können wir?«, vergewisserte sich Logan.

»Ja, nichts wie weg hier«, keuchte ich. Das Humpeln strengte mich an und mein Knöchel pochte nach all diesen Stunden noch immer.

Logan half mir auf die Rückbank seines Wagens und hatte dabei Mühe, Daniel abzuwimmeln. Er wollte unbedingt helfen, doch das war nicht nötig. Mein bester Freund hatte alles im Griff und brachte uns trotz Sturm, umgekippten Bäumen und regelrechten Wassermassen, die vom Himmel schossen, sicher zu dem Parkplatz, auf dem Daniels Jeep stand.

»Zum Glück ist deinem Auto nichts passiert«, freute sich Logan. Daniel grummelte bloß und wand sich dann nach hinten.

»Soll ich dir helfen?« Er ging davon aus, dass er mich zurück nach Bar Harbor bringen würde.

»Ich fahre mit Logan nach Hause«, ließ ich ihn wissen. Die Fahrt hatte mir die benötigte Zeit gegeben, meine Emotionen fein säuberlich in Kisten tief in meinem Inneren zu verstauen, sodass ich nun gar nichts mehr fühlte. Daniels Miene gefror und Logan warf mir über den Rückspiegel einen fragenden Blick zu. Mehrmals hatte er uns beide zum Reden animiert, doch weder Daniel noch ich waren während der Fahrt darauf eingegangen.

»Klar«, sagte Daniel knapp, presste die Lippen zusammen

und öffnete die Beifahrertür einen Spalt. Der Wind riss sie sogleich komplett auf und fegte durch das Fahrzeug.

»Danke für deine schnelle Hilfe, Logan.« Ohne mich noch einmal anzusehen, sagte er: »Und dir gute Besserung, Sam.« Er sprang hinaus, knallte die Tür hinter sich zu und rannte zu seinem Jeep. Ich nahm jede seiner Bewegungen genau wahr. Ebenso wie seine Abwesenheit, die trotz all meines Ärgers schmerzte.

»Was läuft da?« Logan wartete mit einer hochgezogenen Augenbraue.

»Nichts.«

»Nichts?«

Ich schüttelte emotionslos den Kopf. Fühlte mich ein wenig wie abgestorben. Oder ausgebrannt.

»Nichts mehr«, bestätigte ich.

Kapitel 19
Sam

FAR FROM me

»Was soll das?«

Logan verdrehte die Augen. »Du gehst da jetzt rein, das ist ja wohl klar.«

»Ich brauche keinen Arzt, vor allem keine Notaufnahme.«

»Hör mal, du hast dir echt übel den Knöchel verdreht. Er ist geschwollen. Lass es zumindest röntgen, damit du sicher sein kannst, dass es kein Knochenbruch ist«, redete er mir ins Gewissen.

Ich stöhnte genervt. »Ja ja.« Mit mehr Schwung als benötigt stieß ich die Fahrzeugtür auf.

Logan hatte auf dem Parkplatz des MDI Hospitals, das in einem flachen Backsteingebäude mit vielen kleinen Fenstern beheimatet war, gehalten.

»Du bleibst hier«, ermahnte er mich, öffnete seine Tür und sprang aus dem Fahrzeug. Mit großen Schritten umrundete er das Auto und schlug meine Tür wieder zu. Der Wind riss zwar noch immer an dem Wagen, doch der Sturm hatte abgenommen. Zum Glück, denn die Fahrt hierher war mehr als halsbrecherisch gewesen.

Logan überquerte mit langen Schritten die asphaltierte Fläche und verschwand im Haupteingang des Krankenhauses. Ich kramte sofort in meiner Hosentasche nach meinem Handy und starrte auf das Display. Kein Anruf, keine Nachricht. Verdammt! Klar, ich war total wütend und enttäuscht, doch trotzdem machte ich mir Sorgen um Daniel. Logan hatte gewartet, bis er vom Parkplatz hinuntergefahren war, und eine Zeit lang waren wir als Kolonne unterwegs gewesen. Doch bei einer Abbiegung war Daniel anders gefahren und seitdem war sein Jeep uns nicht mehr begegnet. Trotz all dem Frust wüsste ich gerne, ob er unversehrt zuhause angekommen war. Kurz öffnete ich den Chat mit Daniel und begann eine Nachricht zu tippen – nur um sie direkt wieder zu löschen.

Es klopfte am Fenster und ich sah Logan davorstehen und winken. Ich öffnete die Tür ein zweites Mal und begann zu lachen.

»Oh nein. Da setze ich mich nicht rein.« Ich zeigte ihm einen Vogel.

»Oh doch, mein Fräulein.«

Ich kniff die Augen zusammen und schob meine Unterlippe hervor. Er liebte diesen deutschen Ausdruck und nannte mich stets, egal ob es zur Situation passte oder nicht, *Fräulein*. Meine deutschen Wurzeln brachten mich immer wieder in solch dämlich Situationen. Eine Zeit lang hatte Logan mich *Sandmännchen* genannt, weil ich ihm die deutsche Kinderserie gezeigt hatte. Er konnte mich wirklich in den Wahnsinn treiben.

»Logan, meine Geduld hat ihr Limit erreicht«, warnte ich ihn, doch er nahm meine Hände und half mir aus dem Wagen.

Trotz Proteste und Gezeter setzte er mich in den Rollstuhl, den er mitgebracht hatte.

»Ich bin nicht schwer verletzt.«

»Aber ich, wenn ich dich tragen oder weiterhin stützen muss«, erklärte er mir und sperrte das Auto ab.

»Wow, vielen Dank«, witzelte ich trocken, doch er ignorierte mich.

»Möchtest du jetzt meine Meinung zu der Sache hören?«

Ich blieb bei meiner Aussage. »Nein, danke.« Es gab ungefähr 150 Dinge, über die ich in diesem Moment lieber reden würde als über Daniel.

Er schob mich im zügigen Tempo auf den hell erleuchteten Eingang zu. Mittlerweile hatte die Dämmerung eingesetzt und die Lampen auf dem Parkplatz und rund um das Gebäude waren angesprungen.

»Natürlich nicht ... Ich könnte ja ... Einen Ratschlag geben. Oder ... viel schlimmer, dir eine andere Perspektive eröffnen.«

Ich fasste mir an die Stirn. Für seine dramatische Art hatte ich heute keine Nerven mehr übrig.

»Ich will aber keinen Ratschlag. Oder eine andere Perspektive.« Die Stelle meiner Stirn, die so stark pochte, wurde mit jedem seiner Worte größer. Ein Flächenbrand der Kopfschmerzen.

Im Krankenhaus herrschte großes Treiben. In der Ecke an der Decke hing ein kleiner Fernseher, der laut plärrte und die neusten Geschehnisse bezüglich des Sturmes verkündete. Es waren wohl einige Autos von entwurzelten Bäumen zerstört worden und in manchen Teilen des Gebietes liefen Wassermassen in Häuser und Garagen. Unzählige Schwestern und Ärzte wirbelten umher, als wären sie selbst Teil des Sturms. Sie riefen sich Dinge zu, rempelten sich gegenseitig an und nahmen Patienten mit in die verschiedenen Gänge, die vom Empfangssaal wegführten.

»Das war keine gute Idee. Siehst du?«

Doch Logan ließ sich nicht aus der Ruhe bringen und steuerte mit mir im Schlepptau den Empfangstresen an. Eine junge blonde Dame mit rosafarbenen Lippen lächelte trotz Stress und Lärmpegel.

»Hallo, was kann ich für Sie tun?«

»Für mich persönlich nichts, aber für meine Begleitung.« Logan deutete auf mich.

»Hallo.« Mir war es unangenehm, dass ich hier mit einer Kleinigkeit aufkreuzte, obwohl so viel los war. Viele Menschen benötigten ernsthaft Hilfe, da stand ich nur im Weg.

»Wie können wir helfen?«, fragte die Blondine nun weniger freundlich. Anscheinend hatte sie mehr Interesse, Logans Aufmerksamkeit zu erhaschen, als mir zuzuhören, denn sie blickte mich nur kurz an.

»Mein Name ist Samantha Ernst und ich …«, setzte ich an, doch sie unterbrach mich.

»Oh, dann wollen Sie sicherlich zu Luise Ernst. Diesen Namen konnte ich mir direkt merken, er ist so außergewöhnlich. Moment«, sagte sie und tippte auf der Tastatur.

Eine kalte Hand legte sich um meinen Magen und drückte zu. Ich öffnete den Mund, doch kein einziges Wort kam heraus. »Sie wird gerade noch operiert, deshalb darf ich Sie nicht zu ihr lassen. Aber Sie können vor der Intensivstation warten. Dort ist ein spezieller Bereich, den Sie nutzen können …« Sie sprach noch weiter, aber ich nahm ihre Worte nicht mehr wahr. Ich stand auf und stolperte vorwärts.

»Hey, Sam. Stopp!«, rief Logan und hielt mich am Arm fest.

»Ich muss zu ihr.« Mein Kopf würde explodieren, dessen

war ich mir sicher. *Scheiß drauf! Scheiß auf den Kopf oder den Knöchel, was hatte diese Frau gerade erzählt? Wo war meine Schwester?*

Die Empfangsdame warf uns einen skeptischen Blick zu und Logan löste die Situation auf: »Wir wussten nicht, dass ihre Schwester sich ebenfalls im Krankenhaus aufhält. Eigentlich sind wir hier, um ihren Fuß checken zu lassen. Sie ist umgeknickt.«

»Oh, dann hätte ich nicht so vorschnell sein sollen. Ich kann Sie gerne anmelden, es wird aber noch dauern, bis Sie behandelt werden«, sagte die Dame über ihr eifriges Tippen hinweg.

»Scheiß auf den Fuß.« Sanft drückte er mich in den Rollstuhl zurück.

»Okay, können wir in der Zwischenzeit mit einem Arzt sprechen? Wegen ihrer Schwester? Was ist denn passiert?« Ich beobachtete ihn und die Empfangsdame, konnte aber selbst nichts beitragen. Noch immer befand sich mein Magen im Klammergriff. Galle wurde nach oben gedrückt. Mir wurde übel.

»Gehen Sie zur Intensivstation. Dort wird ein Arzt mit Ihnen sprechen.« Die Frau lächelte mich an. *Was gab es da zu lächeln? Intensivstation – das bedeutete, dass es ernst war. Keine Kleinigkeit. Operation. Hatte sie das nicht gesagt?*

Logan bedankte sich und schob mich dann zum Aufzug.

»Hat dich niemand angerufen? Kein verpasster Anruf?«

»Nein, ich habe vorhin noch mein Handy gecheckt«, sagte ich atemlos. Mir war, als würde ein Elefant auf meiner Brust sitzen. Jeder Atemzug war mit einem Mal eine Unmöglichkeit, eine Qual.

»Meinst du, dein Dad weiß Bescheid?«, fragte er und ich riss die Augen auf.

»Ach du kacke.« Dad! Mein wunderbarer, von Luise besessener und instabiler Dad.

Ich zog mein Handy hervor und wählte seine Nummer. Es klingelte unzählige Male, bis seine Mobilbox ansprang. Ich sprach kurz drauf, sagte jedoch nur, dass er mich bitte sofort zurückrufen solle. Wenn er zusammenbrach, dann unter meiner Kontrolle.

Wir fuhren in den ersten Stock und folgten einem unendlich erscheinenden Gang. Als ich mich fragte, ob wir jemals irgendwo ankamen, sahen wir den Eingang der Intensivstation.

»Was ist bloß passiert, dass sie auf diese Station muss?«

Logan blieb stumm. Er betätigte den Türöffner, sodass wir die Glastür durchqueren konnten. Das Piepen der Geräte wurde immer lauter. Wir bogen rechts ab zum Stationszimmer.

»Kann ich Ihnen helfen?«, wollte eine kleine, stämmige Frau mit krausem braunem Haar wissen. Sie trug eine Brille mit zwei unterschiedlichen Gläsern: Das eine war kugelrund, das andere entsprach einem Viereck.

»Ja, bitte. Mein Name ist Samantha Ernst und ich habe die Information erhalten, dass meine Schwester Luise Ernst hierher gebracht wird«, piepste ich und versuchte, meine Lungen mit Sauerstoff zu füllen.

»Miss Ernst. Gut, dass Sie hier sind.«

»Was ist mit meiner Schwester passiert?« Meine Stimme brach. Ich erhob mich und humpelte einen Schritt auf die große weiße Tür, die den Zugang zu den Intensivbetten versperrte, zu, doch die Frau hielt mich am Ärmel fest.

»Sie dürfen dort nicht einfach hinein«, begann sie zu erklären und stellte sich vor die Tür wie eine Securitymitarbeiterin.

»Aber …«, setzte ich an, wurde jedoch abgewürgt.

»Ich bringe Sie jetzt zu Ihrer Nichte und Ihrem Neffen. Die beiden sind unten in der Cafeteria und brauchen Beistand.« Mit ihrem Zeigefinger schob sie die Brille auf der langen Nase zurecht.

»Die beiden sind hier? Oh Gott, sind sie verletzt?«, presste ich hervor und verschluckte mich fast an meinen eigenen Worten. Es war eine Schande, aber an die beiden hatte ich nicht gedacht. Mir war nicht in den Sinn gekommen, dass sie höchstwahrscheinlich bei meiner Schwester gewesen waren, als das passierte. Was auch immer passiert war.

»Ihr Neffe hat einen gebrochenen Arm, Ihre Nichte nur einen Kratzer im Gesicht«, versuchte sie mich zu beruhigen, doch mein Herz schlug bis hoch in meinen Hals. »Ich führe Sie zu ihnen und informiere dann einen Arzt. Dieser wird Sie über den Status Ihrer Schwester informieren«, redete sie weiter und setzte sich dabei in Bewegung.

Die Gedanken spritzten aus meinem Hirn wie ein Geysir. »Einen gebrochenen Arm? Wie ist das alles passiert? Was für eine Art von Arzt? Wo ist die Cafeteria? Wie lange ist meine Familie schon hier?«

Die Schwester drehte sich auf dem Absatz um und winkte mir zu. Als ich mich in Bewegung setzte, stach es in meinem Fußgelenk so sehr, dass mir Tränen in die Augen stiegen.

»Verflucht«, stöhnte ich und die Schwester eilte zu mir zurück.

Logan war bereits an meine Seite und ich stützte mich dankbar auf seine breite Schulter.

»Was haben Sie? Sind Sie auch verletzt?«, wollte die Frau, deren Name laut dem Schild an ihrem rosafarbenen Hemd »*Idy*« war, wissen.

Logan wollte ihr antworten, doch ich stieß ihm mit einem spitzen Finger in die Seite.

»Nein, mir geht es super.«

Ich ignorierte den verwirrten Blick von Schwester Idy und das Grunzen meines besten Freundes und humpelte an beiden vorbei.

»Sam«, rief Matteo aufgeregt und stieß den winzigen Kinderstuhl, auf dem er gerade noch gesessen hatte, um. Er kam auf uns zugerannt. Mein Blick klebte sofort an dem weißen Gips um seinen linken Arm. Er war riesig. Das massive Teil passte nicht zu dem Rest des kleinen Körpers. War er Rechtshänder? Ich würde sicherlich den Preis für die schlechteste Tante im Umkreis von 100 Meilen für diese Wissenslücke erhalten. Ich drückte ihn gegen mich, sodass sein Lockenkopf auf meinem Bauch ruhte, und schloss kurz die Augen. Zum Glück war den beiden nichts Schlimmeres zugestoßen. Sie mussten nicht operiert werden, das war doch ein gutes Zeichen. Oder?

»Da bist du ja endlich! Wir sind hier halb abgekratzt und du lässt auf dich warten.«

»Hey, sei nicht so fies. Ich wusste überhaupt nicht, dass ihr hier seid«, verteidigte ich mich vor Emilias schroffen Worten.

»Tja, dann hat dich wohl keiner angerufen, weil die eh wussten, dass du nicht kommen würdest«, holte sie ein weiteres Mal aus.

Mein Mund öffnete sich und klappte dann wieder zu. Ich bezweifelte zwar, dass ich einen Akteneintrag im Krankenhaus hatte als unzuverlässige Kontaktperson, trotzdem fühlte ich mich schäbig. Ja, ich war distanziert gegenüber meiner Schwester, aber bei einem Notfall wäre ich doch immer zur Hilfe geeilt.

»Wir sind doch jetzt hier«, machte Logan den Kindern deutlich und trat neben mich. Direkt fühlte ich mich sicherer.

Emilia wand nun ihr ganzes Gesicht in unsere Richtung und ich musste mir auf die Zunge beißen, um nicht zu schreien. Ein riesiger Schnitt überzog ihr Gesicht von der rechten Augenbraue zum linken Mundwinkel.

»Oh Emilia«, wisperte ich und humpelte auf sie zu.

Sie war bestimmt durch den Wind und traurig, sodass sie eine Umarmung nötig hatte. Doch sie hob abwehrend die Hände und rutschte mit ihrem Hintern an die Lehne des Stuhls. Möglichst viel Platz zwischen mir und ihr.

»Spar dir dein Mitleid, Sam.«

Ich spürte einen Kloß im Hals. Wie sollte ich jemals dieses Mädchen verstehen? Mal war sie nett, mal war sie eine arrogante Zicke. Und das konnte ich ihr noch nicht einmal ins Gesicht feuern, denn ihre Mom war verletzt und sie selbst hatte einen furchtbaren Kratzer im Gesicht.

»Okay, was ist passiert?«, wollte nun Logan wissen und setzte sich an den Tisch zu Emilia.

Ich nahm Matteos klebrige Hand und tat es ihm gleich. Matteo war so anhänglich, dass er auf meinem Schoß sitzen wollte und unter dem genervten Blick des Teenies ließ ich es zu. Wer konnte diesen dunkelbraunen Dackelaugen schon widerstehen?

»Wir hatten einen Unfall«, begann der Kleine zu erzählen, verstummte jedoch und ich sah, dass eine Träne aus seinem Augenwinkel kullerte. Seine Unterlippe wölbte sich vor, sodass sie wie eine Raupe aussah. Sie begann zu zittern.

Ich legte ihm sanft eine Hand auf die Wange und fing mit meinem Daumen die Träne auf.

Er kniff die Augen zusammen, begann zu schluchzen und drückte sein Gesicht gegen meine Brust.

»Ist schon gut, kleiner Mann«, säuselte ich ihm ins Ohr. Ich hatte keinen Plan, was ich hier tat. Selbst noch unter

Schock begann ich ihn unbeholfen zu wiegen. *Das machte man doch mit Kindern, die weinten, oder?* Hilfesuchend sah ich Logan an, doch der zuckte mindestens genauso überfordert mit den Achseln.

»Emilia, kannst du uns sagen, was passiert ist?« Sie ging überraschenderweise auf Logans Bitte ein.

»Okay.« Mit einer schwungvollen Bewegung legte sie ihren buschigen Zopf zurecht und setzte sich kerzengerade auf. »Wir waren auf den Weg nach Bar Harbor, weil Mom noch etwas mit Grandpa bereden wollte«, begann sie.

Ich versuchte, nicht das Gesicht zu verziehen. Wieder hatten die beiden ihr Ding machen wollen und mich ausgeschlossen. Doch das war jetzt nicht wichtig.

»Mom wusste zwar, dass es einen Sturm geben sollte, doch in Orono war alles ruhig und Grandpa sagte, dass es in Bar Harbor ähnlich wäre.«

Meine Augen wanderten immer wieder zu dem Schnitt in ihrem hübschen Gesicht und den vielen kleinen Pflastern, die ihn zusammenhielten. Natürlich bemerkte Emilia meinen Blick. Ihre Augen blitzten böse auf.

»Ich bin kein Zootier!«, schrie sie und einige Köpfe drehten sich zu uns um.

»Tut mir leid.« Das Klappern der Tabletts, die vielen Stimmen und das Dröhnen des Fernsehers, der immer wieder Bilder von umgekippten Bäumen, verunfallten Autos und Blitzen am fast pechschwarzen Himmel zeigte, verschluckte meine Worte.

»Mom, Matteo und ich sind losgefahren. Mit einem Mal fing es richtig heftig an zu gewittern«, fuhr sie fort und Matteo begann auf meinem Schoß zu zappeln.

»Die Bäume«, rief er und machte eine große Bewegung mit seinem rechten Arm.

»Ja, du Nervensäge. Die Bäume sind umgebogen und umgeknickt. Äste sind auf die Fahrbahn gestürzt. Mom wollte dann nicht mehr weiterfahren und hat an der Tankstelle, wo es diese Corned Dogs gibt, gehalten«, sagte Emilia und ich nickte wissend, denn dort fuhr unsere ganze Familie vorbei, nur um diesen Snack ergattern zu können.

»Wir haben dort also gehalten und Mom wollte der Nervensäge da«, sie deutete auf Matteo und er schnaubte, »einen Schokoriegel und uns allen Getränke besorgen. Als sie ausgestiegen war, ein paar Meter gegangen war, krachte ein Baum auf das Tankstellendach und es stürzte ein.« Ihre Stimme wurde immer dünner. Die coole Fassade bröckelte und das kleine, verängstigte Mädchen kam zum Vorschein.

Matteo drückte wieder sein Gesicht an mich und begann zu schluchzen.

»Wir saßen im Auto, deshalb hat es uns nicht so schwer erwischt. Ein Teil des Daches hat unser Autodach eingequetscht ... Zum Glück genau an dem freien Platz auf der Rückbank, sodass nur Matteos Arm getroffen wurde ...«, kamen die Worte stoßweise aus ihrem schmerzhaft verzogenen Mund.

»Es tat so weh«, wimmerte Matteo an meiner Brust. Ich musste meine linke Hand zur Faust ballen. Meine Backenzähne pressten so stark aufeinander, dass es mich nicht gewundert hätte, wenn sie zerbrochen wären.

»Die Windschutzscheibe ist gesprungen und hat ein Spinnennetz gebildet.« Emilias Hand wanderte zu den vielen Tapes in ihrem Gesicht.

»Sicherheitsglas«, kommentierte Logan.

Emilia schaute weg. Die nächsten Worte sagte sie nicht mehr zu uns, sondern in den lärmenden, unruhigen Raum hinein: »Das Seitenfenster bildete kein Spinnennetz. Es zerbrach einfach. Ich hatte Angst um Matteo und habe mich umgedreht. Nach hinten gelehnt … Dadurch habe ich mich an einer Scherbe geschnitten … Sie hat nicht mein Auge erwischt, das ist gut …«

Mir wurde ganz anders. Meine Handinnenflächen begannen zu schwitzen, Schweiß lief mir den Rücken herunter, obwohl mir kalt war. Es war zu viel. *Wie sollte ich das bloß aushalten?* Vor meinem inneren Auge spielte sich die Situation ab. Das Auto meiner Schwester kam zum Stehen, sie sprang raus in ihrem eleganten Blazer und zog den Kopf ein, damit ihre Frisur nicht ruiniert wurde. Sie rannte Richtung Tankstellengebäude und befahl den Kindern bestimmt, im Auto zu bleiben. Sie ging immer lieber allein. Effizient und zielgerichtet. Dann kippte der große Baum, der seit meiner Kindheit schon beeindruckend massiv gewesen war, mit voller Wucht auf das Dach.

Wie ein Geist schwebte ich über diesem Unglück und beobachtete, wie meine Familie Leid erleben musste. Und ich konnte nichts daran ändern. Den Baum nicht aufhalten. Musste ein weiteres Mal mitansehen, wie etwas kaputt ging. Wie jemand kaputt ging.

»Sam?« Logan legte mir eine Hand auf die Schulter.

Ich kam gedanklich zurück in die Cafeteria, die sich langsam leerte. Wahrscheinlich konnten die anderen nach Hause gehen und mit ihrem Leben weitermachen. Wie gerne würde ich jetzt auch gehen.

»Ja?« Ich griff mir ins Gesicht und merkte, dass es nass war. Tränen strömten aus meinen Augen, über meine Wangen und sammelten sich an meinem spitzen Kinn.

»Ich weine«, stellte ich fest und erntete dafür einen kritischen Blick von Emilia. *Sie verstand nicht, wie leer ich mich mit einem Mal fühlte. Meine Nichte kannte das Gefühl nicht, wenn sich der Geist vom Körper trennte.*

Logan drückte meine Hand.

»Was ist mit eurer Mom dann geschehen?«

»Sie … Sie war völlig ungeschützt … Das Dach … es ist einfach auf sie gekracht und dann war die Hölle los«, bemühte sich Emilia trotz des Schluchzens, was herausbrechen wollte, zu erklären. Sie fühlte, war nicht leer. Ihr Geist war fest in ihrem Körper verankert, auch wenn sie dagegen ankämpfte.

»Helikopter«, nuschelte Matteo. Er versteckte sich immer noch unter meinem Arm.

»Wir sind ausgestiegen, hatten beide Schmerzen. Jemand hat den Notruf gewählt, dann ging alles ganz schnell. Die Feuerwehr kam und auch zwei Krankenwagen. Einer hat uns mitgenommen, der andere Mom. Wir durften nicht bei ihr mitfahren.« Emilia verschränkte die Arme vor der Brust. Sie war über den letzten Fakt richtig sauer, kniff die Augen zusammen und blickte sich in der Cafeteria um. Sie versuchte jemandem die Schuld an allem zu geben. Das konnte ich gut verstehen. Früher hatte ich auch einen Bösewicht gesucht, der Schuld an Moms Krankheit gewesen war. Irgendwann begriff ich, dass es niemanden gab.

Allein der Gedanke, dass die Sanitäter die Kids extra in einem anderen Wagen haben fahren lassen, damit sie ihre Mom in dem Zustand nicht sehen mussten und nicht zu viel mitbekamen, trieb ein weiteres Mal die beißende Säure hoch in meine Kehle.

»Scheiße«, sagte ich nur und fühlte alles. Und nichts.

»Und was genau hat sie?«

»Das wissen wir auch nicht«, zischte Emilia.

Ich müsste eine bessere Tante sein. Ich müsste meine Gedanken und Bedürfnisse hinten anstellen und Emilia in den

Arm nehmen. Ihr aufmunternde Worte sagen und für sie da sein. Aber … Ich konnte es nicht. Es blockierte in mir.

»Scheiße«, wiederholte ich und versuchte, tief in meinen Bauch zu atmen.

»Das darf man nicht sagen, Sam«, ließ mich Matteo wissen. Zum Teufel mit Luises dummen Erziehungsmethoden. Sie achtete darauf, dass die Kinder nicht fluchten, dass sie nicht vor dem Abendessen Schokolade aßen, aber sie fuhr in einem riesigen Sturm einfach mit ihnen durch die Walachei und brachte sich und die Kinder in Gefahr. Da war sie. Meine erste Emotion, die nicht aus dem Nichts kam, sondern die ich in mir spürte. Wut. Keinen Deut besser als Emilia suchte ich den Sündenbüßer.

Bevor ich einen bösen Kommentar ausspucken konnte, fragte eine unbekannte Stimme: »Sind sie Familie Ernst?«

Ich drehte mich um und sah, dass ein blonder großer Mann mit Dreitagebart und weißem Kittel auf uns zugelaufen kam. Sein Gesicht war neutral, trotzdem versuchte ich irgendeine Emotion von seinen weichen Gesichtszügen zu lesen.

»Ja!« Ich stand auf, bereit mehr zu erfahren. Weitere Worte kamen jedoch nicht heraus, deshalb übernahm Logan diesen Job.

»Mein Name ist Logan Andrews, ich bin ein Freund von Samantha Ernst«, machte er klar und deutete auf mich. »Sie ist die Schwester von Luise Ernst.«

»Und dann seid Ihr Ms. Ernst` Kinder, nicht wahr?«

»Ja, ich bin Emilia Ernst, das ist mein Bruder Matteo«, stimmte meine Nichte zu und schaute erwartungsvoll den Arzt an.

»Darf ich kurz mit eurer Tante unter vier Augen sprechen? Vielleicht könnten Sie kurz den Kindern ein Getränk besorgen?«

Logan verstand sofort. Er nickte und tippte Matteo auf die Schulter.

»Hey, möchtest du vielleicht ein Eis?«

Matteo ließ mich tatsächlich los. Skeptisch blickte er durch seine langen Wimpern zu mir hoch und ich rang mir ein winziges Lächeln ab. Das bestärkte ihn soweit, dass er von meinem Schoß rutschte und Logans Hand nahm.

»Ich bleibe hier.« Emilia verschränkte die Arme vor der Brust und ließ sich gegen die Lehne sinken.

Der Arzt öffnete den Mund, doch sie schnitt ihm das Wort ab.

»Ich bin kein Kind mehr. Ich weiß, dass es um meine Mom nicht gut steht, und ich möchte jetzt sofort erfahren, was mit ihr ist.« Wie sie dort saß, in ihrer oversized Jeans und dem bauchfreien Oberteil, konnte man meinen, dass sie einfach nur ein verzogener, vorlauter Teenager war. Doch sie hatte sich um ihren Bruder gekümmert, ohne mit der Wimper zu zucken. Sie bewies mehr Stärke als ich in dieser Situation.

»Okay, du bleibst hier.« Die Verwunderung über meine Zustimmung wich schnell aus ihrem Gesicht. Zufrieden lächelte sie den Arzt an.

»Geht ihr beide für uns alle Eis holen.« Ich wurde das Gefühl nicht los, dass Matteo nicht nur eine Ablenkung, sondern eine Aufgabe brauchte. Logan sah mich mit erhobenen Brauen an, während Matteo seine Hand losließ. Ich machte eine Kopfbewegung, die ihnen deutlich machte, dass es in Ordnung war, wenn sie gingen. Unsicher drehten sie sich um und steuerten den Tresen, hinter dessen Glasscheiben Speisen und Snacks ausgelegt waren, an. Sobald sie außer Hörweite waren, platzte es aus mir heraus.

»Wo ist meine Schwester? Was hat sie? Geht es ihr gut?«

Der Arzt hob beschwichtigend eine Hand und bedeutete mir, ruhig zu bleiben.

»Mein Name ist Alexander McNamara und ich habe ihre Schwester in der Notaufnahme in Empfang genommen.« Er wirkte wie eine Maschine. So emotionslos, wie ich mich vor ein paar Minuten noch gefühlt hatte. Nun war da mehr. Wut. Aber auch Aufregung. Und vor allem Sorge. Große Sorge um Luise.

Der Arzt wirkte jung, viel zu jung, um ein vernünftiger Mediziner zu sein.

Emilia dachte sich wohl dasselbe und fragte ihn unverblümt: »Wie können Sie Arzt sein? Sie sind höchstens zwanzig Jahre alt.«

Meine Augen weiteten sich. Klar, sie hatte nicht ganz unrecht, aber so eine Bemerkung war völlig deplatziert. »Ich bin 24 Jahre alt und mache hier meine Ausbildung zum Facharzt«, erklärte er ruhig, lächelte jedoch nicht.

»Wow, dann sind sie echt jung. Bei Grey's Anatomy waren die alle voll alt.«

Ich warf ihr einen vielsagenden Blick zu. Sie hob die Schultern und verzog das Gesicht.

»Ich habe meine Studienzeit verkürzt und eine Klasse auf der Highschool übersprungen.« Dass er auf die Sticheleien meiner Nichte einging, überraschte mich. Das hatte er nicht nötig. Er wirkte auch nicht, als hätte er Spaß dabei.

»Können wir nun zu Ihrer Schwester und deren Krankheitsgeschichte kommen?«, fragte er mich und ich nickte schnell.

»Klar, entschuldigen Sie bitte.«

»Ihre Schwester wurde vor mehreren Stunden eingeliefert, weil ein Teil eines Daches und ein Baum auf sie gestürzt sind.« Ich nickte immer wieder. Gab vor zu verstehen, was er da sagte. Doch es gelangte nur oberflächlich in mein Gehirn. »Sie war bewusstlos, als die Hilfskräfte am Unfallort eintrafen und sie bargen. Noch vor Ort wurde sie mit Sauerstoff versorgt.« Er machte eine Pause, die ich ebenfalls benötigte. Ich versuchte, den Kloß in meinem Hals herunterzuschlucken. Das Wort *bargen* hallte in meinem Kopf nach wie ein Echo aus einer finsteren Parallelwelt. »Sie blieb bewusstlos, hatte einen offenen Bruch am linken Bein, eine ausgekugelte Schulter und viele tiefe Wunden. Besonders die Wunde an ihrem Hinterkopf und auf ihrer Brust haben uns Sorgen gemacht.«

Ich konnte nicht denken oder die Informationen, die er mir gab, verarbeiten. Bereits jetzt fehlten mir Details, die ich wiedergeben musste, sobald ich meinem Dad gegenübertrat. Ich sah zu Emilia, die wirkte, als sei sie auf einem anderen Stern. *Hörte sie überhaupt zu? Was sollte ich bloß machen?* Ich biss die Zähne zusammen und zwang meinen Kopf zu weiteren Nickbewegungen.

»Die Wunden wurden erstversorgt und Ihre Schwester wurde mit einem Krankenwagen zu uns gebracht. Wir haben ihr starke Schmerzmittel verabreicht, eine CT, die zum Glück nichts Besorgniserregendes zeigte, gemacht und ihr weiter Sauerstoff gegeben. Sie war kurz ansprechbar, aber völlig orientierungslos.« Er sah meinen besorgten Blick und hob erneut die Hand.

»Keine Sorge, das ist unter diesen Umständen nicht ungewöhnlich. Nun wird sie operiert. Wir müssen den offenen Bruch und die Schulter richten. Auch die tiefen Wunden müssen versorgt und genäht werden. Für die Wunde an ihrem Kopf müssen wir wahrscheinlich Haut an anderer Stelle entnehmen und verpflanzen. Das ist sehr aufwendig und nimmt viel Zeit in Anspruch. Wir rechnen deshalb damit, dass sie einige Stunden im OP verbringen wird.« Er sah von mir zu Emilia.

Gänsehaut überkam mich. Sie zog von meinem unteren Rücken hoch über die Arme bis in den Nacken.

»Okay«, hauchte ich. Überfordert wie ein Kind am ersten Schultag versuchte ich, diese Informationen aufzunehmen und in meinem Kopf zu sortieren.

»Können wir sie kurz sehen?«, fragte Emilia mit piepsiger Stimme. Ihre coole Fassade war nun endgültig in sich zusammengefallen und vor mir saß ein kleines Mädchen, das zu ihrer Mom wollte.

Ich stand auf, trat neben sie und nahm ihre Hand so, wie Logan es vorhin bei mir getan hatte. Für die Kinder musste ich nun stark sein. Ich musste eine gute Tante sein. Schluss mit dem Selbstmitleid.

»Wie gesagt, sie ist jetzt im OP, aber ich gebe Ihnen Bescheid, wenn die Operation beendet ist. In dem Fall, dass die Prozedur ein Erfolg war, können Sie kurz zu ihr«, machte er klar und wand sich von uns ab.

Ich zog zischend die Luft ein. Ein Erfolg. Im Falle eines Erfolges. Ich versuchte, meine Atmung zu sortieren. Emilias Augen glänzten vor Tränen, als sie zu mir hochsah.

Der Arzt begann auf den Ausgang der Cafeteria zuzugehen, doch ich humpelte ihm hinterher und griff nach seinem weißen Ärmel. Ich sammelte meinen Mut zusammen – für die Kinder. Für meinen Dad.

»Doktor, wie stehen die Chancen? Ist die Operation sehr gefährlich? Wird sie das überstehen?« Meine Stimme war dünn, ein Hauch von Nichts.

»Es ist ernst. Wir müssen weitere Untersuchungen machen und feststellen, ob sie innere Verletzungen hat«, sagte er und zog die Brauen zusammen, »Aber wir geben unser

Bestes. Mehr kann ich Ihnen nicht versprechen.« Mit langen Schritten lief er weiter, stieß die Flügeltür auf und verschwand dahinter.

Als ich über meine Schulter blickte, sah ich, dass Emilia mir nachgegangen war und jedes Wort gehört hatte. Ihre Miene spiegelte meinen emotionalen Zustand wider.

Kapitel 20

Daniel

FAR FROM me

Wütend pfefferte ich meinen Rucksack in die Ecke und trat in das dunkle Zimmer. Ich ging mit langen Schritten zu dem winzigen Schreibtisch und knipste die alte Lampe an. Ein goldener Schein beleuchtete das Zimmer, das gerade so Platz für einen Schrank, ein schmales Bett und den Tisch bot. Der Rahmen des Fensters über meinem Bett klapperte und die vielen Regentropfen versperrten den Blick nach draußen auf den Hafen. Mit zusammengekniffenen Augen konnte ich gerade so erkennen, dass die Segelboote, die dort angelegt hatten, sich gefährlich im Sturm neigten. Von der Fahrt erschöpft ließ ich mich auf mein ungemachtes Bett fallen. Ich rieb mir über das Gesicht und die Augen. Gegen den Wind zu lenken und Ästen und entwurzelten Büschen auszuweichen, war anstrengend gewesen. Immerhin hatte ich so einen Fokus gehabt. Nun saß ich hier und das Kribbeln kehrte langsam in meine Brust zurück. Der Fokus war weg. Ich schoss hoch und begann im Zimmer auf und ab zu laufen.

Was war da vorhin bloß passiert? Was war in mich gefah-

ren? Zuletzt hatte ich die Kontrolle verloren, als ich noch in New York City gelebt hatte, mich mit den falschen Menschen abgegeben hatte und einen dunklen Weg gegangen war.

»Du bist so ein Arschloch Daniel O'Sullivan«, beschimpfte ich mich selbst und marschierte zum Kühlschrank. Ich riss ihn auf und starrte ganze zwei Minuten das einsame Bier im untersten Fach an. Das Kribbeln wurde zu einem Flattern, das meinen ganzen Magen auf den Kopf stellte. Doch die Stimme von Mrs. Lee ging mir nicht aus dem Kopf.

»Alkohol, Drogen oder andere Suchtmittel würden deine Sucht nur ersetzen, Daniel. Das führt zu nichts und du könntest niemals ein normales Leben führen. Bedenke bei jedem Bier und jeder Zigarette, aus welchen Gründen du dieses Suchtmittel konsumierst.«

Ich knirschte mit den Zähnen und warf die Kühlschranktür zu. Wie ein Tiger im Käfig lief ich durch den Raum. Meine Gedanken waren kaum noch aufzuhalten. *Wie viel Bargeld hatte ich im Portemonnaie? Was sagte mein Bankkonto?*

Das Handyklingeln brachte mich wieder an die Oberfläche. Ich konnte meinen Wahn hinter mir lassen. Nervös blickte ich auf das leuchtende Display und stellte enttäuscht fest, dass es mein Onkel war. Ich nahm ab und meldete mich mit einem zu lauten: »Ja?«

»Daniel, gut, dass ich dich erreiche. Wo bist du? Wolltest du nicht mit deiner Kellnerin wandern gehen?«

Wie Kian *deine Kellnerin* sagte, brachte mich noch höher auf die Palme. »Ja, Onkel. Waren wir auch, sind aber jetzt wieder zuhause.« Ich ballte die Hand zu einer Faust. Sie wurde erst gelb, dann weiß. Als all das Blut aus ihr gewichen war, öffnete ich sie wieder. Weiß zu Gelb, Gelb zu Rosa. Ich atmete tief ein.

»Also geht es dir gut? Draußen ist ja die Hölle los.«

Sofort bereute ich meine Wut, denn Kian hatte sich nur Sorgen um uns gemacht.

»Ja, uns geht es gut. Mach dir keine Sorgen, Onkelchen«, ärgerte ich ihn und ein Stöhnen drang aus dem Lautsprecher.

»Ist der Laden geöffnet?«

»Nein, ich habe alle nach Hause geschickt. Der Pub war komplett leer und bei dem Wetter soll auch niemand unnötig auf den Straßen unterwegs sein.« Er würde ausflippen, schließlich verdiente man mit einem geschlossenen Laden kein Geld.

»Gut.«

Ich zog die Augenbrauen zusammen. Normalerweise würde er mich nun zusammenstauchen, dass das Geschäft vorginge und, dass ein bisschen Wind in Irland niemanden aus der Ruhe bringen würde. Ich räusperte mich.

»Geht es dir denn gut?«

Er schnaubte.

»Unkraut vergeht nicht, mein Junge«, ertönte es in der gewohnten Stimmlage und ich musste schmunzeln.

»Okay, du rufst mich an, wenn du etwas brauchst! Und geh nicht nach draußen.«

Er legte einfach auf.

»Sturer Ochse«, grunzte ich und legte das Handy beiseite.

Stille durchflutete den Raum und sofort war das Kribbeln zurück. Die Ablenkung weg. *Sollte ich ihn anrufen und erklären, dass ich jemanden brauchte, der mich auf andere Gedanken brachte?* Es war schwierig, sich das einzugestehen. Hitze wallte in mir auf. Das konnte ich nicht tun. Er würde mich nicht verstehen. Zudem wollte ich vor ihm nicht schwach wirken. Ich sollte ihn betreuen – nicht umgekehrt.

Auf dem kalten Bett streckte ich mich und schloss die Augen. Dieser ewige Kampf zerdrückte mich. *Wie erleichternd wäre es loszulassen und aufzugeben. Wofür machte ich mir überhaupt die Mühe und stand jeden Tag auf, arbeitete, kümmerte mich … Nur damit das Leben wieder zuschlug und ich ausrastete. Entweder Emotionen überhaupt nicht spürte oder in ihnen ertrank. Mich in eine Art Monster verwandelte. Ein Wesen, das eine Schneise aus Chaos, Zerstörung und Schmerz hinterließ.* Doch da waren die Gesichter meiner Eltern. Sie blickten mich traurig an und schüttelten die Köpfe. Und auch Kians von all den Narben und Falten zerfurchtes Gesicht tauchte vor meinem inneren Auge auf. *Was würde er ohne mich tun?* Er konnte den Laden niemals allein schmeißen und an Kummer sterben, wenn er ihn ganz aufgeben musste. Zuletzt sah ich Sams schönes Gesicht. Ihre braunen schlauen Augen waren gerötet und blickten mich enttäuscht an. Fast so wie vorhin. Als ich diese gemeinen, fürchterlichen Dinge gesagt hatte. *Würde sie weinen, wenn ich nicht mehr da war? Bereiteten meine Worte ihr nach dem heutigen Tag Schmerzen?*

Ich nahm mein Handy und schrieb meiner Therapeutin eine Nachricht, in der ich um einen weiteren Termin bat. Dann zog ich die Knie an den Körper, griff in meine Kniekehlen und rollte mich zu einem kleinen Päckchen zusammen.

Kapitel 21
Sam

FAR FROM me

Ein weiteres Mal hielt ich mein Handy an mein kochend heißes Ohr und lauschte dem Freiton, der mir entgegen trötete. Ich wartete, doch er hob nicht ab. Die Mailbox sprang an.

»Hallo Dad, hier ist noch mal Sam. Bitte ruf mich sofort zurück, wenn du das hier abhörst. Es ist wirklich dringend.«

Ich hielt mir die Stirn, als wäre sie zu schwer für meinen Nacken mit all den Sorgen und Ängsten, und blickte zu Logan, der mit Matteo in der Kinderecke der Cafeteria saß und ein Puzzle machte. Emilia saß am Tisch, starrte auf ihr Handy und trank ab und an einen Schluck Eistee. Ich verstaute das Telefon, prüfte ein weiteres Mal, dass der Ton eingeschaltet war und die höchste Lautstärke eingestellt war. Nach sorgfältiger Überprüfung humpelte ich zu Logan und Matteo.

»Und?« Logan tat so, als wüsste er nicht, wo das Puzzleteil hingehörte. Matteo schüttelte den Kopf und riss ihm das Teil aus den Händen.

»Du bist aber nicht sehr clever.« Logan gluckste. Sogar ich

musste schmunzeln. Matteos freche Art machte ihn noch niedlicher.

»Sag ich doch, du kleiner Zwerg.« Matteo gefiel diese Bezeichnung nicht, denn er verzog die vom Eis verklebten Lippen.

»Hast du deinen Dad nicht erreicht?«

Ich schüttelte den Kopf, stöhnte und setzte mich neben Logan. *Ja, ich wollte stark sein. Musste es allein schon für die Kids, doch ich kam keinen Schritt voran.* Immer wieder stellte ich mir die Frage, was nun zu tun wäre. Und kam zu keinem Ergebnis. Ich vergrub das Gesicht in den Händen.

»Emilia? Kannst du kurz mit deinem Bruder losziehen und deiner Tante einen Kaffee holen?«

Sie blickte genervt von ihrem Handy auf und verdrehte die Augen. »Muss das wirklich sein?«

»Bitte tu mir doch den Gefallen«, ermunterte er sie und setzte sein Surferlächeln auf.

Dem konnte sie wohl nicht widerstehen, nahm ihren kleinen Bruder an die Hand und hielt die andere ihm entgegen. Ohne mit der Wimper zu zucken, drückte Logan ihr fünf Dollar in die Hand. Sie zog Matteo unwirsch hinter sich her.

»Es tut mir so leid«, wisperte ich und verzog das Gesicht.

»Was tut dir leid?«

»Dass du die ganze Zeit hier mit mir hockst, dich um Matteo kümmerst … Und jetzt auch noch unsere Verpflegung bezahlst, nur weil ich pleite bin.«

Ich konnte die Tränen nicht mehr zurückhalten, obwohl ich mir geschworen hatte, nicht weiter in Selbstmitleid zu versinken.

»Ach Sam, das ist kein Problem. Das mache ich gerne.« Er lächelte breit, wirkte gefasst und unter diesen Umständen positiv gestimmt.

Ich konnte nicht begreifen, dass ich so eine wertvolle Unterstützung erhielt. Das letzte Mal hatte ich mich so geliebt gefühlt, da war meine Mom am Leben gewesen. Mom. Wäre sie doch bloß hier, das würde alles einfacher machen. Sie war immer ein Stern in dunkler Nacht. Der Lichtblick der Familie. Sie hatte alles zusammengehalten.

Ich schluchzte in meine Hände.

»Ich erreiche meinen Dad nicht. Wo ist der zum Teufel? Vielleicht ist ihm auch was passiert«, würgte ich hervor. Sorge, Wut und Hoffnungslosigkeit wurden zu einer toxischen Mischung. Ich begann zu zittern. Logans Hand auf meinem Rücken gab mir Halt.

»Ihm geht es sicherlich gut, Sam.«

»Und meine Schwester? Was ist, wenn sie es nicht schafft? Mein Dad wird sich umbringen ... Er hat dann nichts mehr, was ihn noch hält.« Mein Hals brannte. Ein Engegefühl, anders als ein Kloß, an dem man vorbeischlucken konnte, machte sich breit. Es zog vom Kiefer bis in meine Brust.

»Deine Schwester schafft das. Sie ist eine richtige Kämpferin.«

»Was ist mit den Kindern? Mein Dad ist kaum in der Lage, sich um sich selbst zu kümmern. Aber ich kann sie auch nicht versorgen. Ich habe doch keine Ahnung von Kindern. Sie brauchen ständig etwas ... Zum Beispiel Essen. Wer weiß, wann die das letzte Mal gegessen haben«, sprudelten die Worte aus mir heraus. Ich merkte selbst, dass ich mich hineinsteigerte. Aber das brauchte ich. Ich wollte wissen, wie das Worst-Case-Szenario aussah. Ich musste vorbereitet sein!

Das Atmen fiel mir immer schwerer. Meine Zunge fühlte sich geschwollen und träge an.

Logan zog mir die Hände vom Gesicht und hielt sie fest. »Sam, jetzt hör zu. Wir schaffen das. Es wird alles gut. Wir fragen die Kinder gleich, ob sie Hunger haben, und wenn ja, dann kaufe ich ihnen was. Ich bin ein reiches Bonzenkind, ich kann mir das erlauben. Und du versuchst, ruhig zu atmen, damit du nicht ausflippst, okay?«

Ich war von seinem Vortrag so geflasht, dass ich nur nicken konnte.

Logan atmete hörbar tief ein und ich tat es ihm gleich. Wir wiederholten das einige Male, bis ich spüren konnte, wie mein Herzschlag sich verlangsamte. Die Enge in meinen Hals schwand.

»Danke.« Er winkte ab. »Aber eine Sache noch ...«

Er verdrehte die Augen. Es wirkte nicht ernsthaft genervt, eher wie ein Versuch, diese Situation aufzulockern. Er wollte, dass es mir besser ging. Dafür war ich ihm dankbar.

»Schieß los«, forderte er mich auf und ließ meine Hände los.

Ich begann an meiner Nagelhaut zu knibbeln und er nahm meine Hände zurück in seine. Nun verdrehte ich die Augen. »Ich muss Daniel anrufen und ihm Bescheid geben, dass ich nicht arbeiten kann. Ich muss einen Überblick gewinnen, die Kinder in die Schule bringen ...« Die Verantwortung wurde mir mit einem Mal klar. Sie war so groß. Zwei Kinder zu versorgen ... *Ich hatte meine perfekte Schwester einige Male beinahe scheitern sehen, wie sollte ich das nur schaffen?* Klar, ich war gut durchorganisiert und fleißig, aber bisher hatten alle meine Entscheidungen nur mich betroffen. Das würde sich ändern, solange Luise in diesem Krankenhaus war. Eine gemeine Stimme flüsterte in den Tiefen meiner Gedanken: Vielleicht auch für immer. Unangebracht. Furchtbar. Grausam.

Und dann waren da meine anderen Verpflichtungen, die mir wichtig waren. Das Lebensmittelretten. Mein Job. Der

Gedanke an Daniel versetzte mich in zusätzliche Panik. Er würde meine Zwangspause als Reaktion auf unseren gemeinsamen Ausflug verstehen. Hitze stieg in meine Wangen, wenn ich an ein Telefonat mit ihm dachte. *Wie konnte ich ihm verständlich machen, dass es damit nichts zu tun hatte? Würde ihn das alles überhaupt interessieren?* Trotz der Tatsache, dass ich im Krankenhaus hockte und ein paar Räume neben mir meine Schwester um ihr Leben kämpfte, tat auch das zwischen Daniel und mir noch tierisch weh.

»Hey, ich rufe ihn an und sag ihm Bescheid, okay?«

Mein Blick schoss nach oben. »Das würdest du tun?« Es war feige. Eine miese Nummer, um einem Konflikt aus dem Weg zu gehen, den ich austragen musste, aber keine Kraft dafür hatte. Ich biss mir auf die Unterlippe.

»Klar.« Logan stand voller Tatendrang auf.

Ich sah, dass die Kinder wiederkamen, und wischte mir möglichst unauffällig über die Augen. Ein Lächeln wollte mir nicht gelingen, aber ich hoffte, dass wenigstens die Verzweiflung nicht mehr in mein Gesicht geschrieben stand.

»Hier, kauf den Kids was zu essen. Und vergiss dich selbst nicht«, sagte Logan und hielt mir einen 50-Dollar-Schein hin.

Zögerlich nahm ich den Schein und steckte ihn in meine Hosentasche. Ich hatte keine andere Wahl.

»Das ist nicht geschenkt. Ich werde dir alles zurückzahlen.« Er nickte, hielt sein Smartphone in die Höhe und durchschritt den Raum Richtung Ausgang.

»Hier.« Emilia setzte einen dampfenden Becher vor mir auf die Tischplatte. Ich hielt meine Nase über den Kaffee und inhalierte den himmlischen Duft.

»Danke.« Mit dem künstlichen Lächeln auf den Lippen kam ich mir falsch vor, doch zumindest Matteo schien es zu beruhigen. Er legte seine Hand in meine und drückte fest zu.

»Okay Kinder, habt ihr Hunger?«

Emilia zuckte mit den Schultern. Sie verstand zu viel von der Situation, in der wir uns befanden, und war mit Essen oder anderen Kleinigkeiten nicht bestechlich. Doch Matteo nickte und zeigte mir seine lückenhafte Zahnreihe.

Kapitel 22
Daniel

FAR FROM me

Das erneute Klingeln meines Handys holte mich aus dem Sumpf, in den ich versunken war.

»Ja?«

Logans Stimme sorgte dafür, dass ich auf einen Schlag kerzengerade im Bett saß.

»Hey, Daniel. Du, es ist etwas passiert.«

Was kam jetzt? Spielte er auf die Auseinandersetzung zwischen Sam und mir an? Oder hatten die beiden einen Unfall gehabt?

Ich knüllte meine Bettdecke unter mir zusammen und starrte die Regentropfen auf der Fensterscheibe an.

»Sam und ich sind im Krankenhaus.«

»Oh mein Gott, nein«, rief ich und war sofort auf den Beinen. Hektisch suchte ich auf dem Schreibtisch nach meinem Portemonnaie und steckte es in meine hintere Hosentasche.

»Nein, nein, uns geht es gut«, gab Logan Entwarnung und ich schaute kurz an die Decke. Ich war kein religiöser

Mensch, trotzdem bedankte ich mich bei dem Himmel, bei Gott, beim Universum oder was auch immer.

»Es geht um Sams Schwester. Sie hatte einen schweren Autounfall und wird gerade operiert. So wie es aussieht, müssen wir uns erstmal um ihre Kinder kümmern. Das bedeutet, Sam kann nächste Woche nicht zur Arbeit kommen. Wir müssen das hier erstmal irgendwie …«

»Alles gut, gar kein Problem«, unterbrach ich ihn. Auf einen Notizzettel kritzelte ich »Patrice anrufen« und legte ihn gut sichtbar auf die Arbeitsfläche in der Küchennische.

»Danke dir.«

»Kann ich irgendwie helfen?« Ich hoffte inständig, dass er mich etwas machen ließ. Unmöglich konnte ich jetzt weiter allein vor mich hinbrüten und mit meinen Gedanken sein.

»Hm…« Logan schwieg einen Moment, als würde er abwägen. Wahrscheinlich war er durch die Spannung zwischen Sam und mir verunsichert. Anstatt für mich einzustehen oder ihn zu überreden, blieb ich stumm. Jeder aus Bar Harbor wusste, dass es unmöglich war Logan Andrews von etwas zu überzeugen, was er nicht wollte.

»Eigentlich schon, aber Sam wird es nicht gefallen, wenn du uns hilfst.« Ich presste die Lippen aufeinander. Dann hatte sie ihm also erzählt, was vorgefallen war. Aber wir waren Freunde. Wir kannten uns, seit wir als kleine Stöpsel Steine über den Jordan Pond flitschen gelassen hatten.

»Logan, es tut mir wirklich leid, wie ich mit ihr umgesprungen bin. Ich hab verdammt dumme Dinge gesagt, weil ich heute irgendwie nicht ganz … Ich war nicht ich selbst. Wenn es etwas gibt, womit ich Sam helfen kann, würde ich das von Herzen gerne machen.« *Verstand er, wie wichtig diese Frau mir war?*

Am anderen Ende blieb es still. Ich hörte ihn nur atmen

und schloss die Augen, denn das Flattern nahm zu. Mit jedem seiner Atemzüge wurde mir bewusst, wie dringend ich eine Aufgabe brauchte, Vergebung brauchte.

»Du könntest ihren Dad suchen und hierher schaffen.« Mehr brauchte ich nicht. Ich begann bereits meine Regenjacke aus dem Schrank zu kramen.

»Was bedeutet suchen? Ist er nicht bei euch im Krankenhaus?« Einarmig versuchte ich, in Jacke und Boots zu schlüpfen.

»Das ist das Problem. Sie haben versucht, ihn zu erreichen, weil er Luises Notfallkontakt ist. Leider vergebens. Luise und die Kinder waren aber auf dem Weg zu ihm.«

Ich setzte mir eine Cap auf.

»Er hat doch ein Boot, auf dem er lebt, oder? Wo ist das? Liegt es hier im Hafen in Bar Harbor?« Bereit für meinen Auftrag eilte ich zur Tür. Ich würde keine Minute vergeuden und Sams Dad so schnell wie möglich finden. Das schuldete ich ihr. Wenigstens am Ende des Tages kein Arsch zu sein.

»Ja, soweit wir das wissen«, schnaubte Logan.

Ich kannte nicht die genauen Umstände und wollte niemandem Unrecht tun, aber dass die eigene Tochter nicht sicher wusste, wo ihr Dad sich gerade aufhielt, war traurig.

»Ich mach mich auf den Weg und klappere den Hafen ab«, versicherte ich Logan und er bedankte sich. Wir legten auf, da war ich schon aus der Tür und lief in den Sturm.

DIE WELLEN BRACHEN AN DEM PIER UND überfluteten ihn in großen Teilen. Die Bäume an den Straßenrändern knackten genauso beängstigend wie die Strommasten, unter denen ich vermied entlangzulaufen. Alles war in Bewegung und wirkte bedrohlich.

Als ich das Hafenbüro ansteuerte, um Nachforschungen anzustellen, wurde mir bewusst, dass ich keinen blassen Schimmer hatte, wie das Boot von Mr. Ernst hieß. Meine einzige Hoffnung lag darin, dass der Typ vom Büro Sams Dad persönlich kannte. Das waren nicht die besten Voraussetzungen. Ich grübelte den ganzen Weg über, ob Sam den Bootsnamen jemals mir gegenüber erwähnt hatte. Doch nichts kam mir in den Sinn, deshalb zog ich es in Erwägung sie anzurufen. Als ich jedoch ihren Kontakt im Display sah, verließ mich der Mut.

Das Licht in dem kleinen grauen Gebäude flackerte und ich erschauerte. *Fingen so nicht alle guten Horrorfilme an? Mit flackernden Lichtern an Plätzen, die völlig menschenleer waren? Oder war ich nur der einzige Verrückte, der bei diesem Unwetter draußen umherspazierte?*

Die Boote und Yachten neigten sich im Sturm so weit zur Seite, dass ich mit jeder Böe rechnete, dass das ein oder andere unterging. Keine Möwe war am Himmel und er selbst war eine einzige dunkle Masse. Immerhin blitzte es nicht mehr.

Ich presste mein Gesicht an die Fensterscheibe des Hafengebäudes und sah, dass niemand dort war. Der Computer war eingeschaltet, das machte mir Hoffnung.

Ich klopfte an die Tür und wartete.

»Hallo?« Meine Stimme wurde auf das Meer hinausgetragen. Ich drehte mich um und beäugte jedes einzelne Boot ganz genau. Wenn ich mir die Namen durchlas, würde mir womöglich einer bekannt vorkommen.

»Hallo, ist hier jemand?«, schrie ich gegen den Wind an, doch es war vergebens. Ich legte meine Hand auf meine Cap, damit sie nicht davonflog, und entschied mich, den Bootsanleger weiter zu erkunden.

Jeder Schritt mit Bedacht, denn der Boden war von der Gischt rutschig. Im Schneckentempo kam ich vorwärts, doch kein Bootsname ließ etwas in meinem Gedächtnis klingeln.

»Hallo, ist jemand hier?« Der Sturm brauste besonders heftig in meinen Ohren und zwang mich, kurz stehen zu bleiben.

Ich hatte etwa zwei Drittel des Bootsanlegers hinter mir und sah mich um. Bar Harbor war ein beliebter Spot für Wassersport und Tourismus, deshalb lagen hier unzählige Yachten aller Größen, Speedboats und sogar einige Segelboote. Für mich als Amateur eine Masse aus Masten, Metall und Holz, die ich nicht vollständig durchblicken konnte.

In einigen Metern Entfernung sah ich zwei Gestalten. Ich wischte mir den Regen aus den Augen und bemühte mich um einen klaren Blick.

»Hallo?«, rief ich und eine der Personen winkte zurück. Mein Tempo wurde immer schneller und schneller, denn ich erkannte, dass eine der Gestalten eine Art Uniform oder Blaumann trug. Ein Hafenmitarbeiter.

Kalter Schweiß lief mir den Rücken runter und vermischte sich mit dem Regen, der mittlerweile meine Jacke durchdrungen hatte. Selbst die beste Regenjacke konnte dem heutigen Monsun nicht standhalten.

»Sind Sie von allen guten Geistern verlassen? Was machen Sie hier draußen?« Ich erkannte seine Stimme.

»Ich wollte zu Ihnen«, rief ich zurück und überwand die letzten Meter. Vor einem kleinen Segelboot und einem Haufen Werkzeuge kam ich zum Stehen.

»Warum, mein Junge?« Der Schnauzbart des alten Mannes hing anders als sonst schlaff herab.

»Ich suche eine Person.« Er zog sich die Kapuze seiner gelben Jacke weiter ins Gesicht. Seine Brille war von Regentropfen besetzt, sodass ich kaum seine Augen erkennen konnte. Ächzend bückte er sich und holte ein Werkzeug aus der roten Kiste vor ihm, das ich noch nie gesehen hatte.

»Bitte sag mir nicht, dass du einer von diesen gottlosen Unwetterjägern bist und ein Freund von Bord eurer winzigen Schaluppe gegangen ist. Und du ihn im stürmischen Ozean verloren hast ... Da können wir wahrscheinlich nichts mehr machen«, meinte er und wühlte weiter in der Kiste herum.

»Nein, nein«, widersprach ich und zog das Cap tief in mein Gesicht. »Ich suche den Dad einer Freundin. Er heißt Mr. Ernst und müsste hier ein Boot liegen haben. Ich weiß nur leider nicht, wie es heißt.«

»Das trifft sich gut. Das hier ist sein Boot.« Der Hafenmitarbeiter fuchtelte mit der freien Hand hinter sich herum.

Trotz dass ich im Wasser stand und der Stoff auf meiner Haut klebte, lächelte ich.

»Harald? Hier ist ein junger Mann, der zu dir will.«

Ich wischte mir durch das Gesicht und konnte mein Glück kaum fassen.

»Ich komme, Benny«, kam es aus dem Boot.

Einen Augenblick später erschien ein großer Mann mit schlanker Statur, der einen schwarzen Parker trug und die Schultern zu den Ohren zog. Seine grau-schwarzen Haare hingen nass an beiden Seiten des Kopfes herunter und entsprachen damit meiner Erinnerung eines immer top gestylten Mannes überhaupt nicht. Doch die buschigen Augenbrauen, die wachen braunen Augen und den breiten Mund erkannte ich. »Mr. Ernst?«

Auch er erkannte mich sofort.

»Hey Daniel, was gibt's? Was machst du hier bei einem solchen Sauwetter?«

»Ich muss mit ihnen in Ruhe sprechen, Sir.« Mein Kopf begann zu rattern. Soweit hatte ich bisher noch gar nicht gedacht. Jetzt hatte ich Sams Dad gefunden, aber wie sollte ich ihm schonend beibringen, dass seine Tochter im Krankenhaus lag?

»Das könnte hier und jetzt schwierig werden. Ich muss mich dringend um eine Planke kümmern - also wenn wir das vielleicht verschieben könnten?« Er zog die Brauen in den Haaransatz und legte den Kopf ein wenig schief.

»Nein, das können wir nicht.« Ich ging einen Schritt auf ihn zu. Vorsichtig packte ich die Reling des Bootes und kletterte auf die *Anna*. Natürlich war es dieser Name. *Wie hatte ich nur vergessen können, dass das Boot nach Sams Mom benannt worden war?*

»Daniel, was ist los?« Der Sturm, der an unserer Kleidung und Haaren zog, unterstrich die Sorge und Zweifel in seinen Gesichtszügen.

»Luise ist im Krankenhaus.« Ich hatte mich spontan für die Pflastervariante entschieden und bereute es sofort.

Seine Gesichtszüge entgleisten und Panik machte sich breit. Er stiefelte auf mich zu, packte mich am Kragen und zog mich ein Stück vom Boden.

»Mr. Ernst«, japste ich und packte seine glitschigen Hände.

»Was ist mit ihr? Was ist passiert?«, schrie er mir ins Gesicht. Ich kniff die Augen zusammen.

»Harald, lass den Jungen runter«, befahl ihm der Hafenmitarbeiter und Mr. Ernst gehorchte.

Ich trat einen Schritt zurück und stieß mit dem Rücken

gegen die Reling. Einen Plan hatte ich nicht gehabt, aber so sollte es nicht laufen.

»Bitte, Sie müssen mitkommen. Ich habe nicht viele Informationen, aber die können wir erfragen. Sam ist mit Logan Andrews und den Kindern im Krankenhaus. Die konnten Sie nicht erreichen, brauchen Sie dort aber.«

»Ich komme mit. Kannst du dich hier drum allein kümmern?« Der alte Mann nickte und nahm seine Werkzeugkiste in die Hand.

Mr. Ernst setzte sich augenblicklich in Bewegung, sprang geübt über die Reling und suchte in den Taschen seiner Jeans nach seinem Handy. Er checkte es und nickte mir dann zu. Wahrscheinlich hatte er die verpassten Anrufe gesehen. Ich tat es ihm gleich, wobei meine Kletterkünste keineswegs so professionell waren wie seine, und versuchte mit Mr. Ernst Schritt zu halten. Zwei Mal rutschte ich aus und fiel beinahe ins Wasser, doch ich konnte im letzten Moment mein Gleichgewicht finden und Sams Dad hielt mich an der Schulter fest zur Absicherung. Er hatte weniger Probleme und rannte förmlich den Steg entlang.

Als wir das Hafengebäude passierten, drehte er sich zu mir um. Sein Gesicht war angespannt, der Mund zu einer strengen Linie verzogen.

»Ich habe kein Auto«, sagte er, als wäre das ihm erst jetzt eingefallen.

»Kein Problem, ich habe einen Jeep.« In dem Moment als Beton und nicht mehr Holz unter meinen Schuhsohlen war, begann ich zu joggen. Mr. Ernst hielt gut mit und innerhalb weniger Minuten waren wir im Pub angekommen.

»Nehmen Sie den Schlüssel und starten Sie den Wagen, ich muss noch eben etwas holen«, wies ich ihn an.

Er wirkte nicht überzeugt, nickte jedoch.

Ohne konkreten Plan rannte ich in die Küche des Brew's und schnappte mir eine dünne Plastiktüte. Diese Taschen hatte ich vor einem halben Jahr aus dem Geschäft verbannen wollen und extra Jutebeutel bedrucken lassen, doch Kian hielt das für zu untraditionell. Er hatte also die Jutebeutel an die Einwohner Bar Harbors verschenkt und neue Plastiktüten bestellt.

Mit nassen Händen versuchte ich den großen Kühlschrank zu öffnen, doch ich rutschte immer wieder ab.

»Mein Gott!« Ich riss so sehr an dem Schrank, dass er mir fast entgegenkam. Erleichtert stellte ich fest, dass Jasper schon einiges für den morgigen Tag vorbereitet hatte, deshalb plünderte ich die Sandwiches und steckte noch Muffins und Croissants ein. Bevor die Tür hinter mir zuknallte, steckte ich mir jeweils eine Flasche Cola und Wasser unter die Arme. Voll beladen stolperte ich aus dem Pub, hatte Mühe, alles gewissenhaft abzuschließen, und rannte zum Jeep.

Mr. Ernst sah, dass ich wie ein Esel bepackt war, und öffnete mir die Fahrertür. Mit hochgezogenen Augenbrauen nahm er Flaschen und die Plastiktüte entgegen. Er beförderte sie auf die Rückbank.

»War das unbedingt nötig? Bist du immer so hungrig?«

Mein Kopfschütteln ließ ihn grunzen.

»Keine Ahnung, vielleicht haben die Kinder Hunger«, sagte ich lahm und kam mir völlig bescheuert vor.

»Dann gib Gas«, forderte Sams Dad mich auf und ich ließ die Reifen quietschen.

Kapitel 23
Sam

FAR FROM me

Matteo zeigte mir auf dem Handy seiner Mom, das mir vor einer halben Stunde ohne großen Kommentar überreicht worden war, ein Bild nach dem anderen. Mal sah ich ihn und seine Freunde Fußball spielen, mal saß er zufrieden neben seiner genervten Schwester auf der Couch und schmunzelte ein schokoladenverschmiertes Grinsen. Ich schloss zwischendurch, möglichst ohne, dass er es bemerkte, die Augen, denn mit jeder Minute, die verging, schlich sich Müdigkeit in meine Knochen. Mein Fuß schmerzte schon nicht mehr, er war einfach taub. Zur Schonung hatte ich ihn auf den Boden gelegt und versuchte ihn, so wenig wie möglich zu benutzen.

Das Pfeifen des Handys ließ meine Augen aufflattern. Ich sah, dass meine Schwester eine Nachricht erhalten hatte.

»Was steht da, Sam?« Matteo konnte zum Glück noch nicht lesen.

Ich riss ihm das Handy aus der Hand und steckte es so hektisch in meine Hosentasche, dass es beinahe zu Boden fiel.

»Ach, nur eine Nachricht von dem Chef deiner Mom«, log ich und lächelte unschuldig.

Er wirkte desinteressiert. Auch er war müde, er rieb sich die Nase und gähnte.

»Ich muss Pipi«, teilte er mir mit. Ich runzelte die Stirn. Was nun? Planlos stand ich auf.

»Äh, brauchst du Hilfe?« Matteo schaute mich an, als wäre ich völlig von Sinnen.

»Ich bin sechs« Er verschränkte die Arme vor der Brust. Anstatt entschieden oder ernst auszusehen, wirkte er durch diese Geste noch niedlicher.

Ich hob entschuldigend die Hände und er dackelte zu den Herrentoiletten. Mit einem Knallen schlug die Tür hinter ihm zu, und ich hoffte zum hundertsten Mal diesen Abend, dass ein Wunder geschehen möge und meine Schwester gleich fröhlich lächelnd aus der Intensivstation spaziert käme. Ich war ein miserabler Ersatz für sie. Mit Emilia kam ich überhaupt nicht klar, denn sie wollte sich nicht auf mich oder meine Vorschläge einlassen. Matteo war umgänglicher, aber er brauchte bei fast allem Hilfe oder Unterstützung. Außer beim Toilettengang anscheinend. Das Gefühl, dass das so, wie es gelaufen war, nicht richtig war, wurde ich jedoch nicht los.

Da die Luft nun rein war, fummelte ich mit nervösen Fingern das Handy aus der engen Hosentasche und starrte auf den Bildschirmschoner. Mir war bewusst, dass ich eine Grenze überschritt, doch es war eine Nachricht von Alberto, dem Dad von Emilia und Matteo, gewesen. Ich biss mir auf die Lippe und schaute mich um. Zeugen für diesen Verrat brauchte ich nicht. Von Logan, der mit Emilia unter dem Vorwand, dass er dringend ein Ladegerät bräuchte und nicht wisse, welches für sein Smartphone passend war, von Schwesternzimmer zu Schwesternzimmer zog, war keine Spur. Ich entsperrte das Handy und öffnete den Chat. Viel Konversation war nicht zu lesen, doch die paar Nachrichten ließen mich die Augenbrauen hochziehen.

Luise: »Hallo Alberto, hier ist Luise. Die Frau, mit der du zwei Kinder gezeugt hast, vielleicht erinnerst du dich ja? Ich hab nur deine alte Nummer, deshalb hoffe ich, du erhältst diese Nachricht. Ich würde gerne mit dir sprechen, bitte ruf mich mal an. Zumindest wenn du Interesse an den Kindern hast. Um uns beide geht es hier nämlich nicht.«

Alberto: »Ciao Luise, schön von dir zu hören. Und ja, stell dir vor, ich erinnere mich. Wann kann ich anrufen? Die Zeitverschiebung …«

Luise: »Also bist du noch immer in Italien?«

Alberto: »Ja, bin ich. Wie geht es den Kindern und dir? Es ist lange her …«

Luise: »Ruf mich am Dienstagmorgen um zehn Uhr meiner Zeit an, dann können wir sprechen.«

Vier Tage später:

Luise: »Bitte gib mir noch ein bisschen Zeit, über deinen Vorschlag nachzudenken. Ich möchte das Beste für die Kinder.«

Alberto: »Ich doch auch. Ich hoffe, du glaubst es mir dieses Mal. Wir telefonieren nächste Woche noch mal?«

Meine Augen klebten an dem Bildschirm. Ich versuchte, die Worte zwischen den beiden zu verarbeiten. Luise hatte also Kontakt zu ihrem Ex aufgenommen … *Hatte sie sich etwa die Worte von Emilia zu Herzen genommen? Wollte sie ihren Wunsch nach Kontakt zu ihrem Dad erfüllen?* Ich schloss den Chat und mein Hirn ratterte. *Was hatten die beiden wohl am Telefon besprochen? Sollte ich ihm mitteilen, dass Luise im Krankenhaus war?*

Noch bevor ich meine Gedanken weiter formen konnte, rief eine bekannte, tiefe Stimme: »Samantha!«

Ich ließ das Handy fallen, sprang auf die Beine und Hitze schoss in meine Wangen.

Mein Dad kam den Gang entlang gejoggt und ich rannte ihm entgegen. Er öffnete die Arme und fing mich auf.

»Was ist los, mein Schatz? Was ist passiert? Wie geht es ihr?«

Ich bekam kein Wort heraus. Wie ein Fisch auf dem Trockenen öffnete ich immer wieder meinen Mund und schnappte nach Luft. Tränen bahnten sich ihren Weg und mein Hals zog sich schmerzhaft zusammen.

»Dad«, wimmerte ich und drückte mein Gesicht an seine Brust.

»Meine Kleine«, gurrte er und küsste meinen Scheitel.

Eine kleine Ewigkeit blieben wir so. Er umarmte mich, stützte mich und strich mir immer wieder über den Kopf. Ich schluchzte laut und ließ alles heraus, was sich in mir aufgestaut hatte. Das war genau das, was ich mir erhofft hatte. Was ich mir gewünscht hatte. Mein Dad als Fels in der Brandung.

Ich fühlte kleine Hände, die sich um mich legten. Matteo klammerte sich um mein Becken, was mich noch mehr zum Weinen brachte. Schuld kam in mir hoch. Ich konnte jetzt nicht meinen Emotionen freien Lauf lassen. Mich vor den Kids gehen lassen war ein No-Go. Ich musste doch stark sein!

Mit einem Grunzen zog ich die Nase hoch, wischte mir über die Augen und löste mich von meinem Dad.

»Tut mir leid.« Für was ich mich genau entschuldigte, wusste ich selbst nicht.

»Ach Schatz.«

Ich sah, dass auch in seinen Augen Tränen glitzerten. Er

hob Matteo hoch und küsste ihn auf die Wange. Der kleine Mann lächelte und wischte sich über das runde Gesicht.

»Hey«, kam von links neben mir. Diese Stimme. Ich verschluckte beinahe meine Zunge.

Dort stand Daniel in durchweichter Kleidung und mit nassen Haaren. Er hielt zwei Plastiktüten vom Pub in der Hand und schaute mich mit großen Augen an. Sofort wischte ich mit den Fingern unter meinen Augen entlang, denn ich befürchtete, ich hatte mich mittlerweile in einen Waschbären verwandelt. Meine Mascara nahm wahrscheinlich die Hälfte meines Gesichts ein.

»Hey«, hauchte ich atemlos und trat von einem Bein auf das andere. *Was machte er hier?* Unter der Verwirrung regte sich eine Emotion, die ich in dieser Situation nicht für möglich gehalten hatte – Freude.

»Daniel hat mich gefahren. Er hat mich am Hafen gesucht und mich informiert ... Sam, es tut mir leid.« Das Brechen seiner Stimme am Ende des Satzes schnitt mir tief in die Brust. Die eigenen Eltern leiden zu sehen, war das Schlimmste, was ich jemals miterlebt hatte.

»Danke.« Noch immer verwirrt über die Mischung der Emotionen in mir, versuchte ich, Daniel anzulächeln.

Er nickte und flüsterte: »Es tut mir so leid, Sam.«

In seinen Augen nicht zu versinken, war eine Herausforderung. Am liebsten hätte ich alles um uns herum vergessen. *Konnten wir nicht zurückspulen? Noch mal auf Anfang?*

»Sam, hast du Moms Handy verloren?« Matteo hielt das Smartphone meiner Schwester in die Höhe.

»Oh je, ja«, sagte ich und nahm ihm milde lächelnd das Telefon aus den Griffeln. Vorerst sollte niemand von Luises Nachrichten an Alberto erfahren. Zuerst musste ich mit meiner Schwester darüber reden ... Wenn das in nächster Zeit möglich war ...

Gemeinsam setzten wir uns und nach und nach, mit einigen Unterbrechungen, erzählte ich meinem Dad, was hier vor sich gegangen war.

»Wir warten also darauf, dass sie aus dem OP kommt und die Ärzte uns Bescheid geben«, endete ich und gähnte herzhaft. Mittlerweile hatten sich auch Logan und Emilia zu uns gesellt und jeder starrte einen Punkt an der Wand an. Nur nicht Daniel, der sah immer wieder zu mir. Am liebsten wäre ich zu ihm hinüber gegangen, hätte unseren Streit für vergessen erklärt und mich an ihn gelehnt. Doch ich hatte keine Kraft mehr übrig – nicht für eine Versöhnung, nicht für einen Kompromiss oder einen ersten Schritt. Ich fühlte mich zu müde um etwas Mutiges, Selbstloses oder Vernünftiges zu tun. Ich wollte nur schlafen.

Mit einem Klackern öffnete sich die Flügeltür der Intensivstation, und zwei Ärzte mit blauen Hauben und Kitteln traten hindurch.

»Familie Ernst?«

Mein Herz fiel in die unendliche Tiefe meines Körpers. Dumpf schmeckte ich den Puls in meinem Hals und meine Beine streikten nun vollends. Daniel stand auf, kam zu mir herüber und reichte mir eine Hand.

Mein Dad stürmte auf die Ärztin zu und rief: »Ja, das sind wir.«

Dankbar nahm ich Daniels Hand. Er half mir zu den Ärzten, entfernte sich dann jedoch respektvoll und setzte sich neben Matteo, der zu Eis gefroren war. Der Mund des Kleinen formte einen kleinen Kreis, die Augen waren groß und mit Hoffnung gefüllt.

Die junge Ärztin, deren Haare gänzlich unter der Haube

verschwanden, trat zu uns und senkte mit einem Blick auf Matteo die Stimme.

»Die Patientin hat die OP überstanden und wird bald aufwachen. Es gab einige Komplikationen, die wir jedoch in den Griff bekommen konnten. Unter anderem mussten wir ihren Blinddarm entfernen, da dort eine Blutung entstanden ist.« Intuitiv hatte die Ärztin erkannt, dass mein Dad und ich die Ansprechpartner waren, und blickte deshalb immer wieder von mir zu ihm.

»Auch einige Brüche mussten gerichtet werden, aber es sieht gut aus«, fügte der ältere Arzt neben ihr hinzu.

»Oh Gott«, flüsterte mein Dad und fuhr sich durch die Haare.

Meine Unterlippe begann zu zittern. Ich räusperte mich. »Wann können wir zu ihr?«, fragte ich knapp, denn ich vertraute der Festigkeit meiner Stimme nicht.

»Sie wird auf der Intensivstation bleiben, deshalb darf erst nur eine Person mitkommen. Sie können einmal tauschen, das muss als Besuchszeit für heute leider reichen. Ihr Körper wurde sehr strapaziert«, machte die Ärztin uns klar und ich sah meinen Dad an.

Er hatte sich mittlerweile an die Wand gelehnt und das Gesicht in den Händen verborgen.

»Geh du zuerst.«

»Okay.«

»Ich sag den Kindern Bescheid«, presste ich hervor, biss die Zähne zusammen und humpelte zurück. Alle vier Augenpaare fixierten mich.

»Sie ist über den Berg. Euer Grandpa darf jetzt zu ihr«, versuchte ich die Situation in kindgerechte Sätze zu packen. Erschöpft plumpste ich neben Matteo und nahm seine Hand in meine. »Sie wurde erfolgreich operiert und muss sich jetzt viel ausruhen, deshalb kann derzeit nur eine Person zu ihr.«

Emilia schob das Kinn vor. »Darf ich dann?«

»Es wäre doch besser, wenn eure Tante geht«, mischte Logan sich ein. Er hatte recht. Einerseits wollte ich sofort zu meiner Schwester. Ihr am liebsten tausend Fragen stellen und mich einfach an sie klammern, weil ich mich so sehr fürchtete. Ich konnte sie nicht auch noch verlieren. Das würde ich nicht ertragen. Und andererseits wollte ich sie nicht sehen. Auf der Intensivstation mit Schläuchen und Piepsen wie ich es aus dem Fernsehen kannte. *Zudem hatten die Kinder nicht eher das Anrecht ihre Mom zu sehen? Oder war das zu viel für ihre kleinen Herzen?*

»Das ist unfair. Ich will auch zu Mom.«

»Du möchtest, du willst nicht«, nuschelte ich und war schockiert, wie schnell ich die Verhaltensweisen meiner Schwester im Beisein der Kinder annahm.

»Wow, wie eine richtige Mom«, witzelte Emilia und grinste teuflisch. »Nur, dass du nicht unsere Mom bist. Wir können machen, was wir wollen.« Sie stand auf. Ohne ein weiteres Wort setzte sie sich in Bewegung. Matteo wand sich zu mir, schaute mich kurz an und rutschte dann ebenfalls vom Stuhl. Mit flinken Schritten folgte er seiner Schwester.

»Hey Leute, bleibt hier.« Emilia zeigte mir den Stinkefinger.

Der ganze Druck des ewig langen Tages, die Streitereien der letzten Tage, der Unfall meiner Schwester und nun noch die widerspenstigen Kinder – es war zu viel für mich. Erst war es nur ein einziges Schluchzen, dann wimmerte ich in meine Ellenbeuge. »Ich kann das nicht.«

»Ich geh ihnen hinterher.« Logan handelte schnell und

ging zügig in die Richtung, in der die Kinder verschwunden waren.

»Ich hasse alles.« Keine Ahnung, zu wem ich das genau sagte. Es war mir auch egal. Meine Hände begannen zu zittern, mein Hals brannte, mein Körper bebte. Es gab kein Halten mehr. Das alles fühlte sich an wie ein freier Fall. »Nichts läuft so, wie ich es möchte.« Die Luft war dünn, deshalb atmete ich schneller. Mehr Sauerstoff, damit ich zwischen den Gefühlen und Erwartungen anderer und meiner eigenen nicht erstickte.

Eine warme Hand legte sich auf meinen Oberschenkel. Daniel hatte sich neben mich gesetzt und drückte sein Bein an meines.

»Du musst das hier nicht tun«, drang es aus mir und ein Schütteln durchfuhr mich. Rotz lief mir aus der Nase. Es war mir egal. Sollte er doch denken, was er wollte. Das hier war ein Ausnahmezustand – mit allem, was dazugehörte. Nur was er hier tat, war mir ein Rätsel. Ein schönes, behagliches Rätsel.

»Ich weiß.« Er legte seinen Arm um mich.

»Du kannst einfach gehen. Du hast hiermit nichts zu tun«, rief ich und schob seinen Arm von mir.

Schmerz blitzte in seinem Gesicht auf und er rutschte von mir weg.

»Wenn ich gehen soll, dann mache ich das sofort«, sagte er schlicht und schaute mir direkt in die Augen.

Allein die Vorstellung, hier allein zu sitzen, nein, ohne ihn hier zu sitzen, erzeugte eine dunkle Wolke in meinem Kopf. Ich rutschte wieder zu ihm.

»So war das nicht gemeint«, nuschelte ich. Da war wieder mehr Luft in meinen Lungen.

»Darf ich dich trösten?«

»Warum willst du das überhaupt? Ich dachte, ich nerve dich mit meinen ganzen Emotionen und meiner Art …«

»Ich habe dich gern, Sam. Und es bereitet mir Schmerzen, dich so zu sehen.« Er sprach ganz ruhig. Ernst, aber nicht unterkühlt. Und dann ein Lächeln. Es war kein strahlendes Lächeln, wie ich es so gerne sah, sondern ein kleines, verlegenes. Nicht für die ganze Welt, nur für mich.

»Du darfst mich trösten«, wisperte ich.

Er legte wieder seinen Arm um mich. Ich lehnte mich gegen ihn und es war, als würde zwischen unseren Körper eine Verbindung entstehen. Als würde meine Trauer und mein Ärger an ihn abgegeben werden. Ich konnte wieder freier atmen. Seine Hand wanderte an meine Stirn und er begann an meiner Schläfe mit seinem Zeigefinger kleine Kreise zu zeichnen. Er ließ mich weinen. Es war heilsam, dass er nicht wollte, dass ich aufhörte oder mich dazu brachte, dass ich mich zusammenriss. Daniel wartete einfach die Flut ab. Und dann kam auch die Ebbe. Mein Schluchzen wurde leiser, nur noch einzelne Tränen fanden ihren Weg über mein Gesicht. Wir sprachen nicht miteinander, saßen nur da. Ich geriet in eine Art meditativen Zustand, alle Sorgen wirkten kleiner und meine Wut kühlte ab. Mit ihm verschlungen bildete ich eine Einheit, wir waren in unserer Zone. Als ich mich wieder, wie ich selbst fühlte, reckte Daniel sich. Ich setzte mich auf. »Danke.«

Er lächelte mich an. Nicht breit, nur ein kleines bisschen, doch mein Herz machte einen Satz. Es war nur für mich. Er legte seine Hand auf die eine Wange und küsste mich auf die andere. Seine Lippen fühlten sich warm auf meiner Haut an. Sein Atem strich über meinen Hals. Die Härchen in meinem Nacken stellten sich auf und ich schloss kurz die Augen.

»Gerne.« Seine Lippen verschwanden. Er bückte sich zum Boden und hob eine der beiden Plastiktüten in die Höhe. »Hunger?«

Nachdem ich ein Sandwich und einen Muffin verspeist hatte, ging es mir deutlich besser. Satt und etwas beruhigter.

Logan hatte inzwischen die Kinder eingefangen, sodass sie nun ebenfalls satt waren. An dem Zufrieden wollte ich noch arbeiten.

Als die Diskussion sich wieder anbahnte und Emilia loszicken wollte, kam mein Dad zurück und unterbrach das ganze Spiel mit einem einfachen: »Sam, du bist dran.«

Mit wackligen Beinen stand ich auf und ging auf meinen Dad zu. Kurz blickte ich über die Schulter und sah Daniel und Logan miteinander reden und mir zunicken, dann sah ich meinem Dad ins Gesicht. Auch er nickte. Es war der Moment gekommen. Ich würde gleich meine Schwester sehen.

Ich durchschritt die Tür, die vorher verschlossen gewesen war und mein Dad mir aufhielt, und betrat den sterilen Gang. Der Geruch von Desinfektionsmittel versetzte mich in die Zeit zurück, in der ich ständig im Krankenhaus bei meiner Mom gewesen war. Anmelden, Hände desinfizieren, manchmal sogar Maske aufsetzen, dann durfte ich zu ihr. Mal redeten wir kaum miteinander, weil sie so erschöpft war oder die Medikamente sie schliefen ließen. Mal erzählte sie mir von dem schrecklichen Essen und der nervigen, immer nachts telefonierenden Zimmernachbarin. Vor meinen Augen sah ich sie mit Mütze oder Kopftuch in der Poliklinik in einem Sessel, während die Chemo in ihren Arm tropfte. Ich hatte neben ihr gesessen, ihr aus trivialen Frauenmagazinen vorgelesen oder mit ihr über die Menschen, die dachten, Kurkuma allein würde ihre Krankheit heilen, gelästert.

Ein metallischer Geschmack breitete sich in meinem Mund aus. Ich hatte mir von innen auf die Wange gebissen. Mit jedem Schritt, den ich weiter auf das Schwesternzimmer zu humpelte, versuchte ich den Schmerz in mir, herunterzudrücken. Den Schmerz in meinem Fuß, klar, aber auch den Schmerz, den die Erinnerungen an Krankenhäuser, Intensivstationen und Krankheit hervorzogen.

»Hallo, ich würde gerne meine Schwester, Luise Ernst, besuchen«, brachte ich hervor.

Die Schwester nickte und bedeutete mir, zu folgen. Am liebsten hätte ich mich gedrückt. Die Geräusche und der Geruch beschleunigten meinen Herzschlag, bis es mir die Luft nahm. Ein Rückzieher war trotzdem keine Option. Ich musste, wollte stark sein.

Das Piepsen in dem Zimmer war kaum auszublenden. Der Anblick von Luise ließ erneut Tränen aufsteigen. Sie sah klein aus. Winzig, mit den ganzen Verbänden, den Dingern in der Nase und den Manschetten an den dünnen Armen.

»Sie schläft noch«, sagte die Krankenschwester, während sie an dem Monitor die Zahlen checkte und eine Notiz auf ihrem Block machte, »Nach der Narkose war sie ganz kurz wach, hatte aber starke Schmerzen. Sie haben zehn Minuten. Wenn Ms. Ernst wach werden sollte, geben Sie mir bitte Bescheid. Sie braucht womöglich eine weitere Dosis Schmerzmittel.«

Kurz hatte ich das Bedürfnis zu fragen, welches Schmerzmittel Luise bekam. *War es wie bei meiner Mom Oxycodon?* All die Parallelen verwirrten mich.

Ich blieb verloren und allein im Raum stehen und konnte nicht aufhören, meine Schwester anzustarren. Sie war doch die Starke, die Große von uns beiden. In diesem winzigen Zimmer gab es weder ein Fenster noch einen Stuhl, deshalb blieb mir nichts anderes übrig als näher an ihr Bett zu treten. Ich wollte ihre Hand nehmen, doch mich verließ der Mut. Sorgen zerfurchten meine Gedanken. Ich blickte immer wieder die Tür, die zum Flur führte, an. *Was, wenn sie wach wurde und mich nicht erkannte? War das nicht so in Filmen?* Die Menschen wachten auf und wussten nicht mehr, wer sie waren. Sie wollten plötzlich nichts mehr mit einem zu tun haben. *Wieso hatte ich nur mit ihr gestritten? Was, wenn sie ausgerechnet jetzt … Was, wenn? Sollte unser Streit das Letzte zwischen uns sein?*

Ich stieß den Gedanken wie einen schimmligen Apfel von mir. Das Gefühl von Schuld durchspülte mich.

»Es tut mir so leid«, flüsterte ich in den Raum und wartete. Auf was, das wusste ich selbst nicht recht. Da waren genug Möglichkeiten für Vergebung. Das erste Mal seit langer Zeit fragte ich mich, wie es wohl Luise bei allem ging. *War sie noch immer traurig wegen Mom? Weinte sie sich so wie ich manchmal in den Schlaf? Hatte sie Dad die Abwesenheit tatsächlich verziehen? Oder verfluchte sie ihn, wie ich, insgeheim bei allem, was im eigenen Leben nicht richtig lief?*

»Wirklich, es tut mir so leid, Schwesterherz.«

»Was genau?«

Ich sog die Luft ein und hustete.

»Luise?«, fragte ich, als würde ich mit einem Geist sprechen und nicht mit meiner sehr lebendigen Schwester.

»Wer denn sonst?«, neckte sie mich und lächelte das müdeste Lächeln der Welt.

Ich begann zu kichern. Das war nicht nur ein Stein, der von meinem Herzen fiel. Es war ein verdammter Felsbrocken.

»Oh mein Gott.« Ich überwand die restliche Distanz zu ihr. Sie lag auf der Seite, ihr Kopf geneigt und beide Augen geöffnet.

»Du bist wach.« Ich schlug die Hand vor den Mund. Tränen liefen mir über die Wangen und den Hals hinunter.

»Ein bisschen.« Ihre Pupillen waren groß wie Erbsen.

Wahrscheinlich war sie von den Schmerzmitteln und der Narkose noch völlig high.

»Wie geht es dir?«, fragte ich, weil ich nicht wirklich wusste, was ich sonst sagen sollte.

»Super.«

Sie klang so bissig wie eh und je. Das machte mich das erste Mal in meinem Leben glücklich. Ich schenkte ihr ein breites Lächeln.

»Du siehst auch richtig super aus«, witzelte ich und spielte mit den Augenbrauen. Das hatte sie früher, als wir noch klein gewesen waren, geliebt.

»Doofe Kuh«, beschimpfte sie mich mit einer schwesterlichen Sanftheit auf Deutsch.

»Wo ist Papa?«, fragte sie ebenfalls auf Deutsch. Das bisschen, was wir beide sprachen, kam jetzt auf einmal hoch. Als würde sie in einer Geheimsprache nur mit mir reden wollen. Ich verstand das. Sie war verletzt und brauchte eine Sicherheitszone. Diese wollte ich ihr bieten.

»Er war gerade eben bei dir, da warst du aber noch nicht ganz da«, erklärte ich ihr in der Sprache, die sich für mich falsch anfühlte. Sie verschwand mit Dad aus unserer Familie und wir redeten nur noch amerikanisch.

Bisher wirkte Luise trotz der lallenden Stimme gefasst. Mit Schrecken fiel mir ein, dass ich die Schwester ja informieren musste.

»Wie geht es Emilia und Matteo?« Ihre Augenlider flatterten.

»Denen geht es gut, versprochen.« Die Verletzungen der beiden verschwieg ich vorerst, denn ich wollte sie nicht beunruhigen. Keinen Grund meine Schwester weiteren Strapazen auszusetzen, wir hatten schließlich alles im Griff – irgendwie.

»Passt du auf die Kinder auf? Bitte, Sam«, nuschelte sie und schloss für einige Sekunden die Augen.

»Versprochen!« Es kam ganz automatisch aus mir. Ich nahm meinen Mut zusammen und streichelte über ihre eiskalte Wange.

»Ich geh eben eine Schwester holen, okay?«, kündigte ich an und sie nickte. Müdigkeit und Schwäche entrissen sie mir wieder.

So schnell es mit meinem Humpelfuß möglich war, rannte ich zu dem Schwesternzimmer.

»Sie ist wach!«, rief ich in das Zimmer hinein und setzte mich direkt wieder in Bewegung.

»Sie hätten auch den Knopf benutzen können ... Ich komme sofort«, ertönte eine Stimme hinter mir.

Mein Fokus lag auf Luise. Ich wollte zurück zu ihr und mit ihr reden. Sie fragen, wie der Unfall war. Was genau passiert war. Doch als ich bei ihr ankam, waren ihre Augen geschlossen. Erst geriet ich in Panik und sagte mehrmals ihren Namen, doch mir wurde bewusst, dass die Maschinen wie vorher auch weiter und stetig piepten. Ganz sachte hob sich ihre Brust im regelmäßigen Takt.

Die Schwester kam dazu und hob die Augenbrauen.

»Sie war wach, ich habe mit ihr gesprochen«, verteidigte ich mich und verschränkte die Arme vor der Brust.

»Ich glaube Ihnen ja, Miss Ernst. Aber es ist ein Zeichen, dass ihre Mom noch sehr erschöpft ist. Bitte geben Sie ihr genug Zeit zur Heilung. Sie können morgen wiederkommen.« Die Schwester trat neben das Bett und mit einigen Handgriffen fuhr sie die Rückenlehne nach oben. »Sie ist nicht meine Mom.« Ich eilte aus dem Zimmer. Der Felsbrocken lag wieder auf meiner Brust. Nein, er grub sich in meinen Körper und hinterließ einen Abdruck.

Kapitel 24

Sam

»Emilia?« Ich verdrehte die Augen. Schon heute Morgen, als ich die beiden zur Schule gebracht hatte, war ich am Rande des Wahnsinns gewesen, doch nun lief das Fass über. »Emilia, wo zum Teufel bist du? Hör auf zu telefonieren und komm jetzt sofort hierher!« Ich klang nicht nur wie eine Furie, ich fühlte mich auch so.

»Nur fünf Minuten, Tante Sam!«, rief sie durch ihre Zimmertür.

Ich wartete keine Sekunde und begann gegen das Holz zu hämmern. »Ich sagte sofort!«

Matteo kam zu mir in den Flur.

»Tante Sam, ist schon gut. Sie muss nicht auf mich aufpassen, das kann ich allein.«

»Nein Matteo, das läuft so nicht. Sie ist deine große Schwester und soll auf dich aufpassen, wenn ich arbeiten gehe«, machte ich deutlich und schlug bei jeder Silbe gegen Emilias Zimmertür. Meine Faust flog durch die Luft, als sie die

Tür aufriss. Das Handy klemmte zwischen ihrem Ohr und ihrer knochigen Schulter.

»Was willst du denn?«, zischte sie und funkelte mich böse an.

»Ich muss jetzt los nach Bar Harbor. Zur Arbeit. Und du sollst, wie abgesprochen, auf deinen Bruder aufpassen«, erinnerte ich sie und wedelte mit meinem Autoschlüssel vor ihren Augen herum.

»Dann gute Fahrt.« Sie wollte mir die Tür vor der Nase zuschlagen, doch ich stellte meinen gesunden Fuß in den Spalt.

»Emilia, bitte«, versuchte ich an ihr Gewissen zu appellieren, »Ich brauche deine Hilfe. Wir müssen zusammenhalten, bis deine Mom aus dem Krankenhaus kommt. Das kann laut Aussage der Ärzte noch einige Wochen dauern. So lange müssen wir uns arrangieren.«

»Ja, habe ich verstanden!« Emilia konnte ich nicht einschätzen. Doch ihr Temperament war unendlich und als Teenager hatte sie einen echt kurzen Geduldsfaden. Ich nahm meinen Fuß aus der Tür. Wenn nun auch noch das andere Exemplar verletzt wäre, hätte ich ein massives Problem. Momentan war meine Verletzung gut zu ertragen. Die Schiene, die ich bei einem meiner unzähligen Krankenhausbesuche der letzten Tage erhalten hatte, stützte den Fuß so, dass ich normal laufen und Autofahren konnte. Es tat nicht mal sonderlich weh. Und so sollte es auch bleiben, damit ich alle meine alten und neuen Aufgaben unter einen Hut bringen konnte. Die Uni lief normal weiter, Geld musste ich auch verdienen und mich seit Luises Unfall zwischen Bar Harbor und Orono aufteilen. Ich besuchte meine Schwester regelmäßig und kümmerte mich jeden Tag um die Kinder. Dad half mir zwar ab und zu, doch die meiste Arbeit blieb an mir hängen. Heute nach der Schicht im Brew's würde ich ein paar Sachen aus meiner Wohnung holen und endgültig in das Apartment meiner Schwester ziehen, damit ich wieder mehr Schlaf bekam und Sprit sparen konnte. Die Universität war von Luises Wohnung ein Katzensprung entfernt.

»Ich fahre jetzt«, kündigte ich an und drehte mich zu Matteo. »Wenn deine Schwester sich nicht vernünftig kümmert, rufst du sofort Grandpa oder mich an, okay?«, forderte ich ihn auf.

Er nickte pflichtbewusst. Grinsend zerwühlte ich seine zu langen Haare und gab ihm ein kleines Küsschen auf die Wange. Meine imaginäre To-Do-Liste wurde um den Punkt *Matteo Friseurtermin* erweitert.

Emilia tätschelte ich unbeholfen den Arm, denn als Teenager fand sie eh alles uncool, was ich tat. Vor allem wenn ich versuchte, sie zu umarmen.

»Chill deine Basis, Tantchen«, sagte sie schulterzuckend und schmiss die Tür zu.

Ich presste meine Zähne so fest aufeinander, dass ich mir sicher war, einige von ihnen würden zerbrechen.

»Klar«, piepste ich. Von der Garderobe nahm ich meine Jacke und die kleine schwarze Handtasche.

»Bis später«, rief ich, doch Matteo konnte mich über seinen Zeichentrickfilm hinweg nicht hören.

Der Himmel verfärbte sich bereits in allen erdenklichen Rot- und Orangetönen und ein steter Wind zerwühlte meine langen Locken. Ich zog meinen Parker enger um meine Taille und hauchte in meine kalten Hände. Das Licht im Auto ging an und zeigte das Chaos, was herrschte. Überall langen Unterlagen von verschiedenen Kursen herum.

Hier und da Papier von Energieriegeln und ein Kaffeebecher von vor ein paar Tagen mit kalter Plörre gammelte vor sich hin.

»Ich hab die Kontrolle über mein Leben verloren«, flüsterte ich und schob die Papiere zur Seite, damit meine Handtasche auf dem Beifahrersitz Platz fand. Dabei fiel mein Blick auf meine Armbanduhr und ich stellte fest, dass ich jetzt bereits zu spät dran war.

»Mein Leben ist ein Scherz.« Ich zündete den Motor, denn ich hatte keine Zeit zu verlieren. Zumindest versuchte ich es, doch mein sonst so zuverlässiger Wegbegleiter röhrte nur kurz auf wie ein sterbendes Tier.

»Nein«, sagte ich und probierte es weiter. »Nein, nein, nein! Nein!« Ich wurde immer lauter und schlug gegen das Lenkrad. »Au!« Ich verzog das Gesicht, denn mein Handgelenk pochte schmerzhaft. »Was ist denn nur los? Was soll das alles? Kann vielleicht auch irgendwas einfach funktionieren?«, schrie ich und vor Wut schossen Tränen in meine zusammengekniffenen Augen. Ich packte das Lenkrad mit beiden Händen, zog mich daran nach vorne und schmiss mich trotzig in den Sitz zurück. Das wiederholte ich so lange, bis ich völlig außer Atem war und nach Luft schnappen musste.

»Na? Ist es jetzt besser?«, fragte mich eine bekannte Stimme dumpf durch die Scheibe. Ich stieß mir den Kopf an der Sonnenblende.

»Zola?«

»Hey«, machte sie nur und grinste breit.

Ich öffnete die Tür, damit ich sie besser verstehen konnte. Ihr Gesicht hier zu sehen, machte meinen Tag ein wenig besser.

»Brauchst du eine Mitfahrgelegenheit?«, fragte sie und wirkte zurückhaltender als sonst.

»Ähm, ich muss nach Bar Harbor zur Arbeit.« Hitze stieg

in mir hoch, denn mir wurde bewusst, dass ich bei meinem kleinen Ausbruch Publikum hatte.

»Das trifft sich gut, denn ich wollte eh nach Bar Harbor.« Sie biss sich auf die volle Unterlippe. Es war eine merkwürdige Stimmung zwischen uns. Unser Streit legte noch immer seinen Schatten über unsere Freundschaft.

»Okay, dann sehr gerne«, stimmte ich zu und kletterte aus dem Wagen. Wir gingen zu ihrem alten schwarzen Chrysler und stiegen schweigend ein.

In Zolas Auto war es genau so chaotisch wie in meinem, doch das war, anders als bei mir, der Normalzustand. Sie hielt nicht viel von Ordnung und war der Meinung, dass das Genie das Chaos beherrschte.

»Und was hast du in Bar Harbor vor?«, versuchte ich das unangenehme Schweigen zu brechen und stach damit offenbar in eine Wunde. Sie zuckte regelrecht zusammen und blieb still.

»Hör mal, Zola, ich möchte mich nicht streiten ...«, setzte ich an, doch sie hob ihre fein manikürte Hand. Ihre langen Krallen waren diesmal in Korallenrot lackiert und sahen eher wie eine Waffe aus.

»Sam, bitte. Ich möchte mich entschuldigen«, unterbrach sie mich und schüttelte den Kopf, als sie den Wagen startete. Ihr Motor schnurrte wie ein Kätzchen. »Ich bin echt zu weit gegangen mit dem, was ich da gesagt habe.« Sie schaute zu mir herüber, suchte meinen Blick und in ihrem lag Aufrichtigkeit. Ihre Augen waren groß, dunkel und wunderschön.

»Ist okay.« Es war genug los in meinem Leben. Richtig übler Mist. Da brauchte ich alle Freunde und so viel Harmonie, wie es nur ging. Außerdem hatten wir uns beide im Streit nicht mit Ruhm oder Anstand bekleckert.

Als wir aus der Straße, in der das Apartment meiner

Schwester lag, fuhren, glitt mein Blick über den SUV von Luise und ich blinzelte.

»Stopp, wie soll ich denn später zurückkommen? Ich nehme wohl doch besser den Wagen meiner Schwester.«

»Ich dachte, du schläfst bei dir in der Wohnung ... Das hat Logan mir zumindest so erzählt.« Sie zog die Brauen zusammen.

»Ja, so hab ich es normalerweise auch gemacht, aber mein Dad möchte nicht in der Wohnung meiner Schwester schlafen. Er fühlt sich in vier Wänden wohl irgendwie *eingesperrt*«, zitierte ich ihn und machte Anführungszeichen in die Luft.

»Und irgendjemand muss bei den Kids bleiben, deshalb ziehst du bei deiner Schwester ein?«, fragte sie vorsichtig und ich nickte.

»Jepp.«

»Ich kann dich später zum Apartment deiner Schwester zurückbringen. Wie geht es ihr überhaupt?«

Wir fuhren dem Sonnenuntergang entgegen.

»Ganz okay, denke ich. Ich war Anfang der Woche das letzte Mal bei ihr. Da sah alles okay aus.« Ein Gähnen drang aus mir, denn die letzten Tage hatten ihre Spuren in meinem sonst so streng geregelten Schlafplan hinterlassen. Alles stand kopf bei mir.

»Und wie geht es dir?«

Schulterzuckend sagte ich: »Ehrlich gesagt ... keine Ahnung.«

Sie nickte und kurz war Stille.

»Ich muss mich auch bei dir entschuldigen.« Auch ich wollte ihr meine Aufrichtigkeit vermitteln, deshalb sah ich sie an und runzelte die Stirn. Sie konnte so eine Ausstrahlung haben, dass ich meine Worte neu sortieren musste. »Ich sollte mich nicht in dein Leben einmischen oder Grenzen überschreiten, das tut mir wirklich leid.« Ich blickte schnell wieder aus dem Fenster. Die wenigen Laubbäume zwischen dem Meer aus Pinien und anderem Nadelgehölz warfen ihre Blätter auf den Boden und diese flogen umher. Manchmal bildeten sich kleine Wirbel und das Laub schwirrte in Minitornados um das Auto.

»Ist schon in Ordnung«, sagte sie und betätigte die Scheibenwischer, denn es fing ganz leicht an zu regnen. »Lass uns diesen bescheuerten Streit einfach vergessen, okay?«

Ich nickte. Ein warmes Gefühl umfasste mich und meine Schultern entspannten sich. Es war schön, wieder mit Zola Zeit zu verbringen. Ich brachte sie den Rest der Fahrt auf den aktuellen Stand.

»Okay, auch wenn ich jetzt in ein Bienennest steche … Aber was ist jetzt mit dir und Daniel?«, fragte sie und lächelte nervös. Es war verständlich, dass sie das wissen wollte, denn ich hatte ihr von unserem Ausflug erzählt. Von unserem Date.

Ich atmete einmal geräuschvoll, antwortete dann jedoch wahrheitsgemäß: »Ich weiß es nicht. Wir haben rumgeknutscht, wir haben uns gestritten und dann im Krankenhaus … Es war wieder in Ordnung, denke ich.«

»Hm«, machte Zola nur und zuckte mit den Schultern. »Hast du ihn seitdem gesehen?«

Wir passierten das Ortseingangsschild von Bar Harbor.

»Ja, schon«, sagte ich und lehnte meinen Kopf an ihre Schulter. Sie roch nach Zimt und Lavendel – süß und würzig. »Es war normal zwischen uns.« Ich verzog den Mund, denn die Unsicherheit blieb. Ich konnte das, was zwischen Daniel und mir war, nicht deuten. Unterschwellig war ich wegen der Sache beim Wandern noch sauer, aber er war im Krankenhaus, in einer solch schrecklichen Situation, liebevoll für mich da gewesen. Er hatte sich entschuldigt. Nicht nur das, er hatte Wiedergutmachung geleistet.

»Hm«, machte Zola wieder.

Ich wusste genau, dass sie eigentlich mehr sagen wollte. Und ich wollte es hören, denn trotz unserer Streitereien hatte sie meistens recht. Zumindest in Teilen.

»Ich hab heute Abend ein Date.« Das war ein gelungenes Ablenkungsmanöver.

»Uhhh«, machte ich wie eine Grundschülerin und klatschte in die Hände. »Endlich! Trefft ihr euch im Brew's?«

»Ja, wir wollen erst dort einen Drink nehmen und danach führt er mich zum Essen aus.« Sie lächelte breit, doch es wirkte nicht echt. Normalerweise war Zola bei der kleinsten Nichtigkeit total begeistert und euphorisch, doch nun wirkte sie eher genervt. Das passte nicht zu ihr.

»Dann führt er dich bestimmt ganz schick aus«, sagte ich und wackelte übertrieben mit den Augenbrauen.

»Keine Ahnung, kann sein …« Ihr Blick blieb auf die Straße gerichtet.

»Du musst nicht aufgeregt sein, ihr kennt euch doch schon so lange«, wollte ich sie aufmuntern, doch sie trat bei der Ampel so heftig auf die Bremse, dass der Gurt in meine Brust schnitt.

»Von wem redest du, Sam?«

»Ich ähm … Also ich dachte du und Lo…«, setzte ich an und sie schüttelte so sehr den Kopf, dass ihre kurzen Locken umhersprangen.

»Ich treffe mich nicht mit Logan.«

Verdammt! Ich hob beide Hände.

»Es tut mir leid Zola, ich habe nur angenommen … Na ja, ist ja auch egal. Ich möchte auf keinen Fall noch einmal streiten«, versuchte ich die nächste Katastrophe abzuwehren.

Sie strich sich die Haare aus dem Gesicht. Langsam fuhr sie weiter und blickte besorgt in den Rückspiegel, doch es war niemand hinter uns gewesen.

»Sorry«, schob ich hinterher. So hätte unsere Annäherung nicht laufen sollen. Ich schätze beide sehr. Logan war mein persönlicher Superheld in den letzten Wochen gewesen. Wann immer er die Kapazität gehabt hatte, hatte er die Kinder und mich unterstützt. Wenn es schwierig oder düster wurde, blieb er. Genau so jemanden konnte Zola auch gebrauchen. Sie wirkte von außen betrachtet stets fröhlich und gut gelaunt, aber ich wusste ganz sicher, dass sie einige Päckchen zu tragen hatte. Logan und sie wären ein gutes Paar. Er würde ihr guttun. Und die beiden würden sich auch wunderbar ergänzen. Aber das war nicht meine Sache. Ich sollte ihre Grenzen wirklich respektieren.

Zola legte ihre schlanke, feingliedrige Hand auf meinen Oberschenkel.

»Ist okay, mach dir keine Sorgen. Ich weiß, dass du mich nicht ärgern oder verletzten wolltest. Du meinst es nur gut. Ist ja logisch, schließlich sind Logan und ich auch der Hammer.« Sie gluckste und zwinkerte mir zu.

Ja, das waren sie wirklich.

»Wer ist denn der Glückliche?«

»Er heißt James. Er ist in einem meiner Kurse und hat mich schon vor ein paar Wochen nach einem Date gefragt. Letzte Woche, da dachte ich, warum eigentlich nicht.« Außenstehende konnten auf diese Darstellung reinfallen, doch ich wusste, dass bei ihr etwas nicht stimmte. Ihre Augen blieben kalt. Sie hatte keine Gefühle für diesen Mann. Und sie machte sich selbst etwas vor. Aber das Wichtigste: Sie war noch nicht bereit darüber, zu reden.

Wir kamen im Nieselregen am Pub an und liefen eilig zum Hintereingang. Eigentlich war dieser nur für das Personal gedacht, doch ich war mir sicher, dass Daniel bei Zola ein Auge zudrücken würde. Das Klappern des Geschirrs, das Klirren der Gläser und die rockige Musik im Hintergrund zogen mich sofort in meine persönliche Wohlfühlzone. Zola ging in den Gästeraum zu ihrem Date und versprach mir, dass sie mich nach meiner Schicht zurück nach Orono fahren würde. Voller Vorfreude auf Ablenkung stürmte ich in die Küche, wo Jasper mit einer großen Portion Pommes auf mich wartete.

»Hey, Sam«, rief er strahlend über brodelnde Kochtöpfe und spritzende Pfannen hinweg.

»Jasper. Wie geht es dir?«, fragte ich freudig und stürzte mich auf den spätabendlichen Snack. »Lecker.« Ich stöhnte und steckte direkt eine weitere Fritte in meinen Mund.

»Mir geht es immer gut, weißt du doch. Aber wie geht es deiner Schwester?«, wollte er wissen und trat hinter dem großen Herd hervor.

»Ganz okay, sie erholt sich sehr langsam.«

»Ich bete für sie.« Er tätschelte mir die Schulter, wobei er so viel Kraft in seinen Armen hatte, dass ich von rechts nach links wankte.

»Mein Gott, wie viel willst du noch trainieren? Du bist ja Hulk«, neckte ich ihn. Ich spülte die Pommes mit einem großen Schluck Cola herunter und ließ den Rest der Köstlichkeit für später stehen.

»Ach, irgendwas muss ich ja tun, wenn meine Familie auf der anderen Seite der Welt lebt.« Er seufzte und zog die breiten Schultern hoch.

»Klar.« *Und nichts mehr mit dir zu tun haben will, ergänzte ich in Gedanken.* Ich wusste, dass er sich oft allein fühlte. Manchmal sah man es in seinem Gesicht. Wie er Paaren nachsah, immer wieder die Halskette in seinen Händen wog. Es war ein Geschenk von seiner Frau gewesen, die ihn verlassen hatte. Mit ihr zusammen war er von Rumänien in die USA gekommen. Sie hatten sich ein gemeinsames Leben aufbauen wollen. Doch dann hatte sie einen anderen Mann kennengelernt und Jasper für den Typen verlassen. Sie wollte die Scheidung. Für unseren Koch, als sehr gläubigen Menschen, ein harter Schlag. Doch er wollte sie trotz all des Schmerzes glücklich machen und hatte zugestimmt. Seitdem war er bei seiner Familie in Rumänien unten durch. Gut für uns, denn er blieb in Maine. Doch es war hart für ihn, das wusste ich von Daniel. Sein Glaube, seine Familie und sein Vaterland bedeuteten ihm viel. Der stolze Glanz in seinen Augen und die leise Stimme, wenn er von seiner Heimat sprach, hatten mich so gerührt, dass ich Gänsehaut bekommen hatte. Nun schien sein Glück für ihn unerreichbar. Und ich wusste nicht, wie ich ihm helfen konnte. Vorsichtig tätschelte ich ihm die Schulter. Er lächelte mild und machte sich wieder an die Arbeit.

Im Gang zur Bar traf ich eine gestresste Patrice und zog automatisch den Kopf ein.

»Ach, bist du auch mal endlich da?«

Ich verschränkte die Arme vor der Brust.

»Ich bin pünktlich.« Drei Minuten Verspätung, das war ja wohl noch im Rahmen.

»Du hättest ein bisschen früher kommen können. Hier brennt die Hütte«, meckerte sie und rempelte mich im Vorbeigehen an.

»Zicke«, nuschelte ich und betrat den Gästeraum. Ausnahmslos jeder Tisch war besetzt und Daniel stand hinter der Bar und zapfte ein Bier nach dem anderen. Schnell lief ich zu ihm, stellte mich hinter den Tresen neben ihm und begann Bestellungen entgegenzunehmen.

»Gut, dass du da bist.« Er schenkte mir ein schiefes Grinsen. Unweigerlich kribbelte mein Bauch und ich strich mir die Haare aus dem Gesicht.

»Schön, dich zu sehen.« Ich lächelte zurück. Das Gespräch mit Zola hatte mir gutgetan. Es hatte mir verdeutlicht, dass ich keine Energie darauf verschwenden wollte, mir weiterhin selbst im Weg zu stehen. Dafür hatte ich nach Luises Unfall weder Zeit noch Nerven.

Kurz starrte Daniel mich an, doch Mr. Parker riss ihn aus seiner Starre und bestellte für seinen Anglerstammtisch Whiskey und Fish & Chips.

»Kannst du die Tische dort übernehmen? Die warten seit zehn Minuten auf ihre Rechnung.«

Ich kam seiner Bitte nach und schnappte mir aus der obersten Schublade der Theke das Kassierportemonnaie. »Sicher, Chef.« Ich zeigte ihm den Daumen.

»Bitte nenn mich nicht so.«

Das lief ja super zwischen uns. Ich biss mir auf die Unterlippe und ging meiner Arbeit nach.

»Und? Wie läuft es?«, flüsterte ich Zola zu, als ich die leeren Gläser vom Nachbartisch abräumte. Ihre Begleitung, James, war vorher natürlich schon einer genauen Begutachtung meinerseits durchlaufen. Er hatte blondes langes Haar, das er zu einem Knoten an seinem Hinterkopf zusammengebunden hatte. Zola hatte er unentwegt angelächelt. Er wirkte sehr angetan von ihr, doch das spiegelte sich nicht in ihrem Gesicht wider.

»Gut«, sagte sie schlicht und trank einen großen Schluck von ihrem Ginger Ale.

Ich wackelte mit den Augenbrauen. »Er wirkt sehr begeistert, wenn ich das mal so sagen darf.«

»Kann sein.« Sie wich meinen gespielten Anzüglichkeiten aus und starrte aus dem Fenster. Die Worte lagen mir bereits auf der Zunge, doch um des Friedens und Respekts Willen schluckte ich sie herunter. Genau in diesem Moment kam James von der Toilette zurück und schaute uns mit gerunzelter Stirn an.

»Hi, ich bin Sam«, stellte ich mich höflich vor und zeigte auf mein Namensschild an der Brust.

»Ach, Zolas Freundin. Hey, ich heiße James.« Er reichte mir die Hand.

Ich schüttelte sie kräftig, wie mein Dad es mir beigebracht hatte, und sah von ihm zu Zola. Sie sah aus, als hätte sie in eine Zitrone gebissen. Das schien auch James zu bemerken.

»Hey, alles in Ordnung bei dir?«

Zola schüttelte den Kopf.

»Ich glaube, ich bekomme Kopfschmerzen.« Ihre Lippen bildeten eine gerade Linie.

»Oh je«, machte ich und legte meine Hand auf ihre Schulter. Zola litt seit einigen Jahren an schlimmen Migräneanfällen. Sie kamen meistens ohne Vorankündigung und knockten sie völlig aus.

»Soll ich dich nach Hause fahren?« James setzte sich wieder auf seinen Platz.

»Ich bin ja selbst mit dem Auto hier«, gab sie zu bedenken.

»Du kannst mit Migräne nicht fahren, Zo. Was ist, wenn du Sehstörungen bekommst? Das ist bereits passiert.«

»Da hast du leider recht«, murmelte sie. Sie sah erst mich an, dann James. Sein Vorschlag gefiel ihr nicht, das spürte ich.

»Ich muss heute arbeiten, bis der Pub schließt, sonst

würde ich dich nach Hause bringen ... Oh, wie komme ich zurück nach Orono?«

»Wie wäre es, wenn ich Zola nach Hause fahre, und du fährst später ihren Wagen nach Orono?«

Ich erzeugte Blickkontakt mit Zola. James Plan würde ich, ohne zu zögern, canceln, wenn sie sich mit ihm unwohl fühlte. Wir wechselten vielsagende Blicke und sie nickte. »In Ordnung.« Sie stand direkt auf. »Ich verschwinde noch mal eben ... Hier sind die Schlüssel, Sam. Sei vorsichtig beim Rückwärtsgang, der klemmt oft.«

Ich nahm ihren Autoschlüssel entgegen. »Den werfe ich dir später in den Briefkasten?«

Sie schüttelte den Kopf. »Ich ruf dich morgen an und hole ihn mir ab.«

Ich verstand. Sie wollte reden. Ihr Gesicht wurde mit jeder Minute schmerzverzerrter. Es irritierte mich, denn meine Freundin machte stets auf harten Hund. Schmerz in ihren Zügen war ein ungewohnter Anblick. Sie verabschiedete sich mit einem milden Lächeln bei mir und verschwand in Richtung Damentoilette. Ich war mit James allein.

»Ich muss weiter, war schön, dich kennenzulernen«, verabschiedete ich mich.

Er nickte nur.

Mit voll beladenem Tablett wankte ich zur Bar und begann die klebrigen Gläser zu spülen. Mein Fuß pochte leicht und ich konnte den Abend an mir riechen. Eine Mischung aus verschüttetem Bier, Schweiß und Zigarettenrauch der Pubbesucher, die unsere Nicht-Raucher-Regel innerhalb der Innenräume missachteten. Der Schlüssel von Zolas Wagen fühlte sich schwer in meiner Hosentasche an. Ich konnte meine Gedanken nicht von ihr lösen. War sie so abweisend James gegenüber gewesen, weil sich ein Migräneanfall angekündigt hatte, oder lag ich mit meinem Bauchgefühl richtig und sie hatte keinen Bock auf diesen Typen. Ich blickte hoch und sah, wie er ihr in ihren pinken Mantel half. Mit Spülschaum an der Hand winkte ich den beiden zu. Daniel kam hinter den Tresen geeilt und schnappte sich ein Geschirrhandtuch.

»Was ein Abend«, stöhnte er.

»Beschwert sich der Wirt jetzt etwa, dass die Geschäfte gut laufen?«, neckte ich ihn.

Er stieß mir sachte in die Seite. »Vorhin war ich der Chef, jetzt bin ich der Wirt ...«, tadelte er mich und sein Lächeln wurde von Bitterkeit überzogen.

»Aber beides stimmt doch, oder? Wie soll ich dich denn sonst bezeichnen?«

»Wie wär`s mit ... Freund? Also Freund wie Freundschaft. Oder Daniel, sag doch einfach meinen Namen oder ...« Seine Hand wanderte in den Nacken.

Meine Zähne pressten sich in meine Unterlippe und ich trat von einem Bein auf das andere. Die Nervosität zwischen uns war beinahe greifbar.

»Wir sind doch noch Freunde, oder?«

»Natürlich sind wir das ... wenn du das noch willst«, schob ich hinterher. Auch wenn ich versuchte, seine verletzenden Worte beiseitezuschieben, sie hallten immer wieder in meinen Ohren nach.

»Natürlich will ich dich. Also DAS! Das, was zwischen uns ist! Äh, Freundschaft. Also ... Ich will dein Freund sein ...« Über das Gestammel wurde er tatsächlich rot.

Ich konnte nicht anders, als zu grinsen. Das war das merkwürdigste Klärungsgespräch, das ich jemals mit einem Mann gehabt hatte. Mein Mund war schon für eine Erwiderung geöffnet, als Patrice hinter Daniel auftauchte.

Sie hob kritisch eine Augenbraue. »Chef, kann ich jetzt

Feierabend machen?« Sie musterte mich von oben bis unten. Egal, was ich trug, immer kassierte ich ihren abwertenden Blick.

»Klar, ich habe nichts dagegen. Der Laden leert sich allmählich.« Daniel sah noch nicht einmal von dem Glas in seiner Hand hoch.

Patrice wartete einen Moment zu lang auf eine weitere Reaktion. Vermutlich auf Lob oder bestätigende Worte.

Ich wich ihrem Blick aus, denn die Situation war mehr als unangenehm.

»Dann geh ich jetzt«, sagte sie mit großen Augen, doch Daniel polierte das bereits staubtrockene Glas.

»Schönen Abend noch.« Er drehte sich zur Vitrine, um das Glas haargenau im Regal auszurichten.

Patrice funkelte mich böse an, als ich ihr ebenfalls einen schönen Feierabend wünschte, und schritt mit ihren endlos langen Beinen aus dem Schankraum.

Kapitel 25
Daniel

FAR FROM me

»Sie darf dich also Chef nennen?« Sam schob mit ihrer nassen Hand eine verirrte Locke hinter das Ohr, sodass ein bisschen Schaum an ihren glänzenden Haaren klebte. Wie automatisch wanderte meine Hand dorthin, um die kleinen Bläschen wegzuwischen. Ihre Augen waren weit geöffnet. Sie beobachteten genau, was ich tat. Sam stand so still, noch nicht einmal ihre Brust hob oder senkte sich.

»Patrice ist mir egal.« Ich war wie in Trance. Völlig fasziniert von der Weichheit ihrer Haare. Ich wusste, dass ihre Haut genau so weich war.

»Und ich bin dir nicht egal?« Unsere Blicke verschmolzen.

»Nein, du bist mir wichtig«, flüsterte ich und meine Augen hefteten sich an ihre Lippen.

»Letztens hast du mir das Gegenteil bewiesen.«

Meine Hand fiel wie ein gefällter Baum von ihrem Haar. Mir wurde der Raum um uns wieder bewusst. Realitätscheck. Wir waren im Pub. Hier saßen mindestens noch zehn Leute, die teilweise neugierige Blicke herüberwarfen.

»Sorry, was?« Ich blinzelte ein paar Mal.

»Wenn ich dir wichtig bin und wir Freunde sind, warum bist du dann so verschlossen mir gegenüber?«, wollte sie wissen und schob ihr Kinn nach vorne.

Das Flattern in meinem Magen erhob sich und strich über meine Eingeweide.

»Ich bin verschlossen?«

Sie kniff die Augen zusammen und zeigte mit dem Finger auf mich. Mein Ausweichmanöver war nicht geglückt.

»Das meine ich. Du antwortest nicht. Du machst dicht«, rief sie und schmiss die Hände in die Luft.

Perplex starrte ich sie an und schüttelte den Kopf. *Wie konnte diese Situation schon wieder so ausufern?* Schweißperlen bildeten sich auf meiner Stirn und in meinen Handflächen.

»Ich …«, setzte ich an, doch sie unterbrach mich direkt.

»Weißt du Daniel«, begann sie und entfernte sich von mir, »Ich möchte nicht mit dir streiten. Wir sind Freunde, das ist in Ordnung. Aber bitte sag nicht immer Sachen, bei denen ich vermuten könnte, dass mehr zwischen uns ist.« Mit diesen Worten schmiss sie die Spülbürste auf die Anrichte, zog den Stöpsel des Spülbeckens und ließ mich stehen.

Worte stiegen meine Kehle hinauf, verebbten jedoch in meinem Mund. Das Wasser im Waschbecken bildete einen Strudel und versiegte. Die Mischung aus Schuld und Wut, die ich empfand, ballte sich und gesellte sich zu dem Flattern in meiner Magengegend. Hektisch wischte ich mir durch die Haare und sah, dass einer der Stammgäste, der alte Louis, mich zu sich winkte.

Die letzte Stunde zog sich zäh wie Käse und endete damit, dass ich Louis den Schlüssel seines Pick-ups abnehmen musste. Jasper und ich steckten ihn trotz Geschrei und Gegenwehr in ein Taxi. Als Belohnung gingen wir in die Küche und genehmigten uns ein Bier. Erst nach Feierabend war das für das Personal gestattet und ich hielt mich ebenfalls strikt an diese Regel.

»Wo ist Sam?« Sie war nicht, wie sonst zum Feierabend in der Küche. Normalerweise aß sie noch einen Snack nach der Schicht oder trank ein Bier mit.

»Sie meinte, dass sie noch Sachen zusammenpacken muss und dann nach Orono zu den Kindern fährt.« Jaspers Haare klebten an seiner Stirn und die schwarze Schürze, die er immer trug, war mit Soßenspritzern und fettigen Flecken übersät.

»Oh«, machte ich nur und sah in meine Flasche. Viel hatte ich noch nicht getrunken. Entschieden stellte ich das Bier zur Seite und checkte die Uhrzeit an der Wanduhr.

»Kannst du abschließen, Jasper? Ich muss noch was erledigen.«

»Klar, kein Problem.«

Ich spürte seinen Blick in meinem Nacken. Zügig nahm ich den Schlüssel aus dem Kästchen neben der Tür und steckte ihn in meine Hosentasche. »Wir sehen uns morgen«, verabschiedete ich mich von ihm und versuchte, sein Grinsen zu ignorieren.

»Grüß sie von mir«, rief er mir hinterher, als ich in den Flur ging. Ich hob die Hand und zeigte ihm den Stinkefinger, was ihn zum Lachen brachte. Schnell knipste ich das Licht für den Seiteneingang an, trat hinaus, schloss mein Fahrrad auf und trat in die Pedale. Es war bereits stockfinster und die Straßenlaternen strahlten mit dem Leuchtturm in der Ferne um die Wette. Der Nieselregen sorgte dafür, dass die Jeans an meinen Oberschenkeln aufweichte und an meiner kalten Haut klebte. Doch das war alles egal. Ich musste mich beeilen, denn ich wollte Sam auf keinen Fall verpassen.

Verschwitzt und schwer atmend kam ich vor dem hellblau verkleideten Haus, in dem sich ihre Wohnung befand, an. Im obersten Stock brannte Licht. Ich atmete erleichtert aus. Das Fahrrad lehnte ich achtlos gegen den Zaun am Straßenrand und rannte zum Eingang. Mein Finger schwebte über der Klingel und die Buchstaben darauf brannten sich in meine Augen. Ich kann nicht, schoss es mir in den Kopf. Wieder einen Schritt zurück. Ich blickte hoch und wünschte, sie würde aus dem Fenster gucken. *Konnte sie nicht den ersten Schritt machen? Aber das hatte sie ja schon! Ich stand hier vor ihrer Wohnung. Erfüllte ich damit nicht die Erwartungen, die diese furchtbaren, romantischen Komödien in den Köpfen ganzer Generationen hinterlassen hatten? Ich wusste nicht, was ich ihr überhaupt sagen wollte. Und wieso hatte ich keinen Subwoofer dabei? Ein selbst gestaltetes Mixtape?* Das war nicht das, was Sam brauchte. Sie verdiente Ehrlichkeit, Aufrichtigkeit und Vertrauen. Ich schloss die Augen und trat wieder auf die Tür zu. *Drück doch einfach diese bescheuerte Klingel!* Das Flattern, was mich immer begleitete, wenn ich an Sam dachte oder ihr nahe war, wurde zu einem Wirbelsturm. Ich lehnte meine Stirn an das kühle Holz der Wand. Meine Gedanken drifteten in dunkle Gefilde ab. Sie ist zu gut für mich, dachte ich und ballte die Hände zu Fäusten. Ich bin nur ein Loser, der in einem Pub arbeitet, der ihm nicht gehört. Der gerade so viel verdiente, dass er davon leben und seinen Verpflichtungen nachkommen konnte. Sam war engagiert und würde sicherlich erfolgreich werden. Und nicht nur das, denn sie war auch emotional und reflektiert. Sam wollte eine echte Beziehung mit Ehrlichkeit und Vertrauen … Und das konnte ich ihr nicht bieten.

Langsam öffnete ich meine Augen und schluckte ein paar Mal. In Zeitlupe entfernte ich mich von der Eingangstür und kehrte zu meinem Fahrrad zurück. Ich konnte ihr meine Abgründe nicht offenbaren, sie würde noch nicht einmal mehr mit mir befreundet sein wollen. Dann würde ich sie ganz verlieren. Und das wäre mein Untergang. Zitternd nahm ich den Lenker in die Hände, schwang mein Bein über das Rad und saß auf. So lief das in den romantischen Komödien nicht. Während ich durch den Regen zurückfuhr, spukte ein Wort in meinen Gedanken umher. *Feigling.*

Kapitel 26
Sam

Der beissende Geruch von Desinfektionsmittel stieg mir schon beim Betreten des Krankenhauses in die Nase. Es gab schönere Beschäftigungen als nach einem vollgeladenen Unitag in einer Klinik abzuhängen. Doch Luise hatte Priorität und ein wenig freute ich mich, auch sie wiederzusehen. Nur das Krankenhausambiente hätte ich nicht gebraucht. Es war das erste Treffen ohne die Kinder, die sie verständlicherweise sonst voll in Beschlag nahmen. Routiniert wanderte ich durch die Gänge, die in den letzten beiden Wochen zu meinem zweiten Zuhause geworden waren. Es sollte zur Normalität geworden sein, doch eine Gänsehaut kroch bei all den Geräuschen und Menschen in Kitteln meinen Nacken hinauf. Immer wenn es die Zeit zuließ, besuchten wir Luise, die mittlerweile gute Fortschritte machte. Vor ihrem Zimmer, natürlich ein Einzelzimmer, weil mein Dad, nach den ersten Tagen und der eher unangenehmen Erfahrung mit einer Zimmernachbarin, darauf bestanden hatte, atmete ich einmal tief ein und klopfte behutsam an die Tür.

»Herein«, ertönte ihre glockenhelle Stimme und ich trat ein. »Sam.« Sie lächelte, doch es erstarb, als sie registrierte, dass ich allein war. »Wo sind Emilia und Matteo?«

»Dad und ich haben gedacht, dass die beiden mal Ablenkung gebrauchen könnten«, erklärte ich ihr und machte mich auf ein Donnerwetter gefasst. Doch es blieb aus. Sie starrte auf die Tür hinter mir und wirkte in ihren eigenen Gedanken versunken.

»Sie machen heute mit ihm einen Ausflug auf dem Boot, denn er möchte ihnen den Hafen von Bar Harbor zeigen.« Sie nickte abwesend.

Ich ging weiter in den Raum, nahm mir den Besucherstuhl und schob ihn direkt neben ihr Bett. »Luise, wie geht es dir?«

»Ich will hier raus.« Sie war nicht mehr dieselbe Frau wie vor dem Unfall und der Operation. Das Haar glänzte nicht mehr, wirkte stumpf und Pickel überdeckten ihr Gesicht. Doch es war nicht nur das Äußere. Auch in ihr hatte sich etwas geändert. Es fiel mir zwar schwer, meine Schwester zu durchschauen. Wir hatten einfach zu wenig Kontakt in den letzten Monaten gehabt. Aber ihr Charme war verschwunden. Einzig bei ihren Kindern blühte sie noch auf. Doch nun, hier, nur wir zwei. Sie war angeschlagen. Nicht mehr in ihrer Mitte. Und es schmerzte mich, sie zu sehen. Ich wünschte mir, ich könnte ihr einen Teil des Schmerzes nehmen. Aber ich wusste nicht wie. Und überhaupt, wir waren keine Freundinnen mehr. Früher vielleicht, aber jetzt war da eine hohe, unüberwindbare Mauer aus falschen Versprechen, Neid und Unehrlichkeiten zwischen uns.

»Ich weiß«, sagte ich nur und blickte auf ihre Hand. Gerne würde ich sie einfach nehmen, doch die unsichtbare Barriere zwischen uns zerdrückte mich beinahe. »Aber die Ärzte sagen, dass es zu früh ist. Sie meinen, dass du auf dem

Weg der Besserung, aber noch nicht vollständig wiederhergestellt bist.«

Sie winkte ab. »Das haben die mir auch schon erzählt, Sam.« Meine Unterlippe rollte sich nach außen und ich betrachtete die rot-goldenen Bäume draußen vor dem Fenster.

»Es ist furchtbar langweilig und nervig hier drin«, beschwerte sich Luise.

Ihre Ungeduld brachte mich zum Schmunzeln. Nicht, weil ich sie gerne leiden sah, sondern weil sie wieder mehr nach sie selbst klang.

»Ach Luise, dein Körper braucht halt Zeit.«

»Klar, du bist die Geduldige von uns beiden«, rief sie und kniff die Augen zusammen.

»Ich beschwere mich immerhin nicht über meine jetzige Situation«, entgegnete ich und verschränkte die Arme vor der Brust.

»Du liegst auch nicht im Krankenhaus.« Sie nahm mir den Wind aus den Segeln. Ganz hinten in meinem Kopf wollte eine böse Stimme ihr sagen, dass ich aber auf zwei Kinder aufpassen musste, die nicht meine eigenen waren. Doch ich konnte diesen Einwand schnell zurückschieben und begraben. Schluss mit den Streitereien zwischen uns.

»Das stimmt. Vielleicht musst du einsehen, dass du deine aktuelle Situation nicht kontrollieren kannst«, schlug ich vor und versuchte mich an einem Lächeln.

»Oh, danke für den super Tipp. Vielleicht solltest du den mal selbst beherzigen, Schwesterherz.«

Ich hatte es versucht. Wirklich. Aber sie war ein Tier in Gefangenschaft, das wild um sich biss. Dafür hatte ich keine Kraft. Ich verzog das Gesicht. Der Stuhl knarzte, als ich mich zurückschob und aufstand. »Was soll das Luise? Suchst du Streit?«

»Natürlich nicht.« Da war kein Blickkontakt zwischen uns, sodass ich erkennen konnte, ob sie es ernst meinte. Sie starrte an die Decke. Ihre Gesichtszüge waren unergründlich.

»Ich meine es doch nur gut«, versuchte ich ihr klarzumachen. Diesmal knarrte der Stuhl, weil ich mich auf ihn niederließ. Schweigen hing in der Luft. Ich betrachtete eingehend meine Fingernägel.

»Ich auch, Sam.« Nun sah sie mich an. Ihre Augen glänzten, ihr Blick war tief wie der Ozean. »Wir sind uns sehr ähnlich, weißt du?« Sie legte ihren Kopf seitlich auf das weiße Kissen.

Diese Worte lösten Widerstreben in mir aus. »Ich glaube kaum«, widersprach ich und schüttelte amüsiert den Kopf. »Du hast nie das Gefühl, hilflos zu sein, wenn du nicht genau weißt, was vor sich geht? Du fühlst dich nicht total schlecht, wenn du nicht über alles Kenntnis hast? Du wirst nie unangenehm, wenn dich jemand vor vollendete Tatsachen stellt oder in die Ecke drängt?«

Mein Herz. Es machte einen kleinen Hüpfer, dann schlug es so schnell weiter, als würde es einen Wettlauf gewinnen wollen.

»Wir sind Kontrollfreaks, Sam.« Ihr Lächeln war aufrichtig. Das war keine Beleidigung.

Ich wollte ihre Aussage relativieren, brach aber ab. Unsicher wich ich ihrem Blick aus, denn ich wusste nicht, in welche Richtung dieses Gespräch noch führen würde.

»Wir haben kein Vertrauen. In niemanden – noch nicht mal in uns selbst. Das ist unser größtes Problem.« Sie sah mich noch immer an, doch ich hatte nicht den Mut, ihrem wissenden Blick zu begegnen. »Wir vertrauen den Menschen nicht, weil wir vom Leben enttäuscht wurden. Wir haben auf

Ärzte und Krankenhäuser vertraut und wurden im Regen stehen gelassen.«

Ein Kloß schlummerte in meinem Hals, bereit dafür meinen Rachen zu blockieren. Ich schluckte an ihm vorbei und presste meine Fingernägel in meine Handinnenflächen.

»Wir vertrauen unserem Dad nicht, weil er nach Moms Tod gegangen ist. Und wir vertrauen auch uns gegenseitig nicht, obwohl wir Schwestern sind. Wir vertrauen niemanden und deswegen sind wir eigentlich immer allein.«

Tränen brachten meine Nase zum Kribbeln. Ich dachte an meine Mom, wie sie leblos in ihrem Bett lag. Und an meinen Dad, wie er direkt nach der Beerdigung auf dieses verdammte Boot stieg und auf dem Meer verschwand. An meine Schwester, die auf einmal meilenweit von mir entfernt wirkte. Und zuletzt an Daniel, der mich verletzt ansah, als ich ihn im Pub stehen ließ. Tränen liefen mir die Wangen herunter und mir wurde bewusst, dass ich meiner Schwester ähnlicher war, als ich gedacht hatte.

»Ist diese Erkenntnis der Grund für den Kontakt mit Alberto?«

»Wovon redest du?« Sie sah mich an, als hätte ich sie geohrfeigt.

Ich hob die Hände. »Jetzt flipp nicht aus. Als du den Unfall hattest, habe ich mit Matteo auf deinem Handy Bilder angeschaut. Mir ist der Chat aufgefallen.«

Sie rappelte sich stöhnend auf. Sofort war ich an ihrer Seite und half ihr hoch.

»Luise, bitte.« Ich ließ ihren Arm los, denn sie schüttelte mich ab.

»Lass das, ich kann das allein.«

Mit ihr würden meine Augen eines Tages verdreht stehen bleiben, so oft rollte ich mit ihnen in ihrer Gegenwart. »Wir sind nicht nur ungeduldig, kontrollsüchtig und misstrauisch … Du hast bei deiner Auflistung noch stur vergessen.«

Ihre harten Gesichtszüge schmolzen zu einem Grinsen. »Da hast du recht.« Sie nahm einen Schluck von ihrem Becher, der auf dem Nachttisch neben ihr stand.

»Wer weiß noch davon?«, hakte sie nach.

»Niemand«, beteuerte ich und hob die Finger zum Schwur wie wir es als Kinder getan hatten.

»In Ordnung.« Ein seltenes Phänomen, meine Schwester suchte nach Worten. »Und ja, du hast recht.« Sie strich über ihr zerknittertes Krankenhaushemd. »Ich versuche, an meinen Vertrauensproblemen zu arbeiten und loszulassen. Das solltest du auch mal versuchen. Du bist noch ein paar Jahre jünger, also lerne von deiner Schwester. Mach nicht dieselben Fehler wie ich. Versuch, nicht alles zu zerdenken und kontrollieren zu wollen.«

Hitze breitete sich in meinem Gesicht aus. Es war lange her, dass wir so aufrichtig miteinander gesprochen hatten. Es war ein Gespräch zwischen Schwestern, nicht zwischen Konkurrentinnen.

»Du musst den Menschen um dich herum vertrauen, damit du wirklich tiefe Beziehungen aufbauen kannst.«

Ihr Blick glühte. Ich konnte mich ihm nicht mehr entziehen. Und dann verschwamm alles. Ich nahm ihr Gesicht kaum wahr, denn ich sah nur ihn vor mir.

»Du sagst das so einfach. Das ist es aber nicht.«

»Natürlich nicht. Aber du musst dafür kämpfen«, war sie sich sicher und lächelte.

Mehrere Minuten verstrichen. Luise schien in ihren eigenen Gedanken versunken zu sein, während ich versuchte, ihre Worte zu verarbeiten. Ich konnte die Selbstzweifel nicht ignorieren. *Was, wenn ich Daniel Unrecht getan hatte? Wir kannten uns seit Jahren, hätte ich ihm nicht einen Vertrauensbonus gewähren können? Ja, er war unehrlich zu mir gewesen, doch er hatte sich bei mir entschuldigt. Er war verdammt noch mal hier im Krankenhaus gewesen und hatte meine Hand gehalten. Ja, er verbarg etwas vor mir. Aber was gab mir überhaupt das Recht, alles von ihm erfahren zu wollen?* Ich atmete tief ein. Egal wie sehr ich es versuchte, er war immer in meinen Gedanken. Ich war schon früher verknallt gewesen, aber bei ihm war es anders. Daniel war mir wichtig. Ich wollte eine tiefe Beziehung. Ich wollte nicht mehr allein sein. Ich wollte ihn.

Meine Aufmerksamkeit glitt zu meiner Schwester zurück, die regungslos in ihrem Bett lag. Erschrocken stand ich auf, doch da hörte ich ein leises Schnarchen. Vorsichtig stellte ich den Stuhl zurück, legte das Buch, was ich ihr mitgebracht hatte, auf den Tisch und wollte das Zimmer verlassen. Doch diesmal entschied ich mich gegen Misstrauen und Zweifel. So sanft es mir möglich war, nahm ich ihre Hand in meine und genoss den Moment der Verbundenheit. Dann verließ ich das Zimmer. In meiner Brust trug ich ein leichteres Herz. Ein Schwesterherz.

Kapitel 27
Sam

Mit jedem Schritt, den ich auf der Stelle lief, peitschte mein Zopf von links nach rechts. Der kalte Wind zog unter meine Trainingsjacke. Ungeduldig checkte ich ein weiteres Mal die Uhrzeit und seufzte. Simon, der Postbote, fuhr auf seinem klapprigen Fahrrad an mir vorbei. Ich hob zum Gruß die Hand.

»Samantha, warum läufst du nicht einfach? Warum dieses Gezappel?«

Ich zog den Reißverschluss meiner Jacke ein Stück höher. »Ich warte auf jemanden«, rief ich über die Straße hinweg und er schüttelte grinsend den Kopf, während er wieder in die Pedale trat.

Er hätte schon längst hier vorbeilaufen müssen ... Ich fischte das Handy aus meinem Joggingarmband und prüfte Jaspers Nachricht zum zweiten Mal. Ich kannte Daniels Joggingroute grob, doch ich hatte mich bei Jasper vergewissert. Vor einer halben Stunde hatte er mir Bescheid gegeben, dass Daniel sich auf den Weg gemacht hatte. Meine Berechnungen waren sehr präzise. Alles war genau geplant. Ganz hinten in meinem Kopf flüsterte eine leise Stimme *Stalker. Überschritt ich eine Grenze?* Ich wollte ja nur mit ihm reden. Einen richtigen Streit hatte es zwischen uns nicht gegeben und wenn ich Jaspers Worten Glauben schenken konnte, bereute Daniel die Spannungen zwischen uns. *Wir wollten dasselbe, oder?* Ich wusste genau, was ich wollte.

Zu dem klatschenden Geräusch meiner Füße gesellte sich ein weiteres Paar. Daniel war ziemlich schnell auf der Main Street unterwegs und würde gleich auf die Wayman Lane abbiegen. Ich lief endlich vorwärts und beschleunigte mit jedem Schritt das Tempo. Um ihn einzuholen, musste ich Gas geben. Es sollte trotzdem natürlich wirken. Nicht wie ein Wettrennen, sondern wie zwei Sportbegeisterte, die sich zufällig trafen. Gerade als mein Blick von unten nach oben wanderte und ich mich selbst dabei erwischte, wie ich den Anblick seines Körpers in dem engen Laufshirt und der Jogginghose genoss, blickte er über die Schulter. Mit einem Mal kam mir mein Plan absolut bescheuert vor. Ohne genau zu wissen, was ich tat, blieb ich stehen, drehte mich um und wechselte die Richtung. Ich rannte vor ihm weg. Fuck, fuck, fuck! Ich griff mir an die Stirn und schüttelte den Kopf. Der Feigling in mir hatte gesiegt. Trotz der Ansprache meiner Schwester war ich ins Wanken geraten.

Schritte erklangen auf dem Asphalt. Das Platschen der Füße, die nicht meine waren, wurde schneller. Genau der Takt, in dem mein Herz schlug.

»Sam? Hey.«

Ich zog den Kopf ein, als könnte er mich so nicht sehen. »Hey! Läufst du vor mir weg? Ist das dein Ernst?« Seine Stimme klang rauer als sonst.

So konnte ich ihn unmöglich stehen lassen, also bremste

ich abrupt ab, weshalb er in mich hineinknallte. Wir taumelten beide und stießen mit den Köpfen zusammen.

»Verdammt!«

»Sorry, ich …« Ich musste abbrechen, denn mir fiel keine gute Ausrede ein.

»Bist du gerade vor mir weggelaufen?«, wollte er mit schmerzverzerrtem Gesicht wissen. *War der Zusammenprall so heftig gewesen?* Das konnte nicht sein, denn mir pochte nur ganz leicht der Hinterkopf.

»Quatsch. Nein … Ganz im Gegenteil«, stammelte ich und seufzte. Mein Mut-Anfall war verschwunden. Ich stand vor ihm ohne Notfallplan oder Erklärung.

»Im Gegenteil? Also bist du mir hinterhergelaufen?«, fragte er mit erhobenen Augenbrauen.

Hitze stieg in mir auf. »Ne, also …«, versuchte ich mich herauszureden, doch er unterbrach mich.

»Warum joggst du überhaupt? Was ist mit deinem Knöchel?«

»Meine Schiene ist weg. Der Doc hat grünes Licht gegeben«, verteidigte ich mich und verschränkte die Arme vor der Brust.

Daniels Blick blieb kritisch. Ganz im Unrecht war er nicht. Der Arzt hatte zu Spaziergängen und Yoga grünes Licht gegeben. Von Joggen war noch nicht die Rede gewesen. Aber das hier war eine Ausnahme.

»Und du läufst zufällig zur selben Uhrzeit dieselbe Strecke wie ich?« Er verschränkte ebenfalls die Arme, doch seine Züge wurden milder. *Hatte er mich durchschaut?*

»So zufällig war das vielleicht nicht«, gab ich zu und starrte auf meine dunkelblauen Laufschuhe.

»Warum?«

»Ich wollte mit dir sprechen«, sagte ich lahm.

»Du hättest auf der Arbeit mit mir sprechen können.« Er fasste sich an die Stirn und verzog wieder das Gesicht. Eine etwa zwei Zentimeter große Stelle links über seinem Auge war knallrot und wölbte sich.

»Unter vier Augen. Ohne Publikum«, presste ich hervor und versuchte so, mich meinem ursprünglichen Plan anzunähern. Ich musste das durchziehen, sonst würde ich es bereuen.

»Aber das hätten wir ...«, setzte er an, aber nun unterbrach ich ihn.

»Ich versuche, dir etwas Wichtiges zu sagen.« Ich wappnete mich, sog so viel Luft in meinen Brustkorb, wie hineinpasste. »Ich möchte mich dafür entschuldigen, dass ich nachtragend war ... Dass ich deine Entschuldigung nicht wirklich angenommen habe und es dir, mal offensichtlich, mal insgeheim, vorgeworfen habe. Es immer wieder hochgeholt habe.« Bisher hatte ich vermieden, ihn anzusehen. Hatte einfach weiter den nassen Asphalt angesehen. Doch jetzt sah ich hoch.

Sein Blick ruhte auf mir. »Sam, bitte entschuldige dich nicht. Ich bin der, der Mist gebaut hat.« Er trat einen Schritt auf mich zu.

»Wir haben uns beide mies verhalten. Es war fies von mir zu bezweifeln, dass ich dir wichtig bin. Du warst im Krankenhaus für mich da.«

Seine Augen glänzten und er nahm meine Hand in seine. »Du bist mir wichtig, Sam.«

Ich nickte. »Ich glaube dir.« Die Wärme seiner großen Hände drang in meine Haut ein und bereitete mir ein wohliges Gefühl.

»Und tust du es jetzt?«, wollte er wissen.

Ich löste die Verbindung unserer Blicke. »Hm?«

»Verzeihst du mir?«

»Ja, das tue ich«, sagte ich und verringerte die Distanz zwischen uns.

»Und was bedeutet das?«, fragte er so leise, dass ich es durch den Wind kaum hören konnte.

»Küss mich.«

Er hob die Augenbrauen. »Sam, du hast gesagt, dass du nur eine Freundin für mich sein möchtest.«

Ich biss mir auf die Unterlippe. Unsere Gesichter waren sich so nah, dass ich jede Bartstoppel genau betrachten konnte. Meine Lippen glühten. Ich wollte seine auf meinen. Jetzt.

»Manchmal rede ich totalen Unsinn«, keuchte ich. Mein Körper war steif vor Kälte und Anspannung.

Er sah mich nur an, suchte nach Zustimmung in meinen Augen. Es reichte mir. Ich zog an dem Saum seines Shirts. Das schien ihm zu gefallen, denn er grinste schief. Und dann lehnte er sich endlich zu mir, seine Lippen ganz nah an meinen. Voller Erwartung schloss ich die Augen. Ich war bereit für meinen Spiderman-Mary-Jane-Moment im Regen. Sanft streiften seine Lippen über meine. Und dann zog er sich zurück.

»Bist du dir …«, konnte er sagen, bis ich die restlichen Worte mit einem Kuss erstickte.

Es war eine Erlösung für meinen ganzen Körper. Meine Arme, Beine, mein ganzer Oberkörper wurden weich, als er seine Hände in meine Haare schob und mich an sich zog. Er war warm, strahlte eine Hitze aus, in der ich mich zusammenrollen wollte. Hungrig eroberte ich mit meiner Zunge seinen Mund. Ich wollte mehr. Um seinen harten Körper noch intensiver zu spüren, schlang ich meine Arme um ihn und schob meine Hände auf seinem Rücken unter seinen Pullover.

Er zischte, als meine kalten Finger auf seine warme Haut trafen.

»Sam, du …«, sagte er zwischen zwei Küssen, doch ich schmiegte mich an ihn.

Die Muskeln seines Rückens spannten sich unter meinen Berührungen an. Auch das reichte mir nicht, deshalb wanderten meine Hände weiter nach unten.

Er packte sie und tackerte sie an einer harmlosen Stelle fest. Mit kleinen Küssen bahnte er sich einen Weg zu meinem Ohr und verharrte dort. »Sam, wir sind mitten auf der Straße. Ich will es. Oh Gott, bitte glaub mir. Ich sehne mich danach. Aber wenn du so weitermachst, kann ich für nichts mehr garantieren. Öffentliche Straße hin oder her«, wisperte er in mein Ohr.

Mir war nicht mehr kalt. Hitze feuerte durch meinen ganzen Körper. Mit diesen Worten hatte er mich in den Hochsommer katapultiert.

»Oh«, machte ich und brachte einen Sicherheitsabstand zwischen uns.

»Jupp«, machte er und legte seine Hand in den Nacken. Seine Gestik war wie die eines kleinen Jungen, der Mist gebaut hatte. Doch der Rest war … Männlich. Und sexy. Das machte seinen Blick verwegen.

»Heute Abend.«

Seine Augenbrauen wanderten zu seinem Haaransatz. »Okay«, zog er das Wort wie Kaugummi.

»Oh Gott, nein, das meinte ich nicht«, rief ich und schlug mir eine Hand vor den Mund.

»So ein schlechter Küsser bin ich?« Er lachte.

»Nein! Um Himmels willen, nein! D…du bist ein toller Küsser …« Ich verstummte, denn meine Worte ergaben keinen Sinn. Ich schmeckte ihn noch auf meinen Lippen. Wir standen uns gegenüber, so nah, dass der Wind sich mit unserem Atem mischte.

Daniel schien sich über meine Verwirrung zu amüsieren.

»Du bist ein Fiesling«, beschwerte ich mich und stemmte eine Hand in die Hüfte. Das ließ seinen letzten Rest Ernsthaftigkeit bröckeln. Er lachte und stupste mit dem Zeigefinger meine Nase an. Ich schlug seine Hand weg. Warum hatte er überhaupt aufgehört, mich zu küssen? Wenn meine Lippen beschäftigt waren, konnte ich mich nicht in die nächste Peinlichkeit hineinmanövrieren.

»Wenn du nicht so von dir selbst überzeugt wärst und dich nicht auf meine Kosten amüsieren würdest, hätte ich einen Vorschlag. Schade, dann habe ich wohl umsonst eingekauft.« Ich funkelte ihn an.

»Was hast du denn eingekauft?« Er provozierte mich. Und es gelang ihm. Ich hatte die Lebensmittel gemeint, doch nun dachte ich nur an die Packung Kondome, die ich ebenfalls mitgenommen hatte.

»Essen natürlich. Ich wollte heute Abend für dich kochen, du Heini.« Ich presste die Lippen aufeinander.

Meine skurrile, deutsche Beleidigung ließ sein Gesicht erstrahlen. »Ist das dann ein Date?«

»Es wäre ein Date, wenn du nicht so ein ...«, bestätigte ich ihm, doch er sprach dazwischen.

»Heini wärst?«

Wie er dieses Wort mit einer Mischung aus amerikanischem und irischem Akzent sagte, brachte mich zum Prusten. Ich konnte unser Gespräch nicht mehr ernst nehmen. *Wie konnte es sein, dass er mich immer zum Lachen brachte? Dass ich mich bei ihm, auch trotz Reibereien, wohlfühlte.*

»Hat der Heini Zeit? So gegen sieben Uhr?«

»Der Heini wird es sich einrichten.« Er schenkte mir ein breites Lächeln.

Kapitel 28
Daniel

»Kann ich wirklich gehen?«

Jasper nickte genervt. »Ja, du kannst gehen. Bitte hau ab! Du machst mich mit deiner Hibbeligkeit ganz nervös«, beklagte er sich und schüttelte den Kopf. »Wohin gehst du, dass du so fahrig bist?« Er versuchte mich ein weiteres Mal auszuquetschen, doch ich schwieg wie ein Grab.

Niemals würde ich den anderen ohne Sams Zustimmung von unserem Date erzählen.

»Ein Geheimnis, schon verstanden«, sagte der Hüne und zwinkerte mir zu.

»Bitte kontrolliere alle Schlösser nach dem Schließen, der Mechanismus vorne hakt und …«

»Raus jetzt hier!« Er deutete mit dem Pfannenwender auf die Tür.

Ich machte, dass ich aus der Küche kam.

Die kühle Abendluft empfing mich und wurde in verschiedenen Blautönen erhellt. *Blaue Stunde* hatte Sam diese Dämmerungszeit letztens genannt. Diesmal nahm ich den

Jeep, denn ich wollte nicht verschwitzt bei ihr ankommen. Die Fahrt war angenehm. Ich ließ die Fenster ganz hinunter und machte meinen Lieblingssong von The Kooks an. Der Wind von heute Mittag hatte sich untypisch für diese Jahreszeit gelegt und ließ den Himmel ausnahmsweise friedlich erscheinen.

Kurz hielt ich inne als ich vor ihrem Haus stand. Zuletzt hatte ich hier aufgegeben. Jetzt war ich wieder hier. Kritisch blickte ich an mir herunter und zweifelte meine Kleiderwahl an. Sam war stets schick gekleidet und wir bildeten einen merkwürdigen Kontrast, denn ich lief meistens im Holzfällerhemd und Jeans herum. Für unser Date hatte ich ein weißes Hemd herausgegraben. *War es lächerlich, dass ich sie begeistern wollte?*

Das Flattern stieg wieder in meinem Magen auf. *Diesmal kein Rückzieher. Reiß dich zusammen, Alter!* Bevor ich es mir anders überlegen konnte, klingelte ich bei ihr.

Die Gegensprechanlage knackte und ihre Stimme erklang: »Ja?«

»Hier ist Daniel.«

Der Türöffner summte und ich stieß die schwere Tür auf. Im Flur wurde das Licht angeknipst und ich marschierte die vielen Stufen hinauf. Als ich auf dem Absatz um die Ecke bog, blieb ich stehen. Sam stand in der Tür und lächelte mich an. Sie trug eine weinrote Bluse und einen kurzen, sehr kurzen, schwarzen Rock. Er zeigte ihre unglaublich langen, nackten Beine. Wie ein Trottel gaffte ich ihre strahlende Haut an.

»Daniel?«

Ich riss meinen Blick los. »Hi«, begrüßte ich sie und lief zu ihr. Immer wieder saugten sich meine Augen an diesen Beinen fest. Als ich ihr den kleinen Blumenstrauß reichte, konnte ich meinen Augen nicht trauen. Sie trug zu diesem

Outfit riesige Pantoffeln, die gleichzeitig plüschige Hundeköpfe waren. »Interessante Schuhwahl.« Ich grinste.

Sie nahm den Blumenstrauß entgegen. »Sorry, aber wenn ich zuhause koche, möchte ich es gemütlich haben.« Sie betrachtete die vielen, kleinen Blüten ganz genau und hielt ihre Nase in den Strauß. »Wow, der duftet himmlisch.«

»Das sind die Kamillen.« Sie glühte vor Schönheit und ich hatte Probleme, ihren Worten zu folgen.

»Danke, das ist total lieb von dir«, sagte Sam und lehnte sich zu mir. Ihre weichen Lippen legten sich für einen winzigen Augenblick auf meine rechte Wange.

Ich schloss die Augen. Ihr Duft harmonierte mit dem Blumenstrauß und bereitete mir eine angenehme Wärme in der Brust. Das Flattern ließ nach und ich konnte endlich die Anspannung in mir loslassen.

»Komm rein.«

Ihr Apartment bestand aus einem Flur, einem winzigen Badezimmer und einem Zimmer, das vollgestopft war mit Akten, Büchern und einer riesigen Pflanze. So weit war ich noch nie im Inneren gewesen, hatte immer höflich im schmalen Flur gewartet, doch heute durfte ich in das Herz der Wohnung. Ich betrachtete die Fotocollagen von Logan, Zola und ihr und die verschiedenen Fotografien ihrer Familie und Orte, die ich nicht kannte.

»Das ist in Deutschland«, klärte sie mich auf und zeigte auf das Foto einer Kuh. »Das ist meine Lieblingskuh bei meiner Oma gewesen.« Sie lachte, als wäre es ihr peinlich. Dabei war sie einfach nur interessant, wunderschön und in ihrem Element. »Das ist der Hof meiner Großeltern und hier ist das Dorf, in dem ich einen Teil meiner Kindheit verbracht habe.« Mit dem Finger strich sie behutsam über die Bilder.

»Es sieht dort wunderschön aus«, bemerkte ich und trat

näher an ein Bild von einem Holzschuppen mit vielen kleinen Katzen, die davor spielten.

»Ist es wirklich.«

Neugierig schritt ich weiter durch ihr Apartment. Sie beobachtete mich.

»Ist es okay, wenn ich mich umschaue? Ich war noch nie hier.« Ihre Augen waren so weit geöffnet, dass ich mir Sorgen machte.

»Schon okay … Es ist nur ein bisschen komisch. Mein Zimmer ist so intim«, sagte sie mehr zum Boden als zu mir.

Auf keinen Fall wollte ich eine Grenze überschreiten oder ihr das Gefühl geben, dass ich ihre Privatsphäre ausnutzen wollte. »Wir können auch woanders hingehen«, schlug ich vor, doch sie schüttelte den Kopf.

»Nein! Ich hab doch extra gekocht«, warf sie ein und schlug sich dann die Hand vor den Mund. »Die Bratkartoffeln!« Sie rannte zur Küchenzeile. Schwungvoll riss sie die Ofentür auf und ein himmlischer Duft nach verschiedenen Gewürzen und Zwiebeln erfüllte innerhalb von Sekunden den kleinen Raum.

»Wow, Bratkartoffeln?«

Sie nahm einen Backhandschuh und zog das Blech mit der dampfenden Schale voller dünner, krosser Kartoffelscheiben aus dem Ofen. Unwirsch wedelte sie mit einem Handtuch durch die Luft, um den Qualm zu vertreiben.

»Ich wollte sie warmhalten, deshalb habe ich sie aus der Pfanne genommen und in den Backofen gegeben. Jetzt sind sie ein bisschen zu kross geworden.« Mit zusammengekniffenen Augen stöhnte sie.

Ich warf einen Blick auf die Kartoffeln. Sie sahen perfekt aus. »Es kann nie kross genug sein. Soll ich dir helfen?«

»Gerne.« Sam reichte mir den Handschuh, ich nahm die

Schale vom Gitter und stellte sie auf die mit einem Untersetzer vorbereitete Arbeitsplatte.

»Was gibt es dazu?«, wollte ich wissen, denn mir lief bereits jetzt das Wasser im Mund zusammen.

»Ein Brathähnchen und Bohnensalat«, verkündete sie grinsend, »Das ist typisch deutsch.«

»Klingt fantastisch.«

»Getränke sind im Kühlschrank, bediene dich gerne«, bot sie mir an und war schon wieder in ihre Arbeit versunken. Kurz blieb ich hinter ihr und beobachtete wie sie Öl, Essig und Kräuter mit geübten Handgriffen zusammenmischte. Wie sie dort konzentriert stand und zu der Musik, die im Hintergrund lief, im Takt von einem Fuß auf den anderen wippte und ihre Hüften von einer zur anderen Seite bewegte, ließ das Flattern wieder in mir aufsteigen.

Mühsam riss ich mich los und ging zum Kühlschrank. Meine Wahl fiel auf ein alkoholfreies Bier. »Soll ich dir auch eins aufmachen?«, fragte ich sie und hielt eine zweite Flasche in die Höhe.

»Sicher«, bestätigte sie mit einem schnellen Schulterblick. Mit dem silbernen Ring, den mir meine Mom vor einigen Jahren geschenkt hatte, ließ ich beide Flaschen aufploppen. Ich reichte Sam ihre Flasche. Sie nahm einen großen Schluck, bevor sie an den Ofen trat und mit einem riesigen Spieß ein goldbraunes Hähnchen hervorzog.

»Kann ich dir helfen?«, fragte ich, doch sie winkte ab. Ich war es nicht gewohnt, bedient zu werden. Ich war der Wirt, ich bediente für gewöhnlich alle anderen. Doch es war ein gutes Gefühl. Sam kümmerte sich um mich. Ihr Fokus lag auf der Zubereitung unserer Mahlzeit. Das nahm ich zum Anlass, mich weiter umzuschauen. Ihr Schreibtisch war so aufgeräumt und lupenrein, dass ich kein einziges Staubkorn entdecken konnte. Jeder Stift war feinsäuberlich untergebracht und die Akten lagen genau Kante auf Kante. Jeder Ordner war auf dieselbe Art beschriftet und alphabetisch geordnet. Mit hocherhobenen Augenbrauen bedankte ich mich kurz beim Schicksal dafür, dass wir heute nicht zu mir gegangen waren. Das Aufräumen hätte Tage gedauert.

»Wir können essen«, verkündete sie und stellte die Schale mit Bratkartoffeln, eine mit dem Bohnensalat und einen großen Teller mit dem Hähnchen, das sie bereits in vier Teile geteilt hatte auf den klapprigen Esstisch. Dieser war mit Liebe zum Detail gedeckt. Die beigen Stoffservietten waren gefaltet und das Besteck glänzte mit den weißen Tellern um die Wette.

»Das sieht toll aus, vielen Dank.« Wie meine Mom es mir beigebracht hatte, schob ich Sam den Stuhl zurück und ließ sie zuerst Platz nehmen.

»Was für ein Service«, scherzte sie, nahm das Angebot jedoch an.

Gegenüber von ihr nahm ich Platz und sie lud mir reichlich Essen auf den Teller. Wortlos begannen wir zu essen. Es entstand eine peinliche Stille.

Das Flattern stieg hoch und wurde zu einem Pulsieren. Plötzlich kam es mir furchtbar warm in dem Raum vor.

»Kann ich ein Fenster öffnen?«, fragte ich sie, doch sie stand bereits auf. Eilig lief sie zum Fenster und riss es auf, sodass frische Luft durch das Zimmer fegte.

»Stimmt etwas nicht, Daniel?« Ihr Gesicht war ebenfalls angespannt.

»Ich bin nervös«, gab ich zu und stand auf. Es war zu viel Energie in meinem Körper. Der Drang mich zu bewegen war stark und fordernd.

»Aber warum?«, wollte sie wissen. Sie schlug ihre dichten, dunklen Wimpern nieder und ihre Schultern sanken nach unten. Verflucht, das lief überhaupt nicht so, wie ich es gewollt hatte.

»Ich hab das Gefühl, dass ich dir alles von mir erzählen muss. Ich weiß nicht, ob ich das kann«, presste ich gegen jeden Widerstand in mir hervor.

»Das musst du nicht. Ich weiß, dass ich sehr fordernd war, aber ich habe eingesehen, dass das falsch war.« Ihre braunen Augen waren wunderschön. Ihr Blick so tief, dass ein flatternder Tornado in mir entstand. Ganz langsam kam sie auf mich zu und hielt mir ihre Hand hin.

Ich schloss die Augen und nahm sie. Zog sie einfach zu mir und umarmte sie. Gemeinsam setzten wir uns, sodass sie auf meinem Schoß Platz fand. »Bist du dir sicher? Ich bin nicht gut in Beziehungsdingen«, sagte ich leise und spürte ihr Nicken an meiner Brust.

Ihr Gesicht ruhte auf meinem weißen Hemd und ihr Make-up verteilte sich darauf. »Ich auch nicht ... Lass es uns gemeinsam versuchen.«

Ich nahm mit Zeigefinger und Daumen ihr Kinn, sodass sie mich ansehen musste und meinem Blick nicht ausweichen konnte. »Ich verspreche dir, dass ich nicht lügen werde. Aber ich kann noch nicht alles erzählen, Sam.« Ihre Pupillen blickten schnell von rechts nach links, so nah waren wir uns. Dann nickte sie. Ihre Wangen waren rosig und ihre Lippen glänzten mit ihren Augen um die Wette. Vorsichtig streichelte ich von ihrem spitzen Kinn zu ihrer Schläfe und dann ihren Nacken herunter. Sie verlagerte ihr Gewicht, indem sie das Bein über mich schwang. Ihr Oberkörper drückte gegen meinen.

Als wären ihre Lippen heilig, näherte ich mich ihnen und küsste sie, so sanft ich konnte. »Sollen wir weiter essen?«

Sie schüttelte den Kopf. Es war heiß, wie sie die Führung

übernahm, ihren Körper gegen meinen drängte und ihre überraschend starken Arme um mich schlang. Sie eroberte meinen Mund, wanderte mit ihren Lippen mein Kinn und meinen Hals hinunter. Lauter heißer Küsse. Ihr Atem auf meiner Haut. Ich musste meine Beherrschung zusammensammeln, damit ich nicht über sie herfiel. Sie war überall. Ich atmete sie ein. Ich fühlte ihre Haut auf meiner, ihre Lippen auf meinen und jedes Mal, wenn ich blinzelte, sah ich ihre feinen Gesichtszüge genau vor mir.

»Lass uns essen«, beschloss sie zwischen zwei Küssen.

Diesmal schüttelte ich den Kopf.

»Hey, ich habe doch nicht umsonst in der Küche gestanden«, beschwerte sie sich und ließ mich los.

Ein Grummeln entfuhr mir und sie lachte.

»Hast du keinen Hunger?« Ihre Unschuldsmiene verzauberte mich noch mehr.

Ich lächelte sie an. »Und wie ich Hunger habe, Sam.«

Kapitel 29

Sam

FAR FROM me

Darauf bedacht, dass mein Rock nicht höher rutschte, glitt ich von Daniels Schoß und zupfte alles an den rechten Platz. Mit glühenden Wangen setzte ich mich ihm wieder gegenüber und tat so, als hätte ich nicht gemerkt, dass er mir auf den Hintern gestarrt hatte. Ich spießte eine Bratkartoffel und eine Bohne auf meine Gabel und aß genüsslich. Daniel tat es mir gleich. Mein Lächeln konnte ich wohl nicht ganz verstecken, denn er erwiderte es.

»Das schmeckt köstlich. Sehr gut gekocht.« Zum Beweis aß er einen großen Bissen.

»Danke, das freut mich. Ich habe lange überlegt, was ich kochen soll. Deine Lieblingsspeise sind Burger, das ist klar. Aber Jasper macht dir jede Woche welche …« Ich nahm einen Schluck Bier.

»Abwechslung ist immer gut. Ich probiere gerne neue Dinge aus.«

»Wirklich? Du mampfst ständig hinten in der Küche vom Pub Waffeln und Pancakes. Morgens, mittags, abends …«

»Pancakes gehen immer.«

Ich rollte mit den Augen, musste aber auch kichern. »Okay, dann mache ich dir das nächste Mal deutsche Pfannkuchen, wie sie meine Oma immer gemacht hat. Mit Apfelmus.«

Daniel nickte begeistert. »Ja. Das klingt großartig.«

Kurz fiel mir auf, dass ich mitten in unserem zweiten Date, wenn man den verunglückten Wanderausflug mitzählte, ein drittes Date angekündigt hatte. Nervös rutschte ich auf meinem Stuhl umher, doch Daniel schien das nicht zu belasten. Er aß und sah mich immer wieder mit einem Blick an, den ich nicht ganz deuten konnte. Nicht negativ. Wenn ich ehrlich war, sah er angetan aus. Von mir.

»Und deine Leibspeise sind Pommes.« Es war keine Frage, es war eine Aussage.

»Kartoffeln jeder Art. Eindeutig das beste Nahrungsmittel.«

Er gluckste und trank einen Schluck. Ein Tropfen löste sich von seinen Lippen und rann seinen Hals hinunter. Mit einem Mal spürte ich meine Lippen überdeutlich, ganz so als würden sie sich an unseren letzten Kuss erinnern. Mein Blick wanderte weiter hinab zu den Flecken auf seinem Hemd.

»Oh je, das tut mir leid.« Ich sprang auf und eilte zur Küche. Schnell befeuchtete ich einen sauberen Lappen und war schon an Daniels Seite, um hektisch den Make-up-Fleck aus seinem Hemd zu reiben.

»Ach, das macht doch nichts.«

Mein Gesicht glühte. *Konnte man vor Peinlichkeit Fieber bekommen?* »Doch, das kriegst du bestimmt nie wieder raus.« Ich fasste mir an die Stirn, weil ich nicht begreifen konnte, wie unaufmerksam ich gewesen war.

»Sam, stress dich bitte nicht«, versuchte er mich zu beschwichtigen und stand auf. Er nahm meine Hände in seine und entwendete mir den Lappen. »Es ist nur ein olles Hemd, das ich aus den Tiefen meines Schranks gegraben habe.« Ich befreite mich aus seinem Griff, was nicht wirklich schwierig war, und verschränkte die Arme vor der Brust. »Zieh das Hemd aus!«

Seine Augenbrauen schossen in die Höhe. Er verschränkte ebenfalls die Arme. »Ähm, es freut mich ja, dass ich eine solche Wirkung auf dich habe, aber ich dachte, wir könnten vorher noch das Abendessen beenden und vielleicht kurz ein wenig verdauen.«

»Ach, du Scherzkeks! Ich möchte nicht mit dir rummachen, ich möchte dein Hemd waschen«, erklärte ich und wedelte mit den Händen in der Luft herum. Mir war diese Sache unfassbar peinlich, deshalb wollte ich sie so schnell wie möglich aus der Welt schaffen.

»Das ist wirklich nicht nötig.«

Ich versuchte, tief einzuatmen, doch meine Brust konnte nur wenig Luft aufnehmen. »Okay«, presste ich hervor.

Daniel sah ein bisschen verwirrt aus, legte kurz seine Hand in den Nacken, setzte sich dann jedoch wieder hin. Er aß weiter und ich versuchte, nicht zu sehr herumzuzappeln. Mein Blick wich nicht von dem Fleck, der mir genau gegenüber war. Es war so schlimm, dass ich merkte, wie mein rechtes Augenlid zu zucken begann.

»Oh Gott, Sam! In Ordnung!«, fluchte Daniel, schob sich geräuschvoll mit dem Stuhl zurück und knöpfte hastig sein Hemd auf.

Meine Kinnlade klappte nach unten. *Warum hatte ich gerade so laut geatmet?*

»Das hält ja niemand aus. Wie du die ganze Zeit diesen Fleck anstarrst.« Seine muskulösen Arme glitten aus den Hemdsärmeln. Er saß nun oberkörperfrei auf dem Stuhl und hielt mir das befleckte weiße Hemd hin. Meine Augen waren überall. Auf seiner glatten Brust, den starken Armen und der Spur von Haaren, die zu dem Bund seiner Hose führten.

»Sam?«

»Äh«, machte ich nur. Peinlich darauf bedacht, Daniel nur soweit es notwendig war, anzusehen, stand ich auf und nahm sein Hemd. Ich huschte in mein Bad und knallte die Tür hinter mir zu. Der herrliche Duft, der Daniel immer umgab, stieg mir in die Nase und ich kam nicht umhin, an dem Hemd zu schnuppern, bevor ich es mit einem Fleckenreiniger behandelte. Ich gab es in die Waschmaschine, füllte Waschpulver dazu und stellte das Gerät an. Dann lehnte ich mich gegen das surrende Ding und legte mir eine Hand auf meine Brust. Es schlug so schnell, als könnte ich es jeden Moment in meinen Fingern halten. Die Gefühle, die ich hatte, wenn er in meiner Nähe war, wurden immer stärker. Es machte mir eine höllische Angst.

Mit geschlossenen Augen schob ich sie beiseite, auch die Angst, und sammelte mich. Als ich zurückkam, saß Daniel noch immer auf dem Stuhl - halb nackt.

»Oh. Ich, äh ...«, stammelte ich vor mich hin und schlug schnell den Blick nieder.

»Ja, also ...« Er stammelte ebenfalls. Von seiner Selbstsicherheit war nicht mehr viel übrig.

Das Schweigen und das Ausweichen der Blicke des anderen waren nur bis zu einem gewissen Punkt auszuhalten, deshalb presste ich hervor: »Soll ich dir ein T-Shirt leihen?«

Daniel nickte eifrig. Sein Gesicht war gerötet, seine blonden Haare standen in alle Richtung ab, als hätte er sie sich gerauft. »Ja, gerne.«

Bewusst, dass er mir nachsah, ging ich zu meiner Kommode und öffnete die oberste Schublade. Niemals würde er in eines meiner T-Shirts, die ich tagtäglich trug, passen. Ich schaute über die Schulter und traf seinen Blick.

»Was hast du denn für eine Größe, wenn ich fragen darf?«

»XL.«

Ich verzog die Lippen und wühlte mich durch die verschiedensten Stoffe. Das konnte schwierig werden. Alles war in Größe S, bis auf … Entschlossen zog ich das Shirt aus dem Stapel hervor und schob die Schublade zurück.

»Ich glaube, das könnte passen«, sagte ich, während ich zu ihm ging.

Er nahm das Kleidungsstück entgegen und rollte es aus, sodass er den Aufdruck lesen konnte.

»Warum sind da Flügel drauf? Es wirkt irgendwie christlich?« Ich musste so laut lachen, dass er zusammenzuckte.

Wie er das Blind-Guardian-Shirt in den Händen hielt und nicht begriff, wieso ich brüllte vor Lachen. »Christlich!« Ich schlug auf die Tischplatte.

Daniel schaute mich an, als hätte ich den Verstand verloren. Dabei hatte er das beste Detail dieses Shirts noch gar nicht erkannt.

»Das Shirt ist von Blind Guardian. Der Metalband aus Deutschland«, stieß ich zwischen Lachern hervor.

Ein Lächeln schlich sich in seine Mundwinkel. »Okay, das erklärt einiges. Nicht ganz mein Geschmack, aber besser als Britney Spears.« Er zog sich das schwarze Teil über den Kopf und steckte mühsam seine starken Arme durch die Löcher.

»Hey, kein Britney-Shaming in meiner Wohnung!«

Er hob abwehrend die Hände und brachte mich so wieder zum Lachen. Sein Anblick war einmalig.

»Ein bisschen eng.« Ich versuchte, meine Atmung wieder unter Kontrolle zu bringen.

»Du, Sam«, sagte er verwundert und zupfte am Shirt.

Der Anblick brachte mich wieder zum Prusten. Ich musste mich auf den Stuhl setzen.

»Was ist das für ein komisches Oberteil?«, wollte er wissen und kniff die Augen zusammen.

»Das ist Off-Shoulder.«

Sein Gesicht blieb ratlos, was nicht dazu beitrug, dass ich mich beruhigen konnte.

»Das trägt man so, Daniel.«

Er schüttelte den Kopf und verschränkte die Arme, wobei die Ärmel sich gefährlich spannten und der Saum des Shirts hoch wanderte, sodass ein Stück Haut seines Bauches hervorlugte.

»Das hast du absichtlich rausgesucht, gib es zu!«

Ich erkannte an seiner rauen Stimme, dass auch er gleich lachen musste. »Nein, ich schwöre. Es ist das einzige Shirt in L«, verteidigte ich mich, doch er hob die Brauen.

»Du hast es faustdick hinter den Ohren.« Daniel stand auf und meine Selbstbeherrschung verabschiedete sich vollkommen.

Der Anblick, wie er zu mir kam, in diesem Ding. Ich lachte so laut, dass mein Hals zu brennen begann.

Um sich zu rächen, griff er an und kitzelte mich. Wir rangelten miteinander und ich ließ mich dabei nicht unterbuttern. Immer wieder pikste er mir in die Seite. Ich tat es ihm gleich.

»Wow, du machst mich fertig.« Er trat tatsächlich zurück und setzte zur Flucht an.

Niemals würde ich eine Chance zu gewinnen auslassen, deshalb fegte ich hinterher und teckelte ihn um. Gemeinsam fielen wir kreischend auf mein Bett. Ohne mir groß Gedanken zu machen, setzte ich mich auf ihn und nagelte seine Hände auf der Matratze fest.

»Gib zu, dass ich gewonnen habe«, verlangte ich atemlos. Ich grinste breit, doch es gefror.

Daniels Blick änderte sich von einer auf die andere Sekunde. Plötzlich wurde mir bewusst, dass ich meine Beine um seine Hüfte geschlungen hatte. Dass mein Rock so hochgerutscht war, dass meine Oberschenkelinnenseiten seine nackte Haut kurz über den Hüften berührten. Meine Haare hingen wie ein Fächer herunter und schirmten uns von dem Rest der Wohnung ab. Unter meinen Fingerspitzen konnte ich seinen Puls spüren.

»Sorry, ich …«, setzte ich an und biss mir auf die Lippe. Ich war so in der Neckerei aufgegangen, dass ich alle Bedenken über Bord geworfen hatte. Mit flattrigem Herzen musste ich mir eingestehen, dass es bei Daniel sehr einfach war, ich selbst zu sein. Und alles um mich herum, vergessen zu können. Nur mit ihm zu sein als ich.

»Schon okay«, murmelte er.

Mein Blick huschte zwischen seinen strahlenden Augen zu seinen vollen Lippen hin und her. Langsam lockerte ich meinen Griff. Wollte ihm Freiraum geben. Er sollte selbst entscheiden, ob das hier das war, was er wollte.

Sobald ich losließ, drehte er den Spieß um. Nun nahm er meine Hände und beförderte mich mit einer schwungvollen Bewegung auf die Matratze. Ich war unter ihm, spürte sein Gewicht und die Wärme, die sein großer Körper verströmte.

»Weißt du eigentlich, wie schön du bist?« Normalerweise hätte ich niemanden bei einem solchen Kompliment in die Augen schauen können, doch bei ihm war das anders. Er sagte es direkt zu mir. Ohne Schnörkel, ganz simpel und echt.

»Du bist auch schön«, nuschelte ich.

Seine Mundwinkel hoben sich wieder. Er ließ meine Hände los und legte seine um mein Gesicht. Sanft zog er mich zu sich und küsste mich. Mit einem Stöhnen schloss ich meine Augen und gab mich ganz der Berührung unserer Lippen und seinem Duft hin. Seine Hände wanderten meinen Nacken und Rücken hinunter. Als er merkte, dass mein Rock mittlerweile kaum noch meinen Po bedeckte, verharrte er kurz in der Bewegung. Zittrig nahm ich seine rechte Hand und führte sie an meinem Rücken weiter nach unten. Das reichte als Signal. Er küsste mich fordernder. Ich wollte noch mehr. Meine Hände glitten ebenfalls über ihn. So sehr ich konnte, konzentrierte ich mich auf das Gefühl an meinen Handflächen und Fingerspitzen. Ich glitt über seine Bartstoppeln, das kantige Kinn. Meine Hände rutschten an seinem starken Nacken hinab. Ich strich über seine Oberarme. Tief in mir regte sich eine Leidenschaft, die ich lange nicht gespürt hatte. Er war alles, was ich wollte. Seine Haut war so weich, dass ich sie schmecken wollte. Ich brach unseren Kuss ab und nahm den Saum des T-Shirts in beide Hände. Mit einem hungrigen Blick und einem kurzen Nicken erhielt ich sein Einverständnis und zog den Stoff über seinen Kopf. Mehr zum Fühlen und Erkunden. Ich beugte mich ihm entgegen, um viele kleine Küsse auf seiner Brust zu verteilen.

»Oh Sam«, stöhnte er, was mich noch mutiger machte. Ich setzte mich kurz auf und zog mir mein Oberteil ebenfalls über den Kopf.

»Wow«, war sein einziger Kommentar, bevor er mein Schlüsselbein mit seinem Mund eroberte. Er saugte, leckte und küsste einen Weg bis zum Rand des BH-Cups. Als er seine Zungenspitze unter den Stoff schob, keuchte ich. Ich drängte mich gegen ihn, rieb mich an ihm. Ich zerwühlte seine Haare und schlang meine Beine um seine Hüfte.

»Mehr.«

Er hielt kurz inne. Seine Augen glänzten. Ich würde mich in ihnen verlieren, wenn er mich weiter so ansah.

»Bist du dir sicher?«

Ich griff nach seinem Gürtel. »Ja.« Das kam unbeherrschter heraus, als ich es von mir kannte.

Seine Augen wurden dunkler und er umschlang mich mit seinen Armen. Während wir uns küssten, öffnete er meinen BH und ich fummelte mich ungeduldig aus den Trägern. Für einen Moment verharrte er, betrachtete meinen Körper. Früher wäre ich vor Scham gestorben. Bei einem anderen Mann hätte ich die Flucht ergriffen. Doch sein Blick war so sanft, dass er keinerlei Unsicherheit in mir auslöste. Ich fühlte mich sicher und wertgeschätzt. Nicht nur für meinen Körper, das definitiv auch, aber es ging hier um mehr. Um mich als Mensch.

Er küsste meinen Hals, meine Brust und nahm meinen Nippel in seinen Mund.

Ich stöhnte und biss mir auf die Unterlippe. »Daniel«, presste ich hervor und wusste nicht, wohin mit meinen Händen. Mit meinen Gefühlen und Empfindungen. Er hatte meinen Schwachpunkt gefunden. Ich versenkte meine Finger in das Kopfkissen hinter mir und zerquetschte den Stoff in meinen Händen.

Er wanderte weiter herunter und raunte, als er meinen Rock hochschob. Er küsste meinen Bauch.

Nebel machte sich in meinem Kopf breit und verschlang jeden klaren Gedanken. Es war, als wäre alles in Watte gepackt.

Ich konnte nur noch an seine Hände denken, die mir mein Höschen vom Körper zogen. Die Spannung zwischen uns knisterte. Ich konnte es kaum noch aushalten. Hektisch griff ich in seine Haare. Sie waren weich. Fühlten sich gut an, wie alles. Mein Blick wanderte zu ihm und ich sah, dass er sich vor mich gekniet hatte und seinen Gürtel öffnete. Jede einzelne Bewegung verfolgte ich. Sah ihm zu, wie er erst seine Jeans und dann seine Boxershorts zur Seite schmiss.

Der Nebel wurde immer dichter und dichter. Das Verlangen in mir wurde zu einer Hitze, die mich beinahe verbrannte. Ich brauchte ihn. Jetzt. Ganz.

Ich nahm wahr, wie er ein Kondom überzog, dann waren seine Hände auch schon wieder auf meinem Körper. Er massierte meine empfindlichste Stelle. Erst sanft und zaghaft, dann immer rhythmischer und stärker. Genau wie ich es mochte. Er verstand mich, ohne dass ich was sagen musste. Nur mein Stöhnen und Keuchen genügte ihm.

»Sam«, hauchte er mir ins Ohr, als ich seine Hüften zu meinen zog.

Ich wollte ihn in mir spüren. Mein Körper übernahm die Kontrolle. Freiheit. Keine Gedanken mehr. Ich nahm dieses Geschenk dankbar an. Mein Geist schwebte im Nebel und hatte Pause. Meinen Körper brachte Daniel hingegen in den Genuss, alles zu fühlen, was ich mir schon lange von ihm gewünscht hatte.

Kapitel 30
Daniel

FAR FROM *me*

Kaffeeduft kroch in meine Nase und erweckte meine Sinne. Meine Hand rutschte auf die andere Seite des Bettes, doch das Laken war kalt. Ich rollte zur Seite und zögerte. *Wenn ich nun meine Augen öffnete, würde ich meine triste Wohnung sehen? Keine Wärme, keine Sam?* Das Flattern in mir machte mich auf den Duft nach Kaffee, nach Sandelholz und auf die blendende Sonne, die mir direkt auf die geschlossenen Lider fiel, aufmerksam. Sie war in der Nähe. Ich blinzelte ein paar Mal und richtete mich gähnend auf. Auf dem Tisch stand ein dampfender Becher, aber auf dem Stuhl saß keine Sam. Ganz leise hörte ich Musik und eine schiefe Stimme. Sie sang über das Rauschen des Wassers hinweg den Songtext eines alten Paramoresongs.

Als ich aufstand, bemerkte ich, dass ich nackt war. Ich suchte meine Kleidung und fand sie Stück für Stück. Sogar mein Hemd, dass Sam wohl gereinigt und gebügelt hatte. *Wann tat sie all diese Dinge?* Sie war eine Maschine. Wie in einem Wettlauf gegen die Zeit schlüpfte ich in Boxershorts,

Jeans und mein Hemd. Das Flattern in mir stieg auf und verseuchte die harmonische Stimmung mit Selbstzweifeln. Angst machte sich in mir breit. Es gab Regeln und Grenzen, die ich mir auferlegt hatte, damit ich ein gesundes Leben führen konnte. Innerhalb eines Abends hatte ich alles über den Haufen geworfen. *Was hatte ich mir dabei gedacht, mit ihr zu schlafen?* Sie war nicht nur meine Angestellte, sie war eine Freundin. Eine einzigartige Frau. Ich war nur ein Loser ohne Perspektive. Stiche durchlöcherten meine Brust und Ärger stieg in mir hoch, weil ich mich und andere in Gefahr gebracht hatte. Ich sank auf der Bettkante zusammen und vergrub das Gesicht in den Händen.

»Hey, alles in Ordnung?« Sie klang fröhlich, ahnte nichts von meinen düsteren Gedanken. Und von meiner Absicht einfach zu verschwinden und unsere gemeinsame Nacht zu vergessen. Als könnte ich das. Ich fühlte mich wie der fieseste Typ dieser Welt. *Hatte ich ernsthaft vorgehabt nach dem, was zwischen uns gewesen war, zu verschwinden?* Ich sah sie an. Musste sie ansehen, denn da war auch noch Hoffnung in mir. Ihre dunkelbraunen Augen, die nassen Haare, die sie zu einem Knoten auf ihrem Kopf gebunden hatte und das orange Handtuch, das gerade genug verdeckte. Auf dumme Gedanken ließ es mich trotzdem kommen. Ihr Anblick beruhigte mich, doch das Flattern und damit die Erinnerung an meine schlimmsten Fehler und meine größte Schwäche, meinen Dämon, blieb.

»Ehrlich gesagt, habe ich kurz Panik bekommen«, gab ich zu und fiel nach hinten auf ihr Bett. Mein Herz klopfte, mein Magen fühlte sich flau an. Leer, bis auf dieses verfluchte Gefühl, was nicht verschwinden wollte. Es strafte mich mit den Erinnerungen, die ich jeden Tag hinter mir ließ, ab.

Sam kam zu mir, setzte sich neben mich und nahm ganz selbstverständlich meine Hand. Ihre Haut war warm und weich. »Hatte ich vorhin, als ich aufgewacht bin, auch.« Sie legte sich neben mich und wir schauten uns an.

»Ja?«

»Ja.« Ein Lächeln umspielte ihre Lippen.

Und wieder dieser Kontrollverlust. Auch wenn ich es ruhiger angehen lassen wollte. Ja, sie sogar vor mir und meiner Vergangenheit schützen wollte – trotzdem hatte ich das dringende Bedürfnis, sie zu küssen. Doch ich beließ es dabei meinen Finger auf ihren Mund zu legen. Zur Belohnung küsste sie ganz sanft meine Fingerspitze.

»Warum sind wir so?«

Sie zuckte mit den Schultern. Eine Wasserperle löste sich von ihren dicken Haaren und lief ihren Hals hinab.

»Weil wir nun das hatten, was wir wollten?«, schlug sie vor und ihr Blick glühte.

Ich schüttelte heftig den Kopf.

Sie kicherte und legte ihren Kopf auf ihren Händen ab. »Hm, dann vielleicht … weil du dich bei mir unwohl fühlst?«

Ich pikste sie in die Seite. »Was für ein Quatsch.«

»Auf mich trifft das alles auch nicht zu. Ich bin gerne bei dir. Aber warum haben wir dann Angst?«

»Weil wir mit der Situation überfordert sind?«

»Ja, das kommt hin.« Sie strich mir eine Strähne zurecht.

Wir sahen uns an, keiner sagte ein Wort.

Wieder nahm sie meine Hand und fragte mit glasigem Blick: »Möchtest du lieber gehen? Das wär okay. Ich wäre zwar sehr traurig, aber du musst nicht mir zuliebe hierbleiben. Wir können es auch bei dieser einen großartigen Nacht belassen, wenn du das möchtest.« So viele verschiedene Emotionen zeigten sich in ihren Augen, dass ich es kaum aushielt. Ich war ihr dankbar für die Freiheit und den Respekt mir gegenüber. Doch das wollte ich alles nicht.

Mit beiden Händen nahm ich ihr Gesicht und küsste sie. »Ich bleibe hier«, hauchte ich und sie lächelte. »Wenn das okay ist?«

Sie verzog die Augenbrauen. »Na gut, wenn es sein muss.« Wir lachten gemeinsam und standen auf. Während ich meinen herrlich duftenden Kaffee schlürfte und mein Puls sich allmählich beruhigte, verschwand Sam noch mal mit ein paar Klamotten im Bad. Nicht, bevor ich mir nicht ihre langen Beine, ihren eleganten Hals und das Muttermal an ihrem Schlüsselbein eingeprägt hatte.

Als sie zurückkehrte, war sie schick zurechtgemacht. Sie sah gut aus, doch ich vermisste ihr offenes, wildes Haar. Wenn ich die Augen schloss, konnte ich es noch immer in meiner Faust fühlen.

»Ich würde dir gerne noch Frühstück machen, aber ich muss einige Erledigungen abarbeiten«, entschuldigte sie sich und trat von einem Bein auf das andere.

»Kein Problem. Ich muss eh in den Laden.«

Es fiel ihr schwer, nicht perfekt zu sein. Mir war es wichtig, dass sie es sich bei mir gestattete, deshalb nahm ich sie in die Arme und küsste ihre Stirn. Die Sonne, die immer weiter am Himmel aufstieg, schien mir direkt ins Gesicht.

»Seit meine Schwester im Krankenhaus ist und ich mich hauptsächlich um die Kids kümmere, ist alles ein bisschen aus den Fugen geraten.«

Ich konnte ihr Herz neben meinem schlagen spüren. »Ich bin für dich da. Ich kann dir helfen«, sagte ich und legte meine Lippen auf ihren Hals.

Sie lehnte den Kopf nach hinten und schloss die Augen. »Okay«, hauchte sie.

Mein Kopf ruhte für eine kleine Weile auf ihrer Schulter, dann löste ich mich und lächelte.

»Wann sehen wir uns wieder?«

»Sag du es mir. Du bist die menschliche Maschine mit dem gefüllten Terminkalender.« Mein Zwinkern riss sie aus ihrer grüblerischen Stimmung. Neben diesem Lächeln konnte die Sonne einpacken.

»Ich befürchte, ich habe erst wieder Freitag Zeit.«

»Freitag also.«

Sie gab mir einen Kuss auf die Wange, den ich noch spürte, als ich im Pub ankam. Das Flattern war unter ihrer Wärme und Zuneigung zu einem steten Summen geworden.

Kapitel 31
Sam

FAR FROM me

Obwohl wir in der Bibliothek saßen, war der Lärmpegel unvorstellbar. Ich kniff die Augen zusammen, als könnte ich so das Gerede der anderen Besucher ausblenden. Es war zwecklos. Ich seufzte laut.

»Was denn?«, wollte Zola wissen und verdrehte die Augen, wie es sonst nur Wesen aus Horrorfilmen konnten.

»Sam kann sich nicht konzentrieren. Sie macht dann immer diese mitleiderregenden Geräusche.« Logan grinste.

Doch mir war heute nicht nach Scherzen zu Mute. Ich hatte einen Haufen Arbeit zu erledigen. Ich funkelte ihn böse an, dann sah ich mich dramatisch um, damit auch ja jeder begriff, dass ich ein Problem hatte. »Ja, hier ist nämlich ein Höllenlärm.«

Zola strich sich die Bluse im Leopardenlook glatt und zupfte an einer ihrer Locken. Sie tat, als würde sie meinen Unmut nicht verstehen. Sie gab vor unschuldig an meiner Misere zu sein, dabei wusste sie genau, dass ich nicht in den Gruppenraum wollte.

Genau wegen diesen Störenfrieden. Die Universität hatte diese Räume extra zum gemeinsamen Arbeiten und Diskutieren eingerichtet. Unpassend für mich, denn ich arbeitete am liebsten allein.

»Ich finde eh, wir haben genug gearbeitet«, verkündete sie und schlug das dicke Buch, in dem sie vorher gestöbert hatte, zu.

Mit großen Augen checkte ich die Uhrzeit und schüttelte den Kopf. »Das waren noch nicht mal zwei Stunden«, rief ich und schmiss die Hände in die Luft.

»Hey, so viel habe ich die letzten zwei Semester nicht gelernt. In den letzten zwei Wochen war ich froh, wenn ich überhaupt zu den Vorlesungen gehen konnte.«

Mit einem skeptischen Blick beäugte ich sie. »Hast du wieder Probleme zuhause?«, fragte ich behutsam und knibbelte an einem Stück Papier, damit meine Finger etwas zu tun hatten.

»Alles beim Alten.« Sie wischte mit ihrer Hand durch die Luft. Und lächelte, doch es erreichte nicht ihre großen dunklen Augen.

»Ich lerne nie, von daher …«, warf Logan ein und Zola war scheinbar froh, dass er die Situation auflockerte.

Meine Gedanken blieben jedoch dabei, dass Zola die letzten zwei Wochen wahrscheinlich wieder mit der Versorgung ihrer Mom zu kämpfen hatte.

»So ganz stimmt das nicht, Logan. Wir wissen, dass du sonst Ärger von Mami bekommst«, zog Zola ihn auf. Sie traf damit den Nagel auf den Kopf.

Er zeigte ihr nur den Mittelfinger, ich rollte mit den Augen. Nun hatten sie mich soweit, dass auch ich meinen Ordner zuklappte.

»Yeah!« Zola klatschte mit Logan ab.

Mein Handy vibrierte auf dem Tisch und ich nahm es sofort in die Hand.

»Deine Schwester?«, hakte Zola nach.

Ich schüttelte den Kopf. Mein Herz machte einen Satz beim Lesen seines Namens.

»Okay ... Hätte mich auch gewundert, denn bei Luise grinst du nicht über das ganze Gesicht.« Logan legte das Kinn auf seiner Hand ab. Seine dichten Wimpern klimperten und am liebsten hätte ich ihn unter dem Tisch getreten.

»Wer schreibt dir? Nein, warte. Bessere Frage. Für wen unterbrichst du deine Lernzeit in der Bibliothek?« Sie verschränkte die Arme vor der Brust.

Ich horchte in mich hinein. *War ich bereit, das mit Daniel und mir meinen Freunden zu verraten?* Ich rief die Chatnachricht auf und las die letzten Zeilen unserer Unterhaltung:

Daniel: »Ich weiß, dass du Liebesschnulzen magst ... Aber wie sieht es mit Actionfilmen aus?«

Sam: »Wenn nicht zu viel Blut vorkommt.«

Daniel: »Wann bist du heute Abend da?«

Sam: »Ich bringe die Kinder gegen 17 Uhr zu meinem Dad.«

Daniel: »18 Uhr?«

Ich tippte grinsend ein »OK« und ein Herz-Emoji.

»Für Daniel«, antwortete ich meinen Freunden. Sie lächelten wissend. »Wie ihr euch schon denken konntet. So wie ihr grinst.«

»Ihr seid endlich ein Paar?«, fragte Zola schrill und tappte mit ihren langen Nägeln auf der Tischplatte.

»Na ja, keine Ahnung.« Ich zuckte mit den Schultern. Die Freude auf ihren Gesichtern nahm ab. Obwohl Daniel und ich uns einig darüber waren, das, was wir hatten, nicht zu labeln, kam es mir mit einem Mal unzureichend vor.

»Du weißt nicht, wie euer Beziehungsstatus ist?« Zola zog die feinen Augenbrauen in die Höhe und schüttelte den Kopf. »Sam, das ist wichtig zu wissen.«

Logan nickte nur und strich sich durch die Haare. »Irgendwie hat Zola schon recht«, war sein einziger Kommentar.

»Es ist unwichtig, solange wir uns damit wohlfühlen, oder? Ich mag ihn, er mag mich und wir ...« Ich brach ab und wurde trotz geballter Fäuste und des verzogenen Munds rot. Die Hitze, die in mein Gesicht kroch, konnte ich nicht aufhalten.

»Oh«, machte Zola nur wissend und hob ihre Designertasche auf den Tisch.

»Wie? Was?« Typisch für ihn, verstand Logan den Subtext nicht.

»Sam hatte Sex mit Daniel«, sagte Zola, ohne einen von uns anzusehen, und wühlte beiläufig in dem riesigen Shopper.

Im selben Moment, als Logan den Mund öffnete und wieder schloss, machte ich energisch: »Pssst!«

»Sorry Sam, aber Logan braucht manchmal ein bisschen Nachhilfe bei diesen Dingen.«

»Ja doch, aber lass es uns nicht der ganzen Bib erzählen, okay?«, zischte ich ihr zu. Es war zu frisch. Noch ganz neu in meinem Leben. Ich hatte mich dazu entschieden meinen Freunden davon zu berichten, aber zu mehr war ich noch nicht bereit.

Zola hob entschuldigend die Hände. Ihr Gesichtsausdruck sagte mir, dass das nicht alles war. Sie wollte Details. Ich nickte ihr zu und es kam wie aus der Pistole geschossen.

»Wie war er?«

»Es war gut, aber der Rest bleibt mein Geheimnis.«

»Yes Girl!« Zola lächelte mich aufrichtig an, nickte mir zu, doch dann änderte sie ihren Gesichtsausdruck. Mit einem Mal lag etwas Sehnsüchtiges in ihren Zügen. »Ich hätte auch gerne mal wieder guten Sex.« Sie fuhr mit der Hand ihren grazilen Hals entlang.

Bei einem Seitenblick auf Logan sah ich, dass er jede ihrer Bewegungen verfolgte.

Ich hatte hier nichts mehr verloren. Die beiden brauchten möglicherweise Zeit zu zweit. Ich begann meine Sachen zusammenzusuchen.

»Wie geht es deiner Schwester?« Logan wechselte abrupt das Thema und riss Zola aus ihren Träumereien. Sie verzog das Gesicht, als hätte ihr jemand eine Ohrfeige gegeben.

»Sie ist auf einem guten Weg, denke ich. Ehrlich gesagt war ich schon ein paar Tage nicht mehr bei ihr …« Die letzten Worte versetzten mir einen Stich. Mein schlechtes Gewissen hatte mich in den letzten Tagen kaum losgelassen. Ich hatte Luise fest versprochen, dass ich sie regelmäßig mit den Kindern besuchen würde, doch mein Zeitplan war vollgestopft bis oben hin. »Ich werde heute nach der Vorlesung wieder mit den Kindern ins Krankenhaus fahren.«

Logan legte seine Hand auf meine Schulter und erhob sich. »Du weißt, ich bin für dich da, wenn du Hilfe brauchst«, erinnerte er mich an sein Versprechen.

Ich nickte und machte dieselbe Geste bei ihm.

Logan verabschiedete sich von uns und verschwand zu seinem Unterricht.

»Du machst das wirklich gut.«

Ich hob die Brauen. »Was meinst du?«

»Na ja, du studierst, du arbeitest, machst ehrenamtliche Hilfe und passt auf zwei Kinder auf«, zählte sie mit der linken Hand ab.

»Wenn du das so sagst, klingt das irgendwie nach viel

Arbeit.« Ich beförderte meine Unterlagen in meine Aktentasche.

»Das liegt daran, dass es viel Arbeit ist, du Flitzpiepe.« Sie lachte, schlug sich eine Hand vor den Mund und schüttelte den Kopf.

Ich musste ebenfalls grinsen und sah den Berg an Aufgaben, den ich jeden Tag erklomm, bildlich vor mir. Es war ein verdammt hoher Berg.

»Vielleicht ein bisschen zu viel«, traute ich mich das erste Mal seit dem Unfall meiner Schwester, das erste Mal in meinem Leben, zu sagen.

»Wobei brauchst du Hilfe?« Zola zückte ihr Handy. Wahrscheinlich hatte sie bereits die Memo-App geöffnet, bereit für jede Schandtat.

Ihre Hilfsbereitschaft überforderte mich. Hilfe war ich schon gewohnt, aber so viel Initiative von meinen Freunden in letzter Zeit war zu viel. *Oder nicht?* Ich wippte mit meinem Stuhl. »Ach, das ist schon …«

»Sam, nimm doch einfach Hilfe an.« Ihr Blick war sanft, doch ihre Stimme klang fest. Sie kannte mich zu gut. Ihr war klar, dass ich immer versuchte, alles allein zu schaffen. Und ich begriff mit jedem Tag mehr, dass ich das nicht konnte.

»Ich schaffe die Verteilung der geretteten Lebensmittel nicht mehr«, gab ich zu und starrte einen Tintenfleck auf dem Tisch vor mir an.

»Wann muss das Zeug wohin?«

Ich schüttelte den Kopf. »Nein, du hast genug zu tun.« Ich musste an ihre Wohnsituation denken. An ihre Mom.

»Im Gegensatz zu dir kann ich meinen Workload realistisch einschätzen. Wenn ich sage, ich mache das, dann kannst du mir Glauben schenken. Ich entscheide selbst.«

Zola und ich lieferten uns ein kleines Blickduell. Auch

wenn es mich Überwindung kostete, es sich sogar so anfühlte, als würde sich die Haut an meinem ganzen Körper kräuseln, gab ich nach. Ich schrieb ihr die entsprechenden Adressen und Uhrzeiten auf einen Fetzen Papier.

»Sehr gut. Und wann krieg ich das Zeug von dir?«, plante sie weiter und warf den Schnipsel in ihre übergroße Tasche. Wie sie diesen Schnipsel jemals in dem Chaos wiederfinden würde, war mir ein Rätsel.

»Mein Auto ist voll mit haltbaren Lebensmitteln. Nudeln, Mehl, Reis und Soßen. Wenn du möchtest, können wir nach meiner Vorlesung in Mikroökonomie die Sachen in deinen Wagen umräumen.«

Sie nickte, sodass ein paar Locken einen wilden Tanz vollführten. »Klingt gut.« Sie stellte ihre Tasche auf den Boden und rückte mit dem Stuhl näher an den Tisch. »Jetzt, wo Logan weg ist ... Bekomme ich doch sicherlich noch ein paar Details?« Sie wackelte vielsagend mit den Brauen und grinste schelmisch.

»Die Erinnerung gehört nur mir, sorry.«

Sie grummelte, beließ es jedoch dabei.

Kapitel 32
Sam

FAR FROM me

Das Meer schimmerte wie eine glatte Glasfläche. Ich genoss den seltenen Anblick, denn normalerweise waren überall Boote und kräftige Wellen, die das Wasser aufwirbelten und zum Schäumen brachten. Ruhe war selten und ich hieß sie willkommen. Nur die Möwen schrien in das laue Lüftchen, setzten sich gackernd auf die Steine am Ufer oder auf den Pier, den Emilia, Matteo und ich eben betreten hatten. Mit zusammengekniffenen Augen suchte ich nach dem Boot meines Dads und wurde trotz der Herbstsonne, die durch das Meer reflektiert wurde, fündig. Die Fahne in Knallrot, die Lieblingsfarbe meiner Mom, war ein eindeutiges Indiz und der elegante Schriftzug war der Beweis.

»Da ist die *ANNA*. Kommt mit!«, forderte ich die beiden auf. Matteo lief aufgeregt neben mir und machte bei jedem zweiten Schritt einen Hopser. Emilia war das Gegenteil auf zwei Beinen. Sie hatte nur Interesse an ihrem Handy. Ständig schrieb sie Nachrichten und postete Bilder auf Instagram. *Sollte ich ihren Medienkonsum kontrollieren oder vielleicht sogar einschränken?* Ich wollte die coole, lässige Tante sein, die von den Kindern geliebt wurde. Aber ich war auch zurzeit für meine Nichte und meinen Neffen verantwortlich. Für ihre Unversehrtheit. Zur Sicherheit nahm ich Matteo an die Hand und führte ihn zu dem bekannten weißen Boot, das in den letzten Sonnenstrahlen des Tages glänzte.

»Dad?« Ich setzte den vollgepackten Rucksack neben den Anlegepfosten, ließ Matteos Hand aber nicht los. Zu groß war die Angst, dass er vom Pier hopste. Kinder taten merkwürdige Dinge. Wie zur Warnung stolperte der Kleine über die Tasche und baumelte an meiner Hand, die ich wie einen Schraubstock um seine quetschte. Ich schüttelte den Kopf. Bei dem Gedanken, was man alles für ein Übernachtungswochenende zweier Kinder einpacken musste, wurde mir jetzt noch schwindelig.

Matteo schien von allem unbeeindruckt und beeindruckt zugleich zu sein. Boote waren sehr interessant, die Gefahr des Meeres eher nicht. »Grandpa?«, flötete er und versuchte, seine kleine Hand aus meinem Griff zu wenden.

»Hey, hier ist überall Wasser. Ich habe keine Lust, dass du baden gehst und ich dich aus dem Meer fischen muss.«

Er zog eine Schnute und ich versuchte, ein Grinsen zu unterdrücken. Auch wenn er mich zeitweise den letzten Nerv kostete, war er unwiderstehlich niedlich.

»Geh bitte zu deiner Schwester und nimm ihre Hand, ja?«, bat ich ihn. Erst als er nickte, ließ ich ihn los und näherte mich weiter dem Boot.

»Emilia gibt mir nicht die Hand!«

»Emilia, bitte nimm ihn doch eben!« Ich drehte mich nicht um, denn ich wollte ihr trotziges Gesicht nicht sehen. Wie sie ihren Bruder angewidert ansah, ihre Hände hochriss, sodass Matteo nicht drankam und ihm die Zunge rausstreckte.

»Nein, ich habe keinen Bock! Wer weiß, wann die alte

Morchel sich das letzte Mal die Hände gewaschen hat«, beschwerte sie sich.

Ich hörte, wie Matteo hüpfte und umher wirbelte. Wie ein Flummi tanzte er um sie.

»Er ist dein Bruder. Außerdem, wo soll er denn gewesen sein?«, entgegnete ich ihr und stemmte die Hände in die Hüften.

»Sam, er hat letztens in der Vorschule einen Regenwurm gegessen.« Ihre Nase war krausgezogen und ihre vollen Lippen bildeten eine schmale Linie.

»Echt?«, war das Einzige, was ich dazu zu sagen wusste.

»War ganz lecker«, bestätigte Matteo grinsend.

Ich fasste mir kurz an die Stirn, schloss die Augen und zählte in meinen Kopf bis fünf.

»Matteo, bitte iss keine Regenwürmer ... Das ist irgendwie unhygienisch«, sagte ich, doch er kam zu mir und setzte einen ernsten Blick auf.

»Die Lehrerin hat gesagt, dass Insekten gutes Essen sind. In anderen Ländern werden sogar Spinnen gegessen«, ließ er mich mit vorgeschobenem Kinn wissen. »Und was heißt unhygienisch?«

Er hatte recht mit den Insekten, also zuckte ich mit den Achseln. »Das kann dir Grandpa gleich erklären«, wimmelte ich ihn ab, weil das die hundertste Frage war, die er mir stellte. Allein heute. Langsam kam ich mir wie ein zerfleddertes Lexikon vor.

»Emilia, nimm deinen Bruder an die Hand oder ich nehm dir dein Handy weg.« Zwei Fliegen mit einer Klappe. Mir war bewusst, dass Drohungen nicht pädagogisch wertvoll waren, aber ich wusste nicht mehr weiter. In meiner Vorlesung heute hatte ich mich kaum konzentrieren können. Der Besuch bei Luise mit den Kindern war voller unterschwelliger Kritik gewesen, die ich nicht gebrauchen konnte. Es war kein Feedback. Sie gab mir keine Tipps. Nein, sie beschwerte sich über meine Methoden und gab mir Anweisungen, die vage waren. *Sei strenger!* Das brachte mir nichts.

Nun kam ich zu spät zu meiner Verabredung und somit dem einzigen Lichtblick am Horizont dieser Woche.

»Dad?«, schrie ich ein bisschen energischer.

»Das werde ich nicht tun. Du hast mir gar nichts zu sagen, denn du bist nicht …«

»Deine Mom. Ja, ja, ich weiß! Das höre ich nur noch von dir! Die Leier wird langsam langweilig«, feuerte ich zurück.

Emilias Gesichtsausdruck war einmalig. Sie funkelte mich an, als hätte ich sie gezwungen, in Schlamm voller kleiner Wirbeltiere zu kriechen. Dann nahm sie Matteos Hand.

Ich atmete auf. Vorsichtig stieg ich auf das Boot. Für einen Moment musste ich mich an die Bewegungen des Bootes, Wassers unter mir, gewöhnen.

»Hallo? Dad, bist du hier? Wir sind es! Die Kinder und Sam!« Ich lief einmal um die Kajüte herum, doch es brannte kein Licht. Da waren nur die Möwen, und Wellen, die gegen das Ufer prasselten. Trotz des ruhigen Wassers verschwand der Frieden in mir.

»Er ist nicht da. Können wir jetzt nach Hause?« Ihre Stimme nervte mich allmählich. Alles, wirklich alles aus ihrem Mund klang wie eine Drohung.

Um weiteren Streit zu vermeiden und damit meine Energie zu schonen, ignorierte ich sie und fummelte mein Handy aus der Jeans. Ich wählte die Nummer meines Dads. Keine Mailbox. Das Freizeichen ließ mich aufatmen. Das Boot war noch hier in Bar Harbor. Sein Telefon war nicht ausgeschaltet. Zwei Indizien dafür, dass er sich nicht wieder aus dem Staub gemacht hatte. Uns nicht wieder allein gelassen hatte, als es brenzlig wurde. Leider blieb es bei dem Tuten. Mit knirschenden Zähnen legte ich auf und sah die Kinder an. »Habt ihr Lust auf Eiscreme?«

Ich eilte in die Küche des Pubs und stieß mir den Ellbogen an der Tür. Mein Fluchen erregte Aufmerksamkeit.

»Hey, du hast heute frei. Was machst du hier?« Jasper sah mich mit erhobenen Augenbrauen an. Eine Sekunde später war sein Blick wieder bei den Burgerpatties, die er auf dem Herd briet.

»Ja, aber ich habe meine Nichte und meinen Neffen im Schlepptau. Ich brauche dringend Eis für gute Stimmung«, ließ ich ihn wissen.

Er nickte wissend, ging zur Eistruhe und holte eine Packung mit Schokoladeneiswaffeln hervor. »Das bringt mich immer auf bessere Gedanken. Einen Versuch ist es wert.« Er reichte mir die Verpackung.

»Danke.« Ich nahm drei Teile heraus, denn ich konnte definitiv auch einen Stimmungsaufheller gebrauchen, und gab den Rest zurück an Jasper.

»Du hast was gut bei mir.« Mit diesen Worten verließ ich die Küche und krachte gegen einen Körper. Wieder fluchte ich. Heute war ich eine wandelnde Katastrophe.

»Woah!«, machte Daniel und hielt mich an beiden Armen, damit ich nicht umkippte. »Oh, du bist ein bisschen früh dran«, nuschelte er mehr zu sich selbst, als zu mir, und blickte panisch den Aufgang zu seinem Apartment hoch. Wir wollten uns heute in seiner Wohnung treffen. Es schien ihm Sorgen zu bereiten.

»Das war so nicht geplant.« Meine Finger gefroren vom

Eis. Er registrierte mein Diebesgut und legte den Kopf schräg. »Ich habe meine Nichte und meinen Neffen noch bei mir.« Ich seufzte und rieb meine Lippen übereinander, um den Lippenstift, den ich heute Morgen mit den Gedanken an einen ganz anderen Tagesablauf aufgetragen hatte, gleichmäßig zu verteilen.

»Wolltest du die beiden nicht zu deinem Dad bringen?« Er rieb sich den Nacken. Ich spürte, dass es kein Vorwurf seinerseits war. Trotzdem klang er ein wenig enttäuscht.

»Schon, aber er ist nicht am Pier gewesen. Und ich kann ihn auch nicht telefonisch erreichen.« Ich sah, dass sich grüblerisch eine Falte zwischen seinen Augenbrauen bildete. Er war konzentriert und nachdenklich, was mir sofort ein kribbliges Gefühl in meinem Bauch bereitete. Dieser Gesichtsausdruck war – gut.

»Das ist natürlich ärgerlich«, meinte er nur und zuckte mit den Schultern.

Ein kleiner Stich durchfuhr mich. »Ich werde noch mal anrufen. Es muss einfach klappen«, sagte ich zögerlich und starrte den Boden an. Enttäuschung machte sich breit und zog meinen Hals enger.

»Vielleicht«, sagte Daniel seufzend und hob seine Hand. Ich rechnete damit, dass er sie an mein Gesicht oder auf meine Schulter legen würde, doch er hielt inne und ließ sie wieder sinken. Ich sah mich um. *Wurden wir beobachtet? Wollte er, dass das zwischen uns geheim blieb?*

»Ich geh die Kids jetzt mit Eis versorgen. Hoffentlich haben sie dann bessere Laune und ich erreiche meinen Dad.« Damit quetschte ich mich an seinem warmen Körper vorbei und floh aus der Situation.

Wassertropfen liefen meine Hände hinab, als ich den Kindern die Eiswaffeln präsentierte. »Et voilà.«

Wie Matteo freudig das Papier entfernte, machte mein Herz leichter. Mit seinem kleinen Mund biss er direkt ins Eis und verzog dann das Gesicht.

»Kaust du immer das Eis? Eigentlich leckt man daran«, bemerkte ich irritiert und zeigte die Zähne.

»Er isst das immer so ... Und bekommt dann Hirnfrost. Seine Lernkurve ist unterirdisch«, krähte Emilia.

Sie legte das Eis auf den Tresen vor sich. Rührte es mit keinem Finger an. Mein Plan ging nicht auf. Ich wollte es wieder an mich nehmen, da grabschte sie es vor meinen Fingern weg und pellte das Papier ab. Eis war also auch bei Teenies noch akzeptabel. Gut zu wissen.

Matteo kaute unbeirrt und grinsend sein Eis. »Was heißt *Ett Woila*? Und was ist eine Lernkurve?« Jetzt ging das schon wieder los.

»Ich muss noch mal Grandpa anrufen, ja? Deine Schwester erklärt dir das bestimmt liebend gerne«, entzog ich mich den ewigen Erklärungen ein weiteres Mal und floh durch den Haupteingang des Pubs.

Das bisschen Ruhe in mich aufsaugend, lief ich auf die andere Seite der Straße. Ich wählte die Bank mit Blick auf den Ozean und ließ mich darauf sinken.

»Bitte, bitte, bitte«, flüsterte ich, während ich die Nummer meines Dads wählte. Diesmal gab es kein Freizeichen, sondern nur die Ansage seiner Nummer und die Mailbox. Indiz Nummer eins war gestorben. »Verdammter Mist!« Ich lehnte mich zurück, knallte das Handy neben mich auf die Sitzfläche und sackte zusammen. Über mir kreisten schreiende Möwen. Sie flogen durch leuchtende Wolkenschleier. Die Sonne stand tief über dem Horizont und bewegte sich in Zeitlupe auf die Wasseroberfläche zu. Kurz schloss ich die Augen. Das warme Licht hinter meinen Lidern spendete mir Trost.

Wie sehr hatte ich mich auf den kinderfreien Abend mit Daniel gefreut. Ich hätte Logan oder Zola als Babysitter engagieren sollen. Auf Dad war einfach kein Verlass.

Zuerst stieg mir der bekannte Duft in die Nase, dann hörte ich seine Schritte. Es war sein Rhythmus. So ging nur er. Als ich dann spürte, wie sich jemand neben mich setzte und einen Arm um mich legte, glitt mein Kopf von allein in die Kuhle zwischen Schulter und Brust. Die Stille zwischen uns war angenehm. Ich ließ die Augen geschlossen und spürte in die Zweisamkeit hinein. So saßen wir ein paar Minuten da.

»Konntest du ihn erreichen?«

Ich öffnete die Augen und sah Daniel von unten an. Sein Kiefer wirkte anders als sonst, entspannt. Beinahe friedlich.

»Leider nicht.«

Er strich mit einem Finger eine verirrte Haarsträhne hinter mein Ohr und lächelte mild.

»Tut mir leid, aber ich muss absagen«, machte ich ihm klar und räusperte den Kloß in meinem Hals zurecht.

»Das ist schade«, flüsterte er und strich meine Wange mit seinem Handrücken entlang.

»Wirklich schade.« Insgeheim hoffte ich, dass er eine Alternative vorschlug. Er wirkte unbeteiligt und das machte mir Sorgen.

»Vielleicht können wir ja …«, setzte ich an, verstummte aber. Es wäre doch total verrückt ein Date in der Wohnung meiner Schwester zu haben, wenn drei Meter weiter mein Neffe und meine Nichte schliefen.

»Hm?«

»Ach, schon gut. Ich werde die beiden jetzt nach Hause bringen«, sagte ich lächelnd und schluckte meinen Frust und die Enttäuschung herunter.

»Fährst du jetzt nach Orono?«, wollte er wissen.

Ich nickte knapp. »Wir sehen uns.« Mit diesen Worten entglitt ich seiner Umarmung und stand auf. Die Situation war merkwürdig. Ich hatte das Gefühl, dass etwas zwischen uns lag. Er würde sich sicherlich wegen der Kinder von mir distanzieren. Eine frische Liebe sollte unter keiner Belastung stehen. Eine Schwester im Krankenhaus, zwei Kinder zur Pflege. *Das wäre für jeden zu viel, nicht wahr?*

Daniel tat es mir gleich. Er stand auf, kam mir jedoch ganz nahe. Sanft nahm er mein Gesicht in die Hände und küsste meine Stirn.

All diese Gefühle in mir waren zu viel. Ich war wütend auf meinen Dad, gerührt von Daniels Geste, aber auch traurig über den mir bevorstehenden, einsamen Abend.

»Ich … Wir …«, setzte ich an. Seine Augenbrauen hoben sich und das goldene Licht ließ seine blonden Haare glänzen.

»Sam, du musst diesen Kobold von mir fernhalten!«, hörte ich Emilia hinter mir kreischen und wirbelte herum. Mit wild fuchtelnden Armen überquerte sie die Straße und Matteo lief ihr gackernd hinterher. Auf die Straße zu, ohne Begleitung und ohne auf den Verkehr zu achten …

»Bist du von allen guten Geistern verlassen?« Ich rannte, so schnell ich konnte, an Emilia vorbei und schnappte mir Matteos Schulter. Mit eisernem Griff, der kein Entkommen bedeutete, umklammerte ich seine kleine Hand und fühlte ein Krabbeln in meiner Handfläche. Mit großen Augen blickte ich hinunter und sah einen riesigen Käfer auf meiner Hand. Vor Angst schreiend schüttelte ich die betroffene Hand, stoppte meinen Neffen aber mit der anderen, damit er nicht über die Straße lief.

»Ich fasse es nicht!«, schrie ich, so laut ich konnte. Bei dem Gedanken an das Krabbeltier auf meiner Haut juckte es mich überall. »Emilia, du kommst jetzt sofort her!« Diese

Göre würde Hausarrest bekommen. Daniel war mittlerweile zu uns gejoggt und beobachtete mit besorgter Miene meinen Ausbruch. Niemals wollte ich mich auf offener Straße so aufführen, doch meine Kräfte waren erschöpft. Die Nerven lagen blank. Dass Emilia sofort zu uns trat, ohne Widerworte zu geben, veranschaulichte den Ernst der Lage.

»Du hast wohl den Verstand verloren? Du kannst deinen kleinen Bruder doch nicht allein lassen. Vor allem nicht, wenn hier Autos fahren und der Ozean vor der Tür ist. Willst du, dass er zu deiner Mom ins Krankenhaus kommt?« Bei den letzten Worten zitterte meine Stimme, denn ich wusste, ich war zu weit gegangen.

Daniel sog scharf die Luft ein.

Ein Gewicht legte sich auf meine Brust.

Emilias Miene verzog sich schmerzhaft und Tränen bildeten sich in ihren schönen haselnussbraunen Augen. »Nein, das will ich nicht«, schluchzte sie und schüttelte den Kopf, sodass ihre Locken sprangen. Ich konnte kein Mitleid empfinden, ich war zu aufgebracht.

»Und du!«, wechselte ich zu Matteo und funkelte ihn böse an. Sofort war er zwei Zentimeter kleiner und wich einen Schritt zurück.

»Du kannst nicht, ohne zu schauen, auf eine Straße rennen. Und hör auf deine Schwester mit irgendwelchem Getier zu ärgern.«

Er nickte. Auch er sah aus, als würde er jeden Moment weinen.

Mir war auch nach Heulen zu Mute. Nicht nur, dass ich den Preis für die beschissenste Tante der Welt einheimsen würde, weil ich die Kinder meiner Schwester, die im Krankenhaus lag, zum Flennen gebracht hatte. Nein, ich hatte das als eine Art Kirsche auf der Sahne vor dem Mann gemacht, dessen

Meinung mir so viel bedeutete, dass ich in diesem Moment vor Scham und Schuld körperliche Schmerzen erlitt.

»Sorry, Daniel«, hauchte ich. Bevor er mich kritisieren oder fragen konnte, ob ich von Sinnen sei, zog ich Matteo hinter mir her. Ich wusste, dass er mich ansah. Er beobachtete, wie ich mit den beiden schluchzenden Kindern die Straße sicher überquerte. Mein Nacken ging von seinem Blick in Flammen auf. Doch ich drehte mich nicht um.

Kapitel 33
Daniel

Das Grummeln des Motors erstarb und ich prüfte ein letztes Mal die Straßenschilder, um herauszufinden, ob ich hier parken durfte. Ich hoffte es, denn abgeschleppt zu werden, war sehr teuer. Der Pub lief gut, ich hatte keine Probleme meine Mitarbeiter oder die Lieferungen zu bezahlen, doch mehr als die Hälfte des Geldes, was ich mir aus dem Geschäft als Lohn entnahm, ging für meine Fehler aus der Vergangenheit drauf. Es war hart, verschuldet zu sein. Doch die Abbezahlung und somit die Wiedergutmachung meiner Fehltritte war Teil des Heilungsprozesses. Große Sprünge waren nicht möglich. Damit hatte ich mich abgefunden. Und Kian half mir, indem ich mietfrei über dem Pub wohnen durfte. Es war ein Anfang.

Ich beugte mich zu meinem Rucksack auf dem Beifahrersitz und kramte mein Handy zwischen meiner Reisezahnbürste und einer frischen Boxershorts hervor. Vielleicht hatte ich zu großzügig gepackt ... Ich legte die Stirn in Falten, verzog den Mund. *War ich gut vorbereitet oder völlig auf dem Holzweg? Was, wenn Sam mich gleich wegschicken würde?*

Ich schrieb Logan eine Nachricht:

»Ich habe die Wohnung gefunden. Danke für deine Hilfe.«

»Kein Ding. Bleibt anständig.«

Ich verdrehte die Augen und steckte mein Handy zurück in den Rucksack. Das Knarzen der Jeeptür durchschnitt die Ruhe des Wohngebiets. In weiter Entfernung begann ein Hund zu bellen. Bepackt wie ein Esel stiefelte ich zu dem Apartmentkomplex und klingelte bei *Ernst*.

»Ja?«, ertönte die Stimme eines kleinen Jungen.

Hier war ich richtig. Ich grinste breit. »Hey Matteo, hier ist Daniel. Sams Freu... Ich meine, ein Freund von Sam. Lässt du mich rein?«

»Ich kenne dich nicht.« Es klackte und weg war er.

Leicht verunsichert blieb ich vor der Tür stehen. Ich wollte ein weiteres Mal klingeln, da surrte es. Mit der Schulter drückte ich eilig die Tür auf. Die vielen Stufen brachten meinen Kreislauf in Schwung und als ich endlich im dritten Stock ankam, sah ich Sam im Türrahmen stehen.

»Was machst du hier?«, fragte sie mit großen Augen.

»Ich überrasche dich. Euch.« Vor Aufregung kribbelte es in meinem ganzen Körper. Plötzlich kam ich mir mit dem gepackten Korb voller Antipasti und den von Zola geliehenen DVDs furchtbar naiv vor. *Was hatte ich mir nur gedacht?* »Also ich habe ... Ich ... Störe ich?«, nuschelte ich und versuchte, den Flechtkorb meiner Mom vergebens hinter meinem Rücken zu verstecken.

»Nein, nie.« Wie selbstverständlich trat sie zu mir, nahm mir den Korb ab und grinste verschmitzt. »Toller Korb, hast du den geflochten?«

»Nein, meine Mom«, entgegnete ich lahm.

Sam kicherte, veränderte ihre Miene jedoch, als ein kleiner Körper sich an ihr vorbeiquetschte.

»Ach, das ist Daniel«, rief Matteo aufgeregt und beäugte neugierig mein Gepäck. »Ziehst du hier ein?«

Er hatte mich kalt erwischt. Kinder sprachen Dinge aus, die sich sonst niemand wagte zu vermuten. »Nein, Quatsch. Ich wollte euch nur besuchen.«

»Warum?« Er verschränkte die Arme vor der Brust. Mit einer Grimasse, die nur bei Kindern niedlich aussehen konnte, registrierte er jede Bewegung von Sam und mir.

»Du musst nicht darauf antworten, er fragt immer weiter. So lange, bis man im Weltall landet«, kam von Emilia, die an uns, mit dem Blick auf ihr Handy, vorbeirauschte.

»Du könntest zumindest *Hallo* sagen, bevor du rumstänkerst«, zischte Sam, wuschelte Matteo durch die Haare und ging in die Wohnung.

Ich hatte Emilias Worte noch nicht deuten können, da zog Matteo schon an meinem Shirt, sodass ich eintreten musste.

Auf den kleinen hellen Flur folgte eine offene Wohnküche mit einer schicken, auf Hochglanz polierten Kücheninsel und Barhockern.

Sam stellte den Korb ab und legte die Hand auf den Deckel. »Darf ich?«

»Sicher.«

Sie klappte ihn hoch. Ein Lächeln erschien auf ihrem Gesicht. Da wusste ich, dass es keine unpassende Idee gewesen war. Das hier hatte sich für diesen Anblick allein schon gelohnt.

Sie nahm die vielen Schalen und Dosen einzeln heraus und beäugte sie. »Wow, was ist das alles?« Mit zusammengekniffenen Augen versuchte sie, durch das Plastik zu erahnen, um was es sich jeweils handelte.

»Also das hier sind gefüllte Paprika«, begann ich zu erklären. Ich ließ meinen Rucksack in die Ecke plumpsen und nahm ihr die Schale ab. Mit einem Ploppen löste ich den Deckel ab und ließ sie schnuppern.

»Himmlisch.« Sie freute sich so sehr, dass sie sogar einen kleinen Hopser machte. Das war Sams Ding. Ich hatte es bereits einige Male beobachten können. Immer wenn sie besondere Freude empfand, sprang sie, ohne es selbst zu merken, ein kleines bisschen in die Luft.

»Ich dachte, wir könnten das ins Wasser gefallene Date einfach transformieren?« Auch wenn ich mir sicher war, dass das Treffen gut lief, ich brauchte ihre Zustimmung, damit die Aufregung nachlassen konnte.

Matteo wirkte sofort begeistert und kletterte umständlich auf einen der Barhocker. »Transformieren?«

»Ja, wir könnten daraus einfach einen gemütlichen Familienabend machen ... Also wenn ...« *Ging ich zu weit? War es gefühlskalt einen solchen Vorschlag zu machen, mich als Teil der Familie zu bezeichnen, während ihre tatsächliche Familie abwesend war? Wenn ihre Schwester im Krankenhaus lag?*

Die Angst, dass sie meine Idee hassen würde, blieb. An ihrer festen Umarmung, die mir kurz die Luft nahm, begriff ich, dass die Sorgen unbegründet gewesen waren.

»Danke.« Sie sprach ganz leise, dicht an mein Ohr. Als wäre es nur für mich. Meine kleine Wertschätzung.

Die Nervosität, die sich von Bar Harbor bis Orono in mir aufgestaut hatte, verwandelte sich in Tatendrang. »Ich habe nicht nur Antipasti und Baguette mitgebracht, ich habe auch DVDs ausgeliehen«, verkündete ich mit neuem Mut und lief zu meinem Rucksack.

»Wie lange hast du das geplant? Wir sind doch erst seit zwei Stunden hier. Wir haben uns vor drei knapp vier Stunden im Pub gesehen. Und du hast nichts gesagt.« Sam vergewisserte sich durch die Uhr, die an der Decke über dem Esstisch hing.

»Ach, das war spontan. Und eine Überraschung. Die war halt geheim, sonst macht es keinen Spaß.« Ich verschwieg ihr bewusst, dass ich bei Zola vorbeigefahren war, um ihre Lieblingsfilme abzuholen. Nun legte ich sie auf den Tresen, ließ Sams schönes Gesicht nicht aus den Augen. Ihre Emotionen abzulesen, war das Highlight meiner Woche. Von Ungläubigkeit zu Verwunderung und dann purer Freude – ein Volltreffer.

»Woher weißt du, dass ich *Pitch Perfect* liebe? Das weiß niemand außer …«

»Zola«, sagten wir gleichzeitig und lachten. So viel zu meinen Geheimnissen. Es war schwer bei Sams Scharfsinn und ihren Freunden, die ihr so nah waren, ein mystisches Image als charmanter Verehrer aufzubauen.

»Was ist das?« Matteo nahm eine DVD-Hülle in die Hand. »Ganz tolle Filme voller Gesang, Tanz und Witz.« Sie strahlte, ihre braunen Augen glitzerten hell.

In meiner Brust entstand ein Kribbeln. Das Lächeln war so in meinem Gesicht eingebrannt, dass die Muskeln um meinen Mund schmerzten.

»Ich mag Singen«, war Matteos einziger Kommentar. Ansonsten schienen ihn die Filme weniger zu begeistern. Auch die Hüllen landeten schnell wieder auf der Anrichte.

»Wie wär`s, wenn du uns auf der Couch eine Höhle baust? Dann können wir es uns gemütlich machen.«

Seine Augen leuchteten auf. Innerhalb von Sekunden war er im Flur verschwunden.

Sam nahm vier Teller aus dem Schrank und deckte den Tisch. »Ist das in Ordnung, Sam?« Ich trat neben sie. Um ihre volle Aufmerksamkeit zu erhalten, nahm ich eine ihrer weichen Hände.

»Was soll nicht in Ordnung sein?«

Sofort war eine Anziehung zwischen uns, die ich nicht mit Worten beschreiben konnte. Die in meinem Kopf keinen Sinn ergab, denn so hatte ich mich noch nie zu einem Menschen hingezogen gefühlt.

»Ich habe dich mit meiner Überraschung ziemlich überfallen.«

»Das ist der Sinn von Überraschungen, weißt du.« Sie knuffte mir in die Seite. Ihre Nähe brachte Wärme in meinen Körper. Sie erinnerte mich an unsere gemeinsame Nacht.

»Ich freue mich sehr, dass du hier bist.«. Das war kein Scherz. Ihre Augen glänzten. Wir sahen uns an. Ich wünschte mir mehr. Mehr Nähe. Mehr Sam. Und ihr ging es wohl ähnlich, denn sie kam mir ganz nah und küsste mich auf die Wange. »Danke für dein Verständnis«, flüsterte sie.

Ich tat es ihr gleich. Küsste sie ebenfalls auf die Wange. Die Kinder waren hier. Es war das Apartment ihrer Schwester. Wir mussten uns zusammenreißen. Ich musste das. »Und danke für deins.«

Das Abendessen verlief holprig. Immer wieder begannen Matteo und Emilia zu streiten, doch mit einer bewundernswerten Geduld wies Sam die beiden wieder in ihre Schranken. Sie hatte es bereits vor dem Unfall ihrer Schwester nicht leicht gehabt. Nun war die Belastung sicherlich immens. Deshalb hatte ich ihr diesen Abend schenken wollen. Mich schenken wollen. Nicht sexuell gemeint, noch nicht einmal romantisch, sondern als emotionale Unterstützung. Ich hatte keine Ahnung von Kindern. Trotzdem war es sicherlich besser, nicht ständig mit ihnen allein zu sein. Und mein Plan ging auf. Der Stress ließ allmählich von ihr ab. Sie wirkte ruhiger, lächelte mehr als in den letzten Wochen. Mir wurde klar, dass es wichtig war, dass wir zusammenhielten. Keiner durfte sie mit all dem allein lassen. Auch ich nicht, wenn ich es ernst mit ihr meinte. Und das tat ich.

»Schauen wir jetzt den Musikfilm?«, fragte Matteo und schlackerte so mit den Beinen, dass der ganze Esstisch wackelte.

»Klar«, stimmte Sam zu und machte sich an das Abräumen des Tisches. »Hey Madame, hiergeblieben!«

Emilia hielt in der Bewegung inne und rollte mit den Augen. »Du kannst mir helfen, den Tisch abzuräumen.«

»Warum macht das nicht die Person, der den ganzen Kram angeschleppt hat?« Sie funkelte mich so böse an, dass ich beinahe einen Teller fallen ließ. Mein Mund klappte auf und ich schloss ihn trocken wieder. *Warum waren Teenager so gemein?*

»Emilia, Daniel ist unser Gast«, fauchte Sam und wurde rot. Ich nahm die Hitze, die in ihr aufstieg, neben mir wahr und konnte nicht umhin, dass mein Herzschlag sich beschleunigte. Mein Körper war ein mieser Verräter.

»Ist schon okay, sie hat ja recht.« Der Abend sollte harmonisch ausklingen, deshalb versuchte ich, den nächsten Streit abzumildern. Ich nahm die vielen Dosen und suchte die dazu passenden Deckel.

»Das kann ich so nicht akzeptieren.« Ihr Lächeln wurde schmaler. Sie wandte sich wieder an Emilia. »Du solltest nicht so undankbar sein, immerhin hat Daniel uns ein schönes Abendessen gezaubert.«

»Von mir aus. Kann ich jetzt auf mein Zimmer?« Es war

das volle Teenagerprogramm: Rollende Augen, Hände, die in die Hüften gestemmt wurden, vorgeschobene Unterlippe und geballte Fäuste.

»Und was ist mit dem Film?« Sams Stimme war kraftlos.

Ich konnte sie verstehen und es nachempfinden. Ihr Tag war alles andere als perfekt gelaufen. Die Vorstellung, zumindest einen schönen Abend ohne Streit als Familie zu verbringen, war verpufft.

Und Emilia gab nicht nach. »Das ist doch dieser Acapella-Schwachsinn, oder? Da habe ich keinen Bock drauf!« Sie drehte sich schwungvoll um und stolzierte aus der Küche.

»Wie wär's mit einem Bier?«, rief ich ihr hinterher. Sam keuchte, doch Emilias Gesicht erschien im Türrahmen. Sams Augen wurden so dunkel, dass ich Angst bekam. Ohne, dass die Kinder es mitbekamen, zwinkerte ich ihr zu. »Vertrau mir«, formte ich mit den Lippen. Sie nickte, sah dann auf ihre Hände.

»Wie jetzt?« Emilia kam mit verschränkten Armen vor der Brust zurück. »Ich bin noch ein Teenie. Als ob du mir ein Bier gibst.«

»Klar, kein Problem. Ich bin ja schließlich Wirt«, gab ich mich cool und ging zum Kühlschrank. Dort hatte Sam vor dem Abendessen das alkoholfreie Bier, was ich ebenfalls mitgebracht hatte, verstaut. Ich nahm die Flasche mit dem abgelösten Etikett heraus. Sie war durch den Regen beim Beladen des Jeeps nass geworden und diente mir jetzt als Geheimwaffe gegen den pubertären Teenager.

»Hier«, sagte ich lässig und hielt ihr die Flasche hin. Emilia zögerte. Sie sah zu ihrer Tante, doch Sam strich sich nur eine Strähne hinter das Ohr. Pokerface.

»Krieg ich auch eins?« Matteo machte große Augen.

Damit mein Plan aufging, musste ich jetzt hart bleiben. Ich schüttelte den Kopf.

»Du bist wirklich noch zu klein.«

»Aber …«, setzte er an, doch Sam unterbrach ihn.

»Du bekommst ausnahmsweise einen kleinen Schluck Coke, ist das ein Deal?« Er nickte, sprang vom Stuhl und rannte um die Kücheninsel wie ein Jack Russel Terrier. Wie würde das bloß sein, wenn er eine Extraportion Zucker erhielt?

Emilia nahm zögerlich die Flasche Bier entgegen. »Danke?« Langsam drehte sie sich von uns weg.

»Stopp, das Bier ist Teil einer Abmachung«, hielt ich sie auf. Ich stellte mich ihr in den Weg und imitierte ihre abwehrende Haltung. »Du bekommst dieses Bier und erzählst es niemanden – auch nicht deiner Mom. Dafür schaust du mit deiner Tante, deinem Bruder und mir diesen Musikfilm. Ohne gemeine Kommentare oder Streit. Kapiert?«

Sam schaute mich an, als wäre mir ein zweiter Kopf gewachsen. Selbst Matteo hatte mit seinen Kreisen aufgehört und saß nun keuchend auf einem Hocker.

Emilia betrachtete mich einige Augenblicke skeptisch, dann nickte sie. »In Ordnung.« Sie hielt mir die Hand hin. Wir besiegelten unsere Abmachung mit einem Handschlag.

Dann suchte ich Sams Blick. Sie lächelte breit und biss sich auf die Unterlippe.

Kapitel 34
Sam

Egal, wie sehr ich versuchte, den Impuls zu unterdrücken, ich konnte nicht anders. Ich musste mitsingen. Insgeheim war ich sogar stolz, dass ich jeden Song auswendig konnte. Es nach außen zu kehren, war eine andere Sache. Die *Barden Bellas* sangen das großartige Finale des ersten Teils der Filmreihe und meine Hände zuckten immer wieder. Wenn ich mich ganz unbeobachtet fühlte, weil Daniel und Emilia in die Performance versunken waren und Matteo leise schnarchte, machte ich die passenden Handbewegungen. Wie gerne würde ich so singen können. Schmerzlich hatte ich bei einem Talentwettbewerb in der siebten Klasse feststellen müssen, dass ich höchstens mittelmäßig sang. Der Film endete und wie jedes Mal musste ich mit den Tränen kämpfen, denn natürlich küssten sich die zwei Nerds. Alle waren glücklich. Diese Hollywoodwelt hatte nicht viel mit dem echten Leben zu tun.

Als der Abspann begann, streckte ich mich auf dem Sofa. Ich beobachtete wie Emilia sich ganz unauffällig eine Träne aus dem Augenwinkel strich. Es kostete mich einiges an Überwindung nicht laut *Ha* zu rufen und auf sie zu deuten.

»Der Film war gut. Die Musik überraschend cool.« Daniel lächelte mich an. Er wirkte entspannt, zog die Decke ein Stückchen höher, damit sie Matteo bis zum Kinn reichte. Ich hatte das Gefühl, dass Daniel hierhin gehörte. Nicht unbedingt in diese Wohnung auf diese Couch. Vielmehr an meine Seite.

Heimlich deutete ich auf Emilia und er nickte. Wie Geheimagenten kommunizierten wir den ganzen Abend schon über die Köpfe der Kinder hinweg. Es war aufregend und besonders mit ihm auf diese Weise Zeit zu verbringen. Ich hatte realisiert, wie gut wir uns kannten, denn wir brauchten kaum Worte. Einzelne Blicke genügten, um alles zu sagen.

»Ich liebe diese Filme«, ließ ich Emilia und Daniel zum mindestens hundertsten Mal wissen.

Beide nickten – er zufrieden, Emilia mit verdrehten Augen. »Es war nicht ganz so ätzend, wie ich dachte ... Kann ich jetzt schlafen gehen?« Sie hielt sich beim Gähnen die Hand vor den Mund.

»Du möchtest doch nur an dein Handy«, sagte ich mit einem abschätzigen Blick auf das Smartphone, das erstaunlicherweise den ganzen Film über auf dem Couchtisch gelegen hatte. Ansonsten war das Ding förmlich mit ihrer Hand verschmolzen.

Emilia setzte die Bierflasche an und trank den letzten Schluck. »Ich glaube, ich bin ein bisschen betrunken. Der Alkohol macht mich ganz müde. Ich geh nicht mehr lange an mein Handy.« Sie nahm es in die Hand, hielt sich dann den Kopf und stand schwankend auf.

Daniel und ich wechselten einen vielsagenden Blick.

»Gute Nacht. Oh, und danke für das Essen und so«, nuschelte sie und verschwand dann.

Meine Augenbrauen berührten fast meinen Haaransatz. »Das war …«

»Unerwartet?«, schlug er im Flüsterton vor, damit Matteo nicht aufwachte.

»Ich wollte eigenartig sagen. Aber unerwartet passt auch.«

Daniel grunzte. »Auf jeden Fall eine nette Abwechslung.«

Gemeinsam räumten wir auf, dann half er mir mit dem schlafenden Matteo. Wie er behutsam meinen kleinen Neffen in den Armen trug und ihn in sein Bett legte, rührte mich. Als ich den kleinen Kerl zudeckte und ihm einen Kuss auf die Stirn gab, musste ich gegen den Kloß in meinem Hals ankämpfen. Wir schlichen aus dem Kinderzimmer, nur um unschlüssig in der Küche herumzustehen.

»Und jetzt?« Die Anspannung baute sich mit jeder Sekunde, die verging, weiter auf.

»Keine Ahnung«, gestand Daniel. Er legte die Hand in den Nacken und verlagerte sein Gewicht von einem Bein auf das andere.

»Möchtest du hier übernachten?«, traute ich mich, zu fragen, drehte mich dann jedoch hektisch um und ließ Wasser in das Spülbecken laufen.

»Es wäre toll, nicht mehr nach Bar Harbor zurückzumüssen.« Schnell spülte ich ein paar Gläser, damit meine Hände eine Aufgabe hatten.

»Okay«, nuschelte ich nur beiläufig und stellte die nassen Teile auf das Abtropfgitter. Ohne weitere Worte schnappte er sich ein Handtuch und trocknete die Gläser mit dem professionellen Blick eines Wirts ab. *Würde sich irgendwann, wenn er bei mir war, diese Unsicherheit legen? Und dann dachte ich an die Kinder. War es überhaupt in Ordnung, wenn ein Mann hier schlief? Wie ging meine Schwester vor?* Ein weiteres Mal war ich überfordert.

»Aber wir können nicht in dem Bett meiner Schwester schlafen. Das kann ich nicht«, presste ich hervor. Mir war bewusst, dass er mich ansah, doch ich mied seinen Blick. Hatte zu viel Sorge, dass ich Enttäuschung erkennen würde. »Die Kinder und …«

»Sam, natürlich. Ich schlafe auf der Couch.« Das war das Beste, was er hätte sagen können. Erleichterung durchflutete meinen Körper. Es war eh schon bizarr in dem Bett meiner Schwester zu schlafen. Und dieses noch mit einem Mann zu teilen, war mehr als falsch.

Daniel lehnte sich beim Abtrocknen gegen mich. In mir tat sich eine Kluft auf. Auf der einen Seite die Freude, dass er hier schlief, aber auf der anderen Seite war da auch eine Enttäuschung. Ich wollte unbedingt unsere gemeinsame Nacht wiederholen. Es zerriss mich förmlich und ich knallte das nächste Glas auf das Abtropfgitter.

»Was ist los?«

»Ich will noch nicht schlafen gehen«, antwortete ich und meine Wangen begannen zu glühen, denn ich klang keinen Deut besser als meine bockige Nichte.

»Lass uns den zweiten Teil schauen«, schlug er vor und küsste sanft meinen Hals. Zahm, nicht so wie sonst. Es war neu und trotzdem schön, doch in mir brannte eine Flamme, die damit nicht gelöscht werden konnte.

Wir machten es uns auf der Couch bequem und nutzten den Platz, den vorher die Kinder in Anspruch genommen hatten. Er klopfte auf seine Brust und ich nahm die Einladung mit pochendem Herzen an. Sein Duft umgab mich und ich kuschelte mich, so nah es ging, an ihn. Daniel legte seinen schweren Arm um mich und zog mich noch näher. Nicht einmal ein einzelnes Haar hätte noch zwischen uns gepasst. Seine liebevolle Art, mir über den Kopf zu streicheln und heimlich an meinem Haar zu schnüffeln, machte meine Brust ganz warm. Ich registrierte jede kleine Geste und schaute bei den lustigen Szenen zu ihm herüber, damit ich die Freude auf seinem Gesicht sehen konnte. Ich sog den Anblick auf und speicherte ihn in mir. Der ganze Abend war eine der schönsten Erinnerungen meines Lebens, das wusste ich in diesem Moment. In dem Gefühl von Sicherheit und Geborgenheit schlummerte ich irgendwann zwischen der Bootcampszene und dem Solo von *Fat Amy* ein.

Kapitel 35
Sam

Far from me

Die Tür des Vorlesungssaals knallte hinter mir zu und ich lehnte mich gegen die kalte Wand. Mit einem unguten Gefühl wählte ich die Nummer der Mailbox und lauschte der fremden Stimme, die eine Nachricht für mich hinterlassen hatte. »Guten Tag, Miss Ernst, hier spricht das Sekretariat der Orono Highschool. Leider gab es eine körperliche Auseinandersetzung zwischen zwei Schülerinnen. Ihre Nichte Emilia war beteiligt. Bitte kommen Sie, so schnell Sie können, zu uns und holen Sie sie ab. Vielen Dank.«

Mit einem Stöhnen legte ich Daumen und Zeigefinger an die Nasenwurzel. Ich versuchte, entspannt zu atmen, doch es fiel mir schwer, ruhig zu bleiben. Als ich mich von der Wand löste, betrachtete ich die schwere Holztür, die mich von der Vorlesung in Personalwirtschaft abschnitt. Alles, was mir wichtig war, litt unter meiner Situation. Unter der Situation meiner Schwester. Und umso besser es ihr ging, desto egoistischer wurden meine Gedanken.

Ich wählte die Nummer meines Dads, doch wie in den letzten Tagen auch, ging nur die Mailbox dran. Typisch.

»Denk nach, Sam«, flüsterte ich mir selbst zu und wanderte den Gang auf und ab. Ich war noch nicht bereit zu gehen. Es war nicht möglich, die Vorlesung zu schwänzen. Ausgerechnet heute stand ein Thema auf dem Lehrplan, das ich noch nicht ganz erfassen konnte. Mein Zettel mit Fragen an den Dozenten war doppelseitig, kariert und in kleinster Schrift geschrieben. Wie sollte ich ohne die Antworten die Prüfung schaffen?

Grummelnd wählte ich Zolas Nummer. Meine letzte Hoffnung war ihr freier Nachmittag.

»Hey, was gibt's?«, ertönte ihre fröhliche Stimme.

»Hey.« Sie zog die Luft zwischen den Zähnen ein.

»Oh je, Sam. Du klingst genervt. Was ist schiefgelaufen?«

»Ich muss Emilia aus der Schule abholen, habe gerade aber Perso, erreiche meinen unzuverlässigen Dad nicht und Matteo braucht auch in ungefähr einer Stunde eine Betreuung«, ratterte ich herunter und entfernte mich widerwillig vom Vorlesungssaal.

»Also fast gar nichts los, hm?« Ihre lockere Art brachte zumindest einen meiner Mundwinkel nach oben.

»Das mit deinem Dad ist wirklich ärgerlich … Aber so sind Väter halt.«

Ich biss die Zähne aufeinander. Mir wurde bewusst, dass meine Kommentare über meinen Dad grenzwertig waren. Immerhin sah ich ihn ab und zu. Er hatte sich nicht aus dem Staub gemacht, als ich ein Kleinkind gewesen war, und meine Mom mit einem Haufen Schulden sitzen lassen.

»Zola, was soll ich jetzt machen?« Meine Stimme bebte. Ich hasste diese Stimmverfärbung, doch der Stress schlug sich nieder und seit Luises Unfall war ich näher am Wasser gebaut als sonst.

»Ich würde dir wirklich gerne helfen, aber ich bin gerade beschäftigt.« Wie immer hielt sie sich bedeckt.

Ich sparte mir die Fragen. Es gab Dinge, die Zola nicht mit Logan und mir teilte. Wir mussten das einfach respektieren. »Kein Ding ... Ein Rat würde mir schon reichen ... Emilia hatte eine körperliche Auseinandersetzung. Heißt das, dass sie sich geprügelt hat?« Ich blieb für einen Moment stehen und schloss die Augen. *Was verstand man unter dem Begriff? Haareziehen? Augenausstechen? Oder ins Gesicht schlagen? Auf was musste ich mich emotional vorbereiten? War sie verletzt?* Tausende von Fragen schossen mir durch den Kopf und jede von ihnen trieb das flaue Gefühl in meiner Magengegend an.

»Wow, sie ist echt eine Kratzbürste.«

»Das kannst du laut sagen«, stimmte ich ihr zu und lief weiter. Ich beschleunigte meine Schritte. Noch nie hatte ich eine solche Situation lösen müssen. »Was meinst du? Will in der Schule jemand mit mir reden oder hole ich sie nur ab? Kann ich sie einfach mitnehmen und am nächsten Tag geht sie in die Schule, als wäre nichts gewesen?«

»Du musst bestimmt zum Direx.«

Die kühle Luft schlug mir entgegen und streifte über meine erhitzten Wangen. »Was zum Teufel soll ich dem denn sagen?«, sagte ich mit hoher Stimme und steuerte auf den Parkplatz zu.

»Dass sie eine schwierige Zeit durchmacht, weil ihre Mom im Krankenhaus liegt. Dass du ihr Verhalten jedoch nicht toleriert und sie bestrafen wirst«, schlug Zola, lösungsorientiert wie immer, vor.

»Hm ... Bestrafen?«

»Ja, das sagst du denen. Und dann macht sie irgendeine

gemeinnützige Arbeit. Kratzt die Kaugummis von den Tischen oder sowas in der Richtung«, plante Zola, als wüsste sie genau, wovon sie redet.

»Okay, und dann nehme ich ihr das Handy weg und sperre sie in ihr Zimmer ein. Ich lasse sie erst wieder raus, wenn ihre Mom zurück ist.« Ich stieg schulterzuckend in mein Auto.

»Sam, ich war noch schlimmer als Emilia, glaub mir. Ich will nicht dein Weltbild zerstören, du als perfekte Tochter und Musterschülerin kannst das jedoch nicht verstehen ...«

Es tat weh, dass sie mich so sah, ich mich aber nicht so fühlte. Von wegen perfekte Tochter ... Und eine Musterschülerin war ich nur, weil ich unentwegt lernte wie eine Besessene.

»Sie wird auf deine Strafen scheißen.«

»Zola!«

»Hey, ich sage nur die Wahrheit! Du wirst dieses Mädchen niemals mit strengen Vorschriften erreichen. Außerdem steckt bestimmt ein Grund hinter ihrem Verhalten. Sie ist eine pubertäre Göre, ja, aber sie ist auch deine Nichte und ...« Zola wurde unterbrochen und ich hörte verschiedene Stimmen im Hintergrund, die ich nicht zuordnen konnte.

Mir kam die Ablenkung recht, denn mir fehlten die Worte. Emilia und ich waren sehr verschieden und ihr Verhalten gab mir Rätsel auf. Ich musste allerdings auch zugeben, dass ich sie bisher nur als nervig und pubertär abgetan hatte. Wirklich mit ihrer Art auseinandergesetzt, hatte ich mich nicht.

»Vielleicht hast du recht«, gab ich zu und steckte den Autoschlüssel in die Zündung. Bei dem Wind und dem Dauernieselregen brauchte ich definitiv meine Heizung.

»Natürlich, ich habe immer recht.«

Ich verdrehte die Augen und klemmte das Handy zwischen Ohr und Schulter ein, damit ich freie Hände hatte.

»Und was sagt Frau Schlauberger dazu, dass ich innerhalb von 45 Minuten zur Highschool fahren, ein Gespräch mit dem Direx führen, Emilia abholen und pünktlich am Kindergarten auf der anderen Seite der Stadt sein soll, um Matteo abzuholen?«, jammerte ich und kippte den halben Inhalt meiner Aktentasche auf dem Beifahrersitz aus. *Wo war bloß mein Planer?*

»Ich kenne Orono wie meine Westentasche und sage dir: Das schaffst du nicht.«

»Wow, klasse Motivationsrede.«

»Sorry, ich bin nur ehrlich.«

»Ich weiß, schon okay.« Ich nahm den Planer, der sich zwischen Lehrbüchern, Collegeblock und Stiftmäppchen versteckt hatte, und klappte ihn auf. Verschiedene, lose Zettel fielen heraus und landeten auf dem Fahrzeugboden. Normalerweise heftete ich alles ordnungsgemäß ab, aber ich war die letzten Abende so unglaublich müde gewesen. Meistens war ich auf der Couch versackt, anstatt meine Tagesplanung zu führen und Notizen abzuheften.

»Kacke, ich weiß nicht, wo die Highschool genau ist. Und die Adresse steht auf irgendeinem Zettel«, nuschelte ich vor mich hin und beugte mich so weit vor, dass mir das Handy aus der Hand glitt. »Ich flippe gleich aus!« Ich griff die Zettel und das Handy.

»Sam?«, hörte ich Zolas Stimme und klemmte mir das Gerät wieder ans Ohr.

»Sorry, du bist runtergefallen.«

»Ich weiß, es ist mies, aber ich muss auflegen ... Wie wäre es, wenn du Logan um Hilfe bittest? Möglicherweise kann er Matteo abholen?«, schlug sie vor.

Ich schüttelte den Kopf, bis ich begriff, dass sie mich ja nicht sehen konnte. »Das ist sinnlos. Der ist in einer Vorlesung und seine Mom hat ihm einen solchen Druck gemacht, dass er in den Prüfungen nicht durchfallen darf. Er versucht, ein Musterstudent zu sein.«

»Hm, wer könnte denn sonst helfen? Ist jung und fit, hat ein Auto und kennt Matteo …«

Ihr Ton war eindeutig. Er gefiel mir nicht. »Nein!«

»Ach Sam, frag ihn doch. Schlimmstenfalls hat er keine Zeit oder schafft es nicht pünktlich«, redete Zola auf mich ein. Mein Herz wurde so leicht, als würde es gleich wegfliegen. »Ich weiß nicht …« Ich wehrte mich, doch mir wurde klar, dass Daniel meine Rettung sein könnte. Er hatte mir davon erzählt, dass er heute in den Großhandel in Orono wollte, um Besorgungen für den Pub zu machen.

»Es ist kein Zeichen von Schwäche nach Hilfe zu fragen, Sam.«

Schlucken, atmen, weitermachen. »Ich weiß.«

»Gib dir einen Ruck! Oder lass es, aber fahr vorsichtig und melde dich später bei mir.«

»Danke, Zo.« Ich legte das Handy auf den Beifahrersitz und nahm mir einen Moment für mich und meine Gedanken. Die Wolken zogen so schnell durch den grauen Himmel, dass ich es mit dem bloßen Auge verfolgen konnte. Der Wind kroch durch die Ritzen des Wagens und brachte mich trotz der trockenen Wärme der Heizung zum Erschauern. Die kühle Luft krabbelte in meine Stiefel und die Jeansbeine hoch.

Meine frostigen Finger wählten seine Nummer.

Kapitel 36
Daniel

FAR FROM me

»Sam«, begrüßte ich sie am Telefon. »Müsstest du nicht noch in einer Vorlesung sein?« Ich sah stirnrunzelnd auf meine Armbanduhr.

»Eigentlich schon. Aber ich muss Emilia von der Schule abholen.«

»Geht es ihr gut?«, wollte ich wissen und knallte die Klappe meines Kofferraums zu. Nur durch jahrelanges Tetrisspielen als Vorbereitung hatte ich die Berge von Papierhandtüchern in den Jeep gequetscht bekommen. Nur zwei Mal hatte ich währenddessen Onkel Kian zum Teufel gewünscht. Immer wieder schickte er mich los, um besondere Schnäppchen zu machen und einmalige Angebote wahrzunehmen. Das alles nur, damit wir am Ende zehn Dollar sparten. Dieser Mann war so geizig, dass er manchmal einen Teebeutel doppelt benutzte.

»Ich denke schon. So genau weiß ich das nicht. Mir fehlen Details ... Ich berichte dir später, okay?«

»Klar.«

»Bist du noch in Orono?«, wollte sie wissen. Es klang

gezwungen, deshalb wurde ich hellhörig. Diesen Ton nahm sie nur an, wenn sie um Hilfe bitten wollte.

»Ja, ich bin gerade aus dem Geschäft raus und habe die Sachen verladen«, bestätigte ich ihr.

Sie schwieg. Ich musste ein wenig grinsen, versuchte jedoch, geduldig zu sein. Doch ihr Schweigen hielt an. Und ich hielt es nicht mehr aus. »Sam, wie kann ich dir helfen? Ich weiß, dass du mich um einen Gefallen bitten möchtest.«

»Okay«, sagte sie und seufzte, »Würdest du Matteo vom Kindergarten abholen? Ich muss jetzt zur Highschool und ich schaffe es nicht rechtzeitig. Er hat schon genug durchgemacht … Als einziges Kind mit den Erzieherinnen zu warten und als letztes abgeholt zu werden, ist mies.«

Die letzten Worte von Sam rückten in den Hintergrund. Die Ränder meines Sichtfelds verschwammen. Diese Stimme. Ohne Sam zu antworten und mich umzusehen, riss ich die Tür des Jeeps auf und glitt hinein. Ich lehnte mich gegen den Sitz und wollte förmlich mit ihm verschmelzen. Hinter der Blende fischte ich meine Sonnenbrille hervor und setzte sie mir auf die Nase. Der Himmel war bewölkt und ich hatte Probleme durch die zusätzliche Verdunkelung etwas zu erkennen, doch das war zweitrangig.

»Daniel?«, fragte Sam. Ihre Stimme war ganz dünn. Sie hatte meine Stille wohl als Abweisung gewertet.

Ich bemühte mich, sie davon abzubringen. »Sorry, ich hatte kurz ein Verbindungsproblem. Ich kann Matteo gerne abholen, kannst du mir die Adresse schicken?«

»Klar. Ist das wirklich in Ordnung? Ich möchte dir keine …«

»Du machst mir keine Umstände, ich mache das gerne. Wann soll ich da sein?«, fragte ich leise und glitt den Sitz immer weiter hinunter. Mein Blick flog hektisch durch die

Gegend, doch ich konnte ihn nicht ausmachen. *Hatte ich mir das nur eingebildet?* Seine tiefe Stimme klingelte wie ein Echo in meinen Ohren. Allein bei dem Gedanken daran, dass er hier in Orono war, stellten sich meine Nackenhaare auf. Sogar die vielen, hellen Haare auf meinen Armen standen zu Berge.

»Kannst du in einer halben Stunde dort sein?«

Ich checkte die Adresse, die Sam mir im selben Augenblick geschickt hatte, und sagte: »Klar, das passt. Ich muss jetzt auflegen. Soll ich ihn mit nach Bar Harbor nehmen oder zu deiner Schwester fahren?«

»Zu Luises Apartment wäre gut«, ließ sie mich wortkarg wissen.

Mir war vollkommen bewusst, dass ich mich merkwürdig verhielt, aber ich konnte jetzt keine Ablenkung gebrauchen. Ich brauchte meinen vollen Fokus.

»Alles klar, dann bis gleich.« Ich legte auf, ohne ihre Verabschiedung abzuwarten, und umklammerte das Handy fest mit den Fingern. Meine Handflächen schwitzten und ein paar Tropfen flossen mir auch aus den Haaren den Rücken hinunter. Um keine Zeit zu verlieren und das bedrückende Gefühl zu vertreiben, startete ich den Motor und fuhr in die entgegengesetzte Richtung des Kindergartens. Immer wieder beobachtete ich die Fahrzeuge hinter mir durch den Rückspiegel. Jedes Mal, wenn ich in eine fremde, wahllos ausgesuchte Straße abbog, fragte ich mich, ob der Wagen hinter mir mich verfolgte. Erst als ich mir sicher war, dass niemand meine Spur aufgenommen hatte, nahm ich die Sonnenbrille ab und fuhr mir durch die Haare. Das Flattern in meinem Magen war so intensiv, dass mir schlecht war. Die Galle stieg mir immer weiter den Hals hinauf, bis ich anhalten musste. Ich sprang aus dem Wagen und hielt mir den Bauch. Jeden Moment rechnete ich damit, mich zu übergeben, und hielt mich im selben

Moment bereit, für den Notfall in den Wagen zu springen und loszufahren.

Beides war nicht nötig. Als ich meinem Magen wieder vertrauen konnte, stieg ich zurück in den Jeep. Mit noch immer zitternden Händen lenkte ich den Wagen zu dem Kindergarten und versuchte, den Vorfall zu verdrängen. Es war nur ein Gespinst meiner Fantasie gewesen. Ein böses Echo aus der Vergangenheit.

Kapitel 37
Sam

»Emilia, sprich mit mir.«

Sie lief stur zum Auto und würdigte mich keines Blickes. »Bleib stehen!« Ich rannte ihr hinterher und hielt sie an ihrem dunkelgrünen Kapuzenpullover fest.

»Lass mich los!«, schrie sie mich an und entriss mir den Stoff.

»Okay, du bist wütend«, stellte ich fest und joggte weiter, um mit ihr Schritt zu halten.

»Ja!«

»Aber warum? Was genau ist passiert?«, forderte ich sie ein weiteres Mal auf. Die Beweggründe, das Mädchen aus ihrer Klasse gegen den Spint zu drücken und das Knie in dessen Bauch zu rammen, hatte sie auch im Büro der Direktorin nicht deutlich gemacht. Ihre Wut war noch immer körperlich, das hatte ich gemerkt, als ich sie dort sitzen gesehen hatte. Sie hatte immer wieder die Hände zu Fäusten geballt und auf den Boden gestampft. Und mit meiner neuen Sichtweise hatte ich die Situation anders als erwartet wahrgenommen. Ich war nicht sauer auf Emilia. Ich machte mir Sorgen.

»Das interessiert dich doch eh nicht!«, schleuderte sie mir entgegen und riss an dem Griff der Autotür.

Schnell kramte ich den Schlüssel aus meiner Hosentasche und schloss den Wagen auf. »Doch, sonst würde ich nicht fragen.« Ich tat es ihr gleich und stieg in den Wagen, ließ den Motor jedoch aus.

»Können wir bitte einfach nach Hause fahren?« Ich schüttelte den Kopf.

»Weißt du, ich bin keine Mom und ich habe keinen Plan von Kindern und Erziehung und Pädagogik. Deshalb ist es vielleicht nicht in Ordnung, dass ich das jetzt mache«, ließ ich sie mit zusammengekniffenen Augen wissen und verriegelte den Wagen, »Du kommst hier erst wieder raus, wenn du mir erzählst, was diese Zicke Mary zu dir gesagt hat.« Ich pokerte. Beweise gab es nicht. Ich wusste nichts. Und trotzdem hörte ich auf mein Bauchgefühl. Es war das erste Mal seit Ewigkeiten, dass ich nicht das tat, was logisch war, sondern mich danach richtete, was ich fühlte.

Emilia machte große Augen und stieß die Luft zwischen den Zähnen aus. »Du kannst mich doch nicht einsperren.« Zur Betonung ihres Widerstandes rappelte sie an der Tür.

»Emilia, ich kenne dich nicht so gut wie deine Mom, aber ein bisschen schon.« Ich versuchte, ihre Aufmerksamkeit von der Autotür auf mich zu lenken. »Und ich bin davon überzeugt, dass du niemandem aus purer Langeweile das Knie in den Bauch rammst.«

Endlich sah sie mich an. Sie verzog den Mund so sehr, dass sich ihre vollen Lippen teilten und sie mir die zusammengebissenen Zähne zeigte. »Vielleicht bin ich einfach ein böser Mensch?«

»Da du aus deiner Mom rausgekommen bist und sie nicht Satan ist, gehe ich nicht davon aus«, sagte ich trocken und ich sah, dass sich einer ihrer Mundwinkel leicht hob. So schnell wie sich ein Lächeln angedeutet hatte, wurde sie wieder wütend.

»Weißt du, ich habe schon verstanden, dass du meine Mom nicht magst. Du musst das nicht ständig betonen«, sagte sie abschätzig und lehnte ihren Kopf gegen das Glas.

Ich legte den Kopf schräg und berührte sie sanft am Arm. »Hey, ich mag deine Mom. Sie ist schließlich meine Schwester.«

»Ja, aber ihr streitet ständig.«

»Ja, wir haben viele Differenzen, das stimmt. Aber ich liebe sie. Du streitest doch auch mit deinem kleinen Bruder und trotzdem ist er dir wichtig. Wir sind eine Familie. Auch wenn ihr mir alle tierisch auf die Nerven geht.« Emilia schaute mich lange an.

Ich räusperte mich. Dass sie so von mir dachte, hatte mich getroffen.

»Mary hat gesagt, dass ich nicht so wegen meiner Mom rumheulen soll. Ich hatte ein Gedicht geschrieben und sie hat mir meinen Notizblock weggenommen«, begann Emilia zu erzählen und Tränen glitzerten in ihren braunen Augen. »Wenn ich traurig bin, schreibe ich meine Gedanken auf und versuche, dass sich die Sätze reimen.« Sie schaute auf ihre Schuhe. »Und so habe ich auch von Mamas Unfall geschrieben«, schluchzte sie und die Tatsache, dass sie diese Worte auf Deutsch sagte, ließ mir mein Herz in die Hose rutschen. »Mary hat es allen vorgelesen. Es war so peinlich, ich bin fast gestorben. Sie fanden es alle jämmerlich und haben gelacht und dann bin ich einfach ausgerastet.« Tränen strömten ihre runden Wangen hinunter.

»Ach Spätzchen«, sagte ich und nahm sie fest in den Arm. Schnell wischte ich die salzigen Tränen von ihrem Gesicht und drückte sie an mich. »Das tut mir so leid. Was für eine dumme Trulla!«

»Ja, wirklich!« Emilia wimmerte noch ein paar unverständliche Schimpfwörter in meinen Blazer, während ich sie wie ein Baby wog. Diese Bewegung schien sie zu beruhigen. Mich ebenfalls. Ich konnte die Tränen erfolgreich zurückdrängen und mich wieder sammeln. Keine Ahnung, wie lange wir so im Auto saßen, doch als meine Finger nur noch Eiszapfen waren, löste ich mich leicht von ihr und suchte ihren Blick.

»Ein bisschen besser?«

»Geht schon«, sagte sie und versuchte, ihre Mascara zu retten.

Ich setzte mich gerade hin, ließ aber meine Hand auf ihrem Knie. »Gut, als deine Tante sage ich dir: Gewalt ist niemals eine Lösung. Auch wenn die Person dich sehr verletzt und lächerlich gemacht hat, du darfst nicht handgreiflich werden und ihr wehtun. Du musst versuchen, deine Konflikte besonnen und erwachsen zu lösen«, hielt ich die von mir zu erwartende Standpauke.

Enttäuschung blitzte in ihrem schönen Gesicht auf, bevor sie sich von mir abwandte. Auf dem Gesicht, was mich genau in diesem Augenblick so sehr an meine Schwester erinnerte. »Als eine Freundin, die ich hoffentlich ebenfalls für dich bin, sage ich dir allerdings: Gut gemacht. Mary ist ein richtig gemeines Biest und ich hoffe, sie kann zwei Tage nichts essen.«

Emilia wirbelte herum und grinste breit. »Voll das Biest!«, stimmte sie mir zu.

»Voll!«

Es tat gut meine Nichte ein bisschen gelöster zu sehen. Sie wirkte entspannter und weniger aufgebracht.

»Natürlich muss ich dich bestrafen«, kündigte ich an und anders als erwartet hielt sie diesmal den Augenkontakt.

Ich hatte das Gefühl, dass sie die Strafe sogar angenommen hätte, doch ich erinnerte mich an Zolas Worte.

»Ich verdonnere dich zu Sushi und einem Kinofilm.«

Ohne auf ihre Reaktion zu warten, startete ich den Motor. Es war spontan und sah mir überhaupt nicht ähnlich, doch ich hatte das Bedürfnis Zeit mit ihr zu verbringen. Es waren harte Zeiten für alle von uns. Nicht nur für mich. Wenn ich mich zurückerinnerte, wie ich mich damals gefühlt hatte, als unsere Mom im Krankenhaus gelegen hatte, musste ich mir eingestehen, dass ich hier nicht das Opfer war. Ich war die Schwester, nicht die Tochter. Und ich musste die zarte Verbindung, die ich mit Emilia hatte, weiter ausbauen. Ich wollte ihre Tante und nicht eine Fremde für sie sein.

Kapitel 38
Daniel

FAR FROM me

Mein Blick glitt nervös zum Rückspiegel, doch ich sah nur Matteos freudiges Gesicht. Er sang mit weit geöffnetem Mund das Lied im Radio mit. Natürlich furchtbar schief und in einer Art Fantasiesprache, denn er kannte den Songtext nicht. Sein Musikgeschmack bereitete mir Sorgen, denn der Rapper beleidigte das weibliche Geschlecht auf eine Art, die ich nicht gutheißen konnte. Es war also vollkommen in Ordnung, dass er nicht verstand, was der Typ mit dem *Babe* gerne anstellen würde.

»Warum fahren wir hier wieder vorbei?«, unterbrach Matteo seinen Gesang und lehnte sich nach vorne zu mir. Mist, dieser kleine Schlaumeier hatte es gemerkt. Ich fuhr ein paar Runden um den Block, um sicherzugehen, dass wir nicht verfolgt wurden.

»Ich habe mich verfahren, tut mir leid.«

Er zog eine kleine, buschige Augenbraue hoch, beließ es jedoch dabei und führte seine Rapperperformance fort.

Mit grummeligem Magen parkte ich den Jeep und half

Matteo hinaus. Er rannte aufgeregt zur Tür, denn er hatte mir während der Fahrt schon ein paar Mal mitgeteilt, dass er großen Hunger hatte. Da ich wusste, dass Sam sehr gut kochen konnte, wunderte mich seine Euphorie nach Hause zu kommen nicht.

Mein Handy klingelte, ich ging sofort dran. »Hey, wie lief es?«

»Es ist okay, ich glaube, ich konnte es regeln«, meinte Sam und klang wider Erwarten nicht angespannt oder gestresst.

»Klasse, das freut mich. Ich bin gerade mit Matteo bei deiner Schwester angekommen«, ließ ich sie wissen und sah, wie Matteo an der Haustür rüttelte.

»Also …«

Ich wurde aufmerksam, denn ihr Ton veränderte sich.

»Hast du noch Zeit?«, fragte sie mich. Wieder dieser Ton, der mir zeigte, dass sie nicht bitten wollte und es trotzdem tat. Ihre Stimme war eine Mischung aus Unsicherheit und Mut.

»Jasper und Patrice sind im Pub, also ja.«

»Hör mal Daniel, ich glaube, es ist sehr wichtig, dass ich heute mit Emilia Zeit verbringe. So ein Familiending.«

Ich konnte ihre Stimme nur mit viel Konzentration wahrnehmen, denn sie hielt ihre Stimme gedämpft. Anscheinend wollte sie nicht, dass ihre Nichte unsere Unterhaltung mitbekam.

»Soll ich bei Matteo bleiben und ihr Mädels unternehmt etwas?«, schlug ich vor. Stille zwischen uns.

»Würdest du das machen?«

»Und ob. Ich müsste ein bisschen telefonieren und könnte von hier aus die nächste Bestellung für den Großmarkt vorbereiten, aber das geht in Ordnung«, versicherte ich ihr.

Ich grinste den kleinen Mann an, der immer ungeduldiger wurde.

»Dan! Mach jetzt auf!«, rief er.

»Ein Problem haben wir. Ich hab keinen Schlüssel, Sam.«

»Du kannst bei Mrs. LaRoux klingeln«, erklärte sie mir, »Die alte Dame hat einen Ersatzschlüssel und ist immer zuhause.«

»Verstanden.«

»Danke, das ist wirklich ... so lieb von dir. Ich weiß nicht ...«

Ich unterbrach sie, denn ich hatte Angst, sie würde in Tränen ausbrechen. Und das konnte ich nicht ertragen, denn es war mir im Moment nicht möglich sie angemessen zu trösten. »Bitte, das ist kein Problem. Ich mache das gerne für dich und deine Familie.«

»Danke.«

Ich ging zu Matteo, nahm seine Hand und drückte die Klingel der Nachbarin. »Kommt einfach sicher wieder hierher. Aber vorher habt ganz viel Spaß.«

Wir verabschiedeten uns und der Türöffner summte.

»Also Matteo, was isst du denn gerne?«

Erschöpft plumpste ich auf die Couch und starrte die Fotowand von Luise an, ohne die einzelnen Fotos überhaupt wahrzunehmen. Mein erster Tag als Hausmann war anstrengend, aber auch erfüllend gewesen. Matteo war ein liebes, neugieriges Kind, sodass seine Betreuung und gleichzeitig meine organisatorische Arbeit ein Kinderspiel waren – im wahrsten Sinne des Wortes. Er durfte mir nach einer großen Portion Spaghetti mit Tomatensoße und einer anständigen Gesichtsreinigung, denn die Soße klebte bis hinter seinen Ohren, bei meiner Getränkebestellung für den Pub helfen. Manchmal brachten mich seine Fragen an den Rand der

Verzweiflung, aber es hatte auch gute Seiten. So wusste ich nun, wie jede einzelne Art Alkohol hergestellt wurde und welches Reinheitsgebot im jeweiligen Ursprungsland galt. Ich hoffte nur inständig, dass er im Kindergarten nicht zu viel davon erzählen würde. Das würde merkwürdig rüberkommen und ein schlechtes Licht auf Sam werfen. Nach unserer gemeinsamen Recherche war Matteo so müde gewesen, dass er den Nachtisch nur mit Mühe aufgegessen hatte und mit der Nasenspitze im Eisbecher eingeschlafen war. Bemerkenswerterweise konnte ich ihn in sein Bett befördern, ohne dass er wach wurde. Eltern könnten in dieser Disziplin auch bei den Olympischen Spielen teilnehmen. Um Sam kein Chaos zu hinterlassen, hatte ich noch den Abwasch erledigt, ein bisschen aufgeräumt und Brote für die Kinder zum morgigen Lunch vorbereitet.

Ich checkte mein Handy und sah einen Anruf in Abwesenheit von Kian. Mein Herz machte einen Satz. Ich wählte seine Nummer mit zittrigen Fingern und lauschte dem Freizeichen. Wie immer machte ich mir Sorgen um ihn. Er rief zwar wegen jeder Kleinigkeit an, doch es konnte auch jederzeit ein Notruf sein. Schließlich war er schwer herzkrank. Ich redete mir ein, dass er immer eine Zeit brauchte, bis er sein Telefon fand und abnahm, damit ich nicht die Nerven verlor. Als er endlich abnahm, stieß ich die Luft, die ich zuvor unbemerkt angehalten hatte, in einem Schwall aus.

»Ja?«, krähte er ohne Begrüßung in den Hörer.

»Hier ist Dan. Du hattest mich angerufen. Ist alles in Ordnung?« Gewissensbisse machten sich in mir breit. Normalerweise ging ich immer ans Handy, verpasste keinen seiner Anrufe, egal wie nervtötend er sein konnte. Jeden Moment in meinem Leben rechnete ich damit, dass ein Arzt mir mitteilte, dass er einen weiteren Herzinfarkt hatte und im Krankenhaus lag. Doch heute, mit Matteo und der Sache auf dem Parkplatz, war ich zerstreut und nicht ganz bei mir.

»Ja, mir geht es gut.« Er atmete dennoch schwer und seine Stimme war dünn. »Aber dir anscheinend nicht?«

Ich runzelte die Stirn. »Mir geht es prima. Wie kommst du auf die Idee?«

»Ich war vorhin im Pub. Du warst nicht da!«, beschwerte er sich und ich rollte mit den Augen. War ja klar, dass er ausgerechnet an einem solchen Tag vorbeischneien musste. Nicht an Tagen, an denen alles glatt lief und der Pub voll besetzt war. An dem wir Rekordumsätze machten, weil ein wichtiges Footballspiel lief, und ich mir den Arsch abarbeitete.

»Ja, und?« Es kam etwas trotziger über meine Lippen als beabsichtigt.

»Wo bist du?«, rief er.

Ich schüttelte den Kopf. »Nicht, dass ich dir jede meiner Bewegungen und all meine Pläne mitteilen müsste ... Aber ich bin in Orono bei einer Freundin.« Ich wollte mit ihm nicht über Sam sprechen, denn es war noch zu frisch. Das Flattern, die Stimme von vorhin. Ich war selbst noch zu unsicher, um das, was wir hatten, verteidigen zu können. Vor lauter Unruhe stand ich auf und lief im Raum Kreise.

»Was für eine Freundin?«

»Kian, bitte. Was ist denn jetzt das Problem?«, versuchte ich von Sam abzulenken. Unvorstellbar wie er ausrasten würde, wenn er erfuhr, dass wir ... *Ja, was eigentlich?*

»Das Problem ist, dass du der Geschäftsführer meines Ladens und in letzter Zeit abgelenkt bist. Und jetzt komm ich heute auf Stippvisite und du bist nicht im Geschäft.« Er regte sich viel zu sehr auf. Zwischen den einzelnen Wörtern musste er scharf die Luft einsaugen.

»Kian, bitte beruhige dich.« Es war ein gemeiner Scherz

des Schicksals, dass ausgerechnet mein cholerischer, emotionaler Onkel ein so schwaches Herz hatte, dass er sich nicht ärgern oder aufregen durfte.

»Junge, bist du rückfällig geworden?«

»WAS?« Ich warf einen hektischen Blick zum Flur, denn ich hatte Angst Matteo mit meinem Schrei geweckt zu haben. Immer wieder wischte ich durch meine Haare und rieb mir das stoppelige Kinn. *Was sollte das?* »Kian, nein!«

»Danny, du musst verstehen ... Du bist in letzter Zeit oft weg und hast Geheimnisse vor mir. Gegenüber deiner Familie hast du dich zuletzt so verhalten, als du ...«

»Nein, es ist alles in bester Ordnung. Ich bin einfach ...« Ich musste schlucken. Seine Worte aufhalten. Lieber das Risiko eingehen, als ihn in tiefe Besorgnis zu stürzen. Die Leute glaubten immer, dass nur Wut und Ärger das Herz zerstörten. Aber auch Sorgen und Trauer fraßen den Muskel auf.

»I...ich bin ver...verliebt.« Ich hielt inne, schloss den Mund und ärgerte mich über das Kribbeln, das von meinem Magen in meine Brust hochstieg. Mein Körper ließ mich genau wissen, was er von Sam hielt. Er erinnerte mich jeden Tag daran – egal, ob sie in meinen Armen lag oder allein in einem Bett zig Kilometer von mir entfernt.

»Oh«, machte Kian nur. Tatsächlich hatte ich die alte Nervensäge zum Schweigen gebracht. »Nun, wenn das so ist«, nuschelte er und ich empfand sofort ein wenig Mitleid mit ihm. Hinter der ruppigen Art hatte nur Sorge um mich gesteckt. Seine Neugierde, die Anschuldigungen bezüglich des Pubs – das waren Vorwände gewesen.

»Lass uns bei deinem nächsten Besuch im Pub einen Orangensaft trinken und darüber reden, ja?«

Ich hörte ihn tief einatmen. »Okay. Wenn du dann vor Ort bist …«

Ich schüttelte den Kopf und verabschiedete mich von dem Sturkopf.

Mein ständiges Durchqueren des Zimmers fand ein jähes Ende, als ich ein Klappern hinter mir hörte. Ich wirbelte herum und sah Sam im Türrahmen der Küche stehen. Hinter ihr wippte breit grinsend Emilia mit einer großen Tüte irgendeines Klamottenladens umher.

»Hey«, sagte ich knapp und meine Gedanken wirbelten umher.

»Hey«, antwortete Sam. An ihrer Tonlage erkannte ich, dass sie da schon eine ganze Weile gestanden hatte.

Hitze stieg in meine Wangen. Mit den Zweifeln, was sie alles gehört haben könnten, stellte ich auch Emilias schelmische Grinsen in Frage. Ich trat von einem Bein auf das andere.

»Ihr seid zurück.«

»Jepp«, sagte Emilia kurz angebunden und verschwand dann in ihr Zimmer.

»Hattet ihr eine gute Zeit?« Ich musste meine Hilflosigkeit überwinden, deshalb versuchte ich, das Gespräch umzulenken, und nahm Sam eine Tasche mit Einkäufen ab.

»Ich denke schon«, sagte sie und starrte mich weiter an. Sie war nicht bei der Sache. Ihre Miene blieb ein Rätsel für mich.

»Was habt ihr gemacht?« Ich bohrte weiter, in der Hoffnung auf ein Thema zu stoßen, bei dem sie eine Konversation nicht mehr stocken ließ.

»Im Kino, shoppen und Sushi essen.« Sie sah mich einfach nur an. »Wie war es mit Matteo? Hat er sich benommen?«

»Klar, er war ein neugieriger, kleiner Engel.« Ich schenkte ihr ein Grinsen. Sam erwiderte es nicht.

»Weißt du, das gerade am Telefon war mein Onkel. Ich …«, begann ich mich aus der Situation zu retten, doch sie half mir nicht. Ihre braunen Augen fokussierten mich. Ich konnte ihnen nicht entkommen. Wollte es auch nicht. »Es war im Eifer des Gefechts. Das hatte nichts …«

»Wollt ihr zwei nicht ein bisschen spazieren gehen?« Emilia erschien hinter Sam mit verschränkten Armen und rollenden Augen.

»Hm?«, machte Sam und drehte sich zu ihr.

»Ihr seid, ehrlich gesagt, verflucht laut. Ich muss noch Schularbeiten machen.«

Sam zog eine Augenbraue hoch, sodass diese sich ihrem Haaransatz näherte. »Sorry«, war ihre Antwort.

»Ihr habt einiges zu klären, also geht ruhig. Ich passe auf Matteo auf. Wenn er wach wird, rufe ich an.« Sie hielt ihr Handy in die Höhe, zwinkerte mir zu und verschwand wieder in ihrem Zimmer.

Baff standen wir ein paar Sekunden da und blickten die weiße glänzende Tür an.

»Vielleicht hat sie recht … Sollen wir spazieren gehen?« Sam nickte, zeigte jedoch keine Emotion. Wie ein Roboter schlüpfte sie in ihren Mantel und schloss die Tür auf.

Ich beeilte mich, in meine Schuhe zu gleiten und ihr zu folgen. Ohne ein Wort zu wechseln, stiegen wir die vielen Stufen hinab und verließen den Gebäudekomplex. Sie öffnete ihren Wagen. Ich stieg dazu. Anscheinend hatte sie ein Ziel im Kopf – ich nur Sorgen und Ängste.

Kapitel 39
Sam

Die Sonne rutschte tiefer am Horizont und beschien die Baumkronen mit goldenem Licht. Genauso stumm, wie die ganze Fahrt, kamen wir an dem Bog Boardwalk an. Achtlos parkte ich den Wagen und sprang hinaus. Ich wollte keine weitere Minute ohne frische Luft in dieser Stille zwischen mir und Daniel bleiben. Es war bedrückend. Zwischen uns schwebte etwas, das mir Sorgen bereitete. Mit langen Schritten eilte ich zu dem Eingang des Bretterweges und kletterte die Stufen hinauf. Um die Uhrzeit und außerhalb der Tourismussaison war hier keine Menschenseele. Vögel sangen und der Wind brachte das Laub zum Rascheln. Durch die erhöhten Bretter, über die ich nun lief, konnte ich den Wald von oben betrachten und erkennen, wo die Vögel nisteten oder sich im Farn versteckten. Ich blieb stehen und atmete die frische Luft ein. Hier war ich früher oft mit meiner Mom gewesen. Wir waren stundenlang auf den Brettern gelaufen, hatten kleine Picknicks veranstaltet und mit einem Fernglas die Natur und die Waldbewohner beobachtet. Wie ein wirrer Instinkt hatte mich meine Intuition hierher gebracht.

»Das ist wunderschön«, sagte Daniel neben mir.

Ich sah zu ihm. Seine Augen und die glatte Haut wurden von dem rötlichen Licht der untergehenden Sonne angestrahlt und wirkten so lebendig, dass ich blinzeln musste.

»Einer meiner liebsten Orte in der Umgebung.«

»Ich bin noch nie hier gewesen.«

Ich überwand mich, stopfte meine Unsicherheit und das Gefühl des Kontrollverlustes wie alten Plunder in eine imaginäre Kiste und schob sie in ein Regal voller Probleme, für die ich noch nicht bereit war. Ich nahm seine Hand. So gingen wir ein paar Minuten, bis wir eine bestimmte Gabelung erreichten. Ich ließ seine Hand los und sank auf die Knie, um mich auf die Bretter zu legen.

»Was machst du?«, fragte er und verzog den Mund.

»Leg dich zu mir.«

Er steckte die Hände in die Taschen und stand herum.

»Komm schon«, bat ich ihn und er zuckte mit den Schultern. Mir war klar, dass er reden wollte. Ich hatte seine Worte gehört, aber sie waren nicht ganz angekommen. Mein Verständnis hatte eine Blockade. Eine Art Alarm war in mir losgegangen und Panik hatte meine Sinne vollständig mit dickem Nebel bedeckt. *Ich bin verliebt.* Was bedeutete das überhaupt?

Er legte sich dicht neben mich und unsere Hände fanden wieder zueinander. Ein Falke schrie hell und Daniel zuckte zusammen.

»Hier gibt es total viele Vögel.« Ich rieb sanft mit dem Daumen seinen Zeigefinger. Wollte, dass er sich wohlfühlte. Aber ich war nicht gut darin, meine Gefühle zu kontrollieren und gleichzeitig einer anderen Person Sicherheit zu vermitteln.

»Der Himmel ist so klar.«

Ich grinste, denn die Magie dieses Ortes schien endlich seine Wirkung zu versprühen. Wenn ich ihn nicht verzaubern konnte, dann dieses Stückchen Erde.

»Wow«, hauchte er und ich machte: »Uh Huh.«

Obwohl die Sonne noch am Himmel stand, konnte man ganz dünn und silbrig die Silhouette des Mondes auf der anderen Seite des Himmels ausmachen. Ich stieß Daniel sanft an und deutet auf die Erscheinung.

»Und die Sterne«, flüsterte er und zeigte von einem Fleck am Himmel zum nächsten.

Überall waren kleine helle Punkte, die sich von der Farbpalette des Himmels absetzten.

»Ein Kindermond«, flüsterte ich.

»Sagt ihr das in Deutschland so?« Er drehte den Kopf zu mir.

Ich wandte mich ihm entgegen, sodass wir Gesicht an Gesicht lagen. Das Nicken brachte mich ihm noch näher. Langsam löste sich die Angst in mir. Es war keine abrupte Abnahme, sondern ein gemächliches Auflösen des raum- und atemnehmenden Gefühls. Ob die Erlösung an dem vertrauten Ort oder an der Art seines Blickes lag, konnte ich nicht sagen. Seine Augen erfassten mein Gesicht, suchten es geradezu ab. Er scannte jedes Härchen, jede Falte und Pore mit einem milden Blick. Es war keine Bloßstellung, kein Abchecken, sondern eine Würdigung. Und diese spiegelte ich ihm. Ich betrachtete seine vollen Lippen und hoffte, trotz meiner Besorgnis, auf einen Kuss. Er würde mich kurz alles vergessen lassen. Es leichter machen. Nur um es dann noch schwerer zu machen.

»Ich glaub, ich bin verliebt.«

Mein Herz und mein Kopf setzten aus. Wie ein Tier, das

sich tot stellte, blieb ich liegen und starrte an seinem Gesicht vorbei zu einem dicken Baumstamm.

»Ich …«, setzte er an, verstummte jedoch wieder.

Meine Wahrnehmung glitt aus meinem Körper und verteilte sich in der Luft, die uns umgab. Jedes Rascheln im Unterholz, jeder Tierruf und jedes Ziehen einer Böe drang in mein Ohr. Alles war so nah.

»Sam?«, hörte ich über die Geräuschkulisse Daniels leise Stimme.

»I..ich kann das nicht«, stotterte ich und drehte mich von ihm weg. Meine Wange wurde von dem harten Holz gekühlt und ich beobachtete einen kleinen Käfer direkt vor mir.

»Es tut mir leid.« Daniel rappelte sich hoch.

Mein Hirn rauschte. Es war vollgepumpt mit Gedanken, Sorgen und Emotionen. Ich wusste nicht, wo ich anfangen sollte. Erst als ich seine schweren Stiefel auf den Holzdielen hörte, wurde mir bewusst, dass er ging.

»Daniel!« Ich rollte mich zusammen, kam auf die Knie und stolperte. Ächzend erhob ich mich und sah seinen breiten Rücken mit den hochgezogenen Schultern. »Daniel, warte!« Langsam begann ich ihm hinterherzulaufen. Das Drama war sinnlos. Dieser Gedanke war plötzlich in meinem Kopf. *Warum nur? Und wohin will er?* Wir waren mit einem Auto gefahren.

Er reagierte nicht auf meine Worte und war schnell unterwegs.

Ich schüttelte den Kopf und vergrößerte meine Schrittweite.

»Daniel!«, rief ich nun energischer und er wirbelte herum.

»Was willst du Sam? Hm?«

Erschrocken von seiner heftigen Reaktion und dem

verletzten Gesichtsausdruck, blieb ich stehen, als wäre ich gegen eine Glaswand gelaufen.

»Bitte geh nicht.« Meine Stimme brach und ein salziger Geschmack breitete sich in meinem Mund aus.

»Warum? Du kannst doch nicht mit mir zusammen sein.« Seine Stimme durchdrang den Wald und Vögel schraken hoch. Sie stiegen in der Luft immer höher hinauf.

»Ja. Nein. Keine Ahnung. Aber du darfst nicht gehen«, schrie ich zurück. Die erste Träne lief, obwohl ich selbst nicht verstand, warum überhaupt.

»Ich bin für ein Hin und Her nicht gemacht. Das kann wiederum ich nicht.« Er war nicht mehr laut. Er wurde mit jeder Silbe leiser. Das waren seine Abschlussworte. Er drehte sich um und setzte seinen Weg fort.

Ich rannte los, packte ihn an der Schulter und zog. Damit ich ihn nicht aus dem Gleichgewicht brachte, hielt er sich an mir fest.

»Du darfst nicht gehen«, wiederholte ich meinen Satz und schnappte aufgeregt nach Luft.

»Aber warum denn Sam?«

»Weil das alle machen, die ich liebe.«

Er starrte mich an. Ich starrte zurück. Konnte nicht fassen, dass ich das wirklich gesagt hatte. Meine schmerzhafteste Wahrheit mit ihm geteilt hatte. Zwischen uns, in der Luft, lag eine Emotion, die ich nicht begreifen konnte. Sie nahm mir die Luft und gleichzeitig fühlte ich mich so wahrhaftig, wie schon lange nicht mehr. Mit Mühe atmete ich in meinen Bauch, damit mein Körper vor Aufregung nicht kollabierte.

»Du liebst mich.«

»Ja.« Alle Gefühle brachen aus mir. Immer mehr Tränen strömten mein Gesicht herunter und sammelten sich an meinem Kinn. Als ich das Wasser auf meiner Haut fühlte, wischte ich es harsch fort und schob mein Kinn nach vorne. Ich dachte an meine Mom, die mich verlassen hatte. Mein Dad kam mir in den Sinn, der sich einfach aus dem Staub gemacht hatte. Mehrmals. Und auch meine Schwester erschien in meinem Kopf, die so weit von mir entfernt war, wie zwei Geschwister es nur sein konnten. Alle verließen mich – immer. Und Daniel nun auch.

»Ich versteh dich nicht«, sagte Daniel leise. Es kam weder abwertend noch aufgebracht rüber. Er wirkte eher besorgt und verwirrt.

»Keiner versteht mich.«

»Jetzt sei nicht unfair. Du hast es mir noch nicht einmal versucht zu erklären.« Er verschränkte die Arme und biss sich auf die volle Unterlippe.

Ich stieß den Atem aus und wischte mir die Tränen aus den Wimpern. »Ich habe einfach keine guten Erfahrungen gemacht. Im Grunde bin ich allein.« Meine Unterlippe bebte gefährlich, sodass ich einmal tief Luft holen musste. »Und wenn ich einer Person nahekomme, verlässt sie mich meistens.«

Seine Augenbrauen zogen sich zusammen. Er kam einen Schritt auf mich zu. »Darf ich dich in den Arm nehmen?«

Ich schluchzte, denn ich befürchtete bei seiner Berührung würde ich zusammenbrechen. Doch ich wollte seine Nähe, deshalb nickte ich.

Seine starken Arme umschlossen mich vollständig und ich sank ihm entgegen. Als wäre kein Funken Energie mehr in mir, sackte ich zusammen. Nur die Tränen liefen weiter über mein Gesicht, meinen Hals hinunter. Daniel stützte mich. Eine Wand aus Wärme und Mitgefühl. Seine Hand strich über meine Haare und er wippte mit mir von einer zur anderen Seite. Ich ließ los. Weinte mir die Augen aus dem Kopf. Ohne

Rücksicht drückte ich mein Gesicht in sein Karohemd und wimmerte wie ein Kind. Egal wie sehr ich hustete oder grunzte, er blieb, wo er war.

Irgendwann setzte das Gefühl der Leere, typisch für einen klassischen Heulkrampf, ein und ich löste mich von ihm. Mit glühenden Wangen sah ich, dass die Hälfte seines Hemds vollkommen nass und verschmiert war. Das war wohl unser Ding. Ich heulte und versaute seine Klamotten.

»Sorry«, krächzte ich und versuchte, mit einem Fingernagel einen Fleck von dem Stoff zu kratzen.

»Schon okay. Geht es dir besser?«, fragte er und lächelte mich sanft an.

»Ich denke schon.« Ich traute dem Frieden noch nicht über den Weg. Das Gefühl von Instabilität erfüllte mich nicht mehr, doch ganz verschwunden war es auch nicht. Unterschwellig waberte es noch in mir. Trotzdem bemühte ich mich um ein kleines Lächeln.

»Bitte lass das.« Ich kniff die Augen zusammen. »Bitte lächle mich nicht an, wenn du eigentlich am Boden bist«, erklärte er und hob mein Kinn vorsichtig an, um Augenkontakt herzustellen.

Ich ließ ihn gewähren, war fasziniert von seinen wunderschönen Augen und betrachtete seine Gesichtszüge. Jedes Detail wollte ich mir einprägen, denn ich wusste nicht, wie das hier ausgehen würde.

»Ist es wegen deiner Mom?«

Ich nickte. »Unter anderem.« Alles in mir war auf Flucht gepolt, doch ich versuchte, seinen Blick zu halten.

»Das kann ich verstehen. Ich checke es nicht ganz, aber es ist okay, wenn du Angst hast, verlassen zu werden.«

Ich nickte wieder.

»Und ich werde dir nichts versprechen. Ich bin ein Realist

und irgendwelche Schwüre für die Zukunft könnten uns beide verletzten. Aber eins kann ich sicher sagen: Ich werde immer ehrlich zu dir sein und mit dir reden«, versprach er mir.

Ich blinzelte ein oder zwei Tränen weg. »Wirklich? Ist das so?«

»Ja. Zumindest wenn es für uns eine Zukunft gibt«, sagte er und zog mich an sich. Nicht forsch oder leidenschaftlich, sondern verzweifelt. Er umklammerte mich und das Verhältnis zwischen uns änderte sich. Die Macht wurde verschoben. Auf einmal war ich diejenige, die ihn stützte.

»Sam, ich bin spielsüchtig.«

Meine Hände glitten von seinen Armen und blieben schlaff neben meinem Körper hängen. »Was hast du gesagt?«, fragte ich leise und runzelte die Stirn.

»Ich bin spielsüchtig. Ich war spielsüchtig. Also ich bin, seit ich nach Bar Harbor zurückgekehrt bin, weg von dem Mist. Ich mache das nicht mehr. Ich habe einen Entzug und einen Aufenthalt in einer psychotherapeutischen Einrichtung, die auf diese Problematik spezialisiert ist, hinter mir. Ich habe erfolgreich eine Therapie abgeschlossen und gehe zu den Treffen der anonymen Spielsüchtigen ... Ich ...« Sein Redeschwall versiegte wie eine ausgetrocknete Quelle. Er musterte mich, doch ich bekam es kaum hin seine Worte zu ordnen. Unfassbar viele Gedanken schwirrten umher. *War das sein großes Geheimnis? War er nur deswegen nach Bar Harbor zurückgekehrt? Was war mit New York? Was war passiert?*

»Okay, alles klar«, sagte er und trat von mir weg. »Hey, jetzt habe ich es dir wenigstens einfach gemacht. Jetzt ist es nicht mehr so schlimm, wenn ich gehe.« Er verzog das Gesicht zu einem gequälten Lächeln. Die Bitterkeit in seiner Stimme riss mir die Brust auf. »Grüß die Kinder und deine Schwester von mir«, sagte er und hob die Hand.

Ich schlug die Hand hinunter und machte einen Schritt auf ihn zu. Er wich zurück und kam dem Rand des Holzweges gefährlich nah.

»Was stimmt nicht mir dir?«, herrschte ich ihn an und packte ihn am Arm. Zuerst stellte ich sicher, dass er nicht rückwärts den Boardwalk hinunterfiel, dann umarmte ich ihn kopfschüttelnd und presste ihn an mich. »Scheiße Daniel, du redest manchmal so einen Müll.«

»Sam, ich bin wirklich spielsüchtig.«

»Das habe ich schon verstanden, ist aber kein Grund, dich nicht zu lieben.«

Er stieß mich weg und funkelte mich an. »Wie meinst du das?«

»Ach herrje, ich liebe dich. Ich habe eine Scheißangst, dass du mich verletzt oder verlässt. Aber ich lasse dich nicht hängen, nur weil du ein Problem hast. Ich hab gefühlt tausend Probleme und du stehst immer noch hier.« Mein Atem ging pfeifend, so sehr hatte ich geschrien. Wut floss durch meine Adern, denn ich konnte nicht fassen, dass er so von mir dachte. Niemals würde ich jemanden für eine solche Sache verurteilen oder abweisen. Jeder Mensch hatte Probleme, so war das Leben nun mal.

»Klar, ich habe keine Ahnung von der Thematik und kann dir nicht bei der Überwindung der Sucht helfen, aber ich bin hier, Daniel. Ich steh vor dir und ich gehe nicht weg.« Ich nahm seine Hand und legte sie an meine Wange.

Das Funkeln in seinen Augen verwandelte sich von Wut und Ärger über Unverständnis in Rührung. Auch er konnte die Tränen nicht ganz aufhalten.

»Du bist hier, bei mir, obwohl ich es dir gesagt habe«, meinte er und fuhr sich mit den Händen über das Gesicht und durch die wilde Frisur. Er suchte wieder meinen Blick und fragte: »Darf ich dich küssen?«

Ich nickte und sofort waren seine Lippen auf meinen. Erst hart und fordernd, als müsste er sich etwas von der Seele küssen. Aber mit jeder Sekunde wurden seine Lippen weicher und zärtlicher. Er küsste mich um den Verstand. Verzweiflung und Hunger brannten zwischen uns. Es fühlte sich nach einer Ewigkeit und gleichzeitig nach einer Millisekunde an. Mit so viel Sanftheit, dass sich meine Brust zuschnürte, löste er seine Lippen und küsste meine Nasenspitze, den Punkt zwischen meinen Augenbrauen, meine Stirn und meinen Scheitel.

Ohne zu sprechen, glitten wir beide wieder zu Boden und legten uns auf das kühle Holz. Die Sonne verschwand am Horizont und innerhalb von Minuten dämmerte es. Die Sterne blitzten am blauen Himmel, doch sie waren neben dem Mond nicht die einzige Lichtquelle. Über den düsteren Baumkronen tauchten unzählige kleine Lichtkugeln auf und schwirrten umher. Glühwürmchen fluteten den dunklen Himmel und tanzten umher. Ich sah zu Daniel hinüber, erkannte, wie er fasziniert die kleinen Tierchen beobachtete. Ich hatte keine Ahnung, was wir nun waren – ein Paar, Geliebte, Freunde. Fest stand, dass wir zwei verletzte Seelen waren, die füreinander da sein konnten. Das erste Mal nach langer Zeit hatte ich eine tiefe Verbindung zu einer anderen Person und fühlte mich vollständig. Ich machte mir beinahe vor Angst in die Hose, aber wusste, dass es sich lohnen würde.

Kapitel 40
Daniel

FAR FROM me

Ihr Kopf passte perfekt in meine Achsel, sodass ich sie fest im Arm halten konnte. Es war ein so wohliges, warmes Gefühl, dass mir sogar der harte Boden, auf dem wir lagen, egal war. Ich hatte keine Ahnung, wie lange wir auf den Holzplatten verweilten und die Sterne und Glühwürmchen beobachteten. Es war ein vollkommener Moment. Immer wieder fanden Sam und ich zueinander und knutschten wie Teenager miteinander. Es beruhigte meinen, durch die Geständnisse des Tages, aufgewühlten Geist, ihren Duft zu atmen und ihre samtweiche Haut unter meinen Finger zu spüren. Nur die Vögel, die mit jeder den Himmel verdunkelnden Minute leiser wurden, und ihr ruhiger Atem drangen an mein Ohr. Diese Frau ging mir unter die Haut. Sie konnte mich den einen Moment auf die Palme bringen, mir die Nervosität in den Magen treiben und mich im anderen Augenblick entspannen wie ein Beruhigungsmittel. Ich genoss diese Gelegenheit und konnte kaum meine Finger von ihr lassen.

Immer wieder berührte ich ihr glänzendes Haar und vergrub mein Gesicht in ihrer Mähne.

»Ich wünschte, wir könnten hierbleiben.« Sam richtete sich ein wenig auf, stellte ihre Ellbogen auf das Holz und legte das Gesicht in die Hände.

»Lass uns einfach hier übernachten«, schlug ich vor und wackelte vielsagend mit den Augenbrauen.

»Ich liebe die Natur, aber dafür bin ich nicht zu haben«, sagte sie lachend und setzte sich auf.

Kurz schloss ich die Augen und speicherte den Moment in mir. An schlechten Tagen würde ich an diesen Ort, in diese Erinnerung zurückkommen können. Sie würde mich durch harte Zeiten bringen, denn sie war voll von Liebe und Geborgenheit. Sam war voll davon.

Die Acapella-Version von Toxic zerriss unseren Moment und beförderte uns schneller in die Realität, als mir lieb war. Sam kramte ihr Handy hervor.

»Das sind bestimmt die Kinder«, nuschelte sie und betrachtete das Display. Ihr Gesicht wurde zu einer undurchdringlichen Miene. Sie nahm den Anruf entgegen. »Ja?«

Stille. Ich legte den Kopf schräg und versuchte, der Stimme am anderen Ende der Leitung zu folgen oder sie zumindest zu erkennen, doch sie war mir fremd.

»Was ist los?«, flüsterte ich neugierig, doch Sam signalisierte mir mit einer Hand, dass ich warten sollte.

»In Ordnung, ich komme sofort.« Sie legte auf. Ihr Gesicht schien eingefroren zu sein. »Ich muss ins Krankenhaus ... Irgendetwas ist mit Luise«, sagte sie ton- und emotionslos. Ich sagte nichts weiter, sondern stand auf und bot ihr meine Hand an. Schweigend eilten wir über den Boardwalk. Wir steuerten auf direktem Weg ihren Wagen an.

»Was haben die gesagt?«

Wir verloren keine Zeit. So schnell wir konnten, sprangen wir in den Wagen, schnallten uns an und Sam startete den Motor.

»Keine Ahnung, ich hab das nicht ganz verstanden. Die haben von einem Thrombus geredet …«

Ich wusste genau, was ein Thrombus war, und verschluckte mich beinahe an meiner eigenen Spucke. Das Husten konnte ich nicht unterdrücken. Ich wollte sie nicht verunsichern oder ihr Angst machen, doch mein Gesicht sprach wohl für sich.

»Was ist das, Daniel?« Eine tiefe Falte zeigte sich auf ihrer Stirn.

»I..ich kenne das von meinem Onkel«, bemühte ich es möglichst unspezifisch zu halten.

»Hat dieses Ding etwas mit dem Herz zu tun?«

»Nicht unbedingt. Eher mit dem Blut. Soweit ich das verstanden habe, ist das eine Verdickung des Blutes, die die Adern verstopfen kann.« Ich biss mir auf die Unterlippe.

»Das klingt gefährlich. Woher sollte Luise so ein Ding haben?« Ihre Stimme war ganz dünn. Panik war in ihren Augen.

»Soll ich lieber fahren?«, bot ich an.

Sam hatte einen harten Tag hinter sich. Es war vollkommen verständlich, wenn sie aus der Fassung geriet.

»Nein, ich fahre.« Das kam sehr energisch rüber, deshalb ließ ich das Thema fallen.

Den Rest der Fahrt wirkte sie sehr angespannt und konzentriert, als stünde sie vor einer großen Prüfung. Ein paar Mal versuchte ich sie abzulenken, aufzumuntern, doch sie wehrte jeden Versuch ab. Ich fühlte mich unfähig, schob meine Gefühle jedoch beiseite. Es ging jetzt nur um sie.

»Fährst du nicht direkt zum Krankenhaus?«, fragte ich verwundert und nahm das Wohngebiet ihrer Schwester wahr.

»Ich würde dich gerne hierlassen, damit du bei den Kindern bist. Ist das in Ordnung?«

»Klar«, stimmte ich zu. »Aber brauchst du nicht auch Unterstützung vor Ort?«

»Ich möchte erst die Lage checken, bevor ich da mit den Kindern auftauche. Die Krankenschwester meinte auch, dass sie meinen Dad bereits informiert haben«, erklärte sie und parkte vor dem Apartment ihrer Schwester.

»Dann ruf mich an, sobald du Genaueres weißt, ja?«

»Okay.«

Ich lächelte sie an.

»Hey, nicht lächeln, wenn du nicht glücklich bist.« Sie schlug mich mit meinen eigenen Waffen und ich vergötterte sie dafür. Wir mussten beide trotz der Spannung grinsen. Ich stieg aus, nahm den Wohnungsschlüssel entgegen und schlug die Tür zu. Ein letzter Blick und sie war verschwunden. Ich überquerte den finsteren Parkplatz und suchte den passenden Schlüssel für die Haustür, als ich Schritte hinter mir hörte. Die Haare auf meinen Armen und in meinem Nacken stellten sich auf. Meine Atmung wurde schneller. Ich beschleunigte das Tempo, ohne nach hinten zu blicken. Ein ungutes Gefühl durchströmte mich. Die Schlüssel glitten durch meine schweißnassen Finger. Die Tür war zum Greifen nah. Mir kam der Gedanke, dass ich nicht stehen bleiben durfte. Der Satz prägte sich in mein Hirn ein und ich wiederholte ihn wie ein Mantra. Bloß nicht stehen bleiben! Und dann wurde mir bewusst, dass ich nicht meine Wohnung ansteuerte. Es war die Wohnung von Sams Schwester. Ich war hier nicht allein. Ohne einen weiteren Gedanken an mich zu verschwenden, blieb ich stehen. Kräftige Finger umschlossen meinen Nacken.

Kapitel 41
Sam

FAR FROM me

Das Zischen der auseinandergleitenden Eingangstür schreckte mich aus meiner Trance, in der ich seit der Fahrt zum Krankenhaus festgesteckt hatte. Die Ruhe in der Eingangshalle war gespenstig. Normalerweise war hier reger Trubel, doch heute Abend waren die Gänge wie ausgestorben. Ein Pförtner mit Schnauzbart nickte mir zu und las weiter in seiner Zeitung. Ein Schritt nach dem anderen brachte mich weiter in die leeren Gänge. Das Desinfektionsmittel stach in meiner Nase und den Augen, sodass sie zu tränen begannen. Das war sicherlich nur das Desinfektionsmittel.

»Kann ich Ihnen helfen, Miss?«, sprach mich eine blonde kleine Krankenschwester in einem rosafarbenen Overall an. Ich schüttelte den Kopf und folgte den Schildern zur Intensivstation. Dorthin hatten sie Luise vor einer Stunde verlegt. Wieder Intensivstation. Sie war noch einmal operiert worden. Schon wieder Narkose, allgemeine Risiken der Prozedur und Schnitte in ihrem Körper. Ich drückte den Knopf für den Fahrstuhl und stieg zu den flackernden Lichtern. Mein Kopf war leer.

Dort war nichts. Ich kam im zweiten Stock an und trat auf den spiegelglatten Boden. Meine Sohlen quietschten mit jedem Schritt und kündigten mich bereits Minuten vorher an. Die Glastür der Intensivstation war verschlossen, doch das kannte ich ja bereits. Ich betätigte die Klingel an der weißen Wand daneben. Die Gegensprechanlage knackte.

»Ja?« Die Stimme klang gelangweilt und müde. Wahrscheinlich musste die arme Frau eine 24-Stunden-Schicht durchhalten oder eine andere Unmenschlichkeit, die ich mir gar nicht vorstellen konnte.

»Mein Name ist Ernst. Ich wurde angerufen und möchte bitte zu meiner Schwester«, klärte ich sie auf und wartete. Doch sie antwortete mir nicht, betätigte nur den Türöffner. Das Klicken zeigte mir, dass ich nun eintreten durfte. Ich legte meine Hand auf das kühle Metall der Klinke und atmete einmal ein. Mein Blick ging nach hinten, doch von meinem Dad war keine Spur zu sehen.

Die Schwester kam schon winkend auf mich zu. »Miss Ernst, ihre Schwester liegt hier, wird jedoch gerade noch behandelt.« Sie deutete auf das erste Zimmer zu meiner linken Seite. »Bitte warten Sie hier, die Ärzte müssten gleich das Zimmer verlassen. Dann können Sie auch direkt mit Ihnen sprechen.«

Damit verschwand sie wieder und ich stand in dem schwach beleuchteten Flur. Die Tür des Schwesternzimmers knallte hinter ihr zu und das verdunkelte den Gang noch weiter. Stur starrte ich auf einen Kratzer an der Wand und versuchte Geräusche auszumachen. Die Zimmertüren waren jedoch so dick, dass es vergebens war. Ich nahm mein Handy aus der Tasche und wählte die Nummer meines Dads. Überraschenderweise nahm er nach dem zweiten Klingeln ab. »Sam?«

Ich schloss die Augen. »Dad.« Es war eine Erlösung. Ich würde nicht allein sein.

»Bist du schon im Krankenhaus?«

»Ja, bitte komm schnell, okay?«

»Ich bin noch auf dem Weg …«

Mit einem Mal fiepte ein schrilles Signal in meinen Ohren und eine rote Lampe über der Tür links neben mir leuchtete auf. Innerhalb von Sekunden waren drei Krankenschwestern und eine junge Frau mit Arztkittel auf dem Gang und rannten auf mich zu. Ich schrie auf und drückte mich an die Wand. Trotzdem wurde ich angerempelt. Die Tür flog auf und ich konnte einen Blick erhaschen. Der Arzt, mit dem ich am Unfalltag vor ein paar Wochen bereits geredet hatte, schrie: »Wir brauchen hier sofort ein Notfallset! Sie ist tachykard!«

Mein Blick glitt an ihm vorbei in den Raum. Das war Luises Zimmer. Ich biss mir auf die Lippe. Sie war an unzähligen Maschinen angeschlossen, die allesamt gefährlich piepten. Sie lag blass in ihrem Bett, einen Schlauch sogar im Hals. Mein Handy fiel zu Boden. Ich setzte mich in Bewegung.

»Sie können hier nicht rein! Wir brauchen Platz zum Arbeiten!« Die Schwester baute sich vor mir auf und ich stellte mich auf die Zehenspitzen, um einen weiteren Blick zu erhaschen.

»Was ist mit meiner Schwester?« Meine eigene Stimme machte mir Angst. Es fühlte sich an, als würde sie sich von mir trennen und dann durch den Raum schweben.

»Es ist drastisch. Mehr kann ich Ihnen nicht sagen. Lassen Sie uns unsere Arbeit machen.«

Sie schlug mir die Tür vor der Nase zu. Ich strauchelte zurück, bis ich mit dem Rücken an der Wand stand. Ich konnte nicht atmen. Mein Herz donnerte in meiner Brust und das Pulsieren stieg mir in den Hals. Ich öffnete den Mund und sog mit aller Kraft Luft hinein, doch sie kam nicht durch zu meinen Lungen. Kein Sauerstoff versorgte mein Hirn und um mein Sichtfeld bildete sich ein dunkler Rand. Schwarze Schwelen umrandeten die geschlossene Tür, die kleine Lampe an der Wand daneben und die einzelnen Kacheln auf dem Boden.

»Luise«, flüsterte ich und fixierte mit dem Blick einen Punkt, damit ich meinen Fokus, mein Bewusstsein nicht vollständig verlor. *Was sollte ich nur tun? Was war meine Aufgabe hier?* Ohnmacht durchströmte mich und es war ein kaltes, abartiges Gefühl.

Die Tür flog auf und ich zog einen Schwall Luft in mich. Es war, als würde ich aus tiefem Wasser wieder auftauchen und endlich atmen können. Ich beobachtete, wie eine Schwester über den Gang rannte und verschwand. Die Tür blieb einen Spalt geöffnet und ich rutschte an der Wand hoch. Wackelig lief ich zu dem Zimmer, zu ihr, und beugte mich vor.

»Scheiße, das hätte nicht passieren dürfen! Wie kann das sein? Wo ist Dr. Richards?«

»Ich weiß es nicht. Die Operation verlief gut.«

»Ach, und weshalb habe ich hier jetzt eine junge Frau, deren Todeszeitpunkt ich jede Sekunde feststellen könnte?«

Todeszeitpunkt. Todes. Tod.

Eine dritte Stimme kam dazu. »Ich denke, es war ein weiterer Thrombus. Der muss ebenfalls in die Lunge gewandert sein.«

»Verdammter Mist!«

Ich hörte ein Knallen und danach mehrere Schritte auf dem Boden. Die Tür wurde aufgerissen und das bekannte Gesicht erschien. Der Doktor nahm die Haube von seinem Kopf und sah mich mit verzogenem Mund an.

»Kommen Sie bitte mit«, forderte er mich auf und lief Richtung Schwesternzimmer.

»Auf keinen Fall! Ich möchte zu meiner Schwester!« Meine Stimme bebte so sehr, dass sie drohte einzustürzen.

»Können Sie danach, versprochen.«

Was geschah hier überhaupt? Hier musste es sich um eine Verwechslung handeln. Oder um einen Fehler.

Ich folgte ihm, wobei jeder Schritt, den ich mich von ihrem Zimmer entfernte, schmerzte. Mir einen Vorgeschmack auf etwas gab, was ich bereits schon einmal durchlebt hatte.

Er hielt mir die Tür auf. Das Zimmer war hell erleuchtet und roch nach Kaffee.

»Möchten Sie einen?«, fragte der Arzt mich und deutete auf den Kaffeeautomaten. Ich schüttelte den Kopf und räusperte den Schleim aus meinem Hals. Da war Wut in mir. *Was bildete sich dieser Typ ein?* Ich hatte keine Lust auf einen Kaffee! Ich wollte zu Luise und mich vergewissern, dass das, was er eben gesagt hatte, nicht stimmte. Es konnte nicht stimmen.

»Miss Ernst, es tut mir wirklich leid«, begann er. Das war genug. Ich wimmerte und vergrub das Gesicht in den Handflächen. Es stimmte.

»Nein, nein, nein, nein, nein«, flüsterte ich und kniff mit Zeigefinger und Daumen in meinen Arm. Zum einen, um wie ein kleines Kind zu prüfen, ob das hier ein schlimmer Albtraum war, und zum anderen, um meinen Körper von dem reißenden Schmerz in meiner Brust abzulenken. Ich biss die Zähne zusammen - voller Furcht was der Doc als Nächstes sagen würde.

»Ich möchte Ihnen die Situation erklären.«

Ich schüttelte den Kopf. »Ist sie tot? IST MEINE SCHWESTER GESTORBEN?«

Er verzog das Gesicht.

Ich stand auf und trat näher an ihn. »Was wollen Sie mir erklären? Wie meine Schwester gestorben ist? Was ist mit ihr? Ich habe sie in diesem Zimmer gesehen!«

Er schloss kurz die Augen, stand ebenfalls auf und ging an die Anrichte, um sich an ihr abzustützen. »Heute Morgen waren ihre Blutwerte katastrophal. Das kam ganz plötzlich. Miss Ernst hatte eine Leberruptur und eine starke Vergiftung. Spätfolgen von dem schweren Trauma des Unfalls. Wir haben sie operiert, ihre Leber versorgt und es sah gut aus. Doch leider hat sich ein Blutgerinnsel gebildet und gelöst. Es ist in die Lunge ihrer Schwester gedrungen und sie kann nicht mehr eigenständig atmen.«

»Sie atmet nicht mehr ... Das bedeutet, sie ist ...«

»Nein, sie lebt, aber nur durch die Maschinen, die sie am Leben halten. Wenn wir die Maschinen abschalten, die Schläuche entfernen ...«

Ich verließ den Raum. Es war wie im Film. Surreal und ganz anders als bei Mom. Diesmal war ich bei Sinnen, nicht halb verendet wegen der Schuldgefühle, die mich auffraßen. Jetzt konnte ich alles fühlen. Das ganze Spektrum der grauenhaften Realität. Meine Füße flogen über den glatten Linoleumboden und brachten mich in das Zimmer meiner Schwester. Die Pflegerinnen wollten mich erst wegschicken, doch der Arzt trat neben mich und signalisierte mit einem Nicken, dass es in Ordnung war.

»Luise«, sagte ich kehlig und trat an ihr Bett.

Sie sah unfassbar klein aus. Ihre Haut hatte den goldenen Glanz, die Bräune, vollständig verloren und unter ihr schimmerten die bläulichen Linien. Ihre Wangen waren eingefallen und die Augenlider sonderbar aufgedunsen. Das war nicht mehr meine Schwester. Das war doch nicht Luise. Die Haare hingen strähnig von ihrem Kopf herab. Die Maschine fiepte mit ihrem streng kontrollieren Atem um die Wette. *Oder war das dasselbe? Atem und Maschinengeräusche?* Ihre Brust hob sich und ich hatte Hoffnung, dass sie noch bei uns bleiben konnte. Meine zitternden Finger hatten Probleme, ihre Hand zu umschließen. Sie war warm. In ihr war noch Leben, das merkte ich.

»W...was passiert jetzt?« Meine Stimme war nur ein atemloser Hauch. Meine Kraft war verschwunden. *Was sollte ich nur tun? Was konnte ich machen, damit das hier nicht geschah?*

Kapitel 42
Daniel

FAR FROM me

Instinktiv rammte ich meinen Ellbogen nach hinten und spürte den Luftstoß eines Ächzens in meinem Nacken. Der Griff lockerte sich minimal und ich nutzte die Chance. Schwungvoll ließ ich mich nach vorne zu Boden gleiten, wirbelte im Dreck umher und trat meinem Angreifer gegen das Knie.

»Scheiße, Mann.« Der Typ klappte nach hinten wie ein gefällter Baum und ich rappelte mich hoch. Schwer atmend beugte ich mich über ihn, um sein Gesicht zu erkennen. Es waren nicht die vertrauten Züge, die ich erwartet hatte.

»Wer bist du? Was willst du?« Meine Hand fuhr in den Nacken zu der Stelle, wo sich seine Fingernägel in meine Haut gebohrt hatten.

Er wollte sich hochkämpfen, doch ich trat über ihn und packte den Kragen seines Kapuzenpullis.

»Was läuft hier?« Ich rüttelte an ihm und hörte ein Klicken hinter mir. Gänsehaut. Das war es. Ich ließ den Typen los und hob die Hände.

»Daniel O'Sullivan. Was für ein Zufall, dass ich dich hier treffe.« Die süffisante Stimme drang in mein Ohr und stellte alle meine Nackenhaare hoch.

»Jimmy.«

»Umdrehen und schön ruhig bleiben.«

Ein metallischer Gegenstand drückte sich an den Punkt zwischen Schädel und Hals. Der Handlanger lächelte mich fies an und zwinkerte mir zu. Am liebsten hätte ich ihm die schiefe Nase gebrochen. Ich hätte ihm damit noch einen Gefallen getan. Langsam drehte ich mich um und schaute in das Gesicht, was mich oft nachts heimsuchte. Er war der einzige Mensch auf diesem Planeten, den ich von ganzem Herzen verabscheute. Dem ich nichts als einen grausamen Tod wünschte. Für dessen Tod ich freudestrahlend in den Knast gehen würde. Seine dunkelbraunen Haare waren aufwendig zu einer Tolle geföhnt und er war, wie immer, schick gekleidet in schwarzem Hemd und Nadelstreifenjackett. Dieses passte vom Grauton her wunderbar zu der Knarre, mit der er auf mich zielte. Ich trat einen Schritt zurück, doch sein Handlanger schubste mich wieder zu Jimmy.

»Daniel, du weißt genau, weshalb ich hier bin«, begann er zu verkünden und wedelte mit der Pistole herum. »Wir haben noch eine Rechnung offen.«

»Wir sind quitt!« Ich funkelte ihn böse an und musste den Wunsch, ihn anzugreifen unterdrücken. Es war aussichtslos. Ich war unbewaffnet und allein. Wer wusste schon, wie viele Leute noch auf der Lauer lagen oder in irgendwelchen Karren auf sein Kommando warteten.

»Wir sind nicht quitt, du süchtiges Arschloch!«

Ich ballte die Hände zu Fäusten. Versuchte tief zu atmen. »Ich bin fertig mit der Scheiße, Jimmy. Ich bin clean und habe dir dein Geld wiedergegeben.«

»Ja, aber zu spät, Scherzvogel! Bei so viel Kohle, einer solchen Summe - da gibt es Zinsen, weißt du?«

»Davon war nie die Rede.« Mein Blick glitt die Straße hinunter. War denn hier niemand, der mir helfen konnte. Ein paar starke Typen oder zumindest eine Oma, die die Cops rufen konnte?

»Aber jetzt rede ich davon, klar soweit?« Ich gab meine Suche auf und schaute in seine hellblauen Augen. »Du schuldest mir 10.000 Dollar - für den Anfang.«

»Hey, das kann nicht dein Ernst sein. Ich war doch seit Ewigkeiten nicht mehr in einem deiner Casinos. Ich habe keine Schulden bei dir. Das mit den Zinsen ist doch erfundene Kacke.«

»Vielleicht solltest du mal wieder vorbeikommen. Ein paar Runden würden dir helfen, das Geld zusammenzubekommen.« Er hob eine Augenbraue und zeigte seine perfekten weißen Zähne. »Wir wissen doch beide, dass du es brauchst. Ein Suchti bleibt ein Suchti. Er kann nur clean sein bis zu der nächsten Gelegenheit, die sich ihm ergibt.«

In mir stiegen alle Emotionen gleichzeitig auf. Ein Kribbeln durchzog meinen ganzen Körper und sammelte sich in meinem Magen. Es war jedoch nicht dasselbe Kribbeln, was ich in letzter Zeit so oft verspürt hatte. Dieses Kribbeln tat beinahe weh, war so körperlich, dass ich mir die Hand auf den Bauch legen musste. Es war unangenehm und überhaupt nicht mit dem Kribbeln, das in Sams Nähe von mir Besitz ergriff, zu vergleichen.

»Nein!« Ich verschränkte die Arme vor der Brust und schüttelte heftig den Kopf.

»Ach Dannyboy, ist mir eigentlich auch scheißegal. Du hast eine Woche Zeit, dann rufst du mich unter dieser Nummer an und wir machen die Geldübergabe fest. Kapiert?«

Ich schüttelte wieder den Kopf, nahm den Zettel, den er aus seiner Hemdtasche fischte und mir reichte, nicht an. Er zischte, trat dicht an mich und hielt den Lauf seiner Waffe an meine Schläfe. Solche Bedrohungen waren mir zwar nicht fremd, aber es war schon einige Monate her, dass ich das letzte Mal eine Waffe von Nahem gesehen hatte. Das unebene Metall nun direkt auf meiner Haut zu spüren, verschloss mir die Kehle und versetzte mein Herz in ein Dauergalopp.

»Ich habe dich beobachtet. Dich und das brünette Flittchen mit den Rehaugen«, brummte er mir ins Gesicht. Sein Atem roch nach Zwiebeln und Zigarrenqualm.

»Lass sie in Ruhe!« Meine Stimme hüpfte auf und ab. Sie verriet mich.

»Oh, hab ich da etwa einen wunden Punkt getroffen? Ist das deine Kleine?« Er grinste und kleine Fältchen bildeten sich in seinen Mundwinkeln. Er war mir so nah, dass ich jede Pore auf seiner langen Nase erkennen konnte.

»Ne, das ist nur eine Angestellte.« Ich versuchte, locker zu wirken, was in Anbetracht meiner Situation lächerlich war.

»Auch deinen kleinen Pub kann ich aufmischen, wenn du nicht spurst.« Er strich mit dem Waffenlauf über meine Stirn. In New York City hatte ich gelernt, dass die Menschen, die mit den Waffen umher fuchtelten und herum schrien, nicht die gefährlichen waren. Jimmy, einer, der ruhig blieb und dir lächelnd eine Knarre an den Schädel hielt – so einer war gemeingefährlich.

»Eine Woche, Dannyboy, oder ich komme und verpasse dir ein weiteres Loch.« Er ließ die Waffe sinken, steckte sie in die Innentasche seines Jacketts und pfiff laut. Ein schwarzer SUV kam von der Straße auf den Parkplatz und hielt neben uns. Jimmy und sein Handlanger, der noch immer mit einer

Waffe auf mich zielte, stiegen in den Wagen. Der Motor röhrte auf und sie fuhren quietschend davon.

Wie eingefroren blieb ich eine halbe Ewigkeit vor dem Apartmentkomplex stehen. Die Gedanken füllten meinen Kopf, bis ich drohte in ihnen zu ertrinken. Noch immer fühlte ich mich beobachtet und sah mich immer wieder nervös um. Das Kribbeln in meinem Magen war so präsent wie in meiner ersten Woche in der Entzugsklinik. Ich hatte Sorge, mich auf der Stelle übergeben zu müssen. Die Häuser um mich herum, alles wirkte so anders. Ich betrachtete meine Umgebung, als würde ich sie zum ersten Mal sehen. Das war auch der Anschein, den ich erwecken wollte. Ich ging zu dem Haus neben dem, in dem Luises Apartment war. Wahllos klingelte ich irgendwo und seufzte erleichtert, als mir geöffnet wurde. Ich trat in den dunklen Flur, ließ die Tür hinter mir zuknallen und ging zum Treppenaufgang.

Im ersten Stock öffnete jemand seine Tür und rief: »Wer ist denn da?«

»Ich bin nur der Paketbote.«

Die Tür schloss sich wieder und ich plumpste auf die erste Stufe. Tränen begannen zu laufen und ich musste laut schluchzen. Ich fühlte mich unendlich allein. Wie in New York. Vielleicht sogar schlimmer, denn jetzt war ich nicht allein. Und anders, als ich und alle Welt gedacht hatten, machte es das nicht besser. Es machte es komplizierter. Gefährlicher. Meine Hände legte ich über das Gesicht und ich gestand mir diesen schwachen Moment zu. Ließ einfach das raus, was durch den Zwischenfall wieder nach oben gespült worden war. Suchtgefühle. Hass. Angst. Und fühlte in das hinein, was neu dazugekommen war. Sorge. Unendliche Sorgen um Menschen, die mir viel bedeuteten.

Nun war es anders als früher. Ich war nur für mich verantwortlich gewesen – und selbst das hatte ich ordentlich vermasselt. Nun versorgte ich jedoch meinen Onkel, hatte einen Laden mit Angestellten. Und eine Freundin mit Pflegekindern. Wie eine Explosion durchzog mich das Gefühl von Machtlosigkeit und Kontrollverlust. Ich konnte nichts tun, die Situation nicht abwenden oder ändern.

Und da war er: der Geistesblitz.

Eilig wischte ich die Tränen von den Wangen und blickte auf mein Handy. Ich wählte Logans Nummer, checkte die Uhrzeit und als ich mir sicher war, dass die Dauer in diesem fremden Haus als Tarnung gedient hatte, verließ ich es. Ich eilte davon. Weit weg von Luises Apartment und den Kindern. So schnell und so weit ich konnte.

Kapitel 43
Sam

Die Leuchtstoffröhre über mir flackerte. Auf nichts anderes konnte ich mich konzentrieren. Ich war leer. Keine Tränen waren übrig. Mein ganzer Körper fühlte sich trocken und ausgelaugt an. Als wäre ich wie ein Schwamm ausgequetscht worden. Mein Finger schwebte ein weiteres Mal über Daniels Nummer. So sehr sehnte ich mich nach seiner Stimme, doch er ging nicht an sein Handy. *Vielleicht kam er mit den Kindern nicht klar?* Diese zusätzlichen Sorgen waren nur eine weitere Schicht auf dem Berg aus Katastrophen, der mein Leben war. Immerhin war Dad nun hier. Er sprach mit den Ärzten, hielt die Hand meiner Schwester, doch ich hatte Luises Zimmer verlassen. Ich konnte ihren Anblick kaum ertragen.

Mein Telefon klingelte in meinen Händen und ich nahm den Anruf sofort an.

»Hey Sam, ich bin es.« Es war Logan.

»Hey.« Meine Stimme war so rau und unberechenbar, dass ich mich mehrmals räuspern musste.

»Ich weiß Bescheid wegen deiner Schwester. Daniel hat mich angerufen und um Hilfe gebeten. Er musste ganz dringend in den Pub, deshalb passe ich auf die Kids auf.« Seine Stimme war undurchschaubar. Nervosität machte sich in mir breit.

»Er ist nicht mehr in Orono? Ich konnte ihn nicht erreichen, hab es ein paar Mal versucht.«

»Wahrscheinlich war er unterwegs«, mutmaßte Logan.

Ich seufzte. »Logan, es sieht schlimm aus.« Meine Unterlippe bebte gefährlich und ich begann zu zittern. Normalerweise würde ich es mir nie eingestehen, aber genau in diesem Moment hätte ich eine Umarmung gebrauchen können. Eine, die mich aufrecht halten würde. Jemanden, bei dem ich loslassen und zusammenbrechen konnte.

»Scheiße, Sam.« Ich konnte ihn vor mir sehen, wie er die Hände vor das Gesicht schlug. »Wie kann ich dir helfen?«

»Bleib bei den Kindern und sag ihnen nichts. Erfinde was«, wies ich ihn an.

»Okay. Aber wenn es schlimmer wird, gibst du mir Bescheid, verstanden?«

»Klar.« Er wusste ja nicht, dass es nicht mehr schlimmer werden konnte. Es gab nichts, was noch mehr Leid erzeugen konnte. Ich legte auf und öffnete den Chatverlauf mit Daniel.

»Logan hat mich angerufen, ich weiß Bescheid. Bitte fahr vorsichtig und melde dich, wenn du die Sache mit dem Pub geklärt hast. Luise geht es nicht gut.«

Das war wohl die größte Untertreibung des Jahrhunderts. Enttäuschung und Wut flammten kurz auf. Er hatte mich in dieser Situation sitzen lassen. Doch die Emotionen waren genauso schnell verflogen, wie sie aufgekeimt waren. Er wusste bis zu diesem Zeitpunkt ja nicht, dass er das sein könnte, was er wahrscheinlich war. Der Todeszeitpunkt.

»Sam?«

Ich sprang auf. Mein Dad kam auf mich zugelaufen. Ich hatte nicht den Mut, ihn zu fragen, deshalb starrte ich ihn nur mit großen Augen an.

»Ich ... W...wir ...«, stammelte er vor sich hin. Eine dicke Träne löste sich aus seinem Augenwinkel.

Ich presste die Kiefer aufeinander und schüttelte den Kopf. Der Anblick meines weinenden Dads brach mein Herz in zwei unsaubere, verstümmelte Teile. Niemals wollte ich ihn wieder so sehen. Sein Gesichtsausdruck katapultierte mich in die dunkle Zeit mit meiner todkranken Mom zurück. Er war unfassbar traurig gewesen. Sein Leben war zersplittert, und mitansehen zu müssen, wie er die Scherben versuchte aufzusammeln und sich daran schnitt, war kaum auszuhalten gewesen.

»Dad?« Ich trat näher an ihn und legte meine Arme um seine Brust. »Wir kriegen das hin, okay?« Ich konnte jetzt nicht schwach sein. Er brauchte mich. Er war vielleicht alles, was ich jetzt noch hatte. Mein letzter Rest Familie. Nur noch er und ich.

»Sam, ich habe mit den Ärzten gesprochen. Sie möchten die Geräte abstellen. Es gibt keine Hoffnung mehr für Luise.«

Ich presste mein Gesicht an seine Brust und atmete seinen Duft ein. »Dad, es tut mir so leid.« Mehr fiel mir nicht ein. Ich hatte keine Worte für sowas. Meine Schwester würde sterben. Wir mussten darüber entscheiden. Er musste das tun. Und ich ihn dabei unterstützen. Ich war nur jemand, der am Rand des Spielfelds stand und nicht begriff, wie die Spielregeln funktionierten.

»Sie haben vorgeschlagen, dass wir nach Hause gehen und uns für die Entscheidung Zeit nehmen.«

Nach Hause. Wo war das überhaupt? Wie fühlte es sich an

ohne Mama und Luise? Die letzten Wochen hatten schon ein falsches Gefühl hinterlassen, aber das hier …

Ich nickte an seiner Brust. Mit seinen Worten kam das Gefühl in mir auf, dass die kahlen Wände des Krankenhauses uns erdrücken wollten.

»Okay«, hauchte ich leise, damit er das Schluchzen in meiner Stimme nicht hörte.

Er streichelte sanft meinen Kopf, löste sich dann von mir und sah mir in die Augen.

»Schatz, ich brauche jetzt Zeit für mich.«

Ein Gefühl von Panik schlug über mir zusammen wie eine Welle, die ich nicht erwartet hatte.

»Aber Dad, du kannst mich nicht wieder allein lassen!« Die Worte waren nicht zu stoppen gewesen. Meine Angst hatte die Kontrolle über meinen Kopf übernommen.

»Nein, das habe ich nicht vor. Ich schlage vor, dass wir beide uns jetzt Zeit für uns nehmen und dann morgen gemeinsam mit den Kindern hierherkommen.« Er umklammerte meine Hände fest. Immer wieder lief eine Träne über sein faltiges Gesicht.

»Scheiße, die Kinder!« Ich entriss ihm meine Hände und legte sie auf meine Brust. »Wir müssen ihnen das zusammen sagen, ich kann das nicht allein!« *Was überhaupt? Was genau würden wir ihnen sagen?*

»Okay, okay«, sagte er und hob beschwichtigend die Hände. »Dann fahren wir zuerst ins Apartment, in Ordnung?«

Ich nickte.

»Kannst du fahren?«

Ich nickte wieder.

Wir beide waren in unseren eigenen Gedanken verwickelt, deshalb sprachen wir kaum miteinander. Auf dem spärlich beleuchteten Parkplatz verabschiedeten wir uns voneinander und als ich im Auto saß, begann es zu regnen. Mein Dad fuhr mit dem SUV, den er sich geliehen hatte, zuerst vom Gelände und ich folgte ihm. Allerdings war er so schnell unterwegs, dass ich ihn irgendwann verlor und allein auf der Schnellstraße unterwegs war. Die Ruhe war unerträglich, aber im Radio lief nur Countrymusik, von der ich furchtbar müde wurde. Mein Kopf hatte also die Möglichkeit vor sich hinzurattern. Beim Gedanken an das Gespräch mit Emilia und Matteo bildete sich ein dicker Kloß in meinem Hals. Er drückte gegen das Zäpfchen und versperrten den Weg. Ich räusperte mich immer wieder, doch es wurde nicht besser. Das Atmen wurde immer schwieriger und ich fuhr mir mit der rechten Hand über den Hals. Luise. Sie atmete nicht mehr. Konnte nicht mehr ohne diese Maschinen atmen. Ein Thrombus. Ein Klumpen aus Blut hatte ihre Lunge verstopft. Immer wieder verlor ich den Fokus und konnte mich nicht mehr auf den Straßenverkehr konzentrieren. Hastig atmend verließ ich die Schnellstraße und näherte mich im gedrosselten Tempo dem Wohngebiet meiner Schwester.

Sie kam aus dem Nichts. Und von überall her gleichzeitig. Pure Angst. Erst flogen die Gedanken zu meiner Nichte und meinem Neffen, zu meiner Schwester und der Panik, dass mein Dad mich wieder im Stich lassen könnte. *Was, wenn Daniel mich verlässt? Wenn die ganze Situation für ihn zu viel wird? Wie soll ich mich überhaupt um die Kinder kümmern? Langfristig gesehen arbeiten? Und war ich kalt, vielleicht sogar ein böser Mensch, weil ich bereits Pläne für nach dem Tod meiner Schwester schmieden wollte?*

Ich bekam keine Luft mehr. Panisch versuchte ich, meine eigene Spucke herunterzuschlucken, doch mein Hals blockierte. Ich bekam keine Luft mehr. Ich bekam keine Luft mehr. Ich bekam …

Ich trat auf die Bremse und mein Kopf flog nach vorne. Mitten auf der Straße kam ich zum Stehen und das Auto hinter mir hupte. Ich kurbelte das Fenster hinunter und sog hektisch die frische Luft in mich. Es war, als würde kein Sauerstoff in mein Gehirn gelangen. Ein Zittern ergriff mich und Tränen strömten über mein Gesicht. Ich nahm den Gang heraus, zog die Handbremse an und wippte mit dem Oberkörper nach vorne und hinten.

»Miss?« Der Autofahrer, der hinter mir gehupt hatte, trat an das Fenster und ich erschrak.

»Miss, kann ich Ihnen helfen?«

Ich schüttelte den Kopf. Es war Luises Arzt. In seinen Augen konnte ich im selben Moment Erkenntnis aufblitzen sehen.

»Miss Ernst, geht es Ihnen gut?«

»N…nein«, stotterte ich und legte meinen Zeigefinger und meinen Mittelfinger an das andere Handgelenk, um den Puls zu fühlen.

»Was haben Sie?«

»Ich weiß nicht. Ich glaube, ich kriege keine Luft.« Ich schnallte mich ab und stieß die Tür gegen ihn. Mein Körper spielte sein eigenes Programm ab. Auf einmal wollte ich nur noch weg hier. »Ich muss hier weg!« Ich schrie und versuchte, mich aus dem Auto zu kämpfen.

Er umklammerte meinen Arm und nahm mich zur Seite, damit ich nicht auf die Straße lief.

»Miss Ernst, ich glaube, Sie haben eine Panikattacke. Das ist in Ordnung. Und nach einer solchen Nachricht, die Sie heute erhalten haben, völlig verständlich.«

Ich hörte ihm kaum zu. Plötzlich war alles so nah. Die

Lichter der Straßenlaternen, der anderen Autos ... Alles kam mir so nah. Selbst seine Stimme klingelte in meinen Ohren. Das häufige Blinzeln brachte nichts, ich merkte nur, dass mir immer wieder schwarz vor Augen wurde. »Ich werde ohnmächtig.« Meine Stimme tanzte und ich umklammerte ihn. Er musste mich retten! Ich würde hier auf der Stelle sterben, wenn er jetzt nichts tat!

»Hilfe!«

Er schüttelte mich sanft. »Miss Ernst, hören Sie mir zu. Wir atmen jetzt gemeinsam, okay?«

Ich versuchte, mich auf das Muttermal über seiner Oberlippe zu konzentrieren. »Oh-kay«, krächzte ich zwischen zwei hektischen Atemzügen.

»Sie atmen jetzt drei Sekunden ein«, gab er mir die Anweisung und machte es übertrieben vor. Ich versuchte, es nachzumachen, musste aber husten. »Und jetzt atmen sie zehn Sekunden aus. Dabei pressen sie die Luft zwischen die fast geschlossenen Lippen.« Er prustete lange Zeit, sodass seine Lippen vibrierten. Auch das versuchte ich nachzumachen. Er wiederholte den Vorgang und ich äffte ihn nach.

Wir machten es so lange, bis ich wirklich zehn Sekunden des Ausatmens schaffte. Mein Blick wurde klarer, der Kloß in meinem Hals war noch da, drückte aber nicht mehr gegen meine Luftröhre.

»Sie machen das sehr gut.« Er lächelte und sein Griff um meine Handgelenke lockerte sich. Erst jetzt merkte ich, dass ich meine Finger in seinen Pullover gegraben hatte.

»Entschuldigung, ich weiß auch nicht ...« Mir war es unfassbar peinlich. Ich ließ ihn schnell los und trat einen Schritt zurück.

»Keine Sorge, sowas passiert jedem Mal. Geht es Ihnen besser?«

Mit einem Blick auf die Schlange von Autos, die sich gebildet hatte, zuckte ich die Achseln. *Würde es mir jemals besser gehen?* Ich hatte das Gefühl, dass mein Leben vorbei war. Ich würde mit ihr sterben. *Wie viel Familie konnte ein Mensch verlieren, bis er sich selbst verlor?*

»Es tut mir leid, das ist einfach zu viel für mich.«

Er nickte mit wissendem Blick. »Soll ich Sie nach Hause bringen?« Wieder dieses Wort. Dieser Begriff, der keinerlei Bedeutung mehr für mich hatte. Mein *Zuhause* war kein Ort, an dem ich mich wohlfühlte oder mein Eigen nennen konnte. Es war nur das Apartment meiner Schwester, das mich ab jetzt mit allem daran erinnern würde, dass sie nicht mehr atmen konnte.

Ich sah mich um und registrierte, dass wir noch fünf Autominuten entfernt waren.

»Ich weiß nicht«, sagte ich und schaute das Auto an. Mit einem Mal kehrte das Zittern zurück und meine Atmung beschleunigte sich. »I…ich möchte nicht mein Auto fahren.«

Der Doc nickte und führte mich auf den Bürgersteig. »Warten Sie hier, ich bin sofort wieder bei Ihnen.«

»Okay«, sagte ich atemlos und legte meine Hand an meine Kehle.

»Schön weiteratmen, wie ich es gezeigt habe.« Er lief zu meinem Honda, stieg ein und fuhr ihn zur Seite. Gekonnt parkte er den Wagen am Straßenrand, schloss ihn ab und kam zu mir zurück. Er steckte den Schlüssel in meine Jackentasche und reichte mir meinen Rucksack.

»Danke.« Ich hasste das Gefühl von Hilflosigkeit. Ärgerte mich über mich selbst, weil ich mich wie ein Weichei aufführte. *Doch hatte ich nicht das Recht so zu sein?* In dieser Situation durfte ich doch wenigstens für ein paar Minuten die Kontrolle verlieren und meinen Schmerz zeigen.

»Keine Ursache.« Er ging vor.

Ich folgte ihm mit glühenden Wangen. Noch immer schnell atmend stieg ich in seinen alten BMW und schnallte mich an. Er drehte die Heizung hoch, denn ich rieb mir immer wieder die Hände und den Nacken. Mir war kalt und heiß zugleich. Mein Körper war mindestens genauso verwirrt wie mein Geist.

»Es fühlt sich alles so taub an«, sagte ich entschuldigend und zuckte mit den Schultern.

Er fuhr los. »Diese verschiedenen Empfindungen sind bei einer Panikattacke möglich und sollten Ihnen nicht weiter Sorgen bereiten. So bleibt es nicht, versprochen.«

»Danke, dass Sie mich fahren.«

»Wohin eigentlich?«

»Oh, stimmt.« Ich nannte ihm die Adresse und schloss dann für einen Moment die Augen. Allein der Straßennamen auf meinen Lippen brachte mich wieder an den Rand des Lochs, das ich vor einigen Momenten erst überwunden hatte. Es formte einen Sog und wollte mich von der Erdoberfläche saugen. So fühlte sich mein Inneres an. Mein Körper war müde, mein Geist rotierte weiter im Kreis.

Der Wagen hielt vor dem Gebäudekomplex und ich löste den Gurt.

»Ruhen Sie sich aus. Das ist eine ärztliche Anweisung. Gehen Sie heute nicht mehr weg. Versuchen Sie, die Reize so gering wie möglich zu halten.«

Ich rang mir kein Lächeln ab, sondern hielt mich an das, was Daniel zu mir gesagt hatte. Mir fehlte die Kraft, weiterhin so zu tun, als wäre alles in Ordnung. Das würde ich vor den Kindern noch zur Genüge machen müssen.

»Wir sehen uns morgen«, sagte ich und die Trauer drang wieder an die Oberfläche. Behutsam schloss ich die Autotür und steuerte gezielt das Apartment meiner Schwester an. Jede Treppe brachte mich der Realität näher. Als ich die Tür aufschloss, verweilte meine Hand eine kurze Weile auf der Klinke. Ich könnte auch einfach gehen. Mein Dad war sicherlich bereits hier und würde auf die Kinder aufpassen. Ich könnte zu Daniel nach Bar Harbor fahren und dort Schutz und Geborgenheit suchen. Luises Wohnung war mir fremd und jedes Detail erinnerte mich schmerzlich an den morgigen Tag, der für mich noch völlig ungewiss war. Erinnerte mich an diesen Tag, heute. Er hatte mein Leben in zwei Hälften geschnitten. Jetzt waren es drei Teile. Vor Moms Tod, nach Moms Tod und nach Luises … Nach Luise. Meiner Schwester. Ich checkte kurz mein Handy. Wenn Daniel mir geschrieben hatte, würde ich auf der Stelle umdrehen. Doch ich hatte keine Nachricht von ihm. Nur eine ziemlich panische von Zola, die ich später beantworten würde. Ächzend drückte ich die Klinke herunter und trat in den Flur. Sofort stand Logan vor mir.

»Hey«, begrüßte er mich leise.

»Hey, Logan«, flüsterte ich ebenfalls.

Er führte mich in das Wohnzimmer, in dem Emilia auf der Couch saß. Normalerweise hing sie dort wie ein Lumpensack, doch jetzt saß sie kerzengerade und ohne Handy in der Hand auf den Polstern.

»Matteo schläft, aber sie …« Logan deutete auf meine Nichte.

»Emilia.« Ich ballte meine Hand zu einer Faust. Nicht die Fassung zu verlieren, verlangte mir alles ab. Sie sah in dem Moment ihrer Mom so ähnlich, dass ich aufhörte zu atmen. Es tat so weh.

»Sam«, sagte sie und stand auf. Obwohl ich versuchte, ein Pokerface zu machen, enttarnte sie mich sofort.

»Oh Gott«, jammerte sie und kam zu mir. »W..was ist mit Mom?«

Ich biss die Zähne zusammen und atmete durch die Nase. Ich versuchte, die Technik meines Arztes anzuwenden, doch ich konnte es vor niemand anderem so machen.

»Es tut mir so leid, Emilia«, setzte ich an und meine Stimme brach. Ihre Augen starrten mich mit einer Ungläubigkeit an, die mir die Brust aufschlitzte. »Deiner Mom geht es nicht gut. Es ist leider sehr ernst. Wir gehen sie morgen besuchen und reden zusammen mit den Ärzten, okay?«

»Was heißt das? Warum weinst du?« Sie wurde immer lauter und ich immer leiser. *Wo zum Teufel war mein Dad?*

»I…ich weiß es auch nicht genau, aber sie ist an Maschinen angeschlossen und kann nicht mehr eigenständig atmen«, versuchte ich ihr zu erklären. In mir zerbrach etwas, als ich Emilias Gesicht sah. Ihre schönen Züge verzogen sich zu einer wütenden, verzweifelten Fratze.

»Ich hasse alles! Ich hasse mein Leben! Ich möchte tot sein!« Damit schubste sie mich weg und rannte in ihr Zimmer. Die Tür knallte so sehr, dass die Wände wackelten. Ich schloss die Augen und weinte in meine Hände. Logans große Hand legte sich auf meine Schulter und tätschelte mich unbeholfen.

»Ich muss zu dem Kleinen.« Ich wischte mir die Tränen aus dem Gesicht. Es war wie ein Instinkt. Ich wusste genau, dass ich bei ihm sein musste, damit er nicht starb. Damit er weiterleben konnte. Noch nie hatte mich ein Gefühl so sehr angetrieben. Mit schnellen Schritten durchquerte ich das Apartment und öffnete vorsichtig Matteos Tür. Er war wach und saß auf seinem Bett. Große Tränen kullerten von seinen kleinen Pausbäckchen.

»Hey, Kleiner«, flüsterte ich und lächelte ihn müde an. Für ihn würde ich das Lächeln vortäuschen bis ich nichts mehr anderes konnte. Er beobachtete, wie ich mich neben ihn setzte. Vorsichtig zog ich ihn an mich und seine Schultern begannen zu beben.

»Ist Mom tot?«

Ich konnte diese Frage nicht beantworten. Nicht begreifen. Nicht ertragen. Mein Herz starb. Es wurde zerquetscht und zerbröselte, bis nur noch ein Haufen Dreck blieb. Der Gedanke, dass es ihm direkt neben mir, seiner Schwester drei Meter von uns entfernt und meinem Dad, wer weiß wo, genau so ging, stürzte mich kopfüber zurück in das Loch. Ich presste seinen Körper gegen meinen. Klammerte mich an ihn, damit wir uns nicht verlieren konnten. Fest stand: Wenn mir heute noch einmal das Herz brach, würde ich sterben. Ich würde einfach wie ein Geist durchsichtig werden.

Nach einer halben Ewigkeit war der Kleine weinend in meinen Armen eingeschlafen. Ich legte ihn nicht sofort behutsam unter seine Decke. Erst hielt ich ihn noch in meinen Armen. Nur für mich. Weil er nach Luise roch. Weil seine Haare sich wie ihre früher, vor all den Tönungen, anfühlten. Ich gab ihm einen Kuss auf die Stirn. Im Schlaf sah er bis auf die tiefen Ringe unter seinen Augen friedlich aus. Ich wünschte, ich könnte ihm den Schmerz nehmen. Ihn und seine Schwester beschützen und nach allem, was passieren würde, reparieren.

Ich schlich mich aus dem Zimmer und kehrte ins Wohnzimmer zurück, wo Logan geduldig gewartet hatte.

»Alles in Ordnung?«

»Soweit das möglich ist, denke ich schon.« Die Hilflosigkeit blieb. »Matteo hat die ganze Zeit geweint«, ließ ich ihn wissen und nahm mir ein Glas aus der Vitrine. »War Emilia noch mal hier?«

»Nope.« Er schenkte mir Cola ein.

»Sie möchte tot sein.« Ich nahm einen Schluck.

»Ich schätze, das war einfach zu viel für sie«, versuchte Logan mich zu beruhigen.

Kraftlos nickte ich und sackte auf dem Sofa zusammen.

»Wo ist er?«

»Hm?« Logan sah verwirrt aus.

»Wo ist mein Dad?«, fragte ich ihn mit hochgezogenen Augenbrauen.

»Er war nicht hier«, sagte er mit gerunzelter Stirn.

Ich schüttelte den Kopf und kippte das ganze Glas in mich hinein. »Er ist so ein Arsch«, nuschelte ich. Wut konnte ich nicht mehr fühlen, denn mein Körper war fertig. Das waren genug Emotionen für einen Abend. Da blieb nur die Frage, die ich mir seit dem Krankenhaus immer wieder stellte. Es war wie ein Mantra. *Was sollte ich jetzt machen?*

Ich zog mein Handy aus der Jacke, die ich noch immer trug, und wählte seine Nummer. Er ging nicht dran. In diesem Moment wünschte ich mir, dass er im Krankenhaus lag und Luise neben mir saß. Ich bereute den Gedanken sofort wieder. Es war unfair von mir. Doch ich war mehr als enttäuscht von ihm.

Als ich auflegte, sah ich die Benachrichtigung des Chats mit Daniel. Schnell öffnete ich ihn.

»Sorry, Sam, das wird heute nichts mehr. Totaler Stress hier.«

Der salzige Geschmack der Tränen in meinem Hals brachte mich zum Würgen.

Kapitel 44
Sam

FAR FROM *me*

»Ich glaube, das ist keine gute Idee«, zischte ich meinem Dad über Matteos Kopf hinweg zu. Bedeutungsschwanger nickte ich in die Richtung des kleinen Kerls, der zur Ablenkung auf mein Handy starrte und mit dem freien Arm meinen eigenen wie ein Schraubstock umfasste. Seit gestern Abend bewegte er sich keinen Zentimeter von mir weg. Es tat unfassbar weh, ihn so zu sehen, doch seine Nähe lieferte mir auch einen Grund, mich nicht in Tränen aufzulösen wie eine Brausetablette in Wasser.

»Aber Sam, er will doch zu seiner Mom.«

Mir kam es vor, als hätte ich drei Kinder zu betreuen. Ich konnte ihm noch nicht einmal böse sein.

»Dann gehe ich zuerst. Du sprichst mit den Ärzten.« Niemals würde ich zulassen, dass lebenserhaltenden Maßnahmen und deren Beendigung vor den Kindern besprochen wurden.

»In Ordnung.« Er kämpfte schon wieder mit den Tränen. Was ich empfand, konnte ich nicht sagen. Erleichterung, dass er wirklich gekommen war und mich mit dieser Entscheidung nicht allein gelassen hatte, drang durch die tiefe Schicht Taubheit, die mich von allem um mich herum abschnitt. Ich funktionierte wie ein Roboter. Krisenbewältigungsmodus.

»Okay, dann auf zu eurer Mom?«

Matteo nickte. Er hatte keine konkrete Vorstellung, was hier vor sich ging und was noch passieren würde. Doch in seinem Gesicht konnte ich erkennen, dass die Stimmung auf ihn abfärbte. Mit Emilia war das eine andere Sache. Sie sah mich mit einem unergründlichen Blick an. Bei ihr hatte ich verloren. Mir war klar, dass sie mich nicht für die Situation verantwortlich machte. Trotzdem ließ sie ihre Trauer und Wut an mir aus. Matteo und ich gingen im gleichen Tempo, doch Emilia eilte voraus. Vielleicht wollte sie einen Moment allein mit ihrer Mom. Den hätte ich damals auch gerne mit meiner Mom gehabt. Ich drosselte meine Geschwindigkeit und versuchte, mich auf meine Umgebung zu konzentrieren. Die Tatsache, dass ich meine Schwester jetzt vielleicht das letzte Mal sehen würde, schob ich, soweit es ging, von mir. Einfach atmen und weitermachen. Und trotzdem kamen die Wände näher. Das Licht stach in meinen Augen und die Stimmen auf dem Krankenhausflur dröhnten in meinen Ohren.

»Was ist, Sam?«

Ich war stehengeblieben. »Entschuldigung, ich brauche eine kurze Pause.« Sorgfältig begann ich leise meine Atemzüge zu zählen, musste aber immer wieder bei eins starten.

»Ist da Blut?« Seine Frage riss mich aus meiner Atemübung und die Wände, die Stimmen, alles war vergessen.

»Nein, da wird kein Blut sein. Du musst keine Angst haben. Deine Mom schläft sehr fest.« Ich hoffte inständig, dass ich ihn so beruhigte und nicht komplett verstörte. Wie erklärt man einem Kind, dass die Mom todkrank war?

»Koma sagen die Ärzte dazu, oder?«

»Genau«, sagte ich und streichelte ihm durch die Locken, »Du bist ein kleiner Schlaukopf.« Egal wie schlimm es war, er schaffte es mit seinen Rehaugen, mich zum Lächeln zu bringen. Zwar war es ein Lächeln mit Bitterkeit und Traurigkeit im Herzen, aber es war da.

Emilia stand in der Ecke des Raumes und sah stumm Luise beziehungsweise Luises Körper an.

»Emilia?« Ich weckte sie aus ihrer Trance und entgegen meiner Erwartung kam sie zu mir. Sie stellte sich neben mich und nahm meine andere Hand. Tränen flossen den Kindern stumm über die Wangen. Auch Matteo hatte beim Anblick des reglosen Körpers und den Maschinengeräuschen, die den Raum durchzogen, den Ernst der Lage begriffen.

»Sie hat keine Schmerzen. Ich möchte, dass ihr das wisst«, sagte ich behutsam. Völlig hilflos blickte ich mich im Raum um, als würde auf magische Weise eine Rettung erscheinen. Hilflos und überfordert nahm ich beide Kinder gleichzeitig in den Arm und hielt sie. Mehr konnte ich ihnen in diesem Augenblick nicht bieten. Ich wünschte mir, ich könnte sie vor all dem retten. Sie beschützen und ihnen ihre Mom zurückgeben. Aber ich war machtlos. Ich hatte keine Kontrolle über das hier.

Nach einigen Minuten, als ihre Schultern weniger bebten und das Schluchzen leiser geworden war, löste ich mich von ihnen und ging zu Luise. Einen Moment Egoismus gestand ich mir ein. Sie war schließlich auch meine Schwester. Ich nahm ihre kraftlose Hand in meine und schloss die Augen. Mit aller Kraft versuchte ich meine Lebensenergie zu bündeln und sie durch meine Hand in ihren Körper zu schicken. Vor meinem geistigen Auge stellte ich mir eine Art Lichtkanal vor, der uns verband. Ich versuchte meiner Schwester Lebenswillen, Kraft und Energie zu schicken. Mein letzter, verzweifelter Versuch, mich dem Schicksal in den Weg zu stellen. Ich schickte ein Stoßgebet hinterher an einen Gott, den ich nicht kannte. Und der mich auch nicht kannte. Es war mir egal, ich musste alle Karten ausspielen.

»Du hast mir schon meine Mom genommen, lass mir wenigstens meine Schwester.« Meine Stimme war so leise, dass ich mir sicher sein konnte, nicht gehört zu werden. Dann öffnete ich meine Augen und sah Luises leblosen, künstlich beatmeten Körper. Keine Veränderung in dem Gesicht meiner Schwester. Noch immer mit grauem Teint lag sie in dem Bett, das nicht ihres war. Das passte alles nicht zusammen. Sie war ein warmer, feuriger Mensch mit Temperament gewesen. Gleichzeitig hatte sie Gemütlichkeit gemocht. Sie hatte Wert auf Komfort und Erdtöne bei der Auswahl ihrer Möbel gelegt. Hier war alles trist. Es war falsch, dass sie hier lag. Aus tausend Gründen.

Zögerlich nahm ich ihren Talisman, ein kleines Sorgenfresserpüppchen, das sie immer an ihrem Schlüsselbund getragen hatte, aus meiner Hosentasche und legte es neben ihren Kopf. Sollte dieses kleine Wesen ihre letzten Sorgen aufessen, damit sie frei war.

»Hey«, erklang an der Tür eine helle Stimme. Zola stand dort dick eingepackt in einem beigen Steppparker und hob leicht die Hand.

»Hey, was machst du denn hier?« Ich hatte sie zwar über den Zustand meiner Schwester informiert, aber definitiv nicht mit ihr im Krankenhaus gerechnet.

»Logan hat mir gesagt, dass es hier köstliche Donuts gibt. Und da dachte ich, dass ich welche kaufe. Leider habe ich viel zu viel Geld ausgegeben«, sagte sie betont locker und zog hinter ihrem Rücken eine große Tüte des Donutladens von Gegenüber hervor.

»Wow«, machte Matteo. Ihn hatte Zola mit dem zuckersüßen Auftritt schon überzeugt. Die kindliche Art sich leicht ablenken zu lassen, schmerzte mir. Zum einen fand ich es unangebracht, zum anderen war ich sogar neidisch. Ich wollte mich auch gerne ablenken. Das alles nicht wahrhaben. Aber dann dachte ich daran, dass er die ganze Nacht geweint hatte. Matteo hatte Albträume gehabt und immer wieder nach seiner Mom gerufen. Er hatte diese Ablenkung mehr als verdient. Vielleicht hatte die Natur diesen Mechanismus genau deshalb gewählt. Damit eine Kinderseele nicht verkümmerte. Mein Blick wanderte zu Emilia, die deutlich skeptischer aussah. Sie war irgendwo auf dem Weg von Mädchen zur Frau. Wenn ich an meine eigene Reise dachte, wusste ich, wie hart es war. Für mich war es an manchen Tagen die Hölle gewesen.

»Möchtet ihr mir mit den Donuts helfen?« Zola zog beide Augenbrauen zum Haaransatz und wartete auf eine Reaktion. Matteo nickte, Emilia zuckte mit den Schultern. Vor der Tür erklangen andere Stimmen und ein kleiner Tumult entstand. Luises Arzt betrat den Raum und begrüßte uns mit einem Nicken. Ihm folgte ein weiterer Arzt, eine Pflegerin und mein Dad, der gebeugt neben Emilia trat.

»Kinder, bitte geht mit Zola, ja?« Sie mussten hier raus. Die Ärzte warteten geduldig. Ich gab den Kindern zu verstehen, dass es okay war. Sie sagten nichts. Es war nicht wie in den Filmen. Matteo entfernte sich immer mehr von dem Bett. Kein Kuss, keine Umarmung, nur Tränen in den Augen, während er einen klebrigen Donut in der Hand hielt. Emilia flüsterte ihrer Mom etwas ins Ohr, begann dann zu weinen. Ich schob sie liebevoll zur Tür. Erst als Zola mit beiden an der Hand um die Ecke im Flur bog, kehrte ich in den Raum zurück und stellte mich der bitteren Realität. Die Zeit war gekommen. Der Zeitpunkt. Todeszeitpunkt.

Die nächsten Minuten waren wie ein Fiebertraum. Ich sagte mir selbst immer wieder, dass es das war, was Luise gewollt hätte. Sie hatte es aufgeschrieben. Ich hatte ihre Handschrift auf der Verfügung gesehen.

Der Moment, in dem das Piepen zu einem dauerhaften Signalton wurde, stellte mir alle Haare an meinem Körper auf. Es kam mir vor, als wäre ich in einer dramatischen Arztserienfolge gelandet. Doch das hier war Realität.

Es war real, dass die Krankenschwester das Gerät abstellte. Die Schläuche und Zugänge kamen zum Stillstand. Sie hatten keine Funktion mehr und stachen sinnlos in den Körper meiner Schwester. Mir kam der Gedanke, dass das nicht okay war. Diese Teile sollten aus ihr herausgenommen werden. Ich bat den Arzt darum. Verstand die Antwort, die er mir gab, nicht.

Es war real, wie mein Dad sich auf den sterbenden Körper meiner Schwester warf und schrie. Mir fehlte der Atem dazu. Die Worte. Da war nichts mehr in mir übrig.

Es war real, wie der Oberarzt immer wieder Worte sagte, die keinen Sinn ergaben. Das alles berührte mich nicht, denn es war völlig unlogisch. Wie unlogisch, dass meine Schwester von dieser Welt gegangen war und zwei Kinder hinterlassen hatte. Wie unlogisch, dass wir uns in letzter Zeit nur gestritten hatten und wir so für immer auseinandergegangen waren. Mir kamen unsere Auseinandersetzungen lächerlich banal vor. Alle meine Probleme waren unwichtig.

»Luise, mein Stern, wie soll ich nur ohne dich leben?« Die Stimme meines Dads hatte etwas Animalisches. Sie war nicht von dieser Welt. Sie rüttelte mich wach, verstärkte die Angst in mir. Ich trat neben ihm und nahm eine seiner Hände. Meinen

Blick konnte ich kaum von Luise lösen. Es war, als wollte ich sie unter keinen Umständen ansehen und gleichzeitig nur anstarren, damit sich die Umrisse und Feinheiten ihres Gesichts für immer in meinem Kopf einbrannten.

»Sam, was sollen wir bloß tun?« *Ja, was müssen wir jetzt tun?* Gute Frage. Sie war in meinem Kopf. Seit gestern. Jede Stunde, Minute, Sekunde. Ich kannte die Antwort nicht. Ich war hilflos.

Mein Dad drückte sich hoch und entzog mir seine Hand. Viel zu fest nahm er mich in den Arm und klagte in mein Ohr. »Sam, es tut mir leid! Ich bin nicht so stark und mutig wie Luise und Mom es waren. Wie du es bist. Ich kann das nicht!«

Und ohne recht zu begreifen, was mit mir geschah, ließ er mich los.

»Luise hat gewollt, dass du die Kinder nimmst. Bitte Sam!« Mit diesen Worten drehte er sich um und rannte weinend aus dem Raum.

Ich konnte es nicht fassen. Ich sah mich um. Die Ärzte und das Pflegepersonal starrten mich an. *Was musste ich nun tun?*

»Dad!« Meine Stimme erschreckte mich selbst, sodass ich zusammenzuckte. Meine Beine trugen mich auf den Flur, zuerst nach rechts, dann nach links. Doch er war nicht mehr hier. Er hatte es wieder getan. Sie hatten es alle getan. Ich war so allein wie noch nie in meinem Leben.

Kapitel 45
Daniel

FAR FROM me

Die Griffe der Papiertüte schnitten in meine Hände und ich war froh, als ich den Weg vom Auto in die Wohnung meines Onkels geschafft hatte. Im Flur roch es nach Braten und ich vermutete, dass ich heute noch in den Genuss einer Portion davon kam.

»Stell die Sachen einfach vor den Kühlschrank, mein Junge«, wies Kian mich an und hob den Deckel des Kochtopfs an.

»Was wird das?«

»Stew?«, antwortete er mir, als wäre das die unnötigste Frage, die ihm jemals gestellt worden war.

Ich nickte, denn Diskussionen wollte ich vermeiden. »Soll ich das für dich einräumen?«

»Ich bin vielleicht herzkrank, aber meine Arme sind kerngesund. Mach, dass du in den Laden kommst.«

Ich schüttelte den Kopf und musste über seine ruppige Art schmunzeln. Und seiner Anweisung würde ich gerne nachkommen. Ich hatte mich die letzten zwei Tage im Pub verkrochen, um mich abzulenken. Arbeit war heilsam für mich. So würde ich es auch heute wieder tun. Ich brauchte dringend einen Plan wegen Jimmys Geld.

»Jasper beginnt bald seine Schicht, das passt gut«, ließ ich meinen Onkel wissen, der Teil für Teil in den Kühlschrank räumte. Jedes Mal, wenn er sich bückte, entfuhr ihm ein leises Stöhnen. Es bereitete mir körperlichen Schmerz, ihn so zu sehen, doch ihm die Dinge aus den Händen zu nehmen, brachte nur Ärger und Chaos. Ein einziges Mal hatte ich es auf diese Weise versucht und Kian hatte eine knappe Woche kein Wort mehr mit mir gesprochen. Die Stille war erfrischend angenehm gewesen, doch das schlechte Gewissen hatte mich jeden Tag mehr gequält.

»Jasper ist in letzter Zeit sehr oft da. Patrice ebenfalls. Was ist mit Sam?«

Da hatte er mich erwischt. Nervös trat ich von einem Bein auf das andere.

»Sam hat erstmal frei. Ihre Schwester ist leider verstorben.« Der Kloß war mit einem Mal da und verstopfte meinen ganzen Hals.

»Ach du grüne Neune! Warum erzählst du das erst jetzt? Geht's dir noch gut? Was können wir für das arme Mädel tun?« Kian wirbelte herum und riss die Augen auf. »Ihre Schwester war doch noch so jung.«

»Ja, das war sie«, sagte ich leise. Mein Herz pulsierte wie eine tiefe Wunde beim Gedanken an Sam. Ein einziges Mal hatten wir telefoniert. An dem Tag, als die Maschinen ihrer Schwester abgestellt worden waren. Ich hatte ihr zugehört und versucht für sie da zu sein, ohne ihr zu nah zu kommen. Für mich stand nach der Begegnung mit Jimmy fest: Ich musste mich von ihr fernhalten. Für sie. Und besonders auch für die Kinder. Wenn dieser Gangster mitbekam, dass zwei Kids im Spiel waren, würden sie ein gefundenes Fressen für neue Erpressungsversuche sein. Das durfte ich unter keinen Umständen zulassen, deshalb hielt ich mich von Sam fern. Ich beantwortete ihre Nachrichten einsilbig, wenn sie telefonieren wollte, schob ich den Pub vor und Treffen waren zurzeit eh nicht möglich, denn ihr stand alles bis zum Hals. Mein Herz zerriss bei dem Gedanken daran, dass sie trauerte und kämpfte, und ich mich zusätzlich wie ein Arschloch ihr gegenüber verhielt. Das hatte sie nicht verdient. Sie hatte mich nicht verdient. Ich war ein Schwein.

»Und wieso bist du nicht bei ihr?«

Mein Blick wurde scharf und ich legte den Kopf zur Seite. »Wieso sollte ich bei Sam sein?«

»Nun, sie ist doch deine Freundin ... Oder deine Perle. Keine Ahnung, wie ihr jungen Leute das nennt.« Seine buschigen Augenbrauen bildeten eine Linie. Grüblerisch streichelte er seinen Ziegenbart und zuckte zuletzt mit den Schultern.

»Sam ist nicht meine Freundin«, sagte ich emotionslos und zog den Reißverschluss meiner Jacke hoch.

»Aber du hast mir doch gesagt, dass du in sie ...«

Ich hob eine Hand zur Abwehr. »Das war nur ein kurzer Anflug von Verwirrung, Onkelchen.« Damit ging ich zur Tür und drehte mich ein letztes Mal um. »Brauchst du noch etwas?«

»Nein, ich komme so klar«, krächzte er zurück.

Ich konnte gar nicht so schnell laufen, wie ich seine Wohnung verlassen wollte. Die schwere Holztür schlug hinter mir zu und ich sah mich auf der Straße um. Der Verfolgungswahn war nach Jimmys Besuch wieder auf einem absoluten

Hoch, sodass ich kaum den Pub oder meine Wohnung verließ. Nur für die allernötigsten Besorgungen ging ich aus dem Haus. Doch ich hatte plötzlich das Bedürfnis zu laufen. Mein Körper brauchte Bewegung und mein Kopf einen Moment der Freiheit. Mein Herz, das würde wieder leer ausgehen, denn es wollte nur Sam. Ich begann zu joggen.

Kapitel 46
Sam

FAR FROM *me*

»Welches Innenfutter gefällt Ihnen besser?«

Verwirrt starrte ich den tadellos gekleideten Mann vor mir an. »I..ich habe keine Ahnung, was Sie mir gerade erklärt haben. Entschuldigen Sie bitte«, gab ich zu und schaute auf meine Füße. Das passierte mir in den letzten Tagen ständig. Die Trauer legte sich wie ein dicker Schleier über alles und schnitt mich von der Welt ab. *War das so, ab jetzt bis in alle Ewigkeit?*

Der Bestatter lächelte milde und nickte mir zu. »Miss Ernst, wir können das auch an einem anderen Tag machen. Es ist noch so frisch.«

Zola, die mich zum Bestattungsinstitut begleitet hatte, legte mir ihre kleine Hand auf die linke Schulter.

»Nein, das geht nicht. Ich muss Luises Beerdigung schnellstmöglich planen, damit alles korrekt abläuft. Damit die Kinder einen Ort zum Trauern haben.«

Der Mann runzelte die Stirn, empfing jedoch anscheinend eindeutige Signale meiner Freundin, die hinter mir stand. Ich drehte mich um, doch sie inspizierte ganz genau den vor uns zur Schau gestellten Sarg. Was eine absurde Situation.

»Würden Sie uns einen kleinen Moment allein lassen?« Zola lächelte den Mann an und er suchte schnell das Weite.

Meine Stimmung war eine explosive Mischung aus blanker Panik, Kontrollzwang und roboterhafter Emotionslosigkeit. Mein Zustand änderte sich jede Viertelstunde.

»Sam, meinst du, heute ist der richtige Tag dafür?«

»Gibt es je den richtigen Tag für die Auswahl des Sarges seiner Schwester?«, pfefferte ich zurück. Ich dachte an die Kinder, die sich jede Nacht in den Schlaf weinten. An meinen Dad, der sich nicht mehr blicken ließ und nicht zu erreichen war. Mit der Beerdigung könnte ich ihn zwingen, wieder bei uns zu sein. Zumindest für kurze Zeit. Einen Augenblick als Familie. Der Rest, der geblieben war.

Zola verzog das Gesicht. »Okay, der Punkt geht an dich.« Mein Blick wanderte von einer Holztruhe zur nächsten.

»Woher soll ich wissen, was ihr gefallen würde?« Ich sank gegen die Wand und lehnte meinen Kopf in den Nacken, sodass mein Hinterkopf an der Wand ruhte.

»Stand dazu nichts in ihrem Testament?«, fragte Zola und lehnte sich neben mich an die Wand.

»Keine Ahnung. Ich weiß nur, dass sie auf dem Friedhof in Bar Harbor begraben werden möchte. Neben Mom.« Ich zog die Strickjacke fester um meinen frierenden Körper.

»Wahrscheinlich macht man sich als junger Mensch auch keine Gedanken oder konkreten Pläne. Wer kann schon ahnen, dass …«, sinnierte Zola, brach dann jedoch ab.

»Luise hatte für alles eine klare Vorstellung. In diesem Fall hat sie es nur leider nicht zu Papier gebracht. Sie wird mich von dort, wo auch immer sie gerade ist, verfluchen.« Ich schloss die Augen und stöhnte. Ein schlechtes Gewissen war mein steter

Begleiter. Seit Tagen machte ich mir Vorwürfe. Wegen Streitigkeiten aus der Vergangenheit, wegen der Kinder, denn ich war eine beschissene Ersatzmutter. Ersatzmutter. Ich war ihre Tante, verdammt.

»Sie hat dir ihre Kinder überlassen.« Zola legte ihren Arm um mich.

Schnell entkam ich ihrer Umarmung, denn ich hatte Angst, dass wieder die Tränen von mir Besitz ergreifen würden. Das konnte ich nicht zulassen. Ich brauchte einen klaren Kopf. Für mich. Für Luise. Und vor allem für Emilia und Matteo. Aber sie hatte recht. Auch wenn ich nicht begriff, wieso. Luise hatte mir ihre Kinder anvertraut. So stand es auf dem schmalen Zettel, den mir der Oberarzt überreicht hatte. Es war ihre Schrift gewesen.

»Ich mache mir Sorgen um dich«, flüsterte Zola. Es war, als hätte sie es nicht wirklich laut sagen wollen. Diese Zurückhaltung kannte ich nicht von ihr. Selbst in prekären Situationen blieb sie standhaft und überzeugte von ihrer Meinung und ihrem Handeln.

»Brauchst du aber nicht«, versicherte ich ihr, glaubte mir selbst aber kaum. Mir war bewusst, dass meine Verfassung nicht die Beste war. Tagsüber kümmerte ich mich um die Kinder, den Haushalt, die Organisation, die ein Tod mit sich brachte. Nachts schlief ich kaum. Meistens grübelte ich so lange, bis ich mich in Tränen auflöste und vor Heulkrämpfe kaum Luft bekam. In diesen Momenten fühlte ich mich so allein, dass ich immer mal wieder versuchte, meinen Dad zu erreichen. Es war vergebens.

Nachdem ich mich mit Zolas Hilfe für einen Sarg in einer passenden Größe entschieden hatte und die Anzahlung von dem Bargeld aus der Wohnung meiner Schwester geleistet hatte, fiel zumindest ein kleiner Stein von meinem Herzen.

Jeder Punkt, der auf meiner Liste erledigt wurde, war ein Schritt in Richtung Normalität. Oder zumindest so nah, wie es nach diesem Verlust möglich war.

»Ist es wirklich okay, wenn du die Kinder nimmst?«

»Mach dir keine Sorgen. Ich freue mich schon auf den Film.« Wir verabschiedeten uns und ich versuchte, kein allzu schlechtes Gewissen den Kindern gegenüber zu haben. Sie hatten ihre Mom gerade erst verloren und ich hatte keinen besseren Plan als sie zu meiner Freundin zu geben. Vielleicht hätte ich einen professionellen Babysitter oder eine Pädagogin beauftragen sollen, doch dafür hatte ich kein Geld. Die ganze Fahrt musste ich darüber nachdenken. Meine Gedanken kreisten nur um die Kinder und was ich alles bei ihnen falsch gemacht hatte. In Zukunft falsch machen würde. Doch als ich das Ortseingangsschild von Bar Harbor passierte, kamen weitere Gedanken und Sorgen hinzu. Immer wieder wanderte mein Blick zu der Liste mit den Aufgaben für diese Woche, die ich letzte Nacht geschrieben hatte. Als ich das Gefühl hatte, die Welt würde über mir zusammenbrechen. Der dritte Punkt, der oberste, der noch nicht durchgestrichen war, bereitete mir Bauchschmerzen. Doch ich würde es angehen. Gleich morgen.

Logan wartete bereits mit Sue auf mich. Ich lehnte mich über den Beifahrersitz, um ihm die Tür zu öffnen.

»Hey, Schönheit, wie ist der Status?«

Sue sprang auf die Rückbank und machte es sich auf der Decke, die ich über den Polstern ausgebreitet hatte, bequem.

»Ich habe Neuigkeiten«, sagte ich und legte den Gang ein. Zügig ließen wir die Villa Andrews hinter uns und steuerten den Hafen an.

»Schieß los.«

»Bitte hör mir erst zu, bevor du versuchst, es mir auszureden.« Meine Stimme wurde schrill, denn ich war nervös.

Logan war der erste Mensch, mit dem ich diese Entscheidung teilte.

»Kein vorschnelles Urteil meinerseits. Kapiert!« Er lächelte mich an und nahm einen Schluck aus dem Teebecher, den er mitgenommen hatte.

»Ich werde mein Studium abbrechen«, nuschelte ich und versuchte, meinen Fokus nicht entgleiten zu lassen. Keine Unfälle mehr für diese Familie.

Er verschluckte sich an dem heißen Getränk und begann laut zu husten. Zwischen den würgenden Geräuschen presste er das Wort *WAS* heraus.

»Du wolltest mir zuhören.«

Seine Augen waren zusammengekniffen und er hielt sich mit einer Hand die Brust. Langsam beruhigte sich seine Atmung wieder. Nachdem er sich geräuspert hatte, nickte er mir zu.

»Ich werde mir einen Vollzeitjob suchen. In dem Supermarkt, wo ich immer Lebensmittel rette, ist eine Stelle frei. Ich weiß, es ist nicht ideal. Aber ich kenne den Chef und bekomme den Job garantiert.«

Logan schüttelte den Kopf.

»Er ist nicht superbezahlt, aber ich wäre krankenversichert und könnte Luises Apartment bezahlen. Natürlich werde ich meine Wohnung hier aufgeben müssen.« Das bereitete mir Kopfschmerzen. Meine Wohnung in Bar Harbor war winzig, doch es war meine Zone. Mein Safespace nur für mich. Nun war alles anders und ich musste die Verantwortung für zwei Kinder übernehmen.

»Was ist mit dem Erbe?«

Mein Herzschlag beschleunigte sich. Eine merkwürdige Angst kam hoch. Ich wollte nichts. Ich hatte ihr Geld nicht verdient. Wenn, dann würde ich es nur für die Kinder verwenden.

»Keine Ahnung. Der Notar sagt, dass das Testament erst verlesen werden kann, wenn mein Dad daran teilnimmt. Und da ich ihn nicht erreiche …«

»Das werden wir jetzt klären.« Logans Augen funkelten. Er verschränkte die Arme vor der Brust.

Wir hatten es zum Hafen geschafft und die Möwen empfingen uns mit ihrem wilden Geschrei. Er öffnete sofort die Autotür, der Motor röhrte noch. Er half Sue aus dem Wagen, leinte sie an und steuerte den Bootssteg an. Mit schnellen Handgriffen schnallte ich mich ab, stieg ebenfalls aus und verschloss den Wagen. Ich joggte ihm hinterher, während mein Puls sich beschleunigte. Der Wind sauste mir um die Ohren und die Wellen untermalten die winterliche Kulisse mit einem monotonen Rauschen.

»Wir werden ihn finden! Ich werde dafür sorgen, dass er zu diesem verfluchten Termin auftaucht, damit du weiter studieren kannst. Das ist doch alles scheiße!« Seine harten Worte brachten mich auf den Boden der Tatsachen. Es war scheiße. Ich hatte mir meine Entscheidung in den letzten 24 Stunden schöngeredet. Aber ja, es war richtig scheiße. Eigentlich mein ganzes Leben. Aber besonders, weil ich so einsam war. Ich hatte Logan und Zola, manchmal eine kurze Nachricht von Daniel. Das war's. Die Kinder zählten nicht, denn die waren noch verstörter als ich selbst.

Sein Boot war nirgends zu sehen.

»Logan, er ist nicht hier«, sagte ich, doch der Wind trug meine Worte auf das Meer hinaus.

»So ein egoistisches …«

»Er ist nicht hier. Sein Boot ist nicht hier.«

Logan kam sofort zu mir und umarmte mich. Und genau

das war mein Verhängnis. Ich löste mich auf, wurde weggeweht und mischte mich zu dem grauen Meer, das seinen sommerlichen Glanz verloren hatte. Alles um mich herum starb. Bäume, Büsche, Schwestern. Und ich irgendwie auch. Alles, was mich ausmachte. Und trotzdem musste ich lächeln. So tun, als wäre alles okay. Aber es war nicht okay.

Tränen liefen ungehindert über mein Gesicht. Mein Hals fühlte sich so eng an, dass ich Angst bekam, nicht genug Sauerstoff aufnehmen zu können. Laut atmete ich durch die Nase ein, doch sie war von ungeweinten Tränen verstopft. Ich blickte auf das verdammte Meer und fühlte mich betrogen. Er war einfach gegangen. Er hatte mich allein gelassen. Und gleichzeitig war da Wut. Nicht auf ihn, sondern auf mich selbst. Weil er mich wieder verarscht hatte. Weil ich ihm immer wieder vertraute. Und weil ich jetzt im Selbstmitleid zu ertrinken drohte. Ich hasste es.

Vorsichtig löste ich mich von Logan und wischte mir mit dem Ärmel über das Gesicht.

»Ich will hier weg«, teilte ich ihm mit und er nickte heftig. Sein Kiefer war noch immer angespannt und seine Augen glitten über die Boote, die hier am Hafen lagen und in der Brise trieben.

»Tut mir leid, Sam.« Er fing eine braune Haarsträhne auf, die mir immer wieder ins Gesicht flog.

»Du kannst doch nichts dafür.«

»Ich war mir so sicher, dass ich sein Boot hier gesehen habe.« Er zerwühlte die Surferhaare und grummelte vor sich hin.

»Lass uns einfach abhauen von hier«, schlug ich vor.

Er legte seinen Arm um mich und führte mich in Richtung Pub. Der nächste Tagesordnungspunkt stand an. Er würde vielleicht schlimmer werden als Nummer eins.

. . .

»Hey, was macht ihr denn hier?« Das war nicht die Begrüßung, die ich mir gewünscht hatte.

»Hey, alles klar?«, meinte Logan und schlug mit Daniel, der hinter der Bar stand, ab. Es schien, als würde er Kassenbelege sortieren.

»Soll ich dir helfen?«, bot ich sofort an und gesellte mich zu ihm. Der Pub verströmte eine Atmosphäre, die mein Herz leichter werden ließ. Hier war ich nicht Tante Sam oder die Schwester der Verstorbenen. Hier fühlte ich mich wie ich selbst.

»Du musst nicht arbeiten, Sam.« Daniel blickte kaum von den Zetteln auf.

»Ich bin mal hinten bei Jasper«, sagte Logan und war schon verschwunden, um uns die nötige Privatsphäre zu geben.

»Ich möchte dir aber helfen, du siehst irgendwie verloren aus.«

Seine Haut wirkte fahl und er lächelte nicht. Auch als ich mich, trotz meiner Lage, zu einem Grinsen zwang, erschien nichts in seinem Gesicht. Es war frei von Emotionen.

»Du wirkst müde«, traute ich mich vor.

»Ich kann seit ein paar Tagen nicht schlafen.« Er sprach eher mit den Papieren als mit mir. »Aber wem sag ich das, hm?«

Ich nickte. Da waren wir schon mal zwei. *War er etwa von meinen nächtlichen Nachrichten genervt? Hatte ich es übertrieben?*

»Wenn du wegen der Nachrichten nachts …«

»Schon gut«, schnitt er mir das Wort ab und wandte sich dem Spülbecken zu. Energisch schrubbte er es und biss dabei auf seine Unterlippe. Ich konnte nicht umhin zu spüren, dass er Abstand wollte. Meine Nähe war zu viel für ihn. Er wollte sie nicht.

»Daniel, bitte, ich merke doch, dass du sauer bist«, begann ich und trat von einem Bein auf das andere.

Dieser Satz schien seine Blase zum Platzen gebracht zu haben. »Ich bin nicht sauer, Sam.«

Ich schüttelte den Kopf. »Dann verstehe ich nicht, weshalb du so distanziert bist.«

»Ich …« Doch er sprach noch immer nicht Klartext.

»Hattest du einen Rückfall?«

Ich machte einen Schritt auf ihn zu. Sah ihm direkt in die Augen. Anders als bei einer Person mit Rauschmittelabhängigkeit konnte man es bei einem Spielsüchtigen nicht an den Pupillen erkennen. Aber ich war mir sicher, dass ich es fühlen würde. Doch da war nichts. Gar nichts.

»Nein! Was soll das?« Er schob mich von sich. Immerhin zeigten sich jetzt Emotionen auf seinem Gesicht. Auch wenn es Wut war. Das war besser als nichts. Als diese Glaswand zwischen uns, die alles abschnitt und dämpfte.

»Entschuldige bitte.«

Er schüttelte den Kopf. »Sam, ich weiß, dass du es gerade schwer hast. Es tut mir auch von Herzen leid, aber ich kann nicht so für dich da sein, wie du es von mir erwartest.«

Wie eine Ohrfeige von einer unsichtbaren Hand. Ich schluckte. Einmal. Zweimal. »Was? Wieso? Was meinst du?«, hauchte ich atemlos, denn mein Hals war wie zugeschnürt.

»Sam.« Nur mein Name. Dann blieb er stumm. Ich sah in seinen Augen, dass es ihm weh tat, und das bereitete mir Sorgen.

»Was hat das zu bedeuten, Daniel?«

»Das bedeutet, dass ich nicht dein Freund sein kann«,

flüsterte er.

Meine Nägel bohrten sich in meine Handflächen, denn so konnte ich den Schmerz in meinem Herzen für eine winzige Sekunde vergessen.

»Warum?« Die Worte klangen durch den Wirtsraum und erfüllten meine Brust. Meine Finger begannen zu zittern und meine Lippen zu beben.

»Warum?«, sagte er und zerwühlte seine Haare. Es tat so furchtbar weh, doch ich konnte nicht aufhören an das Gefühl zu denken, wie seine Haare zwischen meine Finger glitten. Ich wollte meine Hände in ihnen vergraben. Wieder und wieder.

»Warum kannst du nicht mein Freund sein?«, fragte ich lauter. Die Gereiztheit stieg wieder in mir hoch. Es war soweit. Doch bevor ich eine Antwort bekam, ertönte das Knarzen der Treppenstufen. Patrice kam den Aufgang von Daniels Wohnung herunter und verschwand in der Küche.

In mir zerbrach etwas. Keine Ahnung, ob es mein Herz war. Oder meine Seele. Von beidem konnte kaum noch etwas übrig sein. Mir riss vor allem der Geduldsfaden.

»Ich verstehe.« Nun stark und selbstbewusst zu sein, sich so der Wahrheit zu stellen, wäre schön gewesen. Hätte mir Stolz und Respekt gebracht. Doch es fühlte sich an, als wäre ich Wackelpudding.

Daniels Augen weiteten sich. Für eine Sekunde sah es so aus, als würde er mir alles erklären wollen.

Erkläre es mir! Rede dich raus! Sag mir, sie wollte sich nur eine Sache aus deiner Wohnung leihen!

Ich hätte ihm alles geglaubt.

Er blieb stumm und sah mich an. Sein Blick war undurchdringlich. Die Mauer war oben.

»Ich wollte dir nur das geben«, hauchte ich und legte die Karte für die Beerdigung meiner Schwester auf den Tresen.

Kapitel 48
Sam

FAR FROM *me*

Der Wind peitschte gegen mich, als wollte er mich am Laufen hindern. Ich musste weg hier. Nichts hielt mich noch in Bar Harbor. Meine Mom lag kalt auf dem Friedhof, meine Schwester bald neben ihr. Mein Dad war draußen auf dem Meer und Daniel … Er hatte mich so verletzt, wie es noch kein Mensch auf diesem Planeten geschafft hatte.

Meine Füße schlugen laut auf dem Asphalt auf. Ich konnte vor Tränen kaum den Weg sehen. Das brauchte ich auch nicht, ich wusste genau, wohin ich wollte. Weg von hier. In meinen sicheren Raum. Zu dem, was mir von Mom geblieben war. Und dann noch weiter weg. So weit weg, wie es nur ging.

Kapitel 49

Daniel

FAR FROM me

»Was ist passiert?« Logans Stimme klang barsch und gar nicht mehr nach dem Sonnenschein, der er eigentlich war. »Wo ist Sam?«

»Sie ist weg«, sagte ich und meine Stimme brach. Ich schluchzte laut auf und versteckte meine Tränen, indem ich mich wegdrehte und durch das Fenster schaute. Sie war nirgendwo zu sehen.

»Wohin geht sie?«

»Keine Ahnung.«

»Mensch, was ist denn zwischen euch los? Warum heulst du?« Ich wirbelte herum und funkelte ihn an.

»Raus hier!« Meine Stimme war ein Grummeln, wie vor einem Donner. Patrice und Jasper tauchten hinter Logan auf. Ihre Blicke waren zu viel für mich.

»Raus hier, hab ich gesagt! Verschwindet alle sofort!« Meine Lungen brannten vom Schreien und ich stürmte an ihnen vorbei. Ich rannte nach oben, stürzte durch meine Tür und zerwühlte meinen Schreibtisch. Innerhalb von wenigen

Augenblicken hatte ich meine Brieftasche samt Kreditkarte und Autoschlüssel bei mir. Ich stapfte die Treppen hinunter und sah, dass Patrice und Jasper verschwunden waren.

»Was willst du noch hier?«, blaffte ich Logan an.

»Bist du nicht ganz bei Sinnen? Wir müssen Sam finden! Weißt du eigentlich, wie schlecht es ihr geht?«, gab er zurück und verschränkte die Arme vor der Brust.

Ich hatte keine Zeit für so einen Quatsch. »Natürlich weiß ich das! Meinst du, ich weiß nicht, dass sie am Ende ist?« Ich hielt inne und versuchte zu atmen, doch das Kribbeln grub ein Loch in meinen Bauch. Das war nicht das gute Kribbeln. Es war das allerschlimmste.

»Und warum hast du sie dann nicht getröstet?«

»Weil ich mit ihr Schluss gemacht habe!«, schrie ich und drückte mich an ihm vorbei auf den Hinterhof des Pubs. Ich riss die Tür des Jeeps auf, doch eine Hand landete auf meiner Schulter.

»Logan, lass mich los.« Ich versuchte, die Hand loszuwerden, doch die Finger krallten sich in meine Schulter. »Logan, ich warne dich! Ich will dir nicht wehtun, Mann!«

»Ich dir aber.« Ich gefror in der Bewegung und hielt ganz still.

»Jimmy.« Mein Kopf war leer. Alle Gedanken waren verschwunden. Ich hatte losfahren wollen, um ihm das Geld zu übergeben. Hatte er Logan oder Sam gesehen?

»Hey, was soll das werden?«, ertönte Logans Stimme hinter mir.

Verflucht! Ganz langsam drehte ich mich um und sah Jimmy lässig am Jeep lehnen. Sein Handlanger klammerte seine Hände wie einen Schraubstock um meinen Arm. Die Haut zog und riss unter seinem Griff.

»Jimmy, lass ihn da raus. Das ist eine Sache zwischen uns«,

wisperte ich, damit Logan es nicht hörte. Er kam mit langen Schritten zu uns und sah wütend aus. Das Gesicht verzerrt, die Haare strubbelig und die Kiefer fest aufeinandergepresst.

»Soso, er ist dir wichtig«, verkündete Jimmy laut und machte eine ausladende Geste mit den Händen. »Ist er genauso wichtig, wie das kleine Reh, was ganz aufgescheucht aus deinem armseligen Pub getapst ist?«

Ich schmiss mich in seine Richtung und der Typ, der mich festhielt, schlug mir mit der Faust in den Magen.

»Lass sie in Ruhe«, knurrte ich und krümmte mich.

»Hey, hey!« Und da kam Logan wie eine Dampflok angerast und rammte Jimmy um. Er flog mit seinem Jackett in den Staub und fluchte.

»Was bist du denn für ein Würstchen? Mr. Sonnyboy braucht wohl mal`ne Abreibung?« Damit gab Jimmy das Kommando an den Handlanger. Dieser knüpfte sich Logan vor. Er ließ mich los. Ich krachte auf meine Knie. Noch immer hatte ich Probleme zu atmen, denn mein Magen fühlte sich leergepresst an. Der Typ schlug mit der vollen Wucht in Logans Gesicht, sodass das Blut aus seiner Nase schoss. Ich schrie und stürzte mich auf den Typ. Mit meinem Gewicht konnte ich ihn umreißen und wir wühlten im Dreck. Zumindest bis Jimmy mir in die Seite trat. Zwischen fast geschlossenen Lidern sah ich, wie Logan seine Hände zur Deckung hochriss, doch Jimmy mit einer Waffe gegen Logans Schläfe schlug. Dann wurde Logan von dem Handlanger in den Schwitzkasten genommen. Jimmys Gesicht erschien über mir.

»Wo ist mein Geld, du Kakerlake? Hast du vergessen, wie du in der Gosse im Big Apple herumgekrabbelt bist? Jetzt machst du hier einen auf Saubermann. Du kotzt mich an.« Er spuckte mir ins Gesicht.

Ich musste würgen. Mit letzter Kraft trat ich dem Arschloch gegen die Kniescheibe und er fiel wie ein gefällter Baum um. »Lass meine Freunde in Ruhe! Das hätte ich dir sofort sagen sollen! Pack meine Freundin an und ich bringe dich um!« Ich warf mich auf ihn und schlug ihn gegen den Kopf. Es war wie ein Rausch. Ich war süchtig, aber nicht nach den Geräuschen des Casinos, dem Adrenalinkick bei dem richtigen Tipp. Mein ganzer Körper verzehrte sich auf einmal danach dem Menschen wehzutun, der nichts anderes verdient hatte. Er hatte mich ausgenutzt. Einen Süchtigen noch süchtiger gemacht. Er hatte mich an den Abgrund getrieben und dafür sollte er endlich die Verantwortung übernehmen.

Das Röcheln von Logan drang an mein Ohr. Ich ließ Jimmy, der mittlerweile blutüberströmt war, los und sah, dass Logan noch immer im Schwitzkasten war. Sein Gesicht war knallrot und er atmete kaum noch. Rasselnd zog er kleine Mengen Sauerstoff in seinen Körper.

»Lass Jimmy in Ruhe und gib auf, Daniel.« Der sonst so stille Handlanger blinzelte mich mit bösen Augen an.

»Hör auf, du bringst ihn noch um!« Ich fiel bei dem Versuch aufzustehen fast hin.

»Logan!« Panik packte mich. Er atmete nicht. Der Typ brachte ihn um. Hinter ihm erschien eine weitere Person und ich war kurz davor aufzugeben. Nicht noch so ein Handlanger, der nichts außer Gewalt kannte und auf uns einprügeln würde.

Der Mann kam schnell, aber leise, näher. Sein Gesicht war durch die wild umherwehenden, schwarzen Haare nicht zu sehen. Wieder versuchte ich mich Logan, der mittlerweile blau anlief, zu nähern. Unter ihm hatte sich eine Pfütze Blut angesammelt. Das war alles meine Schuld. Weil ich erbärmlicher, menschlicher Abschaum war.

Ich spannte die Muskeln an und sprang auf den Handlanger zu, doch Jimmy war wieder bei Bewusstsein und riss an meinem Bein. Der fremde Mann näherte sich dem Handlanger und hob die Hände. Meine Augen weiteten sich. Gleichzeitig sträubte ich mich gegen Jimmy mit allem, was ich hatte. Ich trat und strampelte, doch er war mindestens genauso kräftig und hartnäckig wie ich.

»Nein!«, schrie ich, denn ich hatte Angst, der fremde Mann würde Logan einfach den Hals umdrehen. Doch der Typ hatte es nicht auf Logan abgesehen. Er rammte mit voller Wucht seinen Ellbogen gegen den Hals des Handlangers. Dieser flog zur Seite, mitten auf den keuchenden Logan.

Der Fremde rauschte an mir vorbei, ließ mich links liegen und stürzte sich auf Jimmy. Sie kämpften am Boden und ich nutzte die Zeit, um zu Logan zu krabbeln.

»Logan? Hey, komm zu dir.« Ich zerrte an seinem Hoodie, schüttelte seinen Kopf, doch er griff sich noch immer an den Hals. Seine Augen waren aufgerissen und er schnappte nach Luft wie ein Fisch auf Land.

»Scheiße, wir brauchen einen Krankenwagen!«

Der Tumult hinter mir kam jäh zum Ende. Ein Klicken. Jimmy stand vor dem Fremden und zielte mit der Waffe auf ihn.

»Schieß doch, ich habe eh nichts mehr zu verlieren.« Bei seiner Stimme blieb mein Herz stehen. Das war Mr. Ernst, der sich die zu langen, dunklen Haare aus dem Gesicht strich und sein breites Kinn dem Gangster entgegenreckte.

»Kannst du haben, alter Mann.«

Mein Schrei vermischte sich mit einem lauten »Klong«.

Jimmy ging bewusstlos zu Boden und bildete einen kleinen Gliederhaufen vor Mr. Ernsts Füßen. Ich hielt noch immer Logan im Arm, Tränen flossen aus meinen Augen und mein Mund stand weit offen.

Sam stand hinter dem zusammengesackten Jimmy und

hielt die letzten Scherben des Monsteratopfes in den Händen. Ihre Finger waren zerschnitten und zitterten. Sie schaute auf den Menschen, dem sie gerade die riesige Pflanze gegen den Kopf geschlagen hatte. Die Erde bröselte noch immer von ihren Fingern.

»Doch, du hast noch mich, Dad«, waren ihre einzigen Worte. Dann ging sie in die Knie und begann laut zu schluchzen.

Kapitel 50
Sam

FAR FROM me

Der Stift des Polizisten kratzte über das Papier, das immer wieder durch die flackende Lampe in verschiedenen Farbnuancen aufleuchtete.

»Gut, dann haben wir alles. Vielen Dank, Miss Ernst, für Ihre Schilderungen. Sie haben uns sehr geholfen«, bedankte sich der jüngere Polizist und lächelte mich milde an.

»Kommt dieser Jimmy wieder frei?« Meine Stimme war klar und stark. Dieser Ort hier forderte mich heraus, denn ich hatte nur eine Etage tiefer meine Schwester verloren. Er kräftigte mich jedoch auch. Es war, als wäre ein Stück von ihr in mich geflossen. Sie half mir nun dabei mein wahres Ich zu sein.

»Nein, seien Sie ganz unbesorgt. Mr. O'Nelly hat viele Straftaten begangen. Unsere Kollegen aus der Hauptstadt haben ihn schon lange im Visier. Der kommt nicht mehr so einfach raus.« Der ältere Polizist tätschelte beruhigend meine Schulter.

Ich war nicht unruhig. Warum auch immer, ob es an dem Geist meiner Schwester lag oder an der Tatsache, dass ich meinen Dad gerettet hatte, ich ruhte in mir selbst. Ich befand mich in der Mitte des Sturms und zog trotzdem mein Ding durch.

»Vielen Dank«, sagte ich höflich und stand auf.

»Hier ist meine Karte. Melden Sie sich, wenn Ihnen noch weitere Details einfallen.«

Ich nickte dem Officer zu und ging dann an ihm vorbei. Mit schnellen Schritten durchquerte ich den Gang. Meine Handflächen brannten noch immer leicht, aber die Schnitte pulsierten mit jeder Minute weniger. Die Prozedur der jungen Ärztin zeigte Wirkung. Fein säuberlich hatte sie die Wunden gereinigt, von Erde befreit und zusammengeflickt. Normalerweise wäre ich ausgeflippt, weil unklar war, wann ich wieder schreiben konnte, doch seit den Geschehnissen hinter dem Pub war meine Sicht verändert. Alles brauchte seine Zeit.

Ich steuerte auf das Zimmer zu, in dem Logan lag. Vor der Tür hielt ich kurz inne, machte mir bewusst, dass es eine ganz andere Situation war als bei meiner Schwester. Er würde nicht sterben, das hatten die Ärzte gesagt. Ich drückte meine Hand gegen die kühle Oberfläche und öffnete die Tür.

Logan lag im Bett, trug eine Halskrause und seine langen Wimpern lagen auf seinen Wangen. Er schlief.

Mein Blick fiel auf Daniel, der zusammengekauert auf einem Stuhl neben dem Bett hockte und das Gesicht in den Händen vergrub.

»Hey«, sagte ich leise.

Sein Kopf flog nach oben. »Sam.« Wie er meinen Namen aussprach, zerriss mir mein Herz. Er hatte gerötete Augen, ein dickes Pflaster an der Lippe und auf der Stirn, denn auch er war genäht worden. Seine Nase war blau und geschwollen und die Fäuste bandagiert. Doch was sich in mein Hirn brannte, war sein Blick. Er fräste sich in meinen Körper wie eine Säge in ein Holzscheit. Ich konnte die Schuld, die mir entgegenstrahlte, nicht ertragen und trat rückwärts aus der Tür.

Verdammt, reiß dich zusammen! Ich ballte die Hände zu Fäusten und biss mir auf die Unterlippe.

»Kommst du mit?«, presste ich hervor und er nickte schnell. Er folgte mir auf den Flur, wo wir uns beide gegen die kahle Wand lehnten.

»Sam …«, setzte Daniel an, brach jedoch ab. Ich konnte sehen, wie er mit sich rang. Er kämpfte gegen sich selbst an und das brach mir noch mehr das Herz. Es war doch eh schon in Trümmern.

»Sam, es tut mir so unendlich leid«, flüsterte er und sah an meinem Gesicht vorbei. Als könnte er die Verbindung unserer Augen miteinander nicht ertragen. »Es ist alles meine Schuld. I..ich bin einfach ein Arschloch. Logans Hals wurde fast zermatscht, dein Dad ist verletzt, deine Hände …«, sagte er und nahm sie vorsichtig in seine.

»Die heilen wieder, Daniel. Und Logan auch. Du hast doch gehört, was die Ärzte gesagt haben«, versuchte ich ihm die Last von den Schultern zu nehmen. Er trug viel zu viel davon mit sich. Der ganze alte Scheiß erdrückte ihn noch. Und er war wie mein Spiegelbild. Auch ich trug viel zu viel Schuld mit mir herum. Diese Schuld verstellte mir den Weg zu mir selbst. In diesem Moment entscheid ich mich, meine eigenen Ratschläge zu beherzigen. Ich entschied mich dazu, die Schuld loszulassen. Luise loszulassen. Nicht zu vergessen, sondern Platz für liebevolle Erinnerungen zu schaffen. Und mir selbst so wieder nah zu kommen.

»Sam, ich bin ein süchtiger Spieler, der dich in der schlimmsten Phase deines Lebens allein gelassen hat. Ich habe dich nicht verdient.« Seine Stimme war von all den Tränen rau und brüchig, kaum mehr als ein Krächzen. Mit einem Schritt war ich ganz nah mit meinem an seinem Gesicht.

»Daniel O'Sullivan! Hältst du mich für eine intelligente, emanzipierte Frau?« Er nickte langsam und seine Augen schienen endlos zu sein. »Dann sollte dir bewusst sein, dass ich deine Machenschaften längst durchschaut habe. Natürlich weiß ich, dass du mich so behandelt hast, weil du mich vor diesen Gangstern beschützen wolltest. Ich kann doch eins und eins zusammenzählen.« Ich schüttelte den Kopf. Wut kam in mir hoch. Daniel öffnete den Mund, doch ich legte ihm einen Finger auf die Lippen. Die Berührung erzeugte eine Hitze in meinem Bauch, die ich lange nicht gespürt hatte. Unser letzter Kuss schien Millionen Jahre her zu sein, denn es war so viel passiert. »Und ich kann ja wohl selbst entscheiden, ob du meiner würdig bist.«

In seinen Augen zuckten Zweifel. Das sanfte Lächeln, das sich auf sein Gesicht gestohlen hatte, wurde zweifelnder.

»Und bin ich deiner würdig?« Er flüsterte nur, ganz außer Atem.

»Lass mich überlegen: Du bist grummelig, hektisch, ein bisschen süchtig nach gefährlichen Dingen«, begann ich aufzuzählen. Er beobachtete dabei meine Lippen. Es war, als würde er darauf warten, dass ich aufhörte zu reden. »Aber du bist auch ehrlich, liebevoll und beschützt mich, also denke ich, das geht in Ordnung«, schloss ich mein Plädoyer. Nun legte er mir einen Finger auf die Lippen.

»Und ich finde, du redest zu viel«, hauchte er, bevor seine Lippen sich auf meine legten.

Für einen Moment verbannte ich alle Gedanken aus meinem Kopf und folgte der Liebe, die ich in meiner Brust spürte. Sie brannte wie Feuer. Nicht schmerzhaft und gefährlich, sondern wärmend. Mir wurde bewusst, dass sie schon lange da war. Nicht nur für Daniel, sondern auch für mich.

Ich löste mich von ihm und trat zurück. »Merk dir, wo wir waren, dann können wir später weitermachen. Jetzt habe ich aber noch eine Sache zu klären.«

Seine Augenbrauen hoben sich. »Wow, wer ist diese neue Frau?«, scherzte er.

Ich zuckte mit den Schultern. »Niemand Neues, nur ich. So bin ich. Das hatte ich nur für eine Zeit vergessen. Jetzt bin ich nicht mehr von mir selbst entfernt, sondern ganz nah.«

Damit ließ ich ihn bei Logan, auf den ich durch die halb geöffnete Tür einen Blick erhaschen konnte, stehen. Logans Augen waren geschlossen, doch seine Mundwinkel zogen sich nach oben.

Vor der nächsten Tür war ich deutlich nervöser. Der Satz meines Dads geisterte noch in meinem Kopf herum. *Ich habe nichts mehr zu verlieren.* Säure schoss meinen Hals hinauf und verbrannte mir die Kehle. Doch ich erinnerte mich an die Erkenntnis, die beim Zerschlagen des Monsteratopfes in meinen Kopf gestiegen war. Ich bin der Boss meines eigenen Lebens. Ich entscheide, was passiert und was nicht. Ich bin mächtig.

Mit mehr Schwung, als ich eigentlich nehmen wollte, stürzte ich in den Raum. Vier Augenpaare starrten mich erschrocken an.

»Tante Sam!« Matteo flog mir in die Arme und ich küsste sofort seine duftenden Locken. In meinem Hals kräuselte es sich gefährlich.

»Sam!«, rief auch Emilia und schlang ihren Arm um

mich. »Ich bin so froh, dass dir nichts passiert ist«, sagte sie und drückte meine Hand fest.

»Und ich bin froh, dass ihr hier seid. Auch wenn ich ein wenig überrascht bin.«

»Daniel hat uns informiert. Er meinte, du könntest ein bisschen Beistand gebrauchen«, sagte Zola und lächelte breit. Auch sie kam zu mir und nahm mich für einen Moment in den Arm.

»Danke«, flüsterte ich in ihr Ohr und sie tätschelte meinen Rücken.

»Hast du dem Gangster echt eins über die Rübe gehauen?«, fragte mich Matteo mit großen Augen.

»Woher weißt du denn sowas?« Ich schaute von Zola zu meinem Dad, der in dem Krankenhausbett lag.

»Das war wohl ich.« Er lächelte milde. Seine breiten Lippen erinnerten mich an Luises und versetzten mir einen Stich. Aber das war okay. So würde es von nun an sein.

»Würdet ihr uns kurz allein lassen, bitte?«

Zola verstand sofort und breitete die Arme aus. »Wer möchte zu Onkel Logan und sehen, ob er noch immer nicht sprechen kann? So kann er nämlich nicht nerven oder Widerworte geben«, witzelte sie und zwinkerte mir zu.

Die Kinder teilten ihre Begeisterung nicht, folgten ihr jedoch auf den Gang. Die Tür flog ins Schloss und mein Mut und die zurechtgelegten Worte schienen verschwunden.

»Sam?« Seine Stimme war brüchig.

»Dad«, sagte ich und setzte mich auf den Stuhl neben dem Bett.

Er rappelte sich hoch, damit er mich gut im Blick hatte. »Danke«, sagte er schlicht. Sein Blick war so intensiv, seine Augen so dunkel, dass ich es kaum aushielt.

»Warum bedankst du dich bei mir? Ich habe doch verhindert, dass dein Wunsch in Erfüllung geht.« Die Worte waren härter, als ich es wollte. Doch da war wieder die Wut. Und es fühlte sich merkwürdig befreiend an. Als würde ein Knoten platzen und die ganzen angestauten Gefühle sich endlich Bahn brechen. Ich war richtig sauer.

»Sam, so ist das nicht«, versuchte er zu erklären, doch ich hob eine Hand.

»Weißt du, Dad, ich kann verstehen, dass dein Herz gebrochen ist. Ich verstehe das sehr gut, denn auch mein Herz ist gebrochen«, zischte ich und meine Augen brannten. »Aber du kannst nicht einfach aufgeben. Du hast noch Menschen, die dich lieben. Du bist nicht allein.« Ich rückte näher zu ihm und nahm seine Hand. Ich brauchte jetzt Körperkontakt.

»Ich weiß, Sam.« Eine Träne löste sich aus seinem Augenwinkel.

»Nein, ich glaube, du weißt es nicht«, flüsterte ich. »Du hast nicht nur eine Tochter, Dad.« Ich musste schwer schlucken, um die Tränen nach hinten zu drängen.

»Ich habe nur noch eine Tochter. Und die habe ich sehr enttäuscht. Das tut mir unendlich leid«, sagte er und führte unsere ineinander verschlungenen Hände zu seinen Lippen. Luises Lippen. Er küsste meine Hand und der Knopf war betätigt worden. In Bächen liefen mir die Tränen herunter.

»Es ist okay«, sagte ich und legte meinen Kopf auf die kühle Bettdecke. So hatte ich mich früher immer an Mom gekuschelt. Sanft strich er mir über die Haare, wie sie es getan hätte.

»Sam, ich bin ein gebrochener Mann. Aber ich werde alles daransetzen, dass es dir und den Kindern gut geht. Vielleicht bin ich nicht immer da, aber ich werde immer erreichbar sein und dir bei allem helfen, was in meiner Macht steht«, sagte er mit fester Stimme.

»Versprich mir nicht so viel«, nuschelte ich in die Decke und verbarg die vielen Tränen vor ihm. Meine Stimme war nur ein dünner Faden, der zu reißen drohte.

»Ich verspreche nur das, was ich halten kann, mein Schatz.« Er zog meine Schultern sanft nach oben und ich krabbelte ganz auf sein Bett. Sein Duft hüllte mich ein. Und da war es. Das Gefühl von Zuhausesein. So hatte ich mich das letzte Mal in unserem alten Haus gefühlt. Ich lag in seinem linken Arm, den rechten streckte er zur Seite, als würde noch jemand bei uns sein. Und sie waren es auch. Alle beide waren in dem Moment bei uns.

Epilog
Sam

FAR FROM me

8 Monate später

»Und, bist du aufgeregt?«

Matteos Augen leuchteten auf. Er nickte. Der Rucksack auf seinem Rücken wirkte so groß, dass ich befürchtete, er würde gleich hinten überkippen.

Mein Dad legte ihm die Hand auf die Schulter. »Es wird schon alles gut werden.«

Matteo nickte, doch seine Augenbrauen waren noch immer weit nach oben gerissen. Sein Blick wanderte über den Schulhof zu der kleinen Bühne, auf der seine zukünftige Lehrerin noch mit dem Direktor der Grundschule sprach. Die anderen Kinder krallten sich an ihren Müttern fest und beäugten alles skeptisch.

»Ich wünschte, Mom wäre hier«, flüsterte er gerade so laut, dass ich ihn hören konnte.

Ich beugte mich zu ihm und strich über seine Locken. »Ich weiß, mein Engel. Wir vermissen sie alle sehr doll. Ich wünschte auch, sie wäre hier.« Natürlich halfen diese Worte nicht wirklich. Doch meine Therapeutin hatte mir versichert, dass eine offene Kommunikation nicht nur wichtig für mich, sondern auch für die Kinder war.

»Außerdem ist sie immer in euren Herzen«, sagte Alberto, der Matteos Trauer ebenfalls gespürt hatte.

Nach langem Hin und Her hatte ich beschlossen, ihn wieder in das Leben der Kinder zu lassen. Anfangs sehr zaghaft, doch mittlerweile waren Emilia und Matteo mit ihrem Dad und der Stiefmutter warm geworden. Nach dem Tod meiner Schwester waren sie in die Staaten, direkt nach Orono, gezogen, damit sie für die Kinder da sein konnten. So verbrachten sie jede zweite Woche bei ihnen, damit ich mich weiterhin auf das Studium konzentrieren konnte. Alberto gab Matteo und Emilia einen Kuss auf die Wange, den Matteo mit verzerrtem Gesicht wegwischte. Emilia sah sich nur erschrocken um, doch keiner ihrer coolen Freunde war bei der Einschulung anwesend, sodass diese Zuneigungsbekundung ihrem Ruf nicht schaden konnte.

»Alle Kinder gehen jetzt bitte zu ihren Klassenlehrerinnen. Diese führt euch dann zu euren Klassenzimmern. Eltern und Familie dürfen gerne ein Kaltgetränk an dem Stand dort drüben zu sich nehmen«, verkündete Matteos Lehrerin und schaltete dann das Mikrophon aus. Sie ging die zwei Stufen von dem Podest hinab und wartete darauf, dass die Kinder sich ihr anschlossen.

»Los, Matteo, du schaffst das!«, feuerte ich ihn an. Er schloss seine kleinen Finger fest um meine.

Ich war unfassbar stolz auf ihn. Auf beide, denn sie hatten sich wacker geschlagen. Klar, es war nicht einfach ohne ihre

Mom. Ich hatte es auch nicht einfach ohne Luise. Doch mit viel Geduld und Zusammenhalt hatten wir bis jetzt jede Hürde meistern können.

Mein Dad nahm Matteo an die Hand und der Kleine ließ mich los. Es rührte mich zu Tränen, wie Dad ihn zu der Lehrerin begleitete. Sie begrüßten sich und begannen angeregt miteinander zu sprechen. Matteo verdrehte die Augen, denn sein Opa war ein richtiger Charmeur.

»Dein Dad legt sich bei der Damenwelt in letzter Zeit richtig ins Zeug«, bemerkte Daniel, der neben mir auftauchte und mir eine Cola reichte.

»Da hast du recht.« Ich drückte ihm einen Kuss auf die Wange, bevor ich das Getränk entgegennahm.

»Wer war am Telefon?« Ich nahm einen Schluck. Die kurze Erfrischung war bei der Sonne, die auf uns niederbrannte, dringend nötig. Der Sommer beschenkte uns heute mit einem wundervollen Tag.

»Ich möchte Matteo natürlich nicht die Show stehlen, aber ein gewisser Mensch darf sein Studium im Onlineverfahren weiterführen«, verkündete Daniel stolz.

Glas zersplitterte auf dem Boden und ein Freudenschrei drang hervor. »OH – MEIN – GOTT!«, rief ich und zerquetschte Daniel beinahe. »Ich bin so froh, dass du das machen kannst!«

»Danke. Du warst das«, flüsterte er mir ins Ohr.

»Ach was«, tat ich seine Worte ab, doch er hielt mich fest an sich gepresst. Unsere Blicke fanden zueinander und wir waren in der Sam-und-Daniel-Zone.

»Ich meine das ernst. Ohne dich hätte ich nie zu mir zurückgefunden«, hauchte er und strich mir eine verirrte Locke aus dem Gesicht.

»Und ich hätte mich niemals gefunden.«

Zufrieden und Händchen haltend beobachteten wir Matteo, wie er in die Schule ging. Unsere Familie hatte Lücken und Schwächen. Trotzdem war sie das, was zählte: voller Liebe.

Ende

Triggerwarnung zu folgenden Inhalten:

- Tod
- Krankheit
- Krankenhausaufenthalt
- Verkehrsunfall
- Suchterkrankung
- Glücksspiel
- Panikattacken
- Psychotherapie
- Bodyshaming

Hilfe findest du hier:

TelefonSeelsorge®

Das Netzwerk der TelefonSeelsorge® steht 24h an 365 Tagen für anonyme und kostenlose Gespräche zur Verfügung.

0800 – 111 01 11

0800 – 111 02 22

https://www.telefonseelsorge.de/

Danksagung

Der Schreib- und Veröffentlichungsprozess eines Buchs kommt einem Abend im Irish Pub gleich. Da ist die Inhaberin des Ladens, die alles organisiert, die Fäden in der Hand behält und den Raum zur Verfügung stellt. Danke Thalea, dass du mir beim Rebel Stories Verlag diesen angeboten hast und an mich geglaubt hast.

Damit der Laden so richtig in Schwung bleibt, benötigt man eine Geschäftsführerin wie Frau Mannel, die mich an ihrer außerordentlichen Expertise hat teilhaben lassen. Danke für das konstruktive Feedback, die Ermutigungen und den Einblick in die Buchbranche.

Aber wer verteilt die Getränke? Wo sind die Menschen für das Grobe? Danke an meine Familie, die sich all meine Sorgen anhören, mit mir Erfolge feiern und Absagen verkraften. Ohne euch hätte der Laden längst zugemacht. Prost, auf euch!

Besonders bedanke ich mich an Kevin, der allgegenwärtig ist wie die Theke, die Gläser, der Herd und das Spülbecken. An diese Dinge denkt niemand direkt, aber wenn diese Einrichtung fehlt, muss der Pub geschlossen bleiben. Ohne Kevins unermüdliche Geduld, das unerschöpfliche Verständnis und seine Ideen wäre das Lokal niemals geöffnet worden.

Weil ein Irish Pub ohne Gäste einfach nur ein schlecht belüfteter, verstaubter Raum ohne Charakter ist, danke ich meinen wunderbaren Kolleginnen Julia, Jessica, Beatrix, Marit, Marina, Michelle und Rebecca. Dass ihr mit Mut zusprecht und mit Rat und Tat beiseite steht, bedeutet mir unendlich viel. Besonderer Dank geht an Kathrin, Sarah R., Sarah L. und Dennis - ihr seid meine Cheerleader. Egal welche Musik läuft, ob das Bier schal ist oder bereits alle gegangen sind, ihr lasst mich nicht allein.

Und irgendwann an einem regnerischen Morgen taucht unverhofft die Lieferantin auf und erblickt die Ausmaße der letzten Nacht. Sie kann nicht glauben, dass ihre Waren die Grundlage eines solchen Fests waren. Obwohl es sich nicht gehört, danke ich mir selbst, denn kein Irish Pub ohne den richtigen Whisky.

Texte: © Copyright by Marie Kärsting
Cover: Premade - Neu Vercovert
Satz: Premade - Neu Vercovert
Lektorat/Korrektorat: Textehochzwei

Rebel Stories Verlag by Eileen Klein
Hauptstraße 119
89567 Sontheim
www.rebel-stories-verlag.com